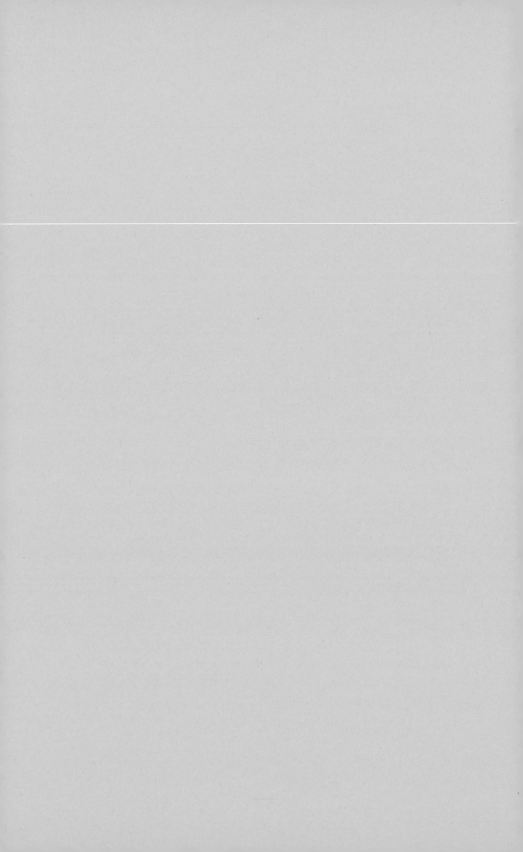

천재

제3권. 옛날로 돌아가자!

ⓒ 이기승, 2024

초판 1쇄 발행 2024년 9월 13일

지은이   이기승
펴낸이   이기봉
편집   좋은땅 편집팀
펴낸곳   도서출판 좋은땅
주소   서울특별시 마포구 양화로12길 26 지월드빌딩 (서교동 395-7)
전화   02)374-8616~7
팩스   02)374-8614
이메일   gworldbook@naver.com
홈페이지   www.g-world.co.kr

ISBN   979-11-388-3375-2 (04810)
ISBN   979-11-388-2836-9 (세트)

천재

제3권. 옛날로 돌아가자!

이기승 지음

좋은땅

어렸을 적 아무 생각 없이 이 책 저 책 닥치는 대로 읽으면서 많은 과학 서적, 특히 원자핵 에너지를 다루는 유기화학 서적을 호기심에 관심 있게 탐독한 뒤부터 내 머릿속 우리의 천재는 내게 자꾸 물었다.

(네가 숨 쉬면서 사는 지구의 흙과 물, 그리고 공기가 이렇게 자꾸 오염되고 망가져서 아무 쓸모가 없어지면 어떻게 할 거야?)

'내가 사는 동안에야 무슨 일이 있겠어?'라고 아무 개념 없이 생각할라치면 천재는 곧바로 반박했었다.

(바보야! 이렇게 망가트리면 네가 사는 지구의 종말의 날이 10년 후가 될지, 백 년 후가 될지. 미치광이 네로나 히틀러 같은 전쟁광이 다시 나타나면 바로 내일일지도 몰라.)

아둔한 내 머리로는 천재의 극단적인 말이 바로 실감되지 않아서 그런 복잡한 문제는 핑계 대기 만만한 운명에 맡기는 수밖에 없다는 안이한 생각이 들면서 인간이 짊어지고 사는 운명과 인연을 파고들게 되었다.

운명과 인연이라는 끈은 인간의 영육과 함께 탄생부터 죽음을 맞는 순간까지의 삶을 좌지우지하고, 영혼은 육이 명을 다한 후에도 죽지 않고, 다시 육을 입어 소생하고 소멸하는 과정이 전생과 똑같은 모양으로 수레바퀴처럼 반복되는 것을 윤회라고 배웠다.

　그 윤회의 굴레 속에 살아온 이력이 지워지지 않고, 덕지덕지 혹부리처럼 매달려 영을 입은 육의 몸통을 부여잡고 앞길을 가로막는 것을 업보라고 한다.

　한 인간의 인생 항로에 질기게 매달리는 이 업보의 굴레는 인과응보로 보상된다는 준엄한 사실은 한 인간뿐만이 아니라 만물이 공존해야 하는 온 우주와 이 땅에서 전개되고 있는 모든 역사에도 어김없이 적용된다는 사실을 우리 인류는 절대로 외면하면 안 된다.

　만물의 영장인 인간이 일궈 낸 과학이란 첨단 기술로 삶이 풍요로워지고 기계를 부려 육신이 편해짐은 물론, 더 나가 그 위세가 극에 달해 신의 영역까지 넘보고 있지만, 그 재주가 발전할수록 그 과정에서 만들어질 수밖에 없는 원치 않는 부산물로 인해 인간의 영육을 극도의 위험 속에 노출시키고 있다. 그 좋은 예로 예측 불가한 극심한 기후 변화와 함께 어떻게 왔는지 모를 과학 문명의 찌꺼기인 바이러스가 교묘한 살상 무기가 되어 온 인류가 세계 대전에 맞먹는 대재앙을 치르고 있는 것도 당연히 인과응보의 보상인 것이다.

　이런 현세를 사는 여기 풀잎처럼 약한 한 인간의 파란만장한 삶 속에 업보를 줄줄이 매단 인연과 운명의 끈이 윤회하면서까지 얼마나 집요하게 옥죄고 있는지 알아보고자 모든 면에 부족한 필자가 서투른 펜을 잡았던 것은 사십여 년 전이었으나 가지고 있는 나름의 사고를 부족한 문장력으로 제대로 표현할 수가 없어 중간에 덮어 두기도 하고 수정을 반복하는 동안 이렇게 오랜 세월이 흘러가 버리고 말았다.

다행히 옆에서 격려해 주고 용기를 북돋아 준 여러 지인이 있어 뒤늦게 이 책을 내놓게 되었다.

특히, 1권 제작을 전적으로 도와준 기육 사촌에게 고마움을 표하고 싶다.

이 글을 시작할 수 있도록 어린 시절에 은연중 영감을 불어넣어 준 진짜 천재였던 사랑하는 중학 후배와 이 기쁨을 나누고 싶다.

차례

0.1% 천재

끔찍한 화학 약물 투척 사건이 있고 두 달 만에 은호가 치르는 대학 입학시험 날은 여느 시험 날과 마찬가지로 동장군 입김이 매섭게 옷깃에 파고든다.

완이는 학교에서 오전 수강만 마치고 부지런히 은호가 시험을 치르고 있는 고사장으로 달려왔다.

아직 시험이 끝나지 않아 굳게 잠긴 교문 앞에서 추운 칼바람에도 사람들이 서성이는 모습들이 눈에 들어와 여기저기 둘러보고 있을 때, 저 멀리 주택가 골목에 주차한 차에서 짧은 클랙슨 소리가 들려 건너다본다.

은호 어머니 주 여사가 차창을 열고 손을 흔드는 모습이 눈에 들어와 달려가자, 오전 내내 차 속에 있어서 지루해진 윤 기사가 나와 기지개를 켜면서 손수 차 문을 열어 준다.

"지극 정성으로 아버지 보살피느라 정신없다면서 이 추운데 어떻게 우리 은호까지 챙기러 왔어?"

주 여사는 생각지 않은 완이의 출현에 눈을 크게 뜨고 맞이한다.

"안녕하세요! 나 은호한테 잘 보여야 해요. 잘못하면 자기가 형 한다고 할지 몰라요."

"설마!"

"아니에요! 자기가 묻는 말에 제대로 대꾸 안 한다고, 제 여자 친구도 뺏겠다고 한 무서운 은호예요."

"참! 그래서 그 코스모스 같은 누나한테 된통 당했다면서? 참, 은샘이 학생도 이번에 시험 본다고 한 것 같은데!"

"은샘이는 내가 신경 쓰지 않아도 된다고 힘든 은호부터 챙기라고 했어요."

"그랬군! 진 박사님도 서울로 올라오셔서 많이 좋아지셨지?"

"대학병원으로 올라온 뒤부터는 오 간호사님이 철저하게 살펴주신 덕분에 많이 호전됐고, 그 대신 저는 뒷전으로 밀려났어요."

"사실 은호도 그 간호 부장이 신경 써준 덕분에 오늘 시험 볼 엄두라도 냈지, 처음 대전에 내려가서 봤던 은호 상처 생각하면 지금도 정신이 없어! 지성을 갖출 만큼 갖춘 박사란 사람이 그런 끔찍한 일을 저지른단 말야."

주 여사는 참혹하고 암담했던 당시가 떠올라 머리를 절레절레 흔든다.

"은호 말대로 자기한테 제일 소중한 것을 한순간에 잃어버린 정신적 충격을 꽁꽁 감추고 공부에만 매달렸다가 한꺼번에 폭발했던 거죠."

"그 바람에 젊은 자기 인생 모든 것이 물거품이 되고 말았잖아! 그런 한 치 앞도 못 보는 천치가 다 있어."

주 여사가 혀를 끌끌 찰 때, 이번엔 윤 기사가 멀리서 은호의 가정교사였던 찬우가 두리번거리고 서 있는 걸 발견하고 클랙슨을 울린다.

찬 바람을 맞고 입김을 호호 불면서 뛰어온 찬우도 꾸벅 인사하고 차 안으로 들어오면서 은호 걱정을 한다.

"아직도 불편한 몸으로 어떻게 시험을 잘 봤는지 모르겠네요."

"걔 아버지도 몸부터 챙기고 일 년 참았다 내년에 보라고 하는데도 며칠간 벼락치기로 공부하더니, 고집부리고 응시를 했는데, 어떻게 제대로 봤는지 모르겠군!"

주 여사가 걱정스럽게 말하자, 완이는 찬우를 바라보면서 입을 연다.

"지난번 대전 병원에서 봤을 때, 찬우 씨는 연구소 일이 바빠서 정신없다면서 어떻게 나왔어요?"

"은호가 당한 그 사고 여파로 HSTAR 팀이 이번에 거의 해체 수준으로 물갈이되는 바람에 홍릉까지 파장이 밀려와 어수선한 것이 장난이 아니야! 나 같은 졸병들은 고래 싸움에 새우 등 터지는 꼴이라니까!"

"이 소장님이 병원에 오셔서 장관하고 담판을 져서 모든 것이 잘 마무리됐다고 장담하시더니, 그렇다면 이 소장님도 잘못된 것 아니에요?"

"최고 책임자이니 당연히 책임질 수밖에 없는 건데, 확실한 후임자가 없다는 게 문제라 홍릉 연구소까지 분위기가 하도 뒤숭숭해 모두 손을 놓고 있어서 나도 하던 작업 때려치우고 나왔다니까!"

찬우가 투덜거릴 때, 교문이 열리면서 시험을 끝낸 수험생들이 하나둘 나오기 시작하자, 완이가 맨 먼저 차 문을 열고 튀어나가 학교 안 저 멀리서 다리를 온통 흰 붕대로 칭칭 감고서 양팔에 목발을 짚고 힘들게 걸어 나오는 은호를 향해 달려가서 이내 덥석 안는다.

"힘들었지? 우리 꺾딱지 참 대단하다!"

은호는 잔뜩 대견해하는 표정으로 달려와 주는 형을 보고는 고마운 마음에 눈가가 어느새 붉어져 있으면서도 생글생글 웃으며 안고 있는 완이를 잡고 흔든다.

"형! 누가 보면 우리가 사귀는 줄 알겠어."

"나는 은샘이가 있어서 괜찮지만, 껌딱지가 걱정되긴 하네!"

"형! 이 추운 한겨울에 반바지 차림은 내가 처음일 거야!"

"은호 너는 정작 여름에는 반바지 못 입을걸!"

둘이 농담을 주고받고 있을 때 찬우도 다가와서 은호를 부축하고, 주 여사가 달려와 아들을 얼싸안는다.

"이런 불편한 몸으로 몇 시간씩 견디면서 시험 본 우리 아들 정말 장사다! 맛있는 거 뭐 먹으러 갈까, 아들 좋아하는 한우 갈비 먹으러 갈까?"

주 여사의 말에 완이가 급하게 서둘러 나선다.

"우리 어머니께서 한턱내신다고 은호 시험 끝나는 대로 꼭 잡아서 붙들고 오라고 신신당부하셨고, 외할아버지도 0.1% 천재를 다시 한번 보고 싶다고 꼭 데리고 오라고 하셨어요."

"0.1% 천재라니!"

주 여사가 눈을 동그랗게 뜨고 놀란 표정을 짓자, 은호가 나서서 설명한다.

"엄마! 완이 형 외할머니께서 진 박사님 눈이 정상이라고 짚어 준 나보고 천재라고 하셔서 그냥 남보다 0.1% 더 안 것뿐이라고 했더니, 외할아버지께서는 그 하찮아 보이는 0.1%가 세상을 바꿀 수도 있는 엄청난 수치라고 일러 주셨던 거란 말야."

은호의 설명에 주 여사는 고개를 끄덕이고, 완이의 간절한 요청에 모두 명동 레스토랑으로 향했다.

도착해 보니, 의외로 수덕도 병원에서 오 간호 부장에게 외출을 허락받고 나와서 기다리고 있었다.

일행이 식당에 들어서자, 인수가 편안한 자리로 안내하고 곧바로 위층에서 신 여사와 장 의원이 내려와 반갑게 맞이한다.

은호는 장 의원이 내민 손에 이끌려 이내 활짝 웃는다.

잠깐 밖으로 나갔던 완이도 금방 도착한 은샘이를 데리고 들어왔다. 예사롭지 않은 시선으로 바라보는 주 여사에게 먼저 소개하자, 은샘이 단정하게 고개를 숙여 인사한 다음 은호에게 다가가 손을 잡으며 시험 잘 봤냐는 짧은 눈짓을 하고, 완이와 함께 자리에 앉자, 장 의원이 먼저 입을 열었다.

"대전 병원에서 봤을 때는 상처가 너무 심해서 둘 다 차마 눈을 뜨고 볼 수가 없더구먼, 그런 몸으로 어떻게 힘든 시험 볼 생각을 다 했을까?"

장 의원의 말에 주 여사가 수덕을 건너보면서 은호 대신 나서서 말한다.

"은호 아빠랑 저도 걱정이 되어 한사코 말렸는데도 진 박사님 명령이 떨어져서 어쩔 수 없다고 고집을 부리는 바람에 속수무책으로 자기 하는 대로 지켜볼 수밖에 없었죠."

주 여사의 말에 이번에는 윤경이 나서서 수덕의 입장을 대신해 말한다.

"완이 아빠는 약속 하나는 목숨을 걸고 지키는 성품인데, 대전 연구소에 같이 내려가면서 은호한테 다니던 학교에 복학하는 대신에 바로 내년엔 대학생이 되게 하겠다는 어려운 약속을 했다고 하더군요."

윤경의 말에 신 여사가 자리에 앉으면서 수덕을 힐끗 바라보고 입을 연다.

"하기사 이번 사달의 시초가 된 그 실험도 완이 아비한테 불리할 것이 뻔해 그만둘 수도 있었는데, 그 노 실장인가 뭔가 하는 사람과 사전에 약속하는 바람에 거절하지 못했다면서? 그놈의 약속이 문젠지, 막무가내 고집이 문젠지, 진 서방 속은 알다가도 모를 일이야!"

신 여사가 말하면서 곱잖은 시선으로 바라보자, 수덕이 힘들게 말한다.

"그렇지 않아도 은호랑 한 약속을 지키기 위해 어쩔 수 없이 보내 놓고 걱정을 많이 했는데, 이젠 앞으로 나올 합격자 발표가 벌써 걱정이 되네요."

수덕의 말이 떨어지기 무섭게 옆에서 은호가 밝은 목소리로 나선다.

"박사님, 너무 걱정하지 마세요! 이 껌딱지가 마음만 먹고 대들면 뭐든지 잘하잖아요."

"혹시 은호가 아버지한테 질세라 수석까지 하는 건 아닌지 모르겠네요."

완이의 말에 은호가 바로 또 나선다.

"형! 그건 아니지. 박사님은 내가 감히 넘보지 못하고, 완이 형한테 질세라가 맞을걸!"

은호의 말에 수덕이 손을 내젓는다.

"완이나 나는 너처럼 고등학교 3년을 그냥 건너뛰어 보지는 못했으니 너하고 비교가 안 되지."

"그리고 보니, 박사님이 걱정하시는 발표가 큰 벽이 되긴 하네요."

은호의 말에 인수가 와인 세트를 챙겨 오면서 짓궂게 한마디 한다.

"은호 너는 왜 전공을 공대로 바꾼 거야? 지난번엔 체육학과에 지원한 은샘이랑 같은 과에 지원한다고 했던 것 같은데!"

싱글싱글 웃으며 던지는 인수의 말에 전후 사정을 모르는 어른들은 어리둥절한 표정이고, 완이와 은샘은 질색하는 얼굴로 인수를 노려본다.

"삼촌! 왜 다 정리된 지나간 일을 들추고 그러세요?"

"은호는 제 원래 전공인 격투기에는 영 자신이 없어서 저를 쫓아다니는 건 포기했대요. 그렇지?"

은샘이 수덕의 바로 옆에서 떨떠름한 표정으로 바라보는 은호를 보며 말할 때, 푸짐한 음식이 나오기 시작하자, 주 여사의 입이 벌어진다.

"은호가 아직 시험에 합격한 것도 아닌데, 너무 황송하네요."

"합격이 뭐 문젭니까? 어려운 조건에서 도전한 0.1% 천재의 기백이 가상하고 기특할 따름이죠!"

장 의원의 말에 모두 고개를 끄덕이면서 은호를 대견하게 바라본다.

모두 차려 온 음식의 맛에 흠뻑 빠져 한동안 말들이 없다가 인수가 돌아가면서 따라 주고 간 와인을 마시던 장 의원이 은호를 다정한 눈빛으로 바라보며 새로운 제안을 건넨다.

"0.1% 천재가 이번 시험에 합격하면 이 할아버지가 축하 선물하나 전하고 싶은데, 뭘 좋아하는지 알아야지!"

장 의원의 뜻밖의 제안에 은호는 똥그랗게 뜬 눈으로 바라보고, 완이가 퉁명스럽게 입을 뗀다.

"할아버지! 제가 합격했을 때는 선물을 주신 기억이 전혀 없는

데. 아버지 조수한테는 웬일이세요?"

"그때는 네 할머니랑 삼촌이 나서서 설쳐대는 바람에 이 할아버지는 꿔다 놓은 보릿자루처럼 그냥 지켜볼 수밖에 없었다. 그대신 네 전공인 그림을 열심히 해서 국전에서 좋은 성과를 올리면 네가 그렇게 원하는 근사한 선물 하나 뽑아 주마. 이 할아버지가 약속할게!"

완이는 할아버지께서 말씀하시는 근사한 것이 자동차란 걸 감잡고 귀가 번쩍 뜨여 반색하고, 은호는 눈을 말똥말똥 뜬 채 장의원을 바라보면서 조심스럽게 입을 연다.

"저는 그런 물건 말고……!"

은호는 한참 동안 말을 잇지 못하고 망설이면서 주위를 살피다가 어렵게 이야기를 이어 간다.

"할아버지께서 힘이 되시면 지금 감옥에 갇혀 있는 승민이 형이 밖으로 빨리 나올 수 있도록 도움을 주시면 안 돼요?"

너무 청천벽력 같다고밖에 표현할 수 없는 은호의 말에 모두 어안이 벙벙해 있다가 주 여사가 먼저 고함치듯 말을 한다.

"죽다가 살아난 네 입에서 도대체 나올 수 있는 말인 거니?"

"엄마! 그 형도 나처럼 트라우마에 시달리다가 그렇게 된 거야."

은호의 울먹이는 말에 사고 당사자인 수덕은 물론 모두의 마음이 충격 속에 빠져 한동안 침묵하다가 수덕이 먼저 입을 열었다.

"나 때문에 일어난 사고여서 너한테 할 말이 없지만, HSTAR 이우연 박사도 노 실장에게 정신 감정을 받도록 권하면서 별도로 구명 운동을 하는 거로 알고 있다."

수덕의 말에 은호는 손을 내저으며 말을 한다.

"원래는 박사님 때문이 아니고, 제가 중간에 끼어들어 실험을 중지하라고 하는 바람에 승민이 형 머리가 돌아 버렸던 거 아닌 가요?"

은호의 말에 수덕은 조용히 고개를 가로젓고, 지켜보던 찬우가 싱긋이 웃는 얼굴로 입을 연다.

"지금 연구소에는 당시 진 선배의 소림사에서나 볼 수 있는 놀라운 공중회전 이단 옆차기가 적중하는 바람에 노 실장이 이성을 잃은 거라는 소문이 나돌고 있는데, 그 힘든 몸으로 가능한 건가요?"

"나는 정신 줄을 놓고 있어서 보지 못했는데, 진짜예요?"

은호의 잔뜩 호기심 어린 말에 수덕은 쑥스러운 표정으로 잠잠하고 윤경이 대신 대답한다.

"나도 옛날에 딱 한 번 그 동작을 보고 놀란 적이 있는데, 은호 네가 정신 똑바로 차리고 있었어도 눈 깜박할 순간이라 어떻게 지나갔는지 모르고 쓰러져 있는 사람만 보았을 거야!"

"지금은 불편하신 아버지 몸으로 가능했던 것이 미스터리가 아닌가요?"

완이의 말에 모두 아무 말이 없고, 찬우가 다시 입을 연다.

"지금 연구소에서는 노 실장 아버지, 노춘배 박사님과 옛날에 친분이 돈독했던 채 원장님이 나서서 구명 연판장을 돌리며 사인하라고 하는 걸 나는 은호 생각하고 거절했었는데, 이제는 내 생각도 바꿔야겠네요."

모두가 하나같이 은호의 마음에 감복해 있는 사이 장 의원이 고즈넉한 음성으로 입을 연다.

"법조계에 내가 아는 연줄이야 있지만, 그쪽보다는 천재들 생각이 그렇다면 함께 사법부에 두 사람의 진심을 전해 보는 것이 오히려 효과가 있을 것 같은데, 완이 아범 생각은 어떤가?"

"저도 본래 원죄가 있는 처지여서 언제든지 용서보다 더한 용서를 할 생각이지만 우리의 마음을 받아 줄 수 있는 노 실장의 밑바닥 정신 건강 상태가 우선이라고 봅니다."

수덕의 말이 끝나자 은호의 정신과 치료를 경험한 주 여사가 조심스럽게 말을 한다.

"그 정신적 충격을 치료한다는 것이 단기간에 그리 쉽게 끝나지 않아요. 더구나 그 사람은 십여 년 이상을 자신의 트라우마를 감추고 있었으니 우리 은호 경우랑 비교가 안 되죠."

"엄마! 치료한다고, 지금 승민이 형처럼 나를 꽁꽁 가둬 놓는 바람에 정말로 머리가 빠개질 뻔했단 말이야!"

은호의 말에 주 여사는 당황한 기색을 감추고 나직하게 말을 한다.

"여기 찬우 학생도 한번 지켜본 것처럼 네가 감당할 수 없이 발작할 때는 이 엄마도 어쩔 수가 없었다니까?"

주 여사의 말에 완이가 한마디 한다.

"은호 어머니! 그렇게 발작할 때는 아주 유용한 방법이 있는데요."

"무슨 방법?"

주 여사가 눈을 동그랗게 뜨고 바라보자, 완이는 자기 엄마를 흘끔 보면서 말을 이어 간다.

"철이 덜 든 어렸을 적에 우리 어머님께서 어린 나는 몰라라 하고 맨날 아픈 아빠만 챙겨서 심통이 나서 발작 비슷한 걸 할라치면 엄마는 나를 꼭 끌어안고 우시는 거예요. 그래서 난 꼼짝없이 마마보이가 될 수밖에 없었죠!"

"아들아! 내가 언제?"

윤경이 눈을 크게 뜨고 펄쩍 뛰자, 모두 함박웃음을 짓는 가운데, 완이 대신 신 여사가 딸을 쏘아보며 입을 연다.

"시치미 떼기는, 저 극성이 그러고도 남지! 은호 엄마는 그런 시도를 한 번도 해 본 적이 없으신가 보군."

"발작했다 하면 너무 당황해서 의사 부르기 바쁘고, 의사가 진단해 주는 대로 정신 병원에 입원시키느라 그런 시도를 해 볼 여유가 없었습니다."

주 여사의 말에 장 의원이 고개를 끄덕이며 말을 한다.

"0.1% 천재는 그래도 다행히 발작이라는 자기표현을 곧바로 한 덕분에 쉽게 치료를 받아 정상으로 돌아갈 수 있었는데, 정신 병원 입원은 치료 목적도 있겠지만 격리한다는 차원이기도 해서 환자에게는 폐쇄된 공간에 갇힌다는 또 다른 트라우마가 생길 수도 있지."

수덕도 처음 연구소에 들어가서 얼마 되지 않았을 즈음에 자신이 제시한 신물질을 가공할 파괴 에너지로만 인식해서 연구를 포기한다고 어설피 선언했다가 억지로 잡혀서 감금되다시피 하면서 겪었던 마음고생으로 인해 호텔 화재 사고를 스스로 겪을 수밖에 없었던 것이 노 실장의 공황에 빠진 충격적인 행동과 같은 바로 트라우마의 폐해라는 생각이 들었다.

시끌벅적한 식사가 모두 끝나고, 윤경은 은호네가 먼저 찬우와 함께 돌아간 뒤, 수덕이 다시 병원으로 돌아가는 것을 챙긴다.

윤경은 불편한 몸으로 엉거주춤 서 있는 남편을 보면서 대전 연구소에서 옛날의 무술 실력이 나왔었다는 말이 믿기지 않으면서도 어제 일 같은 대학 새내기 때, 그 팔팔했던 시절이 떠오른다.

살고 싶으면 뛰어!

시골 학교에서 올라온 수덕이나 현도는 물론, 서울에서 똑같이 대학 생활을 시작한 윤경이와 은영이, 이들 4인방은 어려서 뉴스를 통해 많이 접해 호기심의 대상이기도 했던 젊은이들의 전유물처럼 느껴지던 미팅과 시위라는 당시 대학 문화가 새내기 시절부터 그들의 활동 영역 속에 아주 가깝게 피부에 와닿았었다.

신입생 초기 각종 미팅에 휩쓸려 정신없이 지내다가 가장 정신적인 부담으로 다가왔던 문제가 그 당시 한창 빈번하던 각종 시위 집회에 당연한 의무처럼 참가하는 것이었다.

많은 새로운 이슈들이 이념이나 사상에 백지상태인 그들에게 심각하게 정신적인 영향으로 주입되어 왔었다.

모든 사회구조가 조금은 경직돼 있던 시절이어서 거부할 수 없이 위계를 이뤄 내려오는 요구에 대해 내심 당황하면서도 어린아이를 벗어난 최고학부 지성인이란 자부심과 함께 명분상 선택할 여유는 주어진다 해도 그것들을 나름대로 소화해 내느라 많은 고초와 시행착오를 경험해야 했었다.

그때까지 접해 보지 못해서 느낄 수 없었던 생소한 문제들이 자유분방함 속에 너무 가깝게 피부에 와닿았고, 이론적으로나 실질적으로 부정과 긍정을 무조건 수용해야 하는 어설픈 신입생들은 군대 초년병처럼 정신적, 육체적으로 모두 피곤해질 수도 있었다.

신입생 초기부터 연구소에 매달려 있던 수덕이는 다른 아이들과 별반 달리 받아들이는 것 같지 않았지만 대처하는 면은 모든 게 확실해서 누구보다 자기 판단에 따라 확실한 의중을 가까운 친구에게 드러내는 편이었다.

뭐가 뭔지 확고한 주관 없이 그저 대세에 추종하면서 따르는 아이들과 분명한 뭔가를 직관하고 대처하는 수덕은 윤경의 눈에 달리 보일 수밖에 없었다.

신입생 시절 통과의례로 가볍게 받아들이는 측이 대부분이었지만 개중에는 뜨거운 혈기에 아주 적극적이어서 겉으로 볼 때 학문을 하기 위해서 대학에 들어온 것인지, 사회운동을 위해 뛰어든 건지 분간하기 어려운 아이들도 더러 있었다.

윤경이 어머니 신 여사나 장 의원도 당시 대학의 생리를 너무 잘 알기에 좀 과격해질 수 있는 소양을 갖췄다고 생각한 딸에게 신신당부했던 것이 학문을 위해 들어간 대학이니 그 목표에 파고들기 위해서는 학내 과나 동아리 모임에서 절대로 눈에 띄어 주목받는 행동을 피하라는 것이었다.

그래서 윤경이는 자율적으로 선출하는 과 대표나 동아리 내에서도 앞에 서지 않고 고의로 항상 쫓아다니는 부류에 속해 있었다.

수덕은 그런 모임에서 기존에 가지고 있던 유명세 때문에 높은 지명도가 있었지만, 특유의 순발력과 연구소 핑계를 방패로 잘 빠져나갔었다.

그러나 그 위험한 곡예에서 자칫 존재가 확실하게 드러날 수도 있고, 철저하게 응징되어 고립되어 버릴 뻔한 일이 있었다.

사건이 있던 날은 시내 한복판에 캠퍼스가 있는 D대에서 서울 지역 대학생 총궐기 모임을 하기로 한 날이었다.

여러 학교에 분산되어 개별적으로 모이는 관계로 우선 모임을 주관하는 간부급 학생들 외에 학생들의 집합이 늦어져 진행이 더 뎌지는 바람에 집행부 선배들의 신경이 날카로워진 상황이었다.

그곳에는 당시 수덕을 위시한 4인방이 일찍부터 만났고, 고교 시절 수덕의 최초 간택녀였던 성유미도 은영이와 함께 있다가 반색을 했다. 옛날과 달리 밝고 활달해 보여 수덕이는 전혀 딴판이라는 듯 윤경을 돌아보면서 머릴 흔들었었다.

그 무렵 윤경은 괜한 일로 수덕이와 시시콜콜 부딪치던 상황이라 심사가 뒤틀리고 있어서 그런 유미가 괜히 밉고 거추장스러웠던 생각이 난다.

학교 안 휴게실은 선배들이 모두 차지해 포화 상태여서 그들은 한참 동안 무료하게 한쪽 구석에서 웅성거리고 있었다.

"상황을 보니, 시작하려면 아직 많이 기다려야 할 것 같은데, 잠깐 어디 나가서 커피라도 마시면서 오늘날의 시국 문제점을 우리 심층 토론해 보는 게 어때?"

수덕의 제안에 우르르 따라나서긴 했는데, 막상 교문 밖으로 나가려 하자, 입구에서 안으로 들어오는 것은 허용해도 밖으로 나가는 것은 철저하게 통제하라는 선배 간부의 지시를 받은 어려 보이는 학생과 수덕의 옥신각신이 벌어졌다.

당시 모든 일에 자신감으로 밀고 나가려는 기세를 앞세운 수덕으로서는 최고 권위의 잘못된 통제를 부수겠다고 모이는 최고 지

성인 모임이라고 자처하면서도 소신 없이 커피 한잔 마시고 들어
오겠다는 말도 받아들이지 못하고 위 간부의 지시만을 핑계 대는
통제 학생의 낌새를 눈치채고 막무가내로 밖으로 나가려고 한참
대치하고 있을 때, 뒤쪽에서 어른 같은 굵은 목소리가 들려왔다.

"뭔 일인데 이렇게 소란이야?"
모두 멈추고 돌아보니, 목소리도 굵지만 큰 키에 광대뼈가 툭
불거지고 작은 눈이 옆으로 째진 험상궂고 나이가 들어 뵈는 아
저씨 같은 학생이 팔뚝에 완장을 걸치고 성큼성큼 내려와 통제하
는 학생의 자초지종을 듣더니, 째진 눈으로 수덕을 노려봤다.
"지금이 어떤 상황인데 너희들 멋대로야?"
그러고는 다짜고짜 수덕이에게 다가가더니 뺨을 보기 좋게 갈
겼었다.
졸지에 당해 붉어진 수덕의 얼굴이 백지장처럼 하얗게 변하면
서 황급히 서너 걸음 물러서는가 싶더니, 순식간에 수덕의 양발
이 허공을 가르면서 떠올라 순간적으로 휘돌아 쳐, 한 척은 더 큰
간부 학생의 면상과 가슴에 내리꽂듯 후려쳤다.
눈 깜짝할 사이 저만치 간부 학생이 허깨비처럼 벌렁 나자빠져
얼굴을 감싸면서 나뒹굴어 여자아이들은 '어마나!' 하는 외마디와
함께 자지러졌다.
위쪽에서 웅성거림을 지켜보던 간부들이 내려오는가 싶더니,
어디서 나타났는지 역시 좀 나이가 든 간부 하나가 씩씩거리고
서 있는 수덕이의 멱살을 움켜잡더니, 강압적으로 질질 끌고 교
문 밖으로 나갔다.

현도와 윤경을 선두로 여자아이들도 우르르 쫓아 나가자, 얼마만큼 끌고 간 간부가 잡았던 수덕의 멱살을 놓으면서 낮게 소리쳤다.

"야! 살고 싶으면 뛰어!"

수덕에게 외치고는 함께 내닫기 시작했다.

마음 약한 현도가 겁에 질려 따라 뛰면서 간부 학생 얼굴을 보더니 윤경을 보면서 씽끗 웃었었다.

현도가 어디서 본 듯해 자세히 살펴보니, 수덕과 함께 백장암에서 만났다가 헤어졌던 창욱 선배가 아닌가!

웬만큼 뛰어 대한극장 뒷골목에서 뒤돌아보니 쫓아오는 사람이 아무도 없어 헉헉거리며 멈춰 섰다.

"창욱 형님이 아니십니까?"

수덕이 창욱의 손을 잡았다.

"이놈들아! 벌집을 건드려도 유분수지, 천재 넌 역시 세상에 뵈는 게 하나 없는 아주 안하무인이구나! 지금 그 애가 누군지나 알고 그랬던 거야?"

수덕인 고갤 흔들 뿐이었다.

"그 친구가 생긴 건 못된 허수아비 형상이지만 명색이 지방에서 뽑혀서 올라온 전국 총학생회 부회장이란 말이다. 천재 너 학교 그만 다니고 싶어?"

"눈에서 갑자기 불꽃이 튀니까 반사 신경이 혼절하는 바람에 그만!"

수덕의 말에 어이없어하는 창욱의 손을 잡고 넋이 나갔던 현도가 여자아이들을 끌고 가까운 찻집으로 우르르 몰려서 들어갔었다.

가슴을 졸였던 은영이 자리에 앉으면서 창욱이의 팔뚝에 걸린 완장을 보며 입을 열었다.

"선배님은 지금 안 돌아가도 돼요?"

창욱은 그제야 완장을 걷어 주머니에 쑤셔 넣으면서 웃었다.

"나는 이제 퇴물인걸! 사실 나는 이런 건 별로 관심도 없고 몇 달 후 이번 학기가 끝나면 졸업인데, 오늘은 괜히 연장자라고 등 떠밀려서 나왔어. 하여튼 오늘 수덕이 너! 내 눈에 띈 게 천운이다. 오늘 지도부 모두 호응도가 낮다고 이를 갈고 있던 판이었단 말이다."

창욱은 수덕의 머리를 손바닥으로 쓸었었다.

커피가 나오고, 감정들이 가라앉자 수덕이 일어나서 여자아이들을 소개하고 차례로 일어나 인사했었다.

세월이 흐르는 물 같다는 말처럼 20여 년 전을 돌아보는 윤경은 그렇게 한 점 어두운 그늘 없이 활기 넘치던 완이 아빠와 어울렸던 그 시절이 꿈만 같이 생각된다.

보물찾기

채 원장은 이 소장 부부와 함께 미국으로 돌아가는 노 실장 노모를 배웅하기 위해 김포공항 국제선 청사에 나와 있다. 며칠 전에 끝난 아들의 재판 결과가 너무 가볍게 나온 덕분에 안심하고 돌아갈 수 있다고 해서 이 소장 부인이 각 데스크를 돌며 출국 절차를 돕고 있는 것을 멀찍이서 바라보며 채 원장이 한마디 한다.

"천재는 작은 천재 데리고 부여 다녀온다고 며칠 전에 내려가서 감감무소식인데 무슨 일이 있는지 모르겠군."

"진 박사 몸이 완쾌해서 오랜만에 본가에 내려갔으니 느긋하게 쉬고 있겠지."

이 소장은 외부에 알릴 수 없는 중요한 미션을 두 천재에게 준 처지라 그냥 얼버무리자 채 원장이 다시 입을 연다.

"하여튼 천재 조수 은호 녀석을 보면 사람을 깜짝깜짝 놀라게 하는 재주가 있다니까! 중3 어린 녀석이 S대 전체 수석은 못 했지만 쟁쟁한 머리들이 우글거리는 화공과 과 수석을 했다니 놀랄 노 자야."

채 원장이 머리를 흔들자 이 소장이 나지막하게 한마디 한다.

"이번에 승민이가 집행유예와 정신 병원 감호라는 가벼운 판결을 받은 것도 두 피해자와 연구소 박사들의 탄원도 어느 정도 참작됐지만, 그보다 진 박사 겸딱지의 간곡한 청원을 듣고 탄복한 정권 실세 누군가의 입김이 작용했다는 후문이야."

"그래선지 판사가 최종 판결 주문을 읽어 내려가자, 검사들도 어이없다는 표정으로 고개를 내둘렀잖아."

"미국 법정 같았으면 그런 테러 성, 범죄는 엄하게 다스리는 편이라 누가 탄원을 한다 해도 집행유예는 어림없지. 아마 5년 이상 때릴 거야."

노 실장 노모가 모든 절차를 마치고 출국 게이트를 통과하기 직전 얘기를 나누고 있는 두 사람 앞에 눈물을 글썽이는 얼굴로 다가온다.

"두 박사님이 그동안 여러모로 도와준 고마움을 뭐라 말로 표현할 수가 없군요. 그 은혜 잊지 않겠습니다!"

승민 모친의 말에 노춘배 박사 생전에 많은 도움을 받았던 채 원장이 그저 황송한 표정으로 손을 잡고 입을 연다.

"전에도 말씀드렸지만, 불행 중 다행으로 승민 군이 고생을 덜 하게 됐으니 무거운 마음 내려놓으시고 편안하게 여행하십시오."

채 원장의 말에 승민 노모는 고개를 끄덕이고, 이 소장을 향해 간절한 표정으로 가슴속에 있는 진심을 말하기 시작한다.

"이 박사! 승민이한테 그렇게 당하고도 우리 애를 위해 탄원서까지 넣어 준 두 사람을 꼭 만나 고맙다는 인사를 하고 싶었는데, 재판정에서도 정신이 없어 만나지 못해 마음이 편하질 않구먼!"

"우리가 자주 만나는 친구들이니 걱정하지 마세요."

"승민이 아버지 건에 대한 묵은 감정도 이번 일로 다 삭아졌다고 이 박사가 대신 좀 이 늙은이 마음을 전해 줬으면 좋겠어!"

노모는 끝내 만감이 교차하는 듯 흐르는 눈물을 훔친다.

"제가 충분히 사모님 마음을 전하겠으니 걱정하지 마십시오! 승민이 감호 기간이 지나면 저도 이곳 정리하고 같이 미국에 찾아가 뵙겠습니다."

이 소장이 고개 숙여 인사할 때 출국 게이트에서 시간이 없다고 손짓해서 모두 급하게 출국장으로 향한다.

이 소장 부부가 채 원장과 함께 승민이 어머니를 배웅하고 있는 그 시각, 수덕은 부여 백마강 가 백사장에서 은호와 함께 며칠째 여기저기를 살피면서 거닐고 있다.

부여에 내려오자마자 자신이 20여 년 전에 은밀하게 감추어 놓았던 큰 암석을 꺼내 은호와 함께 외관상으로 세밀히 관찰해 본 결과, 애초에 운석일 거라고 예상했던 것과는 거리가 있어 보였다.

원래 운석은 대기권을 통과하면서 심한 마찰로 인해 높은 열이 가해져 연소된 흔적이 배어 있게 마련이다.

그런데, 이 암석에는 그런 흔적을 찾아볼 수가 없다는 점이 지구상의 암석일 수 있다는 희미한 가능성을 의미하기에 오히려 긍정적으로 생각할 수도 있지만, 아직은 지구상에 이 암석과 같은 질량을 가진 순수 물질이 발견되지 않아서 운석이라는 결론을 아직도 지울 수 없다는 것이다.

수덕이 백사장을 한 바퀴 돌고 나서 골똘히 생각에 빠져 있을 때, 개구쟁이 은호가 수덕이 가르쳐 준 처음 암석을 발견해서 캐냈던 웅덩이 가에 쪼그리고 앉아 있다.

수년 동안 홍수가 들락이면서 거의 메워져 이제는 어렴풋이 흔적만 있는 곳에 가득 차 있던 물이 빠지면서 서려 있던 퍼런 이끼가 마른 곳을 한동안 응시하다가 바로 옆 모래 둔덕에 앉아 있는 수덕에게 장난기가 발동해서 말을 건다.

"박사님이 저 속에서 돌을 건져 낼 때 혹시 물은 먹진 않았겠죠?"

"그때는 커다란 웅덩이여서 내 키로 한 길쯤 되는 깊은 물이 있었지만 저렇게 더럽지는 않았다. 마지막 물에 들어갔을 때 숨이 차서 얼떨결에 물을 조금 먹었던 기억이 난다."

말이 떨어지기 무섭게 은호가 일어나 펄쩍펄쩍 뛰면서 자지러져 생각에 빠져 있던 수덕은 그저 멍한 얼굴로 바라본다.

은호는 기절할 듯 난리를 치다가 가까이 와서 수덕의 귀에다 대고 작은 목소리로 물어본다.

"여기서 바다까지 거리가 얼마나 되나요?"

"아마 서울에서 인천만큼 될걸."

"그럼 바닷물이 여기까지 거슬러 올라올 일은 전혀 없겠네요."

"강물은 바다 쪽으로 계속 흘러가고, 몇백 리 되는 여기까지 역류하는 일은 결코 없을 거야!"

수덕도 거기까지 말하고 은호가 묻는 속셈을 알아차리고는 쓴 웃음을 짓고, 은호는 여전히 웃음을 참아가면서 자기 나름대로의 이론을 전개한다.

"암석들이 염기 반응을 보인 것은 누가 이 웅덩이에 소금물을 뿌리지 않았으면 산토끼나 고라니가 와서 오줌을 쌌다는 얘기가 되는데요."

"내 어릴 적에 여기 백사장에서 살아 봐서 아는데, 그럴 가능성은 아주 희박하지."

"그 무렵 여기서 저 백제 대교 공사를 했다고 하셨죠?"

"이 웅덩이도 원래 그 공사 중에 생긴 거였다."

"그렇다면 바로 해답이 나왔네요. 가장 유력한 범인은 여기서 일하던 공사 현장 작업자들이 되는 거죠. 그 아저씨들이 먹다 남은 음식물을 버리기도 하고, 오줌도 깔겼다는 얘기가 되고, 그 덕분에 암석에서 염기 반응이 일어나는 바람에 요행으로 그것을 발견하게 된 박사님이 그 물을 한 모금 마셨다는 결론이 나오는데요."

은호가 또다시 배를 잡고 웃어 대자, 신나게 추리한 말에 대해서 듣고 있던 수덕이 신중하게 지적을 한다.

"만약 네 추리가 확실하다면 그 현장 작업자들이 범인이라는 껌딱지 표현은 너무 과했고, 신물질 발견의 공로자나 도우미라고 해야 맞지! 그리고 그런 엄청난 걸 발견하는데 그깟 오줌물이 대수야! 지금이라도 그보다 더한 것도 마다하지 않겠다."

수덕이 자신의 말에 은호가 금세 뻘쭘한 얼굴이 되는 걸 멋쩍은 표정으로 바라볼 때, 마을 쪽에서 노인 한 분이 어린아이를 데리고 목줄을 한 강아지를 끌고 산책을 하면서 천천히 다가오고 있는 모습이 보인다.

가까이 왔을 때 수덕은 백제 대교가 생기면서 사라진 배다리 백사장에서 살았을 때 옆 가게에서 장사하시던 바로 아버지 술친구분이란 걸 알고 급히 일어나 머리 숙여 인사를 하자, 아저씨는 화들짝 놀란 표정을 짓는다.

"태보 아들 천재가 아닌가! 3공화국 때 그 난리를 치르고 이제 대전에 있는 대단한 연구소에 있다면서 쌀쌀한 날씨에 여긴 웬일인가?"

"집에 온 김에 강바람 좀 쐬려고 나왔습니다."

"나도 한때 힘들게 살았던 옛날 배다리 시절이 생각나서 종종 손주 녀석 데리고 이리로 산책을 안 나오나! 나이가 들어갈수록 지지고 볶으면서 산 그때가 새록새록 생각이 나곤 한다."

아저씨는 굵어진 눈가 주름에 서린 고즈넉한 눈빛으로 수덕을 바라본다.

"저도 여기서 지낸 철없던 어린 시절이 자주 생각납니다."

"참! 어린 너를 그렇게 끔찍하게 챙기던 잘생긴 진수 그 녀석이 젊은 나이에 벌써 불귀객이 되어 지리산 어딘가에 묻혀 있다는 게 정말이냐?"

"아니! 온조 아저씨께서 우리 사부님 돌아가신 걸 어떻게 아십니까?"

옛날 하시던 가게 이름이 온조 상회라 늘 온조 아저씨라 불러서 수덕이 입에서 스스럼없이 나온다.

"얼마 전에 너희 춘부장하고 술 한잔하는 자리에서 얘기 끝에 진수가 저세상에 먼저 갔다면서 태보에게는 안 어울리게 찔찔 짜더라니까!"

거기까지 말한 아저씨는 은호가 살피고 있는 암석을 유심히 보고는 화들짝 놀라 부리나케 다가가 암석을 발로 툭툭 차면서 수덕을 향해 외친다.

"아니! 이 웬수 덩어리가 어찌 이 언덕까지 올라와 있나?"

"할아버지께서 이 돌을 어떻게 아시는 건데요?"

온조 아저씨의 예사롭지 않은 반응에 은호가 민감하게 올려보며 묻고, 수덕도 생각지 않았던 의외의 상황에 긴장하면서 가까이 다가선다.

"내가 이 돌덩어리하고 기막힌 사연이 있었지."

"아저씨한테 무슨 일이 있으셨는데 그러십니까?"

수덕이 다가서서 진지하게 묻자, 온조 아저씨는 모랫바닥에 털썩 주저앉으면서 넋두리처럼 내뱉는다.

"이게 너희들 눈엔 그냥 예사 돌덩이로 보이지만, 귀신이 씐 요망한 돌이란 말이다!"

온조 아저씨는 잔뜩 긴장한 모습으로 이야기를 이어 간다.

"어느 해 여름, 장마로 가게를 닫고 시내 집으로 피난 갔다가 홍수가 물러간 뒤 다시 가게에 돌아와 보니, 이상하게 이 큰 돌뭉치와 자잘한 돌멩이들이 강가에 떠밀려 와 있길래 가져다 여기저기 받침대로도 쓰고, 예사 돌치고는 보기보다 엄청 단단해서 여기저기 요긴하게 써먹었는데, 글쎄 이것이 비를 맞거나 막걸리나 국물이 튀면 재수 없는 소리로 울었단 말이다."

"이 돌이 정말로 울었어요?"

은호의 물음에 온조 아저씨는 머릴 끄덕이며 수덕에게 묻는다.

"이 총각이 좀 어려 보이긴 하는데, 대학 다닌다는 태보 손자인가?"

"제 아들이나 다름없이 연구소에서 불편한 저를 돕고 있는 아인데, 이 녀석도 이번에 대학생이 됐습니다."

"어린 꼬마 총각이 용하기도 하군!"

온조 아저씨가 물끄러미 바라보자, 은호가 다시 여쭤본다.

"저 돌이 진짜 울어서 버리셨던 거예요?"

온조 아저씨는 은호의 물음에는 아무 말 없이 한숨을 길게 내쉬면서 수덕을 빤히 건너보며 이야기를 이어 간다.

"이 얘기는 입에 올리기 싫어서 좀체 하지 않는데, 선애라고 우리 집에 어린 딸이 있었던 걸, 수덕이 자네도 알고 있지?"

"그럼요, 제가 여기 배다리에 살 때, 아직 학교에는 들어가지 않은 아주 수줍음이 많은 귀여운 꼬마였던 걸로 기억합니다."

"태보는 매년 겪는 홍수가 지겹다고 시내로 들어가고 3년 뒤, 선애가 정확히 여덟 살 됐을 때, 저 돌이 큰 홍수에 떠내려왔단 말이다."

온조 아저씨의 말에 은호가 또다시 호기심이 발동해 여쭤본다.

"이렇게 무거운 돌이 어떻게 강물에 떠내려와요?"

"너는 어려서 아직은 물이 얼마나 무서운지 모르는구나! 홍수가 휘몰아칠 때는 집채만 한 바위 돌도 여지없이 굴려 버린단다."

온조 아저씨의 얘기에 은호가 눈을 똥그랗게 뜬다.

"선애가 유독 저 돌을 좋아해서 학교 갔다 오면 저 돌하고 살다시피 했는데, 그해 초가을부터 그 애가 이상하게 시름시름 앓아서 백방으로 손을 써도 차도가 없이 허망하게 두 달 만에 저세상으로 떠나보내고 말았지."

"그런 슬픈 일이 있는 줄 저희는 모르고 있었습니다."

"그런 가슴 저린 일이 있고 얼마 후에 우연히 가게 앞을 지나다 잠시 머문 박수무당이 저 돌을 보자마자 대뜸 하는 말이 낙화암에서 떨어져 죽은 삼천 궁녀의 원혼이 씐 돌이라고 하지 않겠나!"

"그 무당은 그걸 어떻게 알고 그렇게 말했을까요?"

수덕의 물음에 온조 아저씨는 기운이 하나도 없는 표정으로 그냥 고개를 가로저으며 안타깝게 수덕을 바라본다.

"그건 나도 모르지! 그 말을 듣는 순간, 내 머릿속에 스친 생각은 선애가 저 돌 때문에 잘못된 것만 같아 너무 섬뜩해서 장사하다 나온 허드렛물을 강물에 곧바로 버리기 뭣해서 가끔 버렸던 여기 깊은 웅덩이에 힘들게 갖다 버렸는데, 요사스러운 것이 어떻게 백사장 위에 올라와 있는 거야?"

온조 아저씨의 한마디에 웅덩이에 염기가 서린 이유가 새롭게 밝혀지는 순간인지라 둘 다 대답을 못 하고 멍한 표정으로 서로 얼굴만 바라보다가 은호가 다시 여쭤본다.

"혹시 이 돌이 울기만 하고 무슨 빛 같은 건 나오지 않았어요?"

"글쎄다! 울음소리라는 것도 희미하게 지직거리는 정도인 걸 사람들이 운다고 했고, 이 시커먼 돌에서 무슨 빛이 나오겠어? 하기는, 어떤 사람들은 장마가 계속되면 저 위 낙화암 절벽에 무지개 비슷한 것이 걸린다고 하긴 하더라만."

"낙화암 암벽에 무지개가 걸린다고요?"

은호가 외치듯이 아저씨께 되묻는다.

"옛날 어른들 말씀에 그 무지갯빛이 백제가 망할 때 떨어져 죽은 삼천 궁녀의 혼령이란 소리가 있어선지 흐린 날에 낙화암이 있는 부소산에 올라가면 왠지 음울하고 섬찟하기도 했었다."

온조 아저씨의 말이 끝나자, 은호의 얼굴빛이 붉게 상기되면서 홍수 때 떠내려온 돌이 또 있었는지 물어보려 하자, 수덕이 이내 감을 잡고 나직하게 말한다.

"우리가 며칠간 백사장을 샅샅이 뒤져 봤지만, 별다른 돌이 없었잖아!"

수덕의 말을 들은 은호가 고갤 끄덕이자, 지켜보던 온조 아저씨가 잔뜩 의구심을 가진 표정이 되어 큰 소리로 묻는다.

"인제 보니, 자네들도 연구소에서 필요한 돌을 찾으려고 온 게 로구먼."

"아저씨 말씀은 우리 말고 여기에 누가 또 왔었다는 말씀입니까?"

긴장한 수덕의 물음에 온조 아저씨는 고개를 크게 끄덕이면서 말을 한다.

"한 두어 달 전인가! 그때도 내가 심심해서 저 강아지 메리하고 산책을 좀 하고 있는데, 대전 연구소에서 왔다는 서너 명의 멀끔한 젊은 사내들이 용달차까지 끌고 와 이 넓은 백사장을 샅샅이 뒤져서 검은 돌들만 모아서 잔뜩 싣고 가길래 어디에 쓸 거냐고 물어보니까 연구소에서 필요해서 가져간다고 하더군."

온조 아저씨의 말이 끝나자마자, 은호의 입에서 그들의 이름이 금세 튀어나왔다.

"HSTAR 기획실장인 조병도 박사님 밑에 있는 젊은 박사 우제광 씨랑 자주 어울리는 전두식, 김기준 박사가 왔다 갔군요."

수덕은 대전 연구소에 처음 내려와 얼마 안 됐을 때 조병도 박사가 신물질 암석을 어디서 찾았느냐고 해서 아무 생각 없이 백마강 가 배다리 백사장에서 발견했다고 말했던 기억이 나서 고개를 끄덕이며 온조 아저씨에게 다시 물어본다.

"용달차 기사는 혹시 여기 부여 사람이 아니었습니까?"

"여기 사람이지. 원래는 시내에서 카센터를 하는 친군데 수입이 시원찮은지 용달도 같이 하더라고. 아마 수덕이 너하고 비슷한 연배일 거야!"

"혹시 그 친구 이름은 모르세요?"

"나는 강 씨라는 것만 알고 있지. 참! 너희 아버지 가게에서도 아마 가끔 불러서 배달시키는 거로 안다."

그때 할아버지가 너무 오래 한자리에 머물러 있어 짜증이 난 어린 손자가 투정을 부리자, 온조 아저씨는 마지못해 일어난다.

온조 아저씨가 돌아간 뒤 수덕은 밝은 얼굴이 되어 은호를 바라본다.

"그런 줄도 모르고 며칠간 공연히 헛수고했구나!"

"저 아저씨 아니었으면 추운 날씨에 쓸데없는 시간을 더 허비할 뻔했고, 또 염기 반응의 확실한 원인이 밝혀졌으니, 정말 고마운 분을 만났네요."

은호의 말에 수덕도 고개를 끄덕이고 멀어지는 온조 아저씨를 멀찍이 바라보면서 씁쓸한 미소를 짓는다.

"사실, 나 어렸을 적엔 저 아저씨를 별로 좋아하지 않았거든. 맨날 아버지랑 시도 때도 없이 술을 마셔 대는 바람에 나한테 미움을 많이 받았었다."

"오늘은 이 암석 최초의 주인을 만나서 염기 반응이 일어난 원인이 밝혀진 것 말고, 박사님이 예상했던 운석이란 것에서 한 걸음 멀어지는 증인이 나타난 셈이긴 해도 저는 아직도 그렇게 확신할 수는 없어서 운석 쪽에 제 예측을 걸래요."

은호의 말에 수덕은 진지한 표정을 지으면서 앞으로 풀어야 하는 숙제가 크게 두 개로 압축된 것을 감지하고 다시 입을 연다.

"우선은 용달차 기사를 만나서 박사들이 챙겨 간 돌들의 행방을 찾는 것이 첫 번째 우리가 풀어야 할 과제가 되겠군."

수덕의 말에 은호가 두 눈을 반짝이면서 이내 맞장구를 친다.

"제 생각엔 저 돌의 정체를 파악하려면 무지개가 걸린다는 저 위에 있는 낙화암 탐색이 더 중요한 것 같은데요."

"그렇지! 그게 바로 두 번째 과제다."

"어제 부소산에 올라가 둘러봤을 때, 낙화암은 워낙 깎아지른 절벽이라 아무래도 배를 타고 둘러봐야 할 것 같은데, 어디서 배를 구하죠?"

은호의 걱정에 수덕이 잠시 생각하다가 입을 연다.

"용달 기사를 만나는 것은 어머니나 아버지께 도움을 청해야 할 것 같구나! 배를 수소문하는 것도 마찬가지야."

둘이 암석을 다시 묻은 다음 흙을 덮고, 부지런히 가게로 돌아오니, 날씨가 좋긴 해도 찬 겨울바람에 한나절을 보낸 그들을 손님과 대화하고 있던 박 여사가 걱정스러운 눈으로 바라본다.

"오늘도 뭣들 하느라고 아침부터 몸도 성치 않은 두 사람이 그 썰렁한 허허벌판에서 몇 시간씩 보낸 거야! 아기 코가 아주 빨개졌구먼."

박 여사가 안쓰럽게 바라보면서 등을 토닥여 주자, 은호가 질색하는 표정을 짓고 돌아본다.

"할머니! 제발, 저 아기 아니에요. 저도 봄이 되면 새 학기부터 완이 형이랑 똑같은 대학생이 될 건데요."

"은호 너보다 나이가 훨씬 많은 우리 손주, 완이는 여기 부여만 내려오면 이 할머니 앞에서는 영락없는 아기가 되고 만단다."

"그렇게 아기 같은 형이 어떻게 왈가닥 여자 친구를 만났는지 몰라!"

은호의 시큰둥한 말에 박 여사는 전혀 의외라는 표정을 짓는다.

"얼마 전 대학 시험 보기 전에 은샘이가 공부를 소홀히 한다고 완이한테 된통 야단맞고 눈물을 한 섬이나 쏟았다고 하던걸."

어머니와 은호의 대화를 듣고 있던 수덕이 주위를 살피다가 입을 연다.

"아버지는 어디 가셨죠?"

"맛바위 쪽에 배달이 있어 가셨는데, 곧 오실 때가 다 됐다."

"혹시 어디 또 배달 갈 곳은 없어요?"

수덕의 물음에 박 여사는 의외라는 투로 바라본다.

"너 다니던 고등학교에 몇 가지 보낼 게 있는데, 배달은 왜 묻는 건데?"

"그럼, 그 배달은 강 씨 용달 기사를 부르시죠."

수덕이 말하자마자, 밖에 태보 씨가 도착해 가게 안으로 들어온다.

"내레 백제 대교 건너면서 내려다보니 백사장에서레 온조 넝감탱이하고서리 한참 얘기레 주고받고 있더구만. 느그들 무신 얘길 그리 했네?"

"귀신 붙은 돌 때문에 죽은 딸 얘기를 했습니다."

수덕의 말에 태보 씨는 어이없는 표정을 지으면서 헛웃음을 웃는다.

"기 넝감이레 그렇게 알아듣게시리 말해도 기거래 돌 핑계만 댄다 아이겠니? 그아는 한창 돌던 닐본 뇌염에 걸린 걸 모르고서리 대수롭디 않게 넘기다가 뒤늦게 병원엘 보내개디구 손도 못 써 보고 보내 놓고 말이다."

태보 씨는 잔뜩 안타까운 표정을 짓고, 수덕이 어이없어 고개를 흔들 때 박 여사는 점심상을 챙기러 내실로 들어간다.

태보 씨가 점심 식사를 마치고 가게로 나와 보니 밖에 용달차가 와 있는 걸 보고 소리를 버럭 지른다.

"수덕이 오마니! 내레 술도 마시디 않았고만, 어드레 강가 놈을 불렀네?"

"완이 아범이 부르라고 해서 불렀는데……!"

박 여사가 우물쭈물 말할 때 수덕과 은호가 내실에서 나오고, 동시에 밖에서 강 기사가 들어와 마주치면서 서로 놀라 화들짝 눈을 크게 뜨고, 수덕이 먼저 반가움에 소리치면서 와락 손을 잡는다.

　"너! 카추샤 연극에서 죄수 호송관 역을 했던 강달운이 아니냐?"

　"나는 천재 너희 가게 자주 들러서 네 소식은 잘 듣고 있었지만, 얼굴 보는 것은 몇 년 만인지 모르겠군."

　"달운이 너는 카센터까지 같이 하고 있다고?"

　"기사 하나 두고 하는데, 부여 바닥이 워낙 좁아서 행락철 아니면 타이어 펑크나 때워 주고 가끔 경운기나 손보는 게 다야. 그래도 이 용달은 아직 하는 사람이 없어서 그런대로 재미가 쏠쏠해."

　"달운이 넌 그래도 바쁘게 사는구나!"

　수덕이 손을 잡고 흔들자, 달운이 눈을 가늘게 뜨고 새로운 제안을 한다.

　"우리 오래간만에 만났으니, 저녁에 맥주 한잔 어때?"

　수덕이 흔쾌히 고개를 끄덕이자, 달운은 잔뜩 못마땅한 표정으로 바라보는 태보 씨 눈치를 살피면서 박 여사가 챙겨 주는 얼마 안 되는 짐들을 두 손에 들고 부리나케 나간다.

　저녁나절, 짧은 겨울 해가 서산에 걸려 있을 즈음, 달운이 일을 일찍 정리한 뒤 말끔하게 차려입고 수덕이 있는 가게로 찾아왔다.

　수덕이 은호를 데리고 따라나서자, 태보 씨가 미심쩍단 시선으로 바라보며 한마디 한다.

　"네 등짝이레 술 마셔도 일 없겠네? 그리고 술 마시는 자리에 뭐 하러 아이랑 하낭 가네?"

"제 몸은 이젠 다 나아서 괜찮고, 은호는 저녁만 먹일 겁니다."

태보 씨는 머리를 끄덕이면서 돌아선 수덕이 뒷등에 대고 대수롭지 않게 한마디 한다.

"하기사 수덕이 네레 더 늙아 나이 적에 아바이 술 훔쳐 먹어개 디구……"

거기까지 말했을 때, 박 씨가 잔뜩 노려보면서 태보 씨를 뒤로 밀치고 손을 흔들어 아버지 말은 신경 쓰지 말고 서둘러 가라는 시늉을 한다.

수덕이 은호와 같이 달운을 따라간 곳은 가게에서 얼마 떨어지지 않은 큰 도롯가 2층에 있는 경양식 집이었다.

차분한 분위기의 실내에 들어서자, 한쪽 자리에서 누군가 세련된 정장 차림에 벌떡 일어나 손을 흔들고 있어 자세히 보니, 학창 시절 같은 키 덕분에 옆자리에 있어 자주 어울렸던 정홍주가 활짝 웃고 있다.

"내가 연락했어. 너 서울 샘님 다음으로 가까운 친구가 홍주 아니었나?"

달운의 말에 수덕이 환하게 웃으면서 홍주의 손을 잡고 흔든다.

"천재! 네가 힘들게 도피 생활 한다는 얘기만 듣고, 도와주지 못하는 우리가 얼마나 가슴 아팠는지 몰라!"

홍주는 눈가가 벌게져서 잡은 손을 놓지 못한다.

"그때는 나를 찾는 사람들이 살벌하게 설쳐 대면서 내 연고지만 뒤지고 다니는 통에 일부러 내가 아는 사람을 피해 타관 객지로 떠돌았으니, 걱정해 준 너희들한테 오히려 미안하지. 너는 어떻게 지내고 있어?"

수덕의 물음에 달운이 옆에 다른 자리의 평소 안면 있는 사람들과 눈인사를 나누다가 홍주 대신 말한다.

"부여 바닥에서 홍주는 대단한 지방 유지야! 젊은 나이에 중앙의 문화재청에서 곧바로 내려와 백제 문화원 원장님으로 자리 잡았으니, 동창 중에 가장 성공한 친구가 바로 홍주라니까!"

달운의 얘기에 수덕이 고개를 끄덕이며 대견하게 바라보자, 홍주가 얼굴이 붉어지면서 다시 손을 덥석 잡으면서 입을 연다.

"내 성공의 모든 출발점에 수덕이 네 도움이 있었다면 믿을 수 있겠니?"

홍주의 뜻밖의 말에 수덕은 물론 달운도 영문을 모르는 눈치다.

모두 자리 잡아 앉자, 주인인 듯한 중년 부인이 다가와 주문을 받았다.

그제야 수덕은 옆에 앉은 은호를 연구소에서 불편한 자기를 도와주고 있는 아이라고 소개하고 나서 인사를 시키며 홍주를 바라본다.

"난 아무리 생각해 봐도 그동안 홍주 너에게 도움을 줄 만한 여유조차도 없었던 것 같은데, 넌 무슨 얘기를 하는지 모르겠다."

"너희들도 잘 아는 평소 내 학교 성적으로 지방 대학에 응시했다가 보기 좋게 낙방하고 나서 어머니 성화로 일 년 재수를 시작하면서 머리를 짜내서 생각해 낸 것이 바로 수덕이 네가 언젠가 가르쳐 줬던 면벽 고행이 불현듯 떠올라 새벽에 일어나면 일단 정좌한 자세로 몇 시간씩 방 벽을 마주 보고 정신통일을 공부보다 우선 먼저 시작했었다."

"그게 효과가 있었던 거야?"

달운의 물음에 홍주는 고개를 끄덕이면서 얘기를 이어 간다.

"한 서너 달은 내가 무슨 짓을 하고 있나 생각이 들 정도로 헤맸는데, 수덕이 네가 했던 말을 무조건 신뢰하는 마음으로 붙잡아 매달린 끝에 서서히 정신부터 안정이 되어 쓸데없는 잡념 같은 것이 없어지고 집중력이 생기면서 도대체 머릿속에 들어오지 않던 책 속의 난해한 문제들이 하나, 둘 풀리기 시작하면서 우선 자신감이 생긴 것이 내 성공의 시작이었어."

홍주가 밝은 얼굴로 말하자, 달운이 이어서 말한다.

"다음 해에 홍주 얘가 그 어렵다는 명문 고대에 합격했다는 소문 듣고서 솔직히 나는 처음엔 도대체 믿을 수가 없었다! 수덕이 너도 알지만, 평소 공부 실력은 얘나 나나 도토리 키 재기였거든."

"우리 부모님도 달운이 너처럼 내 실력을 못 믿어서 고대에 지원한다고 했을 때, 말도 안 되는 허무맹랑한 짓이라고 생각하셔서 내가 대학을 아예 포기한 줄로 아셨었다고, 합격 후에 말씀하셨어."

"면벽 고행이라는 그런 숨은 비책으로 대학 졸업 후에도 어려운 행정고시까지 패스해서 문공부 사무관까지 그렇게 승승장구한 거야?"

달운의 말에 홍주는 고개를 끄덕이면서 다시 또 수덕의 손을 잡고 흔든다. 수덕은 고교 시절 여름 방학에 자기를 피하기만 하는 연선 사부를 동굴 속에서 고집스레 기다리다 탈진해 죽을 고비를 친구, 현도의 도움으로 구사일생으로 넘기고, 개학해서 장난 비슷하게 던져 준 자기가 경험한 면벽 고행이란 말을 홍주가 곧이곧대로 믿고, 몸으로 깨쳐 좋은 결과를 얻었다는 것이 참으로 놀라울 따름이다.

수덕이 경이로운 표정을 짓자, 홍주가 처음부터 궁금했던 것이 있는 최근의 사고에 관해서 묻는다.

"얼마 전에 매스컴을 통해 듣고 기절할 뻔했는데, 외국 명문대에서 배울 만큼 배운 박사가 같은 연구소에서 그런 사고를 저지를 수가 있는 거야?"

홍주의 말에 달운도 똑같은 표정으로 수덕을 바라보며 입을 연다.

"엄청난 사고였다고 하던데, 이제 다 나은 거지?"

"내가 철없던 어린 시절에 저지른 업보로 당한 일이라 누굴 탓할 처지도 아니고, 이렇게 술자리를 할 정도면 완전하다고 할 수 있지 않겠어?"

"그만하길 다행이다!"

홍주가 안타까운 표정으로 바라볼 때, 주문한 음식이 차례로 나오기 시작하고 달운이 돌아가면서 맥주를 따르고 나서 이번엔 은호를 빤히 바라본다.

"대전 그 연구소에서는 너 같은 꼬마도 연구원이 될 수 있나?"

달운의 물음에 어른들의 얘기를 듣고만 있던 은호는 기다렸다는 듯이 싱긋이 웃으면서 입을 연다.

"저는 아직 연구원은 아니고, 연구소 안에서 박사님들 조수를 하는데, 제가 잘 아는 젊은 우제광 박사가 그러던데, 얼마 전에 돌들을 수집하러 여기 부여에 다녀왔다고 하던데요."

"뭐야!"

수덕도 예상하지 못했던 은호의 뜬금없는 말에 달운의 째질 듯한 외마디가 홀 안에 울려 퍼진다.

달운의 너무 의외의 반응에 수덕과 홍주는 물론이고 주위 사람들 모두 황당해하는 눈빛이 쏠리자, 달운은 당황해하면서도 일어나서 주위 지인들을 돌아보고 팔을 내저으며 변명조의 말을 한다.

"이거 점잖은 자리에서 괜히 쑥스럽구먼! 이 꼬마가 갑자기 당황스러운 말을 하는 바람에 그만, 아무것도 아닙니다!"

달운이 얼버무리자, 수덕과 은호는 가만히 있고 홍주가 한마디 한다.

"무슨 일이 있었길래 그렇게 흥분해서 난리야?"

달운은 주저앉아 한참을 고개를 숙이고 있다가 수덕이 잔을 들어 건배를 권해서야 얼굴을 들고 대전에서 내려온 연구소 박사들이 용달을 불러서 백마강 가에서 돌들을 싣고 대전까지 갔었던 사실을 자세히 털어놓았다.

"여기 내려온 젊은 친구들은 박사라 해도 나이가 어려선지 영 잔망스러운 것이 믿음이 별로 안 갔는데, 연구소에 들어가서 만나 본 나이 많은 조 박사라고 하는 분은 아주 경륜이 있어 보이면서 무게감이 느껴졌는데, 그분이 세 박사와 나를 차 있는 곳에 불러 모아 놓고 신신당부를 하더군."

달운은 술잔을 들어 벌컥벌컥 마시고 나서 이야기를 계속했다.

"세 박사가 부여에 내려왔던 것도, 백사장에서 돌들을 주워 온 것도, 나 강달운이 그 돌들을 싣고 연구소 안에 들어온 것 모두 극비 사항이라면서 모두 외부에 발설하지 않겠다는 서약을 하라고 해서 연구실 안에 올라가 내미는 종이쪽지에 나도 얼떨결에 사인하고 나왔던 거야."

달운의 얘기를 수덕은 그저 묵묵히 듣고 있는데 홍주만은 너무 어이없다는 표정이다.

"연구소에서 필요한 돌을 채취해 가는 것이 무슨 극비 사항이 되는지 나는 전혀 이해가 되지 않는데, 연구소에 있는 수덕이 너는 이해가 돼?"

홍주의 물음에 그들이 감추어야 하는 대상이 이우연 소장과 수덕이 자신이라는 사실이 어이없어 말을 못 하고 머뭇거리자, 은호가 잽싸게 먼저 달운에게 묻는다.

"연구소 안 어디에서도 부여에서 싣고 왔다는 돌은 볼 수 없었는데요."

은호의 뜬금없는 말에 달운은 연거푸 마신 술기운 때문인지 게슴츠레한 눈으로 잔뜩 노려보면서 말한다.

"연구소 젊은 박사들이 너처럼 그렇게 조급했어! 더구나 내가 도대체 이해 안 되는 것이 나한테 사인까지 받아 가면서 극비라고 해 놓고선 너 같은 꼬마한테까지 떠벌린 것은 무슨 경우인지 모르겠다! 아까 하도 기가 막혀서 그렇게 고함을 지른 거란 말이다."

"그랬다면 죄송합니다!"

은호가 머리를 숙이자 달운은 이야기를 계속했다.

"백사장에서 그 박사들의 대화들을 언뜻언뜻 들었을 때, 너희 연구소 안에 박사들끼리 무슨 알력 같은 것이 있다는 것을 느낄 수 있었는데, 혹시 수덕이 너도 거기 끼어 있는 것은 아냐?"

달운의 물음에 수덕이 찔끔하면서도 이번에는 정색하면서 고개를 가로젓자 달운이 이야기를 이어 갔다.

"내가 진짜로 어이없었던 것은 그 돌들을 대충 둘러본 조 박사가 세 박사와 같이 연구실로 올라간 뒤 한참 동안 감감무소식이어서 난 돌을 내릴 곳을 찾아 여기저기 둘러보고 있는데, 젊은 박사 하나가 급히 내려와 나보고 하는 말이 돌을 연구소에 내리지 말고 그냥 차에 싣고 가다가 공주 곰나루쯤에서 강에 쏟아 버리라고 하더라니까. 이게 애들 장난도 아니고, 말이 되는 거니?"

달운의 얘기에 홍주도 너무 어이없다는 표정으로 말한다.

"아무래도 이상하군! 박사라는 사람들이 세 사람씩이나 그냥 관광도 아니고, 돌을 주우려고 부여 백사장까지 왔다는 것이나 또 주워 간 돌을 맥없이 버리라고 했다는 것은 무슨 흑막이 있는 것 같다. 그래서 어떻게 했어?"

홍주의 물음에 달운은 대수롭지 않게 말한다.

"나야, 뭐! 그들이 하는 짓은 어이없고 기가 막혔지만, 그들이 내가 예상했던 것보다 많은 수고비를 왕복 용달비에 얹어 주는 바람에 무조건 알았다 하고, 돌아오면서 곰나루에 도착했을 때 너무 차들이 연락부절하는 바람에 내리지 못하고, 그냥 부여까지 와서 원래 돌멩이들이 있었던 백사장에 버릴 마음을 먹었다가 어쩐지 찜찜해서 시내 입구 로터리 근처 옛날에 살던 집 앞 우리 밭둑에 쏟아 버렸어. 그깟 쓸데없는 돌멩이 강물에 버렸는지, 어디에 버렸는지, 나 아니면 누가 알겠나 싶었지."

"너 학교 다닐 때 논절 마을 도롯가 빨간 양철 지붕 집에 살지 않았어?"

홍주의 물음에 달운이 고개를 끄덕이자, 은호는 얄밉게 미소를 짓고, 느긋하게 음료수를 마시면서 오랜만에 마신 술기운에 얼굴이 발갛게 물든 수덕을 향해 한 가지 미션은 해결됐다는 눈빛을 보낸다.

한동안 술잔이 오고 가고, 은호는 다시 입을 연다.

"저는 부여에 오면 제일 먼저 하고 싶었던 것이 배를 타고 삼천 궁녀가 떨어졌다는 낙화암을 돌아보는 것인데, 어디 가면 배를 탈 수 있죠?"

은호의 말에 달운이 심드렁하게 말한다.

"구두래 나루에 가면 강을 건네주는 나룻배가 있긴 하지만, 낙화암을 둘러보려면 다른 배나 보트를 구해야 할걸."

이번엔 홍주가 나서서 은호를 바라보면서 입을 열었다.

"내가 관장하는 새로운 백제 유적지 관광 코스에 황포돛배 유람선 계획이 있긴 한데, 새봄 행락철을 대비해서 지금 한창 준비 작업 중이라 한 달 후에는 배로 낙화암을 둘러보는 게 가능할 거야."

"저는 그때까지 기다릴 수 없을 것 같은데 어떻게 하죠?"

은호의 말에 이어서 수덕도 힘없이 따라서 말한다.

"나도 지금까지 부여에 몇십 년 살면서도 배를 타고 낙화암을 둘러본 적이 한 번도 없어서 사실은 이 녀석하고 그 얘기를 했던 건데, 아쉽긴 하지만 다음 기회로 미루는 수밖에 없겠다."

수덕의 말이 끝나기 무섭게 홍주가 나서서 말을 한다.

"수덕이 네 마음이 정 그렇다면, 지금 하는 작업이 어느 정도 진척이 됐는지 모르지만, 안 되면 내가 실무팀을 통해 다른 배라도 수소문해 보라고 해 볼 테니, 내일이라도 내 사무실에 한번 들러 봐!"

홍주가 주머니에서 명함을 꺼내 은호에게 건네주자 황송하게 받고 머리를 숙여 감사를 표하면서 싱글벙글 웃는다.

수덕이 술자리가 모두 끝나 껌딱지 은호의 예상하지 못한 재치로 생각했던 계획이 완벽하게 진행되어 홀가분한 마음으로 가게에 돌아오니, 이 소장으로부터 내일 부여에 직접 내려오겠다는 연락 전화가 왔다고, 어머니가 전해 주면서 은호에게는 서울 집에서 보내온 커다란 소포 뭉치를 건네주자, 은호 눈이 화등잔만 해진다.

"와! 우리 아빠가 드디어 들고 다니는 전화기를 보내 주셨네요."

"여기 점포에 전화기레 있는 걸 개지고 뭐 하러 괜히 딴 전화기 레 보냈단 말이네?"

태보 씨가 시큰둥해 말하자, 박 여사가 나선다.

"요즈음 도시 어깨들이 거들먹거리면서 들고 다닌다는 목침만 한 것, 왜 옆집 사비 다방 마담 신랑도 갖고 있더구먼. 꽤 비쌀 것 같던데, 인제 보니 은호 아빠가 아들을 엄청 챙기는구먼!"

"제가 집에 연락을 잘 안 했더니, 지난번 사고 후부터 엄마 조 바심 때문에 아빠를 졸라서 마련해 보낸다고 했거든요."

은호가 설명하면서 소포 포장을 풀어 헤치자, 진짜 길쭉한 목 침만 한 모토로라 다이나 태그 휴대 전화기가 나와 모두 눈이 휘 둥그레지고 박 여사가 잔뜩 궁금한 눈으로 바라보며 말한다.

"아직 어린 은호, 너는 이걸 손에 들고 다니기는커녕, 등에 짊 어지고 다녀야겠구먼. 이게 얼마나 나가는 건가?"

"기거레 군대 P6 무전기랑 별반 다를 거이 없구나 야!"

"그 무전기에는 등에 짊어져야 하는 큰 무전기 본체가 따라다 녀야 하고 그 근처에서만 통화할 수 있죠."

수덕의 말에 태보 씨는 그제야 머리를 끄덕이고, 은호가 설명 서에 있는 대로 조작해서 충전 잭을 꽂고 집에 전화를 걸자, 금세 주 여사의 자지러지는 목소리가 통화음으로 밖에까지 들린다.

"아이구! 전화기를 보냈더니, 아들 목소리를 금방 들을 수가 있 구나. 은호 너 말썽 안 부리고 잘 지내고 있는 거지?"

"매일 박사님이랑 신기한 과학 탐구를 하느라 시간 가는 줄 모르고 지내는데, 여기 할머니께서 자꾸 아기라고 해서 나 지금 속 상해!"

은호의 말에 주 여사의 자지러지는 웃음소리가 들린다.

"박사님 어머니께서 고맙게도 우리 아들을 많이 귀여워해 주시는구면."

"아빠한테 귀한 전화기 사 주셔서 고맙다고 해야 하는데, 옆에 계신 거야?"

"너희 아버지는 어제 일본 출장 가셔서 안 계신다."

"여기 할머니께서 이 전화기가 얼마나 나가느냐고 궁금해하시네?"

"네 아버지 말씀엔 미국 돈으로 4천 불이나 줬다고 하니까, 한화로 치면 얼마나 되는 거지?"

"4천 달러!"

은호의 말에 박 여사가 눈이 휘둥그레진다.

"저 목침 하나가 한국 돈 500만 원 정도이면 웬만한 시골 집 한 채 값이니, 아기가 집 한 채를 메고 다니는 폭이잖아!"

박 여사의 말에 모두 하나같이 어이없는 표정들이고, 아기란 말에 은호가 다시 한번 자지러져 팔을 내젓는다.

아직 먼동이 트기 전 이른 새벽, 수덕은 은호와 함께 달운이 말해 준 텃밭 둑에서 아무렇게나 내팽개쳐져 있는 돌무더기에서 돌들을 하나하나 일일이 챙겨 보고 있다.

신물질 원석과 같은 재질이 있는지 꼼꼼히 살피고 있는데, 좀체 비슷해 보이는 것도 보이질 않는다.

한동안 말없이 돌들을 들추던 은호가 일어서서 바로 앞 빨간 양철 지붕 집 마당 가를 손가락으로 가리켜 수덕이 일어나 건너 본다.

울타리가 없는 넓은 마당 가에 화단과 장독대가 있고 듬성듬성 심은 지 얼마 안 된 것 같은 감나무와 밤나무가 서 있는 사이사이 큼지막한 돌들이 돌아가면서 세워지고, 눕혀져 있는 것이 언뜻언 뜻 보인다.

잠시 후, 은호가 올려다보는 시선에 수덕이 눈을 맞춤과 동시에 고개를 끄덕이자, 은호는 부리나케 밭둑을 내려가 가을걷이가 끝난 밭을 가로질러 내달렸다.

마당 가에 도착하자마자 돌들을 차례대로 하나하나 조심스럽게 세밀히 훑어보면서 점검하는 대로 멀찌감치 밭둑에 서서 지켜보는 수덕에게 사인을 보냈다.

마당 한 바퀴를 다 돌도록 계속 엑스 표시만 하던 은호가 털레털레 반대로 되돌아 나오다가 장독대 옆에 지나쳐 버렸던 돌에 시선이 꽂히면서 그 자리에 철퍼덕 주저앉아 팔을 올려 동그라미를 그려 보인다.

수덕도 그만 흥분이 되어 소리라도 지를 뻔하고는 얼떨결에 밭둑을 내려서면서 중심을 잃고 앞으로 고꾸라지고 말았다.

화들짝 놀란 은호가 황급히 달려와 부축해서야 일어선 수덕이 어긋난 의족을 다시 고정해 은호를 따라 돌이 있는 곳에 도착해 보니, 묻어 둔 돌과 같은 재질이면서 그보다 배는 큰 검은 암석이 옆으로 길쭉하게 누워 있다.

은호가 두 손으로 들어 올리려고 시도를 했지만, 워낙 엄청난 무게에 안타까운 얼굴로 바라봐 수덕이 나서 봐도 역시 감당하기 어려워 돌과 씨름하는 중에 갑자기 은호가 무슨 생각을 했는지 장독대를 돌아 마당으로 뛰어오르더니, 성큼성큼 방문 앞에 가서 대담하게 문을 두드린다.

문이 열리면서 나이가 많은 할머니가 나와 은호와 뭐라고 얘기를 한참 동안 주고받더니, 은호가 등에 메고 있던 전화기로 통화를 하자, 화들짝 놀란 노인네가 서둘러 헛간 쪽을 가리키는 모습이 보인다.

은호가 곧바로 헛간으로 가더니 조그만 손수레를 싱글싱글 웃으면서 끌고 와 돌덩이 앞에 바짝 들이대고, 수덕과 함께 있는 힘을 다해서 큼지막한 암석을 밀어 올려 실었다. 노인은 잔뜩 걱정스러운 얼굴로 다가와서 힘없이 말한다.

"그러잖아도 내가 영감보고 쓸데없는 그깟 돌멩이들을 힘들게 뭐 하러 마당 가에 줄줄이 늘어놓느냐고 했구먼."

은호는 노인을 바라보며 싱긋이 웃으면서 말한다.

"할아버지 돌아오시면 둑에서 가져오신 거만 모두 원래대로 갖다 놓으면 연구소에서 크게 뭐라고 하지 않을 거라고 말씀하세요."

"대단한 연구소에서 쓸 그렇게 중한 걸 뭣땜시 저 밭둑에 버렸댜?"

"박사님이 전에 이 집에 살았던 용달 기사보고 나중에 찾아간다고 잘 보관하라고 신신당부했었는데, 자기네 밭둑에 아무렇게나 내팽개친 강 씨 아저씨도 혼 좀 날 거예요."

은호가 손수레를 끌고 집 앞 도로 쪽으로 나가자, 잠시 후에 은호한테 전화를 받은 태보 씨가 배달 트럭을 몰고 곧바로 도착했다.

황포돛배 유람선

수덕은 황포돛배 유람선 선착장 작업이 한창인 구두래 나루에 금방 대전에서 내려온 이 소장과 함께 불편한 몸으로 차에서 내려 은호가 들고 있는 커다란 플라스틱 통 안에 든 도구들을 챙겨 본 뒤, 미리 현장에 나와 있는 홍주에게 이 소장을 소개한 다음 안내를 받으면서 작업 중이라 번잡한 선착장 건물 안으로 들어간다.

　홍주가 이끄는 대로 많은 작업자가 분주하게 움직이는 널찍한 작업장 끝으로 돌아서 강가에 나서자, 바로 아래 물 위에 떠 있는 선체 앞뒤로 아직 황포 돛은 걸려 있지 않은 두 개의 빈 돛대가 하늘 높이 치솟아 있는 커다란 유람선이 드러나 보였다. 그러자 은호 눈이 왕방울처럼 커지면서 수덕이 손을 잡고 나지막하게 속삭인다.

　"배가 생각했던 것보다 엄청나게 큰데요."

　옆에 있던 홍주가 어떻게 알아들었는지 수덕 대신 대꾸한다.

　"이 유람선은 60명 정원을 태울 수 있는 규모로 제작된 거란다."

　"아직 시운전도 하지 않은 유람선을 탈 수 있게 해 주셔서 고맙습니다."

　"네 소원대로 오늘 이 배로 낙화암을 돌아보게 된 것은 다행히 며칠 전 마지막 작업인 엔진 부품 조립이 끝난 덕분에 오늘내일 시험 운행을 하려던 참이었다고 여기 작업반장이 말하는구나. 그 렇잖았으면 저 아래 백사장에 누워 있는 작은 보트라도 빌려 볼 까 했었는데, 잘된 거지?"

홍주의 설명을 듣는 수덕은 배가 너무 커서 수심이 얕은 강가 에 바짝 붙이지 못해 준비한 실험을 하기가 힘든 건 아닌가 하는 생각이 들어 머리를 갸웃한다.

은호가 급히 준비한 커다란 통에 든 염기성 시료를 대체한 소 금에 강물을 퍼 담아 희석하고 있을 때, 홍주가 기관실로 내려가 고 이 소장이 다가와서 관심 있게 내려다보면서 미소를 띤 얼굴 로 입을 연다.

"그동안 껌딱지 활약이 아주 대단했다고?"

"여기 부여는 박사님 동네라서 제가 대신 나설 수밖에 없었습 니다."

"더 큰 신물질 암석을 찾아낸 것은 아주 놀랍고 대단한 성과였 다."

"저는 진 박사님이랑 그 자리에서 기절할 뻔했어요. 그런데 소 장님! 정신 병동에 들어간 승민이 형은 적응을 잘하고 있는지 걱 정이 됩니다."

"그 녀석 멘탈 상태가 워낙 오랫동안 굳어 있어서 쉽지 않은 것 같더라."

"그 형은 더구나 자신의 선택이 아닌 재판관의 명령으로 들어 간 처지여서 거부감이 더할 거예요."

은호가 자신의 경험에 비춰 힘들어할 승민의 심정이 새삼 느껴 져 안타까운 표정을 지을 때, 기관실에서 엔진에 시동이 걸려 유람선이 서서히 움직이기 시작한다.

난생처음 배를 타 보는 은호는 잔잔한 물결에 흔들리는 미세한 배의 진동에도 바닥에 쪼그리고 앉아 눈을 크게 뜨고 뱃전에 매달린다.

수덕은 배가 출발하자, 만약의 경우, 물길보다는 육로로 낙화암 아래까지 접근할 수 있는 여유가 있는지 알아보기 위해 강가와 접하고 있는 산 밑 수풀을 유심히 살펴보기 시작하고, 이 소장은 연신 카메라 셔터를 눌러 댄다. 배가 천천히 속력을 내기 시작하자, 수덕이 홍주에게 급히 다가가서 말한다.

"저기 낙화암 바로 아래 섬처럼 돌출된 곳에 잠시 멈출 수 있나?"

수덕의 말이 끝나기 무섭게 홍주가 부리나케 기관실 쪽으로 갔다 와서 고개를 끄덕이자, 수덕은 처음에 우려했던 것이 기우였다는 생각이 들어 마음이 한결 가벼워진다.

"저 섬처럼 보이는 것이 조룡대라고, 당나라 장수 소정방이 나당 연합군의 백제 함락을 방해하는 용을 백마를 미끼로 낚시해 잡았다는 곳이지. 그때부터 이 강을 백마강이라 불렀고, 저 튀어나온 암석에 소정방이 꿇어앉은 자국이 있다고 하는데, 그냥 전해 오는 설화니까 믿거나 말거나야."

홍주의 설명을 듣고 있던 이 소장이 은호를 보며 싱긋이 웃으면서 말한다.

"소정방 무릎 자국은 은호 껌딱지하고 내가 확인해야겠군."

이 소장이 말하는 사이 어느새 배가 조룡대 바로 앞에서 시동이 약해지는 것이 바로 느껴져 은호가 얼굴을 들어 전면을 바라보는 순간, 우람한 낙화암 절벽이 바로 코앞에 가득히 전개된다.

은호는 너무 광대하게 시야를 압도해 가득 채운 절경에 잠시 입을 벌린 채 무아지경에 빠져 있다가 퍼뜩, 정신을 차리고 목에 걸었던 휴대 전화기를 수덕에게 건네주고, 소금물이 든 통과 물 펌프를 들고 이 소장을 따라 바위 위에 내려져 걸쳐진 사다리를 타고 조롱대 위로 조심스럽게 내려갔다.

은호는 내려가자마자 웬만큼 희석된 통에 바가지로 한참 동안 강물을 가득 퍼 담아 조심스럽게 휘저어 섞은 다음, 미리 준비한 물 펌프에 가득 채워서 연습했던 대로 낙화암 암벽을 향해 세차게 분사하기 시작한다.

낙화암 정상을 향해 하늘 높이 쏘아 올린 물줄기가 때마침 불어오는 서북풍 바람에 암벽을 향해 휘날리는 것을 홍주가 의외라는 표정으로 바라보자, 수덕이 나직하게 말한다.

"내가 장마철이 되면 낙화암에 무지개가 걸린다는 말이 있다고 했더니, 이 소장이 과학적으로 한번 확인해 보겠다고 준비한 거야."

수덕의 말에 홍주는 그제야 어느 정도 이해한다는 얼굴이다.

한참을 펌프질한 은호가 지쳐 보이자, 이 소장이 건네받아 힘차게 소금물을 뿌리고 있는 사이 어렴풋이 조롱대 바위에 난 굴곡진 흔적을 확인하던 은호가 주위에 있는 큼지막한 검은 돌들을 챙겨 보다가 통이 비워지자, 여러 개를 주워 담아 펌프질을 끝낸 이 소장을 따라 배 안으로 힘들게 들어온다.

그렇게 한참 동안 물을 뿌렸지만, 정작 암벽에서는 이렇다 할 반응이 보이지 않아 수덕과 은호는 머리를 갸웃거리면서 실망감을 감추지 못하는 사이 유람선이 다시 앞으로 움직이기 시작한다. 수덕이 은호와 함께 챙겨 온 돌들을 배 바닥에 꺼내 놓고 세심히 살피고는 의미심장한 표정을 지으면서 고개를 끄덕이는 모습을 이 소장도 뱃전에 앉아 유심히 지켜보고 있다.

홍주가 기관실에서 배 키를 잡은 작업반장과 작업 진척에 대해 뭔가 열심히 얘기를 주고받고 있을 때, 갑자기 선착장 쪽에서 작업자들의 우레와 같은 함성이 들려와 돌아보니, 모두 낙화암 쪽을 가리키면서 난리들이다.

유람선 안의 모든 사람이 그제야 눈을 들어 웬만큼 떨어져 있는 낙화암을 올려다보니, 정말로 놀라운 광경이 펼쳐지고 있다.

극지방의 한 폭의 오로라 같은 은은한 무지개색 널따란 빛줄기가 바람을 따라 넘실대는 모습이 마치 미세하고 부드러운 얇은 비단 폭이 낙화암에 걸려 하늘하늘 춤추고 있는 것 같은 정경은 황홀하다고 표현할 수밖에 없다.

은호와 함께 세심히 살펴보는 수덕의 눈에는 무지개가 낙화암이 아닌, 쏘아 올린 소금물이 쏟아져 내린 낙화암 밑바닥 조룡대와 연결된 돌무더기에서 쏘아 올려진 것으로 보인다.

모든 사람이 입을 벌린 채 한동안 말이 없다가 제일 먼저 홍주가 환한 미소를 지은 얼굴로 수덕에게 다가와 큰 소리로 말한다.

"내가 유람선 관광에 색다른 퍼포먼스를 찾기에 골몰하던 중이었는데, 고맙게도 수덕이 네 덕분에 정말 이상적인 이벤트를 만들게 됐구나!"

홍주가 내미는 손을 잡은 수덕이나 지켜보는 이 소장, 둘 다 낙화암 환영에 정신이 빠져 있다가 홍주의 돌출 선언을 듣는 순간, 잘못하다가는 그로 인해 큰 낭패를 겪게 될 것 같은 예감에 난감해진 심정을 감추고 말을 잇지 못한다.

낙화암 주변, 바닥에 깔린 암석이 불가사의한 신물질을 품고

있다는 믿기지 않는 사실에 한껏 긴장하면서 우선은 홍주를 설득해야 하는 발등의 불을 어떻게 잠재우느냐 하는 문제로 수덕은 한참을 굳은 표정이 된다.

그사이 유람선의 엔진이 꺼졌다는 것을 키를 놓고 나온 작업반장마저 흥분 속에 까마득히 잊고 있다가 잠시 후에 깨닫고 부리나케 기관실로 뛰어 들어간다.

은호는 이 소장 옆에 앉아 자기 휴대 전화기의 모든 신호가 죽어 있는 것을 보여 주면서 싱긋이 웃고, 기관실에서는 홍주와 작업반장이 난감해하고 있다.

"외관상으로 전혀 아무 이상이 없는데, 이게 사람 속을 뒤집어 놓네요."

"우 반장! 배가 자꾸 계속 밑으로 흘러내려 가는데, 어떻게 좀 해 봐!"

홍주의 추궁에 작업반장은 엔진 부위를 점검하면서 퉁명스럽게 말한다.

"어디서 노라도 구하면 어떻게 해 보겠지만, 선박은 원래 제 전공이 아니어서 달리 방법이 없네요."

다행히 배가 흐르는 물결을 따라서 아주 느린 속도로 아래쪽으로 계속 흘러내려 가자, 작업반장이 어렵게 키를 조정해 선착장 바로 아래 모래사장에 가까스로 접안시키는 데 성공했다.

모두 선착장으로 올라오자 사람들이 아직도 지워지지 않은 무지개를 연신 바라보면서 주위에 모여들어 웅성거린다.

그중 나이 지긋한 한 작업자가 이 소장을 향해 조심스럽게 질문을 던진다.

"좀 전에 보니까 뭣인가 뿌리는 것 같던데, 무엇인디 훤한 대낮에 저런 요란한 무지개가 낙화암 절벽에 뜬 거래유? 혹시 위험한 것은 아닌감유."

이 소장은 밝은 얼굴로 바라보면서 입을 연다.

"가르쳐 드려도 잘 알 수 없는 위험한 화공 약품이 섞여 있어서 말씀드릴 수가 없네요."

"그렇다면 낙화암 바윗돌이나 강물이 그 약물에 오염된 건 아닌감유?"

"한 번 정도는 상관없지만 계속한다면 아무래도 안 좋을 것 같아서 우리는 오늘 본 것만으로 충분해 이것으로 끝내려고 합니다."

이 소장의 말에 주위에 몰려 있던 작업자들 모두 고개를 끄덕이면서 제자리로 돌아간다.

홍주는 한동안 무지개를 바라보며 감탄사를 연발하다가 일행을 자기가 자주 들르는 주변의 아늑한 카페로 안내하고 낮은 목소리로 이 소장에게 단도직입적으로 낙화암 절벽에 뿌린 화공 약품에 관해서 물어본다.

"내가 보기엔 소금 외에 별다른 것이 없어 보였는데, 어째서 무슨 화공 약품이 있었던 것처럼 말씀하신 겁니까?"

홍주의 잔뜩 의심스럽다는 투의 말에 이 소장은 의외로 한동안 아무 말이 없어 잠시 어색한 침묵이 흐르고, 잠시 후에 수덕이 주위를 둘러본 다음 외부인이 없는 것을 확인하고 나지막하게 입을 열었다.

"홍주! 넌 나 믿지?"

"누구보다 너는 내가 믿지! 그런데 수덕이 넌 갑자기 심각하게 왜 그래?"

"네가 볼 때 소금물로 보인 것에는 염화 소듐이라는 화학 물질이 조금 섞여 있었고, 사실은 그보다 더 중요한 과학적인 문제가 있어서 이 소장이 곧바로 언급을 주저하고 있는데, 나도 더 민감한 사안에 대해서는 솔직히 지금은 밝힐 수가 없구나."

"내가 볼 때 낙화암에 걸린 빛이 아주 놀랍고 엄청난 것인데, 실험한 당사자들은 왠지 일면 당황하는 것만 같아서 지켜보는 나로서는 도대체 이해할 수가 없다! 안 그래?"

모두 심각한 표정에 홍주가 전혀 수긍할 수 없다는 얼굴로 돌아보자 수덕이 조용하게 이야기를 시작한다.

"옛날에 모든 것을 다 포기하고 불구가 된 몸으로 도망 다니던 내가 연구소로 다시 들어가서 이 소장을 만나 함께 작업하는 것과 어제 달운이가 말했던 연구소 박사들이 쓰지도 않을 돌들을 백사장에서 거둬다가 강물에 버리라고 했던 것이 연관이 있다면 정 원장 너는 이해할 수 있겠니?"

수덕의 말에 홍주는 한동안 멍한 표정으로 대답을 못 하다가 어렴풋이 뭔가 떠오른 듯 입을 연다.

"네가 하는 연구가 그렇게 심각한 것인 줄은 예상하지 못했는데, 내 머릿속에 잡히는 것이 이상하게 돌이 연상되는 것을 보면 오늘 낙화암 절벽 암석에서 일어난 무지개 반응하고도 관련이 있겠군."

전혀 예상 못 했던 추리 능력에 수덕은 놀라운 표정으로 홍주를 다시 보며 외치듯이 대답한다.

"물론이지! 오늘 우리가 한 실험이 그렇게 한번 보고 즐길 간단한 것이 아니어서 백제 문화원 정 원장 네가 꼭 나랑 약속해 줘야 할 것은 네가 갑자기 계획한 퍼포먼스를 하지 않겠다는 다짐과 함께 오늘 있었던 상황을 외부 누구한테도 말하지 않았으면 좋겠다."

이번에는 수덕이 홍주의 손을 잡고 절실한 표정으로 바라볼 때, 밖에서 작업반장이 카페 안으로 들어서자, 이 소장이 급히 나서서 입을 연다.

"다음 얘기는 부득이 두 분이 별도로 만나서 심도 있게 논의하시고, 뜻있는 유람선 관광을 도와주신 작업반장님과 차 한잔합시다."

작업반장은 이 소장의 갑작스러운 관심에 겸연쩍어 머리를 긁적인다.

"멀쩡하던 엔진이 말썽 부리는 바람에 제대로 둘러보지도 못해서 죄송스럽고, 대전 HAERI의 소장님이 부여까지 직접 찾아 주신 것만으로도 황송하고 감사할 따름입니다."

작업반장의 말에 이 소장은 가볍게 웃음 띤 얼굴로 손을 가로젓는다.

"우리가 기대했던 만큼 충분히 둘러본 셈이고, 처음에 진 박사가 나를 소개할 때 바로 밝혔어야 했는데, 사실 나는 며칠 전에 HAERI 소장직을 미국 NASA에서 온 후배 박사에게 물려주고 손 털고 나와서 지금은 연구소와 아무 연관이 없는 홀가분한 자유인입니다."

이 소장의 말에 작업반장은 물론이고 수덕이나 은호도 벌써 예상은 했지만, 우선은 처음 듣는 얘기여서 가슴에 와닿는 충격이 예사롭지 않아 모두 침울한 분위기가 되자, 홍주가 나서서 말한다.

"지난번 사건은 밖에서 듣기로는 연구원 하나의 돌출 행동이었다고 했던 것 같은데, 소장님까지 책임져야 할 사안이란 것이 이해되지 않네요."

"정 원장님이 이해 못 하시는 게 당연한 것이 이번 그 불미스러운 일을 포함해서 복잡한 문제가 복합적으로 불거져 내가 손을 놓을 수밖에 없었던 과정을 들여다보면 연구소란 곳은 평생 외길만 걸어온 박사들이 모여 있는 집단이어서 진로 수정이나 설득이 힘든 곳입니다. 그렇게 이해해 주세요!"

이 소장의 설명에도 홍주는 쉽게 이해되지 않는 표정으로 고개를 갸웃하고 작업반장이 차를 마시고 나서 유람선을 다시 점검하겠다고 일어나자, 수덕은 조용한 목소리로 붙잡아 앉힌다.

"우리는 자리를 옮겨서 함께 점심 식사를 할 건데, 반장님도 우리와 같이 식사하고 나면 어쩌면 엔진이 제자리로 돌아올 겁니다."

"그 실험과 엔진이 먹통이 된 것이 연관이 있다는 얘기야?"

작업반장과 함께 홍주가 기가 막힌다는 표정으로 말하는 걸 수덕이 바라보면서 이어서 말을 한다.

"내가 정 원장 너보고 퍼포먼스를 포기하란 이유를 이제 알겠어?"

"수덕이 네가 말한 숨겨진 과학적 문제라는 것이 바로 이것이었구나."

"아직은 정 원장에게 세세한 부분은 설명이 어려운 걸 이해해 줘!"

수덕이 난감한 표정이 되는 걸 지켜본 이 소장이 입을 연다.

"몇 년 후 친구, 천재의 박사 논문이 통과되면 그때는 아주 소상히 밝혀질 거니까, 궁금하더라도 참고 기다려 보시죠."

"내 박사 논문 말고도 아주 민감한 문제가 있어서 이 자리에서 설명하는 데는 여러 가지 제약이 따른다는 점을 이해해 줬으면 좋겠다."

수덕의 간절한 말에 홍주는 어느 정도 이해한다는 표정이면서도 계속 고개를 저으면서 휴대 전화기를 만지고 있는 은호를 바라보자, 은호가 밝은 표정이 되면서 돌아보며 크게 말한다.

"전화기 신호가 들어온 걸 보니까, 시료가 다 말랐나 보네요."

휴대 전화기를 들어 보이는 은호에게 모두 시선이 쏠리고, 홍주와 작업반장은 똑같이 너무 황당해한다.

수덕은 이 소장 옆에서 혼잣말처럼 중얼거린다.

"마른 것이 아니고 강물에 씻겨 나갔겠지!"

구두래 나루 근처 민속촌 식당에서 식사를 마치고, 수덕은 홍주와 헤어져 이 소장 승용차에 올라 시내로 돌아오면서 여러 생각에 골몰한다.

우선 연구소에서 나온 이 소장의 다음 행보도 궁금하지만, 자신이 원래 아무 검증 없이 대전 연구소에 내려올 수 있었던 것 자체가 이 소장의 일방적 추천과 결정이었고, 지금까지 함께 움직여 온 터인지라 이 소장이 없는 연구소에서의 자신의 위치는 거센 풍랑 앞에 쪽배 신세라는 결론이다.

새로 부임한 HAERI 소장이 자신이 제시한 신물질을 어떻게 받아들이느냐 하는 문제가 있긴 하지만, 워낙 거센 거부 세력이 버티고 있는 현 상황에선 연구소에 발붙이고 견뎌내는 것은 힘들다는 생각이 든다.

이런 수덕의 심정을 충분히 이해하고 있는 이 소장이 빙긋이 미소 지으면서 나직하게 말한다.

"당분간은 어려운 문제가 한둘이 아닐 줄 알지만 견딜 수밖에 없어."

수덕은 고개를 끄덕이면서도 어두운 안색인 걸 이 소장이 넌지시 건너보며 다시 입을 연다.

"새로 부임한 친구는 말야! 불의의 교통사고로 돌아가신 페르미 연구소 이론물리학부장이시던 자랑스러운 한국인, 이 박사의 제자로 나하고는 NASA에서 함께 일한 막역한 사이라 장시간에 걸쳐서 진 박사 자네에 대해서 많은 얘기를 나눴네."

이 소장의 설명에도 수덕은 묵묵히 듣고만 있고, 은호가 궁금해하는 눈으로 입을 연다.

"박사님하고 저는 소장님이 안 계신 HAERI에 그냥 계속 남는 거예요?"

"물론이지!"

"저는 얼마 후에 개학해서 서울로 올라가게 되면 박사님 혼잔데요."

"너희 박사님을 HSTAR 토카막 노심부를 관장하는 메인 부서에서 일할 수 있도록 내가 추천했고, 새 소장 토니 강도 흔쾌히 받아 줬다."

"이 소장의 세심한 배려는 고맙지만, 새 소장 말고도 색안경들을 끼고 있는 기존 멤버들이 순순히 따라줄는지 그것이 문제인 것 같군."

수덕의 걱정스러운 지적에 이 소장이 다시 밝은 표정으로 말을 한다.

"그건 진 박사가 걱정하지 않아도 돼! 내가 그들의 리더 격인 조병도 박사를 직접 만나서 내가 구상했던 새로운 인공태양 프로젝트는 내 능력으로는 한계에 부딪혀 백지화했다고 설명하면서 나는 NASA에 돌아가서 전공인 로봇공학 분야에 전념할 거라고 내 진로를 설명했더니, 조 박사도 수긍하는 눈치였으니까 그 점은 우선 걱정 안 해도 될 거야."

이 소장은 그들을 완벽히 설득한 것처럼 말을 했지만, 수덕의 내심에는 파격적인 이 소장의 성격을 잘 알고 있는 연구소 박사들이 순순히 받아들일 것인가 하는 의구심이 남는 것은 어쩔 수가 없다.

"그럼, 이 소장은 바로 미국으로 돌아갈 계획인가 보지?"

"원래는 노 실장 감호가 끝나면 그때 맞춰서 함께 들어갈 계획이었는데, NASA 쪽에서 급하게 부르는 바람에 며칠 안에 들어가려고 해."

"그렇다면 우리 계획은 이대로 포기하는 거야?"

수덕의 말에 이 소장은 의미 있는 미소를 지으면서 나지막하게 말한다.

"이제 갓 피어난 새 움이 휘몰아치는 폭풍은 우선 피해야 할 것 아냐! 널름거리는 손길을 피해 당장은 깊은 수면 밑에 감춰 놓을 수밖에 없어."

"나도 진즉부터 그런 생각으로 자네한테 그렇게 조언을 해도 막무가내로 일방독주 해서 이 지경이 됐는데, 내가 꼭 적진에 남아 있을 이유가 있는 거야?"

수덕의 질책에 이 소장은 조금도 표정 변화 없이 이야기를 이어 간다.

"진 박사가 신물질의 분석 작업을 원활히 마무리하려면 어떤 어려움이 있더라도 HAERI에 붙어 있을 각오를 해야 할 거야. 진 박사도 느꼈겠지만, 여기만큼 연구 설비와 특히 정보 소통과 공유가 완벽한 곳을 국내에선 찾아보기 힘들잖아!"

"나는 그런다 치고, 이 박사는 미국에 들어가서 무슨 대안이 있는 거야?"

"우리의 계획을 이 땅에서 이루기는 불가능하다는 생각에 아직은 NASA에서 나를 불러 주고 있으니까 우선 그곳에 적을 두고 전방위로 가능성을 알아보려고 해."

이 박사는 앞 조수석에 앉아 계속 조롱대에서 건져온 암석을 들춰 보고 있는 은호를 바라보면서 새로운 미션을 제시한다.

"껌딱지! 너는 연구소에 들어가 있는 동안만이라도 진 박사 보조 잘하고, 특히 그 휴대 전화기는 외부에 절대로 노출되지 않도록 조심해라."

"왜요?"

"내가 미국에 가면 너희 박사님에게 모든 연락은 거기로 할 거니까."

"알았어요! 이번에 소장님 혼자만 미국에 들어가시면 박사님하고 저는 언제 그곳으로 부르실 거예요?"

은호의 뜬금없는 엉뚱한 질문에 이 소장은 물론 수덕도 너무 어이없다는 표정으로 바라본다.

"네 말을 듣고 보니, 언젠가는 두 사람을 부를 일이 있을 것 같긴 해도 껌딱지가 너무 조급하게 앞서가는 거 아냐?"

이 소장의 말에 뻘쭘해진 은호를 수덕이 미소 띤 얼굴로 빤히 바라보며 입을 연다.

"은호야! 넌 우선 입학해서 수업을 열심히 따라가다 보면 자연스럽게 유학길이 열릴 거니까, 너무 성급하게 서두르지 마!"

은호가 고개를 끄덕여 알았다는 표시를 하자, 이 소장이 건너 보며 말한다.

"은호, 네 생각이 그렇다면 미국에 가면 기회를 봐서 두 사람 유학도 추진해 볼게. 그리고 보면 내가 지금 껌딱지에게 설득당한 거 아닌가!"

이 소장은 그저 고개를 절레절레 흔들고, 수덕인 다시 한번 머리를 숙이고 있는 은호를 미소 띤 얼굴로 바라보며 말한다.

"우리 껌딱지의 천재성인 기존 상식이나 일반성을 한 걸음 뛰어넘는 특출한 사고로 사람들을 가끔 놀라게 하는 재주가 있지."

수덕의 말에 이 소장이 대견하게 바라보자, 은호는 뭣을 하다 들킨 아이처럼 계면쩍은 미소를 짓는다.

수덕은 연구소로 올라가기 전날 홍주와 함께 모교인 중학교 교정을 거닐고 있다. 홍주가 저녁나절 퇴근길에 찾아와 한정식집에서 단둘이 저녁 식사를 마치고 나와 무심코 거리를 걷다 보니, 누가 먼저 제안한 것도 아닌데 자연스럽게 어린 시절의 수많은 추억이 깃들어 있는 학교로 향해 교정 안에 들어오게 된 것이다.

껌딱지처럼 붙어 다니던 은호는 때마침 주말이라 인수 차를 끌고 아버지를 보려고 내려온 완이랑 구두래 나루에 가고 없었다.

한동안 힘든 걸음을 옮기던 수덕이 운동장 정면의 국기 게양대 옆 시멘트 관중석 계단에 털썩 주저앉자, 홍주가 옆에 다가앉으면서 하던 이야기를 이어 간다.

"내 생각에도 연구소 박사들이 질색할 만하네!"

"내가 그들이라면 나도 당연히 그렇게 나왔을 거야."

"만약 네 말대로 인공태양이 뜨면 과학자들의 연구는 물론이고, 온 세상이 멈추는 것은 고사하고 태곳적 원시시대로 되돌아간다는 게 말이 돼?"

홍주의 전혀 이해할 수 없다는 표정에 수덕이 고개를 흔들며 나직하게 말을 한다.

"원시시대는 지나치게 너무 많이 나간 거고, 이삼백 년 전쯤 전기가 우리 생활 속에 들어오기 전 순수 자연환경으로 되돌아가게 되는 거지."

"언제인가 미국에서 한 핵실험 여파로 발생한 전자기파로 인해 호주에서 대규모 정전 사태가 일어나서 아주 난리가 났었다고 하던데, 네가 생각하는 그 계획이 성공해 인공태양이 떠서 세상 모든 전자 활동이 멈춰진다면 그 엄청난 혼란을 현대인들이 견뎌낼 수 있을지 생각만 해도 끔찍하다."

잔뜩 걱정스러운 표정을 지으면서 바라보는 홍주를 건너보는 수덕 역시 심각한 얼굴로 이야기를 이어 간다.

"나 역시 네가 생각하는 것 이상으로 그 혼란에 대해서 갈등하고 이 연구에서 손을 떼는 것이 바른 판단이 아닌가 고민도 많이 했었지만, 우리가 사는 지구가 처한 현재 상황에 대해서 내가 어릴 적 일깨워 준 분의 경고를 다시 생각할 때, 호미로 막을 것을 가래로도 못 막는 참극이 있기 전 최소한의 조치로써 옛날 청정 환경으로 되돌릴 수밖에 없다는 결론이 내 머릿속에 자리 잡고 말았던 거야."

"일깨워 준 분이라면! 천재 네가 중학 마지막 학기에 정학 처분까지 받으면서 난리를 치던 그 무렵에 무슨 일이 있긴 있었던 것이 아니었나 당시 나도 대충 짐작은 했었는데, 그때 누구한테 무슨 얘기를 들었길래 그랬던 거야?"

"어린 시절에 특별한 영감을 준 분이 있었지! 처음 한동안은 그런 경험을 한 건 나 혼자인 줄만 알고 있다가 나중에 알고 보니, 그런 경고를 들은 건 나뿐만이 아닌 데다가 그분이 우리 지구가 처한 심각한 현실을 너무 정확히 짚어 주고 있어서 나 자신까지 확신하게 됐었지."

"너 혼자가 아니라면 너 말고 누가 또 있단 말야?"

"그분 말로는 전 인류에게 지구가 처한 위험한 현실을 끊임없이 전하고 있지만 제대로 인지하는 사람이 드물다고 했는데, 우선 내 가까운 주위에 이 소장은 물론이고, 또 불편한 나를 돌봐 주고 있는 은호가 있지."

"그 맹랑한 꼬마도 네가 접한 그분의 경고를 들었단 말야?"

"은호, 그 녀석도 내가 그걸 처음 경험했었던 때와 비슷한 나이에 절박한 상황에서 그분의 이 땅에 대한 경고 메시지와 함께 우선은 몸이 불편한 나를 찾아서 영악한 머리로 배우면서 협력하라는 지시를 받았기 때문에 내 곁에서 떠나지 않고 있는 거지."

"그 애는 어떻게 해서 만나게 된 거야?"

"아무도 믿을 수 없는 일이 일어났었지! 은호와 나는 같은 서울 하늘 아래 살면서도 서로 만나라는 지시만 받았을 뿐, 둘 다 찾을 엄두를 내지 못하고 있을 때, 우리를 엮어 주기 위해 역시 그분 음성을 접한 강원도 오대산에 은거하는 영감님이 어느 날 갑자기 서울까지 찾아와서 자기 몸을 다쳐 가면서 인연을 엮어 줬다면 너는 믿을 수 있겠니?"

"산속에 사는 영감님도 그분 음성을 들었다고?"

홍주는 일면 놀라면서도 수덕이 말하는 그분이라는 존재가 역시 궁금할 수밖에 없다.

"수덕이 너는 계속 그분, 그분 하는데, 도대체 그분이 누구야?"

"글쎄, 어떻게 표현해야 정 원장이 이해할까!"

"너 혹시 종교인뿐만이 아니라, 모든 인간의 숭배와 두려움의 대상인 하나님을 만난 건 아니지?"

홍주는 수덕이 자기의 물음엔 미소만 짓고 고개를 흔들자, 안

달이 난 아이처럼 안타깝게 매달린다.

"지금 생각하니까! 그 무렵 천재, 네가 교회 장로인 정배운 교감하고 한바탕 난리를 쳤던 것을 보면 그건 아닌 것 같고, 그럼 도대체 어떤 존재야?"

수덕은 한동안 말이 없다가 나지막하게 이야기를 시작한다.

"정 원장 네가 내 말을 신뢰할는지 몰라서 말해 주는 것이 망설여지는데, 어쩌나?"

"내 처음부터 말하지 않았어? 천재 네 말은 무조건 믿는다고. 무조건 믿습니다!"

홍주가 어깨를 잡고 흔들자, 수덕이 밝은 얼굴이 되어 말한다.

"간단하게 설명하면 일반인이 말하는 하느님이나 종교인들이 말하는 하나님은 인간의 영적인 마음 세계, 즉 정신을 주관하는 신이라고 한다면, 내가 접한 분은 우리 눈에 보이는 모든 물질세계, 이 땅은 물론이고 우리가 미처 볼 수 없는 미세 물질부터 끝없이 광활한 온 우주 끝까지 창조하고 온 만물의 생과 사를 좌지우지하는 분이라고 할 수 있지."

"천재! 그건 과학보다 철학 쪽에 가까운 얘기잖아!"

"정 원장! 모든 학문은 일맥상통, 한 곳으로 통하는 걸 몰랐단 말야?"

"하긴 천재 네 말처럼 음악이나 미술도 골치 아픈 수학으로 통하고, 내가 요즘 한창 다루고 있는 역사도 사실 과학이 아니면 증명하기가 쉽진 않지."

"45억여 년 긴 지구 역사 중에 우리가 존재하고 있는 현재를 기준으로 짧다면 짧고, 길다면 긴 이삼백 년 사이에 불을 이용한 증기기관의 발명과 꼭꼭 숨겨졌던 전자, 양자가 우리 생활 속 현실에 드러나면서 급격한 산업화에 힘입은 인류 문명의 눈부신 발전 이면에 순수한 자연에서 왜곡되고 오염된 우리 지구가 우주 순환에 걸림돌이 되어 가고 있는 것을 미리 경고하고 있는 분이어서 내가 [온 우주 신]이라고 이름을 붙였단 말이다."

수덕의 말에 홍주는 눈을 크게 뜨고 놀란 표정이 된다.

"성경에서 말하는 천지창조 시기나 어떤 과학자가 바닷물의 염분을 분석한 지구 추정 나이가 6천 년이나 7천 년이라고 했었지 않나?"

"생명체가 지구상에서 활동한 신생대가 6, 7천 년 전이지, 성경에서 설명하는 천지창조는 어쩌면 인류의 고차원 진화라고 할 수도 있는 아무런 정신적 감각이 없이 본능대로만 활동하는 짐승과 다름없는 인간에게 심령이라고도 하는 자신을 통제할 수 있는 지혜를 가진 영혼을 하나님이 넣어서 인간다운 새로운 인류 세계를 창조한 시기가 6, 7천 년 전이란 얘기야! 지금 너와 내가 존재하는 지구라는 이 땅은 우라늄의 반감기와 탄소연대측정기로 확인해 볼 때 정확하게 45억 5천 년 전에 온 우주 신이 창조했단 말이다."

"그렇게 엄청난 분이라면 마음만 먹으면 우리 지구 정도는 하루아침에 먼지가 되어 날아가 버리는 거 아닌가?"

"그분 음성 가운데 섬찟했던 것이 내 머릿속에 자기 손을 빌리지 않고도 우주 순환에 걸림돌이 되는 지구를 없앨 수 있는 그 무엇인가가 있다고 경고한 것이 알고 보니, 바로 우연히 내 눈에 띈 신물질이란 말이다."

"그걸 막으려고 연구소 박사들이 네가 암석을 발견한 백사장에 와서 돌들을 거둬다가 달운이보고 강물에 버리라고 한 거로군."

"안타깝게도 그들은 신물질 원소의 산화물 반응에서 플루오린보다 강력하게 모든 물질을 통과하는 것은 보았지만, 그렇게 가공할 파워를 가졌다는 것까지는 아직은 모르고 있단 말이다."

수덕의 설명에 홍주는 눈을 크게 뜨고 바라본다.

"그 박사들이 만약 네가 말하는 신물질의 엄청난 파워를 알게 되면 그때는 어떻게 나올까?"

"나와 이 소장이 엄청난 신물질 원소의 본래 모습을 뒤집은 것만 보여 줘서 그들은 아직 상상조차 못 할 거야!"

"수덕이 넌 어떻게 그걸 감출 생각을 한 거야?"

"신물질을 발견할 즈음에 주위에서 천재, 천재 하는 바람에 하늘 무서운 줄 모르고 교만해져서 온 우주 신의 경고를 무시하고 대학 연구실에서 연구 과제로 제시했다가 뒤늦게 내 잘못을 깨달아 정부까지 나서서 설치는 신생 에너지 개발 시도 자체를 온몸으로 막아 불구가 되어 겨우 생명을 부지해 도망자 신세로 십여 년을 방랑한 나로선 이 신물질의 본모습은 결코 그들에게 보여 줄 수 없단 말이다."

수덕이 결연한 눈빛으로 말하는 모습에 홍주도 심각해진 얼굴로 고개를 끄덕인다.

"진짜 너에게 그 신물질만 눈에 띄지 않았다면 그런 고생도 없고, 승승장구했을 텐데, 정말 안타까운 일이다."

"그래도 다행인 것은 온 우주 신이 오만한 내 머릿속에 있을 것이라고 한 신물질의 파괴력을 경고하면서 일면 나에게 힘을 실어 준 것이 신물질의 위력을 뒤집어 보라는 언질에서 착안해 이 소장과 함께 여러 실험을 하던 중 발견한 전자 활동을 억제하는 기능을 가진 원소라는 것이 밝혀지는 바람에 인공태양을 띄워서라도 끝을 모르고 마지막을 향해 질주하고 있는 산업화 열차를 일단은 멈추려는 계획이 세워지게 된 거란 말이다."

"이제 네 얘기를 듣다 보니까, 박사들은 지구 환경이 처한 암울한 현실은 외면한 채 전자가 무기력해져 자기들의 연구가 유명무실해지는 것만 생각하고 있다는 거네."

"결과적으로 그런 셈이어서 안타깝다는 거지."

수덕이 고즈넉한 표정으로 바라보자, 홍주 역시 잔뜩 걱정스러운 얼굴이 되어 말을 한다.

"지금 환경을 염려하는 사람이나 단체들도 많이 있잖아! 꼭 그 방법 말고 딴 대안은 생각해 보진 않았어?"

"사실은 원래 네가 말하는 그런 대안을 찾지 못해 암담해 있는 상황에서 전자가 멈춰 서는 신기한 신물질 원소의 반응을 찾았던 것이고, 전자가 멈춤으로 인한 혼란과 함께 올 수밖에 없는 부작용이 걱정되어 망설일 때, 인공태양 프로젝트를 연구소 안에서 공공연히 떠벌리는 이 소장이 너무 앞서간다고 우려했었는데, 사실은 나 자신이 너무 뒤처진 생각에 빠져 있다는 걸 스스로 느끼고 말았어! 그만큼 현재 지구가 처한 상황이 우리가 가만히 앉아서 그런 염려나 캠페인으로 해결될 수준은 이미 넘어도 한참 넘고 말았단 말이다."

수덕의 말에 홍주는 그저 안타까운 표정이 되어 바라보면서 묻는다.

"인공태양 말이 나와서 말인데, 지금 지구 환경이 안 좋아져 온난화가 앞으로 큰 문제인데, 일본에서는 무엇 하려고 뜨거운 인공태양까지 띄운다고 난린지 모르겠다."

"그건 정 원장이 잘못 알고 있을 수도 있겠다. 인공태양이라고 하니까 뜨거운 거로 대부분 생각할 수 있지만, 원래는 반대로 태양 빛을 반사시키는 것에 착안해서 과학계에서 공론화됐던 거야. 일본 JERI에서는 어떤 구상이 있어서 그걸 추진하는지 모르겠지만, 우리가 띄우려는 것은 열이 전혀 없는 빛만 쏟아내는 인공 MOON이야. 내가 하려고 하는 이야기는 아직 이 소장도 완벽하게 모르는 건데, 인공태양이 성공해도 절반의 성공이라는 거야!"

수덕의 설명에 홍주가 고갤 끄덕일 때, 교문 밖에 완이가 차를 몰고 와 클랙슨을 울리고, 은호가 차에서 내려 달려 들어온다. 수덕이 부축하는 홍주의 손을 잡고 일어나며 의미 있는 눈빛으로 올려보면서 말한다.

"홍주 네게 백제 문화원장으로서 한 가지 막중한 책임이 생겼다는 건 알고 있겠지?"

수덕의 말에 홍주는 이내 조금은 심각한 얼굴이 되어 고갤 끄덕인다.

"낙화암에 무지개가 걸린 것은 내가 맡아야 할 몫이고, 네가 발견해 알고 있는 신물질의 파워 에너지 부분은 수덕이 네가 감당해야 할 것 같다."

간절한 표정으로 바라보는 홍주의 시선에 수덕은 고개를 끄덕이며 잡은 손을 흔들고 나서 귀에 대고 낮은 목소리로 말한다.

"그날 우리가 함께 본 무지개는 절대로 낙화암에서 나온 빛이 아니라, 강물 속에서 쏘아 올려진 거란 걸 너만 알고 있어!"

수덕의 말에 홍주는 멍한 얼굴로 굳은 듯 멈춰 서 있다가 고개를 흔들면서 따라 나오고, 수덕이 싱긋이 웃으면서 은호의 부축을 받으며 차에 오른다.

홍주를 관북리 사택에 내려 주고 돌아오면서 수덕이 완이에게 묻는다.

"우리 샘님 친구가 일본에 무슨 일로 간 거야?"

"방학을 이용해 부모님 모시고, 찬우 형까지 데리고 관광 겸 해서 간다면서도 교수님 표정은 밝지 않고 왠지 긴장하는 모습이었어요."

완이의 말에 수덕은 고개를 끄덕이면서 이산가족 상봉이긴 해도 북에 있는 가족을 은밀하게 만나는 거라, 마음 약한 현도의 심정이 느껴지는 듯해 가슴에 와닿는 파장이 예사롭지 않다.

그런 수덕의 안색을 살피던 은호가 밝은 표정으로 완이에게 묻는다.

"형! 지난번 베트남 바이올리니스트 딘이 씨 연주회 뒤풀이 때, 왜 다 큰 사람이 임 교수님보고 어린애처럼 '아빠, 아빠!' 하며 매달린 거야?"

완이는 궁금해하는 은호를 흘끔 보면서 말한다.

"우리 교수님이 파월장병 시절, 베트남에서 딘 씨를 처음 만났을 때, 함께 근무하던 너처럼 엉뚱한 후임병 친구가 있었는데."

완이가 거기까지 말하고 돌아보며 이야기를 이어 간다.

"왜 뒤풀이 마지막에 헐레벌떡 뛰어 들어온 조그만 아저씨와 딘이 씨가 끌어안고 울음을 터트려 주위가 숙연해졌잖아!"

"부산, 무슨 중학교 선생님이라고 했지 아마!"

"바로 그분이 우리말을 모르는 어린 딘이 씨에게 짓궂게 임 교수님 이름이 '아빠'라고 가르쳐 주는 바람에 어른이 돼서도 계속 그렇게 부르게 됐다고 하더라고."

완이의 설명이 끝나자, 은호가 얄궂은 표정이 되어 쏘아본다.

"완이 씨! 왜 항상 나를 그렇게 엉뚱한 사람으로 보는 거야?"

은호의 시비조 말에 완이도 대뜸 대꾸한다.

"네 스스로 너를 잘 모르지?"

"뭘! 내가 박사님 옆자리를 차지해서? 아님 은샘이 누나 뺏는다고 해서?"

"그런 건 다 지난 일이고, 보통 때는 형, 형 하다가 심사가 조금 꼬였다 하면 으레 '완이 씨!' 이게 말이 되는 거니? 처음부터 형이라고 하지 말든지, 너 내일 당장 대전까지 아버지랑 함께 갈 생각은 꿈도 꾸지 마!"

완이가 잔뜩 화가 난 얼굴이 되자, 수덕이 재미있어하는 얼굴로 말한다.

"오늘은 껌딱지가 판정패인 것 같으니 어쩌나?"

은호는 몸을 잔뜩 구부린 채 곁눈질로 완이를 쏘아본다.

"형이 그렇게 나온다면, 아빠가 일본 출장 가셔서 윤 기사님이 놀고 있다고 하니까, 완이 형이 나를 구박한다고 부를 수도 있어!"

"그러시든지. 그런데 그건 너무 속 보이는 짓 아닌가?"

퉁명스런 완이의 말에 은호는 난감한 표정이 되어 중얼거린다.

"박사님 말씀대로 패배를 인정하게 되면 내가 그냥 자연스럽게 엉뚱한 놈이 되는 거잖아!"

은호가 몸을 흔들면서 원망스러운 얼굴로 완이를 쏘아본다.

이 박사의 구사일생

김포공항 국제선 출국장에는 중동 건설 현장으로 나가는 단체 출국자와 환송하는 가족들이 한데 어울려 북적이는 가운데, 대기실 커피숍에 출국 절차를 마친 전에 HAERI 소장이었던 이 박사 부부가 느긋하게 수덕과 담소를 나누고 있다.

　"우린 일찍 나와서 다행이지, 오늘따라 사우디로 나가는 근로자들로 발 디딜 틈 없이 복잡하구먼."

　"우리는 진 박사 아드님이 일찍 차로 데려다준 덕분에 한시름 놓은 거죠."

　이 박사가 부인의 말에 눈을 껌뻑이며 처음 외국에 나가는 중동 근로자와 타국으로 가장을 떠나보내는 가족들이 한데 엉켜 시끌벅적한 대기실을 연신 내다보며 머리를 흔들고 있을 때, 완이가 계산대에서 커피와 차를 쟁반에 받아 들고 온다.

　수덕이 차를 한 모금 마시고 걱정스러운 시선으로 이 박사를 바라보며 나지막하게 말을 건넨다.

　"이 박사가 일본을 거쳐서 가는 의도는 대충 짐작이 가는데, 약삭빠른 그들이 순순히 아직 덜 익은 작품을 공개하겠어?"

　"지난번에 말한 것처럼 아무리 생각해도 우리 작품은 여기서 이루기는 분위기뿐만이 아니고 재정적인 면에서 힘들 것 같아서 일본 쪽 상황을 한번 보고 계획을 재점검해 볼까 하는 생각으로 여정을 이쪽으로 잡아 봤어."

"내 생각엔 모든 면에서 아직 도약 단계인 우리보다, 한참 승승 장구하고 있는 일본이 우리 계획을 알면 반발이 더할 것 같은데, 괜찮겠어?"

조금은 걱정스러운 수덕의 말에 이 박사는 의미심장한 시선으로 나지막하게 말한다.

"지난번 내가 노 실장을 일본에 출장 보냈던 것, 기억하지?"

수덕은 노 실장을 처음에 만나려고 했을 때 출장 중이란 말을 들었던 생각이 나 고갤 끄덕인다.

"사실은 JERI의 다카시 박사에게 은밀한 내용의 메시지를 보내 그쪽 반응을 보려는 의도로 파견했던 건데, 의외로 그쪽에서도 우리와 비슷한 긍정적인 의견을 보내왔다니까!"

이 박사의 아주 밝은 전망에 수덕이 한참 동안 생각하다가 말한다.

"그 박사 한 사람의 생각만으로 그쪽을 판단할 수 없는 거 아니겠어? 여기도 이 박사와 나, 둘을 제외한 모든 사람이 하극상을 초월해 난리를 쳐서 소장인 이 박사 당신이 미국으로 돌아가는 변고가 일어난 거잖아!"

수덕의 말을 듣고, 이 박사는 곧바로 고개를 끄덕인다.

"나도 그것이 미심쩍긴 한데, 일본 애들이 뜬금없이 세계 유일하게 인공태양 프로젝트를 들고 나온 것이 예사롭지 않아서 그들을 직접 만나 확실한 동향을 파악해 볼 심산으로 미국 가는 길에 들러서 갈 계획을 한 거야."

"내 생각엔 우리 작품을 순조롭게 완성하려면 덩치 큰 게네들보다 작은놈, 약한 놈을 잡아야 할 것 같은데, 안 그래?"

"작은놈, 약한 놈!"

이 박사는 경제적으로나 과학적으로 앞서가는 선진국일수록 반대가 극심할 거라는 판단이어서 화들짝 놀란 몸짓을 하면서 수덕을 바라보다가 이내 고개를 끄덕이면서 말한다.

"하긴 현재 기득권을 쥐고 있는 큰놈들이 포기하긴 쉽지 않겠지! 그런데 진 박사한테 홍릉 채 원장이 왜 그렇게 애걸복걸 매달리는 거야?"

이 박사는 이내 딴 이야기로 화제를 돌렸다.

"대전 연구소가 재편되면서 홍릉에서 인원이 많이 빠져나간 데다 국방부에서 미션이 여러 건이 들어오고, 대기업에서 새로 개발한 반도체 D램 감수를 요청해 와 정신이 없다고, 내 입장을 빤히 아는 원장이 잡는 거지."

이 박사는 힘들어도 대전에 머물길 원했던 수덕의 의중이 궁금해 떠본다.

"진 박사 생각은 아무래도 홍릉이 낫겠지?"

"채 원장보고 나는 아무래도 좋으니, HSTAR 임원들하고 얘기 잘 해 보라고 했어."

수덕이 심드렁하게 말할 때, 출발 시각이 됐다고 부인이 자리에서 일어난다.

이우연 박사와 부인이 일본으로 떠나고 삼 일째 되는 날 아침, 은호가 홍릉 연구소로 출근하기 위해 대문을 나서서 윤 기사가 기다리는 승용차로 가고 있을 때, 갑자기 어깨에 메고 있는 핸드폰에서 진동이 울린다.

핸드폰 커버를 열어 보니, 국외 발신 자막이 떠 있어 일본에 가신 아빠 전화인가 해서 부리나케 받았다.

"은호 학생이지?"

기대와는 달리 의외로 나이가 든 여성의 침통한 목소리가 흘러나왔다.

"그런데요, 아주머니는 누구신데요?"

아버지인 줄 알았다가 실망한 은호의 목소리가 퉁명스럽게 들리자, 부인은 황급히 자기 자신을 밝힌다.

"나 이우연 박사 부인인데, 내가 지금 정신이 하나도 없어서 미리 얘기하는 걸 깜빡했군. 미안해! 지금 진 박사님하고 같이 있는 거 아닌가?"

"연구소에 출근하려고, 진 박사님 모시러 가려던 참인데, 이 박사님한테 안 좋은 일이 있으신 거죠?"

은호의 단도직입적인 질문에 부인은 한참 감정을 추스르는 듯 말이 없다가 맥없이 말을 한다.

"이 박사가 일본에 도착하자마자, 일본 연구소 이치로 다카시 박사를 만나러 가서는 이틀째 아무 연락도 없이 돌아오지 않아서 지금 정신이 하나도 없어! 일본에는 아는 사람이 하나도 없어서 여기저기 연락처를 찾다가 이 박사 메모장에 '연구소 껌딱지 핸드폰 번호'가 있어서 전화한 거야!"

부인은 금방 울음이라도 터트릴 듯 목소리가 떨리고 있었다.

"경찰에 신고는 하셨죠?"

"하긴 했는데, 워낙 말이 잘 안 통해서 그냥 기다려 보라는 말만 듣고 왔어. 그 사람들 내가 한국 사람이라 그런지 별 관심 없는 것만 같아서 신고는 했어도 내 속이 속이 아니야!"

"일본 JERI 연구소엔 가 보셨어요?"

"어렵게 물어물어 찾아갔더니, 웬일인지 그 다카시 박사도 연구소에 출근하지 않아서 만나지 못하고 나왔어. 내가 일본 말을 못 하니, 누굴 잡고 통사정할 수도 없어서 어떻게 해야 할지 모르겠어!"

"일본 사람들과 대화가 잘 통하는 우리 아빠가 지금 일본에 계신데요."

"그렇지 않아도 이 박사도 여기 오면서 아주 가까운 종친인 너희 아버지 대경 씨가 일본에 와 있다면서 시간이 되면 한번 찾아보겠다고 했었지! 아빠는 지금 일본 어디 묵고 계신 거야?"

"잠깐만요!"

부인의 말에 은호는 황급히 집 안으로 뛰어 들어가면서 외친다.

"엄마! 아빠가 묵고 있는 곳이 신주쿠 무슨 호텔이라고 했지?"

은호가 급하게 엄마를 외치며 집 안으로 뛰어 들어가자, 금방 나오는 걸 보고 출발하려고 시동을 걸던 윤 기사도 무슨 일인가 하여 차에서 내린다.

주 여사도 벌써 연구소로 출발한 줄 알았던 은호가 갑자기 핸드폰을 든 채 뛰어 들어오자, 의아한 얼굴로 거실에서 나온다.

"호텔 이름은 왜 물어? 너희 아빠 오늘 들어온다고 했단 말야!"

"안 돼!"

은호가 벼락 치듯 고함치자, 주 여사가 화들짝 놀란 얼굴이 된다.

"무슨 일인데, 아침부터 이렇게 난리야?"

"아빠보고 출발하지 말라고, 빨리 전화부터 해! 대전 연구소 이 소장님이 일본에서 큰일을 당한 것 같단 말이야!"

"너 지금 누구하고 통화한 거야?"

은호는 대꾸할 겨를도 없이 부인에게 잠시 후에 다시 통화하기로 하고, 우선 급히 전화를 끊은 뒤, 주 여사에게 핸드폰을 건네주면서 아빠랑 빨리 통화하라고 재촉한다.

그 시각, 이 박사는 어렴풋이 정신이 들면서 숨도 제대로 쉴 수 없는 가슴 통증과 엄습하는 한기에 잔뜩 웅크린 채 자기에게 닥친 현재 상황이 도대체 가늠이 안 돼, 다시 가뭇가뭇 희미해지는 의식을 추스르느라 이를 악물고 안간힘을 다하고 있다.

이 박사 자신이 평소 버릇처럼 난감한 문제에 부딪혔을 때 생각을 간추리는 육하원칙에 따라서 자기를 이 지경으로 만든 그 누군가는 제쳐 두고라도 지금이 언제쯤이고, 만신창이가 되어 처박힌 곳이 어디인지, 왜 자기에게 이런 몹쓸 짓을 했는지 머릿속으로 판단하기 위해 있는 힘을 다해 버둥거려 보지만 입과 눈은 뭔가에 감싸져 완전히 가려진 데다 두 팔은 등 뒤로 결박이 되어 꼼짝달싹할 수 없는 상태인 것이 인지되면서 어렴풋이 자기 몸이 충격을 받았던 마지막 순간이 떠오른다.

당시는 한밤중으로 신주쿠 플라자 호텔 부근 카페 옆 주차장 골목에서 승용차에 오른 다카시 박사에게 마지막 작별 인사를 건네고 돌아서서 숙소인 호텔 쪽으로 몇 걸음 옮겼을 때 뜻밖에 다카시의 '미스터 리! 런 어웨이(도망가!)' 하는 외마디 고함이 들려 무의식적으로 뒤로 고개를 돌리는 순간, 짐짝만 한 시커먼 것이 갑자기 달려들면서 단단한 것으로 사정없이 머리를 가격하고는 가슴을 후려쳐 그 자리에서 고꾸라져 의식을 잃고 말았었다.

그 뒤로 일어난 일에 대해서는 하나도 가늠되지 않는다.

급한 대로 지금이 언제인가는 둘째치고 여기가 어딘가를 알아보기 위해 몸을 움직여 바닥을 더듬으니, 대체로 매끈하면서도 군데군데 우둘투둘한 거친 금속판이란 것이 감지된다.

움직일 때 조금씩 흔들리는 것이 미세하게 느껴지는 것이 자동차 안인 것 같은데 묶인 발을 움직여 봐도 차 시트 같은 것이 걸리지 않고 공간이 그리 넓지 않은 걸 볼 때, 모든 것이 제거된 폐차장에 있는 빈 껍데기 승용차 속이란 생각이 번쩍 든다.

지금 처박혀 있는 곳이 폐차장일 거라는 생각이 드는 순간, 희한하게 귓전으로 주변에서 쇠를 두드리는 굉음과 기계가 돌아가는 온갖 소음이 크게 들려와 자기 예측이 맞다는 확신이 들면서 빨리 이 차 속에서 빠져나가야 한다는 조여 오는 조바심에 묶인 손목부터 풀어야 한다는 생각으로 손가락들을 움직여 여기저기를 힘들게 더듬는다.

한참을 더듬거려 천우신조로 조그만 깨어진 유리 조각 하나를 찾은 것까지는 좋았으나 안타깝게도 아무리 버둥거려 보지만, 유리 조각이 손목에 감긴 밧줄에 도무지 닿질 않고 손에서 빠져나가 버린다.

다시 정신을 가다듬어 판단한 것이 어떻게 해서든 갇혀 있는 차 속에서 밖으로 빠져나가야 한다는 일념에 숨이 턱턱 막혀 오는 아픈 가슴을 이를 악물고 견디며 일어나 앉아 묶인 발로 버르적거리는 사이 머리 위에 커다란 쇠뭉치 갈고리가 내려와 박히는 '쿵' 하는 소리가 커다랗게 들리면서 곧바로 공중으로 들려서 오르는 것이 몸으로 느껴진다.

이 박사는 순간적으로 TV에서 봤던 롤러가 돌아가는 틈 사이에 폐차량이 통째로 떨어져 들어가면 위에서 짓누르고 옆에서 조여들어 철판이 종잇조각같이 구겨지고 접혀서 끝내 한 둥치 조그만 쇳덩어리가 되어 나오는 장면이 찰나처럼 뇌리에 빠르게 스쳐 간다.

섬뜩한 생각이 미침과 동시에 온몸이 사시나무처럼 떨리면서 머리털이 쭈뼛 솟는 게 느껴져, 있는 힘을 다해 소리치면서 언뜻 새어 들어오는 바람 기운이 느껴지는 곳을 향해 이판사판이라는 각오로 무작정 몸을 날렸다.

천우신조로 예상은 적중해 어설프게 잠겼던 차창 문짝이 퉁겨져 열리면서 이 박사의 몸이 절반쯤 허공에 대롱대롱 드러나고 만다.

느긋하게 담배를 꼬나물고 앉아 치켜 올려다보면서 해체 작업을 마친 폐차량들을 한 곳으로 적재하던 작업자의 기함하는 듯한 괴성이 터짐과 동시에 잡고 있던 크레인 조정 핸드 레버를 얼떨결에 떨구는 순간, 차량이 밑으로 곤두박질치는 바람에 이 박사는 차에서 낙하 되어 쌓여 있는 다른 차량 더미 위로 떨궈져 구르면서 또다시 정신 줄을 놓고 말았다.

칠흑 같은 어두움 속에 저 멀리 지평선 같은 까마득한 곳에서 희미한 불빛이 가물가물하게 눈에 들어와 있는 힘을 다해서 그곳을 향해 몸을 움직이지만, 좀체 마음먹은 대로 되지 않아서 이 박사는 그 자리에 털썩, 주저앉고 만다.

여기가 어디인지! 왜 내가 이런 어둠 속에 있는 것인지 알 수가 없어 땅바닥에 얼굴을 박고 곰곰이 생각해 봐도 무엇 하나 머릿속에 잡히는 게 없이 그저 어린 시절 철없이 좋기만 했던 기억만

이 아련하게 떠오른다.

기력을 다해서 땅에 처박았던 얼굴을 쳐들고 빛이 있던 곳을 아주 힘없이 바라보았다.

불빛은 까막까막 꺼질 듯이 더 희미해져 이 박사는 막막하고 답답함이 머리를 덮쳐 와 자기 급한 성격으론 가슴이 터져 버릴 것 같아 있는 힘을 다해 소리치며 박차고 일어서자, 무슨 까닭인지 멀찍이 바라보이던 불꽃이 화들짝 놀란 듯이 다시 커지면서 불빛 스스로 앞으로 조금은 다가오는 느낌이 드는 게 아닌가!

그것도 잠시, 다시 힘이 빠져서 자신의 몸이 자지러질수록 점점 작아져서 멀어지는 불빛을 보면서 머리에 스치는 생각은 저 불빛이 자신의 빛이라는 생각이 불현듯 드는 것이 아닌가!

이 박사는 다시 눈을 감고 호흡을 고르면서 진정을 한 다음 절대로 더는 정신 줄을 놓아서는 안 된다는 각오로 다시 두 눈을 크게 뜨고 정면을 노려보자, 아까보다 더 밝아진 빛의 무리가 웬만큼 더 앞으로 다가와 주위를 환하게 밝힌다.

그 빛이 자신의 의식이라는 것이 뇌리에 감지되면서 또렷해지는 주위를 찬찬히 살펴보니, 지금까지 자신의 의식 속에 유추해 자리했던 자기 나름의 개념이 독단에 가까운 과도한 구상들이었다는 것이 느껴지면서 다시 정리할 수밖에 없다는 확신이 머릿속에 자리 잡아 자신도 모르게 환한 빛 속으로 뛰어 들어갔다.

빛 한가운데는 예상 밖으로 모든 빛을 삼켜 버린 듯 캄캄해 한참을 두리번거리고 있다가, 중앙에 누군가 웅크리고 있는 사람이 있어 가까이 다가가자, 헤실헤실 웃음을 띠면서 돌아앉는 모습을 찬찬히 바라보니, 뜻밖에 눈이 부실 정도로 하얀 옷을 걸친 다카시 박사가 아닌가!

"오. 다카시 상! 왓스매더?(무슨 일이야?)"

이 박사는 싱긋이 웃으면서 다카시 박사를 만나면 늘 했던 대로 영어가 튀어나왔다.

"우연 씨가 이제 정신이 좀 드는 모양이구먼."

다카시는 의외로 한 번도 쓴 적 없는 자연스러운 한국말로 태연하게 지껄여 전혀 뜻밖이어서 입을 벌리고 있는 이 박사에게 측은하다는 표정을 지으며 계속 중얼거린다.

"자넨 갈 길이 아직 먼데, 이렇게 혼자 헤매고 있으니 생각할수록 안타까운 일이군."

이 박사는 다카시 박사에게 어울리지 않는 유창한 한국어를 들으면서 머릿속에 재빠르게 스치는 생각이 있었다.

지금 자기 앞에서 말끔히 쳐다보면서 느물거리고 있는 이 사람은 분명 다카시가 아니라는 생각이 퍼뜩 들면서 자신도 모르게 섬뜩한 두려움 같은 감정이 온몸을 감싸는데, 다카시는 계속 지껄인다.

"왜 내가 말하지 않았나? 이 세상에 이 말, 저 말 다 써 봐도 원래 자기 말로 대화하는 게 편하지 않던가! 말은 그렇다 치고, 자네는 왜 자꾸 무엇을 혼자서만 밀어붙이려고 애쓰는 건가?"

"무엇을 말입니까?"

이 박사의 입에서 우선 존댓말이 스스럼없이 나왔다.

"망가져 가는 이 땅을 위해 뭔가를 해 보겠다는 그 뜻은 가상하지만, 너 혼자 독단적 생각으로는 무엇도 얻을 수 없고, 더구나 왜 네가 가진 것은 생각하지 않고 남의 것에 연연해서 네 스스로 네 무덤을 파는지 답답하구나! 앞으로 나가려면 전후좌우를 확실하게 살펴야 하거늘 너는 멍청하게 앞만 보고 내닫느냐 이 말이고, 네 것만이 네 것이고, 그것만이 네 발칙한 상상을 이룰 수 있는 길이란 걸 왜 모르느냐 이 말이다!"

"제 전공 AI 공학을 말씀하시는 겁니까?"

이 박사가 있는 힘을 다해 외치듯 말하자, 다카시는 히죽히죽 웃음을 떨구면서 가증스럽다는 투로 말한다.

"멍청한 것들에게 기대 보려는 옹졸한 생각으로는 쉽사리 성공할 수도 없거니와 만에 하나 성공한다면 만물 중에 수고가 가장 많고, 먹고살기 바쁜 인간 족속을 결국은 땅속 두더지로 만드는 반쪽 성공이란 말이네!"

"그렇다면 내가 할 수 있는 것은 로봇공학밖에 없단 말입니까?"

이 박사의 생각에는 다카시 박사 형상을 한 사람이 [온 우주신]이라는 결론이 서면서 어떻게 하든지 정확한 해답을 듣겠다는 생각으로 다그치듯 고개를 들어 앞으로 쏘아보면서 말하자, 그 형상이 더욱 밝아지면서 이 박사에게 대들듯이 일어선다.

"너는 지금 내가 누구라고 생각하고 있는 건가? 설마 이 빛 속에 자네 말고 딴 누가 또 있다고 생각하고 있는 것은 아니겠지!"

이 박사는 너무 뜻밖의 말에 다시 한번 혼비백산해서 바닥에 엎어져 버리고 만다.

지금까지 자기가 들었던 말들이 사실은 자기 머릿속 밑바닥에 깔려 있던 사고였다는 것이 어렴풋이 느껴지면서 궁지에 몰리고 있는 현 상황과 함께 막바지 길에 처해 있다는 절박감이 실감이 되어 감았던 눈을 뜨니, 어느 사이 작아진 빛 방울은 저만큼 멀어져 껌뻑이고 있다.

이 박사는 스스로 긴장이 되어 다시 또 호흡을 가다듬어 있는 힘을 다해 고함지르면서 빛을 가까이 끌어들였다.

이대로 포기할 수 없다는 각오가 서면서도 왠지 맥이 빠져 희미해지는 정신을 가다듬으려고 안간힘을 쓰는 사이 넙죽한 다카시 박사의 얼굴에 하얀 미소가 담기는 듯하다가 실없이 한마디를 던진다.

"천방지축 주위 눈치 안 보고 일방독주 한 결과가 현재의 자네라는 건 이젠 인정해야 하지 않겠는가!"

"그래, 내가 너무 자만했던 것만은 숨길 수 없는 사실이야."

"그렇다면 이대로 마무리해도 자네는 아무 미련이 없겠군!"

다카시 박사 형상의 잔뜩 시험하는 듯한 말이 섬뜩하게 들리면서 이 박사는 내심 분개하는 마음에 일순간 자기도 모르게 다카시 박사의 멱살을 움켜잡으면서 버럭 고함이 튀어나왔다.

"아직 할 일이 수두룩한 네 입에서 마무리라니! 네가 정신이 있는 거야, 없는 거야?"

다짜고짜 내지르는 이 박사의 외침에 다카시 박사 형상은 죽은 시늉 하듯 맥없이 허우적대면서 함께 엉켜 있는 그들 위로 빛무리가 커다란 덩어리가 되어 폭포수처럼 머리에서부터 발끝까지 쏟아져 내렸다.

이우연 박사가 인사불성인 가운데 혹독한 자기와의 싸움에 빠져 있는 동안 병실 밖에서는 대경 씨가 초주검이 다 된 이 박사 부인과 맥없이 앉아 있다.

"은호 아빠 아니었으면 우리 그이가 여기 요코하마 병원에 들어와 있는 걸 어떻게 알았겠어! 생각만 해도 아슬아슬해서 정신이 하나도 없네."

"이 박사님을 처음 발견한 폐차장 인부도 경찰서에 들어와 있어서 봤는데, 얼마나 놀랐던지 젊은 친구가 그때까지도 새파랗게 질려서 떨고 있어서 경찰이 오히려 그 친구보고 병원에 가 보라고 하더라니까요."

"들어 올린 폐차 속에서 사람이 튀어나왔으니, 얼마나 기겁했을까!"

"경찰서에서 지켜보면서 안타까웠던 것은 범인 찾는 수사는 생각보다 지지부진한 것 같았습니다."

"그 일본 박사를 죽인 범인은 금방 잡혔다면서 우리 정민이 아빠를 저 지경으로 해코지한 사람은 아직도 오리무중이라는 게 말이 돼요?"

"경찰들도 아주 많이 난감해하더군요. 아무리 생각해도 같은 목적으로 저지른 범행 같은데, 다카시 박사 차량에서는 범행 흔적이 확실하게 드러나서 곧바로 범인을 체포했는데, 이 박사님을 발견한 폐차에서는 아무런 흔적이 없었다고 하더라고요."

대경 씨의 설명에 부인은 바싹 마른 입술 사이로 긴 한숨을 내쉰다.

"우리 그이는 대전 연구소에서 박사들이 들고일어나서 정부 쪽에서도 감당을 못 해 쫓겨 가는 형편이면서 무슨 고집으로 섣불리 일본 쪽까지 건드려서 이 무슨 난린지 원!"

"우리 집 아이 말로는 진 박사 생각은 이 박사가 추진하는 계획이 완벽하게 이뤄진다고 해도 절반의 성공이라고 하던데요."

"그런 것을 가지고 왜 이 양반은 자기 전부를 내걸고 고집을 부리고 있는지 모르겠다니까! 머리 좋은 사람들은 그놈의 고집이 이만저만 아니지. 그 댁 은호도 그래요?"

"그 녀석도 한 고집 하지요. 막무가내로 떼쓰기 시작하면 집사람이 아주 두손 두발 들고 나중에는 주치의까지 둘 정도였는데, 진 박사를 만나서는 제 적성을 찾아선지 아주 얌전해졌습니다."

"조금 전에 잠깐 왔다가 간 청년은 한국 사람 같던데, 무슨 일로 이 병원에 온 거래요?"

"정말 우연히 화장실 가다가 마주친 그 친구는 은호가 연구소에 들어가기 전에 가정교사를 잠깐 한 서울대생으로 지금 HIST에 인턴으로 있는 친군데, 일본에 있는 친지분이 갑자기 쓰러져서 이 병원 응급실에 들어오는 바람에 정신이 하나도 없다고 하더군요. 그런데, 서울 종중 사무실에서 이 박사님 소식 듣고 난리가 나서 회장님이 무슨 일이 있어도 찾아오겠다는 걸 겨우 진정시켰습니다."

"생각해 주시는 마음만으로도 너무 고맙죠! 그나저나 어서 눈이라도 떴으면……"

부인은 말을 다 하지 못하고 두 손으로 얼굴을 가리고 엎드려 숨죽여 또다시 오열한다.

찬우는 현도와 함께 긴장된 표정으로 도쿄 하네다 국제공항 터미널에 나와 있다.

병원 측에서 삼촌의 상태가 회생 가능성이 희박하다는 결론이어서 임 교감이 찬우 모친 한 여사에게 운명하시기 전에, 한번 다녀가시라고 간곡하게 설득했다.

입국장 게이트가 열리고 줄줄이 나오는 사람들 속에 한 여사가 창백한 얼굴로 찬우와 현도를 보고 어설프게 웃으며 걸어 나온다.

찬우가 시무룩한 표정으로 어머니 손을 잡고, 현도가 다가가 고개를 숙였다.

"대모님! 먼 길 오시느라 고생이 많으셨습니다."

"원래 찬우 외갓집에 들를 일도 있고 해서 겸사겸사 왔어. 그 양반은 아직 아무 차도가 없는가 보군!"

한 여사의 물음에 찬우가 침통하게 말을 한다.

"내가 공연히 만나 뵈러 온 것 같아요! 나를 보자마자 기절해 쓰러지셔서 계속 인사불성이세요."

찬우는 어머니 어깨에 얼굴을 묻고 오열을 참는다.

"생각하면, 너를 만난 그 양반 마음이 오죽했을까 싶다."

한 여사는 20여 년 전 많은 나이 차이에도 자기 인생 모든 것을 믿고 맡길 수밖에 없었던 찬우 아버지의 자상하고 진실 된 면면이 다시 떠올라 찬우의 어깨를 두드리는 심정이 형언할 수 없이 먹먹해 와 고개를 흔든다.

한시가 급하다고, 현도가 서둘러 공항 택시를 잡아 한 여사를 모시고 병원에 도착해 중환자실에 올라갔다.

마침 행수 삼촌 조카인 조총련 요원 해우 씨가 얼굴을 두 손으로 가리고 울먹이면서 병실 문을 열고 나오다가 한 여사를 보고는 와락 두 팔을 정신없이 흔들면서 울음을 터뜨린다.

"당숙아즈바이레 그새를 못 기다리고 허망하게 가셨드레요. 서둘러 오시디 그랬습니까?"

모두 하나같이 할 말을 잃고, 망연자실해 문 앞에 굳은 듯 서 있다가 현도가 한 여사를 이끌고 먼저 문을 열고 들어가니, 임 교감은 영안실로 옮길 준비가 끝난 삼촌 시신 앞에 꿇어앉아 소리 없이 오열하고 있다가 현도 뒤를 따라 한 여사가 들어서자, 정신

없이 일어난다.

"숙모님을 제가 억지로라도 함께 모시고 왔어야 했는데, 그러지 못해 면목이 없습니다."

"무슨 소립니까! 조카님은 할 만큼 했어요. 이년이 죄인이라 진짜 영감 대할 면목이 없어 일찍 나서지 못하고 이제야 왔으니, 입이 열 개라도 뭐라 할 말이 없지요!"

한 여사는 뜨거운 불을 토해내듯 숨을 헐떡이며 시신 앞에 엎드려 눈물을 쏟고, 찬우도 어머니 옆에 무릎을 꿇고 앉는다.

영안실 안 구석에서 해우와 임 교감이 옥신각신하고 있다.

"왜 자꾸 그러십니까? 당숙하고 내레 남쪽 사람들하고 왕래한 걸 위에서 알게 되면, 나는 그날로 가는 기라요."

"엄연히 하나밖에 없는 아들과 부인인데, 자리를 비켜 달라니 말이 되는 소립니까?"

"숙모나 조카 동무레 우리 당숙아즈바이 민증에 등록되지 않았다는 건 아시디요? 그리고 덕수 회장하고 간부들이 오는 오늘 하루만 내레 상주할 거외다. 다음엔 아래 조무래기들은 내레 얼씬 못 하게 할 거니까 그건 염려 마시라요! 남쪽에서는 지금 와 있는 동무레 전부가 아닙니까?"

"찬우 외가가 여기서 가까운 화장품 공장이 있는 가나가와현 근처에 많이 살고 있어서 숙모가 연락하면 많이들 몰려올 거라고 하던걸."

"됐습네다! 떨어져 산 디가 얼추 스무 해도 더 디나버렸는 걸 누구레 살갑게 기억이나 할라구요!"

해우는 시큰둥하게 말하고, 조총련 간부들 맞을 준비를 한다.

변을 당한 이 박사의 소식에 수덕은 만감이 교차해 일이 손에 잡히질 않는다.

애초에 그들이 이 박사를 반기지 않으리라는 예감이 들어, 일본을 거쳐서 가는 것을 썩 달갑게 생각을 안 한다는 의사를 은연중 표했을 뿐 적극적으로 말리지 못한 것이 마음에 걸렸다.

다카시 박사가 살해까지 됐다는 보도에는 일본 현지에서 그렇게 민감한 반응이란 것이 믿기질 않는다.

이 박사의 안 좋은 소식을 맨 처음 접했던 은호도 이 박사 부인의 절망적인 전화 음성이 쉽게 지워지지 않아서 여러 차례 아빠에게 전화 다이얼을 돌려서 이 박사의 상태를 확인하고 있었다.

"박사님! 아빠 말씀엔 일본 박사를 차 안에서 살해한 범인은 잡혔다는데, 왜 이 박사님을 테러한 범인은 잡지 못하는 걸까요?"

"글쎄다! 내 생각도 같은 조직에서 저지른 범행이 분명한데, 현장에 무슨 문제가 있기에 테러범을 잡지 못하고 있는지, 우선은 이 박사가 빨리 의식을 찾아야 제대로 밝혀질 것 같다."

"인공태양으로 전자를 잡는다 해도 박사님 말씀대로 절반의 성공인데, 여기 박사들도 그렇지만, 일본 박사들은 왜 그렇게 난리들이지요?"

"원래 우리의 목적은 절반이 아니라 전자를 완전히 잡는 거였잖아! 신물질 반응이 땅속까지는 파고들지 못해 절반의 성공인데도 그들은 한마디로 어설픈 변화를 싫어하는 거지!"

"땅속으로 옮기는 것 말입니까?"

"내 생각엔 그들은 무조건 인공태양으로 전자가 이 땅에서 완전히 사라지는 것으로 잘못 알고 있는지도 몰라!"

"그렇다면, 이제는 전자는 그냥 놔두고, 그보다 지독한 놈을 잡아야겠네요.”

은호의 말에 수덕이 놀라는 표정을 지으면서 나직하게 말한다.

“네 말이 정답이다! 그러면 지하로 들어가는 일도 없을 거야! 그런데, 그것을 찾으려면 지금까지 우리가 추리했던 것을 뒤집어 봐야 하고, 그것을 이루는 장소는 여전히 약한 놈, 작은놈이 유효 하다는 얘기다.”

“약한 놈, 작은놈요! 어쩌면 박사님이랑 제가 아프리카 사막을 헤매야 할지도 모르겠네요.”

“그런 날이 올지도 모르겠다.”

수덕이 의미심장한 표정으로 은호를 바라볼 때 채 원장이 심각 한 얼굴로 들어온다.

“천재 씨가 불어를 잘한다고 들은 것 같은데, 잠깐 나와 보지.”

“박사 중에 제2 외국어로 불어를 선택하는 친구들이 많아서 이 연구소 안에 저 말고도 꽤 될 텐데요.”

“나도 그건 알아! 사실은 바깥에서 웬 외국인이 불어로 연구소 안의 누굴 찾는데, 느낌이 진 박사 자네를 찾는 것 같았어!”

“하필이면 외국인이 왜 저를 찾는 거죠?”

“아침부터 와서 경비가 쫓아도 막무가내로 매달린다고 경비반 장 최 씨가 인터폰으로 통사정했어. 진 박사가 나가서 한번 확인 해 봐!”

수덕은 의외다 싶어 머리를 갸웃거리면서 은호와 함께 밖으로 나와서 정문 쪽을 향해 걸어갔다. 그러자 저 멀리서 경비원과 무 슨 말인가 나누고 있던 얼굴색이 까만 젊은이가 손을 높이 들어 흔들면서 펄떡펄떡 뛰어올라 프랑스어로 ‘시스레! 시스레!(맞아 요! 맞아요!)’를 외치며 난리를 치고 있다.

소년처럼 보이는 사람에게 그들이 가까이 다가가자, 아예 납작, 땅바닥에 주저앉아 두 손을 합장한다.

멀리에서는 아이처럼 보였지만 가까이서 보니, 덩치는 왜소하지만 꽤 나이가 들어 보여 수덕이 황급히 일으켜 손을 잡고 프랑스어로 '너무 그러면 우리가 곤란하니 그만 진정하라!'라고 하자, 검은 눈을 끄먹거리면서 거의 울 듯한 얼굴이 되어 간절하게 바라본다.

그 사람 모습을 한동안 지켜보던 은호가 침통한 음성으로 말한다.

"이 형도 박사님을 많이 닮아 살아오면서 굴곡이 많았네요."

"닮기만 했어?"

"글쎄요. 지구 완전 반대편에서 오기도 쉽지 않았던 것 같은데, 이름이 뭐래요?"

"나이는 네 나이 두 배인 서른둘인데, 이름은 루카스 주니어고, 애칭이 오대산 너희 할아버지 이름하고 비슷한데 조금 귀엽다! 그냥 '샤'라고 불러 달라고 하는데, 우리는 샤이라고 불러도 되겠다."

샤이도 수덕이 자기 이름을 말하자, 천진하게 빙그레 웃는다.

"'샤'가 무슨 뜻인데요?"

"샤는 불어로 고양이인데, 원래 어렸을 적 이름이 코르 드 샤! 개똥이와 비슷한 줄만 알아! 자세한 것은 나중에 물어봐야 할 것 같다."

수덕은 샤이가 외국인 과학자라고 연구실로 데리고 가려고 했지만, 경비실에서 확인되지 않은 외국인은 곤란하다고 해서 부득이 샤이에게 퇴근길에 밖에서 만나자고 약속을 하고 어떻게 자기를 찾을 생각을 했느냐고 묻자, 샤이는 굳은 표정이 되어 손을 뻗어 하늘을 가리켰다.

수덕이 퇴근 후에 은호와 함께 연구소 밖 정원 가에서 턱을 괴고 앉아서 기다리는 샤이를 윤 기사가 운전하는 승용차에 태워 우선 명동으로 데리고 갔다.

명동 레스토랑 안에 들어온 샤이는 휘황찬란한 실내장식에 옛날 수덕이 그랬던 것처럼 눈을 두리번거리다가 자리를 잡아 권하자, 연구소 앞에서 했던 것처럼 수덕의 앞에 무릎을 꿇고 앉아서 간절한 눈빛으로 바라본다.

수덕이나 은호는 물론이고, 멀찍이서 바라보는 인수도 어이없는 표정이다.

"Chat! Ne sois pas si dur avec moi!(샤이, 너무 그러지 마!)"

수덕이 말하자, 샤이는 고개를 잔뜩 숙이고 어깨를 흔들면서 울음을 터트리고 만다.

그때 마침 은호의 핸드폰에서 진동이 울려 전화를 받자, 소리가 밖으로 새어 나올 정도로 흥분된 은호 아버지 대경 씨의 커다란 목소리가 들려왔다.

"아들! 진 박사님 지금 바로 옆에 계신 거지? 이 박사님이 금방 의식을 되찾아 일어나셨다고 전해!"

"아빠! 정말요?"

모두 반가운 소식에 웅성거리는 바람에 온 우주 신의 지시대로 주인님을 이역만리에서 확실하게 찾았다는 나름대로 안도의 감정에 빠져 눈물을 쏟다가 멀쑥해진 샤이를 진정시켜 어떻게 한국까지 왔고, 수덕이 자신을 찾을 생각을 했느냐고 다시 묻자, 샤이는 가봉에서 태어나서 지금까지 살아온 긴 인생 여정을 말하기 시작했다.

샤이의 고달픈 여정

샤이는 프랑스령 가봉의 우그루강 가 은졸레 마을에서 짐짝 영감처럼 누구의 씨가 어느 여인의 밭에 뿌려져서 태어났는지도 모르게 세상에 나와 핏덩이일 때 그곳에 정착해 있던 프랑스인 루카스 선교사의 손에 의해 거둬졌다.

루카스 선교사의 집에는 갓난아기를 키우는 일하는 아주머니가 있어서 샤이는 힘들게 동냥젖을 얻어먹으면서 유아기를 보낼 수가 있었다.

샤이에게 첫 번째 시련이 온 것은 어이없게도 가봉이 프랑스 식민지에서 독립하여 공화국이 되어 환희의 물결로 술렁이는 가운데, 무슨 일이 있었는지 루카스 선교사가 프랑스 본국으로 황급히 떠나면서 천하에 천덕꾸러기가 되고 말았었다.

동냥젖 탓인지 성장도 늦어져서 겨우 걸음마를 시작한 세 살 나이에 누구도 거두는 사람이 없이 버려진 아이가 되고 만 것이다. 사실은 루카스 선교사가 떠나면서 일하는 아주머니에게 되도록 빠른 기간 안에 샤이를 찾아갈 것이니 그동안 보살펴 달라고 부탁했지만, 자기들 살기에도 힘든 우매한 그녀에게는 공염불이나 마찬가지였다. 더군다나, 무슨 일인지 루카스 선교사 소유의 교회당인 샤이의 은신처도 공공기관으로 흡수되어 모두 쫓겨나는 바람에 샤이는 거리를 떠돌 수밖에 없었다.

눈물까지도 말라 피골이 상접한 모습으로 거리를 방황하는 어린 꼬마가 눈에 들어온 사람은 도시 빈민굴이나 산골 마을을 훑으면서 인신매매할 사람을 찾아다니던 음흉한 몰골의 피꼴레라는 중년 사나이였다.

그때까지 이름이 없던 샤이에게 코르 드 샤(고양이 똥)라는 이름을 붙여 준 사람이 노예상인 피꼴레이었으니, 샤이에게는 대부를 만난 셈이었다.

우선 다행인 것은 피꼴레에게는 가족이나 자식이 없어 어린 시절은 그런대로 어려움 없이 지낼 수 있었는데, 나이를 조금 먹으면서 어려운 시기가 찾아왔었다.

조금 컸다고, 약한 샤이에게 감금한 거친 노예들을 지키고 감시하는 험한 일은 물론이고, 식사 준비를 하는 힘든 일도 시키는가 하면 피꼴레는 술이 만취해서 집에 들어온 날에는 걸핏하면 샤이를 잡아 앉혀 놓고 아무 이유 없이 회초리로 사정없이 후려갈기곤 했다. 하지만 피하거나 거친 손아귀에서 달아날 엄두를 못 낸 것은 약한 몸에다 어린 시절 거리에서 고생하면서 방황했던 기억이 머리에 박혀서였다.

피꼴레는 매타작을 하고 난 다음 날 술에서 깨어 일어나서는 샤이 몸에 여기저기 난 매 자국을 보고는 어디서 다친 거냐고 소리소리 지르곤 했었다.

한두 번은 때려 놓고 왜 그러느냐고 대들어 보기도 했지만 하고많은 날이니 나중에는 만성이 되다시피 했었다.

나중에 피꼴레를 아는 사람에게서 피꼴레의 여자도 그 매타작

을 못 견뎌 달아났다는 말을 들었다.

열 살이 됐을 때, 완전히 샤이에게 새로운 세상이 찾아왔었다.

핏덩이인 샤이를 거두어 줬던 루카스 선교사가 칠 년 만에 찾아온 것이다.

샤이로서는 너무 어린 시절의 희미한 기억이어서 긴가민가했었지만, 선교사는 변한 샤이 모습에 눈물을 글썽이면서 손을 잡았다.

루카스 선교사는 샤이를 프랑스로 데려가려고 일부러 먼 길을 찾아왔다고 했지만, 태생이 사람을 사고파는 것을 업으로 하는 피꼴레는 순순히 놓아줄 리가 만무했다.

이상하게 샤이도 새로운 세상으로 가는 것이, 더구나 낯선 외국 땅에 간다는 것이 어린 생각에 두렵기도 해서 망설이는 눈치가 보이자, 피꼴레는 선교사가 감당하기 힘든 조건을 제시하는 것이었다.

좀처럼 타협이 되지 않자, 다음 날 다시 만나 얘기하기로 하고 선교사가 돌아간 다음, 어두운 표정으로 터덜터덜 술집으로 간 피꼴레는 평상시보다 더 취해서 집에 돌아왔다.

곤드레만드레 취해서 돌아온 피꼴레는 음흉한 얼굴이 더 포악스러워져 오들오들 떨고 있는 샤이에게 달려들어 우악스러운 손아귀로 입고 있는 옷을 사정없이 모조리 찢어발겨 내팽개쳐 버리고, 드러난 알몸 위로 회초리를 휘두르기 시작했다.

샤이는 언제나처럼 몸을 있는 대로 쪼그린 채 엎드려 살갗에 따갑게 달라붙어 영혼까지 울리고 마는 채찍의 고통을 참고 있었다.

계속되던 매타작이 갑자기 멈춰져 한동안 잠잠해 샤이가 몸을 풀고 힐끗 바라보니, 피꼴레는 아직도 술에 취해 고개를 흔들면서 비척이며 뭔가 생각을 하는 듯 보였다.

어느 순간 피꼴레는 웃옷을 훌렁훌렁 벗어젖히고 회초리를 던져 주면서 엎드려 자기를 때리라고 고함을 지르는 것이었다.

매타작에 아파 울다가 너무 어이가 없어 멍하니 바라보는 샤이에게 발길을 내지르면서 다시 때리라고 윽박지르는 바람에 자기도 모르게 회초리를 들어 올려 있는 힘을 다해 세차게 후려치다가 그만 주저앉아 또다시 울음을 터트리고 말았다.

다음 날 아침.

피꼴레는 예사처럼 지난밤의 기억이 없는 듯 태연하게 식사를 마치더니, 샤이를 깨끗한 옷으로 갈아입히고, 루카스 선교사가 묵고 있는 숙소를 가르쳐 주면서 찾아가라고 하는 것이었다.

그 당시 샤이는 왠지 모르게 루카스 선교사를 따라가는 것을 그리 탐탁지 않게 생각하고 있었다.

어떻게 하든 피해야 하는 무지막지한 고통에 자기 스스로 왜 길들어졌었는지 알 수 없는 일이었다.

샤이가 망설이는 기색을 보이자, 피꼴레는 얼굴이 시뻘겋게 변하더니, 멱살을 움켜잡아 사정없이 밖으로 끌어내는 것이었다.

그때, 저 멀리서 루카스 선교사가 이른 시간에 찾아오고 있었다.

샤이는 척박한 적도의 나라 가봉의 은졸레와는 비교가 안 되는 화려한 파리에서의 전혀 새로운 생활을 시작했었다.

루카스 선교사는 평생 독신으로 살아온 독실한 기독교인으로 선뜻 샤이를 양자로 받아들이고, 이름도 샤 대신 루카스 주니어로 고쳐 주었다.

뒤늦은 학교 교육을 위해 백방으로 노력을 해 다음 해에는 정규 학과 과정을 밟게 했었다.

놀라운 것은 프랑스어가 공용어라는 것 외에 가봉 오지에서 아무런 교육도 받지 못하고 온 샤이가 학과목을 너무 완벽하게 따라가고, 고학년이 될수록 뛰어난 학과 실력을 발휘해서 루카스 선교사는 물론 학교 선생님들도 놀라움을 금치 못했다.

한 가지 걱정이 있다면 체력이 너무 약해 자주 앓아눕는 날이 많아서 루카스 선교사를 안타깝게 했었다.

그때마다 루카스 선교사는 자기가 너무 늦게 찾은 것이 잘못된 것이라고 자책하곤 했다.

그러나 성적 하나만큼은 누구도 따라갈 아이가 없어, 학교에서 천재 주니어로 불리고 있었다.

그런 샤이에게 시련이자 불행이 찾아온 것은 프랑스에 와 여덟 해를 넘긴 열여덟 살이 되던 여름이었다.

늦은 학교 수업을 마치고 힘없이 교문을 나설 때 난데없이 허름한 행색에 험상궂은 얼굴을 한 피꼴레가 본래의 음흉한 웃음을 지으며 나타난 것이다.

피꼴레는 보자마자 덥석 안으면서 잠깐 어디 같이 가서 얘기하자고 했다.

힘든 어린 시절에 궂은일도 있었지만, 한편 도움을 받은 것도 있어 어떤 면으로는 반갑기도 해서 그가 이끄는 대로 아무 생각 없이 따라갔다.

샤이가 따라간 곳은 당시는 몰랐지만, 파리에서 빈민가이자 우범 지역으로 통하는 허름한 곳이었다.

둘은 피꼴레가 임시로 묵고 있는 숙소 근처 식당에 들어갔다.

샤이가 우선 피꼴레가 파리까지 오게 된 연유가 궁금해 묻자, 피꼴레는 본래의 음흉한 얼굴로 말했다.

"너를 잡아가려고 왔다!"

샤이가 퍼뜩 놀라 기겁을 하고 일어서자, 피꼴레는 손을 내저으면서 다시 말을 했다.

"그건 조크다! 사실은 괜찮은 먹잇감을 여럿 잡아다 이 동네 업소에 넘겨주고 돌아가려다 네가 생각도 나고, 또 보고 싶어서 찾았다."

샤이가 진정을 하고 식사를 계속하는 걸 바라보던 피꼴레는 주문한 술이 나오자 샤이에게도 술을 권했다.

당시 샤이는 루카스 선교사에게는 숨기고 있었지만, 프랑스에 와서 급우들과의 하우스미팅에서 여러 번 술을 마셨던 경험이 있어 대수롭지 않게 술잔을 받아 두어 잔의 술을 마셨다. 그 사이 피꼴레는 연거푸 술잔을 비우고 있었다.

식사가 끝날 즈음, 술이 거나하게 취한 피꼴레는 본색을 드러내 약한 샤이를 거의 강제로 자기 숙소로 끌고 가 옛날 가봉에서처럼 강제로 옷을 벗겨 놓고 인사불성이 될 때까지 혁대를 채찍 삼아 후려갈겼다.

샤이가 정신을 차렸을 때는 생드니에 있는 병원 응급실이었다.

맨 처음 눈에 들어온 것은 안타까운 표정으로 내려다보고 있는 양부 루카스 선교사의 근심스러운 얼굴이었다.

"어떻게 된 거야?"

양부의 물음에 샤이가 마지막으로 생각나는 것은 정신을 잃었다가 희미하게 정신이 들었을 때, 매타작하다 지쳐서 널브러져 있는 피꼴레가 보였었다.

우선은 그 상황에서 벗어나야 한다는 생각에 만신창이 몸으로 벗겨진 옷과 책가방을 챙겨 들고 밖으로 나와 정신없이 골목을 빠져나오다가 뭔가에 부딪혀 구르면서 다시 정신을 잃고 말았었다.

루카스 선교사가 내려다보는 샤이의 몸은 성한 곳이 없는 가히 눈 뜨고 보지 못할 처참한 모습이어서 양부로서 가슴이 미어졌다.

병실에 들어온 담당 의사의 말에 또 충격을 받았다.

샤이의 몸은 채찍에 의한 타박상뿐만이 아니라 성폭행 흔적까지 있는 끔찍한 상태라고 말해 줬기 때문이었다.

샤이가 언뜻 생각나는 것이 정신이 들었을 때 본 피꼴레의 모습도 벌거벗은 채였던 것이 떠올랐었다.

피꼴레는 금방 체포되어 얼마 후에 가봉으로 추방돼서 다시는 프랑스에는 들어오지 못할 거라고 양부는 샤이를 안심시켰으나, 그것은 착각에 불과했었다.

한동안 극도의 우울증을 겪으면서도 2년 후, PSCL(과학인문대학)에 당당히 합격해 청운의 꿈에 부풀어 있을 때, 또 한 차례 절망의 나락으로 떨어지는 사건이 있었다.

그때, 샤이는 동급생인 귀여운 오데트와 사랑을 시작할 즈음이었다.

오데트는 몸이 부실해 체중 미달로 징병제 군대에도 못 가는 샤이를 좋아하는 이유가 금방 눈물이 굴러떨어질 것 같은 큰 눈이라고 하면서 떨어지지 않고 항상 옆을 지키고 있었다.

저녁 늦게까지 함께 있다가 오데트를 집 앞까지 데려다주고, 돌아와 컴컴한 집 앞 골목에 들어서는 찰나, 누군가 뒤에서 덮쳐 와 소스라치게 놀라 주저앉고 말았었다.

우악스럽게 입부터 틀어막고 눈앞에 들이민 날카로운 흉기를 흔들어 대는 손등의 문신과 반지를 보고, 샤이는 또 한 번 자지러 지고 말았다.

절대로 다시는 프랑스에 올 수 없다던 피꼴레가 아닌가!

입을 틀어막은 샤이를 꼼짝달싹 못 하게 옆구리에 끼고 얼른거 리는 피꼴레의 시뻘건 얼굴에서 술 냄새가 진동해 눈앞이 캄캄한 데 또 다른 재앙의 그림자가 다가오고 있었다.

몸 상태가 부실한 샤이의 귀가가 늦어지면 항상 플래시를 켜 들고 골목 밖으로 마중 나오는 나이 80을 바라보는 양부가 현관 문을 열고 나오는 것이 아닌가!

샤이는 정신없이 몸을 흔들어 양부에게 피하라는 시늉을 해 보 지만, 가까이 와서야 흉기를 든 몹쓸 인간에게 잡혀 있는 아들을 확인하고는 아연실색한 모습으로 다가오더니, 이내 무릎을 꿇는 것이었다.

피꼴레는 어이없다는 듯 실없이 웃고 나서 샤이에게 자기 주머 니에 있는 술병을 꺼내라고 했다.

허름한 점퍼 주머니에서 싸구려 보드카 한 병이 나오자, 피꼴 레는 음흉한 웃음을 지으면서 샤이보고 술병을 따서 먼저 마시라 고 강요했다.

양부가 지켜보고 있는 데다, 피꼴레의 숨은 속셈을 아는지라 머리를 가로젓자, 피꼴레의 얼굴에 웃음이 싹 가시며 목에 칼을 찌르는 시늉을 했다. 그러자 양부 루카스가 다급하게 말했다.

"주니어! 그냥 마셔. 너 술 마시는 거 아빠는 이미 알고 있어!"

피꼴레 팔뚝이 샤이 몸뚱이를 부숴 버릴 듯이 조여와 할 수 없이 술병을 열어 한 모금 마시자, 피꼴레는 금방 안색이 풀리면서 술병을 가로채서 벌컥벌컥 자기가 마셨다. 그 틈을 타 샤이가 달아나려 하자, 이내 술병을 내던지고 억센 손아귀로 등덜미를 잡아챈 다음, 칼을 들어 쭈그리고 앉아 있는 양부 루카스의 어깨에 사정없이 박았다.

양부의 자지러지는 외마디 절규에 혼비백산한 샤이에게 피꼴레는 네 양부를 죽이기 싫으면 당장 그 자리에서 옷을 몽땅 벗으라고 대놓고 겁박을 하면서 목덜미를 흔들어 댔다.

피꼴레의 취기가 점점 오르는 것 같아 더 이상 피할 수 없다고 생각해 눈물을 흘리면서 엎드려 옷을 벗기 시작하자, 괴이한 웃음과 함께 잡고 있던 양부 루카스의 어깨에 박힌 칼을 빼 구석에 팽개치고, 자신의 혁대를 풀어서 치켜들어 샤이의 작은 등짝을 사정없이 내려치기 시작했다.

양부 루카스는 아들의 고통을 참아내는 이를 악문 울음소리에 머릿속이 하얘져서 극심한 통증과 어깨에서 팔뚝으로 흘러내리는 핏물을 막아 볼 생각도 없이 저만큼 떨어진 칼자루만 노려보다가 이내 긴 팔을 뻗어 움켜잡자마자 일어서서 매질에 정신이 빠진 피꼴레의 등판을 향해 몸을 던졌다.

피꼴레의 흉악한 몰골이 잔뜩 일그러지면서 버둥거리고 있을 때 골목 밖에서 사이렌 소리와 함께 경찰차가 다가오고, 그제야 여기저기 골목에서 사람들이 하나, 둘 몰려들었다.

샤이는 엄청난 트라우마에 새로 시작한 대학 생활이 온전치 못

한 것은 물론 세상을 떠나야겠다는 절망적인 각오까지 서면서 모든 것이 부정적으로만 마음 판에 새겨져 하루하루가 악몽 속에 지나가고 있었다.

곁에 오데트의 각별한 사랑의 손길이 있었지만, 가슴속 깊이 돌덩이처럼 굳어진 응어리를 결코 녹여 낼 수는 없었다.

그 흉한 사건을 치르면서 양부 루카스도 안팎으로 상처가 많은 것은 아들 샤이 못지않았지만, 아들이 걱정되어 오히려 자기 고통을 감추면서 자기가 유일하게 할 수 있는 기도로 하루하루를 견디고 있었다.

재판 과정에서 본 피꼴레의 모습은 항상 휠체어에 의지해서 나오곤 했는데, 상대 변호사의 얘기로는 등 쪽 신경조직이 완전히 망가져서 영구히 불구의 몸으로 지낼 수밖에 없다는 말을 듣고, 뿌린 대로 거둘 수밖에 없다는 생각이 들었다.

샤이는 자기 가슴속의 갈등을 풀지 못하고 어둑어둑한 센강 가를 혼자서 무작정 걷고 있었다.

항상 옆을 지키고 있던 오데트는 중요한 가족 모임이 있다고 일찍 집에 들어가고 오랜만에 샤이 혼자였다.

집이 있는 오를리 공항 근처 오흘리에서 걷기 시작한 것이 파리 중심부를 지나 피꼴레한테 심하게 당해서 병원에 들어가 있었던 생드니까지 가서야 집에서 걱정스러운 얼굴로 기다리는 양부가 생각나 다시 뒤돌아서 오르세 미술관을 지나 후와얄 브리지 밑을 터덜터덜, 지나가고 있을 때였다.

"Hi, Genie!(천재!)"

센강 가에 있는 가로등 밑 벤치에 앉아 있던 베레모를 쓴 중년 남자의 입에서 갑자기 샤이의 별명이 튀어나왔다.

샤이가 놀란 표정으로 바라보자, 손을 흔들어서 다가가 보니, 혼자가 아니고 그보다 젊어 보이는 동양인 남자와 같이 있었다.

"저를 어떻게 아십니까?"

"이리 와 앉아 봐! 보카숑 고등학교에서 그렇게 날려서 파리 바닥에서 모르는 사람이 없던 진니가 요 위에 있는 대학 PSCL에서는 아직 빛을 못 본다니, 천재에게 무슨 문제라도 있는 거 아냐?"

샤이가 둘 다 모르는 사람이어서 대답을 못 하고 머뭇거리자, 중년 남자는 자기보다 먼저 옆에 있는 젊은 동양인을 소개했다.

"이 양반은 지구 반대편 동방의 끝에 있는 나라, 코리아에서 온 미술 천재로 진니 자네 학교 가까이 있는 에콜 데 보자르 교수로 있으면서 지금 오르세에서 전시회를 하는 장래가 유망한 아티스트네. 인사하게!"

샤이가 밝아 보이는 얼굴의 동양인에게 꾸벅 인사를 하자, 환하게 웃으며 자기소개를 했다.

"여기 계신 미셸 씨가 날 과분하게 소개했는데, 나는 에콜 데 보자르에서 아직은 조교수로 있는 임현도라고 해! 이분 미셸 씨는 여기 파리에서 모르는 사람이 없는 마당발로 해결하지 못하는 일이 없으니까, 힘든 일 있으면 언제든지 말씀드려도 돼!"

미셸은 임 교수의 긴 소개를 들으면서 많은 마음고생으로 까칠한 샤이를 찬찬히 보면서 말을 했다.

"지금 루카스 주니어를 보고 있으니까, 코리아에서 고생하고 있다는 천재, 수덕 씨가 자연히 떠오르네!"

현도도 고갤 끄덕이면서 말한다.

"얼굴빛만 조금 어두울 뿐 생김새나 분위기도 많이 닮았는데, 머리가 뛰어난 것까지, 거기에다 PSCL 대학이면 역시 과학을 전공하는 것까지 빼다 박았네요!"

현도의 눈빛이 애틋하게 샤이의 눈에 들어왔다.

샤이는 그들과 헤어져서 돌아오면서 코리아에서 자기와 외모까지 닮았다는 천재가 심하게 고생하고 있다는 말이 당시 정신적인 트라우마에 시달리는 자기와 뭔가 모르게 통하는 게 있는 것 같다고 생각했다. 그러나 조금은 묘하고 신기하게 느껴지기도 했지만, 그의 기억에서 오래가지는 않았다.

그날도 집 앞에 도착하자, 양부가 큰 도로 가까지 나와서 아들을 기다리고 있었다.

샤이가 다가가자, 큰 키의 양부 루카스는 버릇처럼 두 손을 잡고 엉거주춤 몸을 구부려 키 작은 샤이와 눈을 맞추며 대화를 한다.

물어보는 것은 대부분 무슨 일이 있었느냐, 오데트와 괜한 일로 다투진 않았느냐는 것이었다.

그날도 시무룩하게 늦게 들어온 것이 궁금해서 똑같은 질문을 하고 샤이의 얼굴을 살핀다.

샤이는 대답 대신 맥없이 그 자리에 주저앉으면서 말했다.

"이 귀찮고, 머리 아픈 주니어를 아빠는 애초에 뭐 하려고 거두셨던 거예요?"

샤이의 말이 떨어지기 무섭게 양부는 얼굴이 붉어지면서 부르르 떨리는 손으로 샤이의 뺨을 찰싹- 소리가 나게 때리고는 실망스럽다는 표정으로 이내 몸을 일으켜 집 앞 골목으로 사라져 버렸다.

맥없이 주저앉아 있던 샤이는 한동안 머리를 감싸고 있다가 짜증 난 아이처럼 털레털레 집으로 쫓아 들어갔다.

거실에는 언제나처럼 샤이의 저녁 식사가 챙겨져 있었다.

양부 루카스는 한참 후에 자기 방에서 나와 아직도 화가 풀리지 않은 표정으로 소파에 걸터앉으면서 말했다.

"나는 한 번도 주니어를 어디서 거뒀다고 생각한 적이 없었다."

"그렇지만 저를 낳으신 건 아니잖아요?"

"아이를 낳을 수도, 가질 수도 없는 나를 가엽게 보신 하나님이 너를 인도해 주신 거라고만 생각했었다는 말이다."

양부는 절실한 표정이 되어 말했지만 샤이 생각은 달랐다.

"내가 처음 태어나 아빠와 있었던 그대로 끝까지 어린 시절을 보냈다면 아빠가 거뒀는지 뭐 했는지 몰랐겠죠! 내 어린 시절엔 배고파서, 조금 커서는 얻어맞아 아파서 울었던 기억뿐, 어린 내 기억 속 어디에도 아빠는 없었잖아요."

샤이의 진지한 말에 루카스는 고개를 숙인 채 생각에 빠졌다가 얼굴을 들고 샤이에게 다가와 두 손을 잡았다.

"지금 네 말을 듣고 생각해 보니, 그랬었구나! 그때는 신생 국가 가봉의 정세가 불안정했고, 내가 이쪽 교회 일에 빠져서 어린 네게 긴 고통의 시간을 줬다. 미안하다!"

"그때 아빠한테 무슨 일이 있었는데, 제 곁에 없었던 거죠?"

샤이의 물음에 루카스는 바닥에 털썩, 주저앉아 이야기한다.

"가봉 공화국이 시작될 때, 급진 세력이 정권을 잡으면서 가봉에 남아 있는 프랑스인은 모두 없앤다는 정보가 있다고 본국에서 피하라고 하는 바람에 아무 생각 없이 급하게 귀국하면서 네게 그런 어려운 시절을 보내게 한 것은 모두 이 아빠의 소극적인 생각 때문이었다. 정말 미안하구나!"

양부 루카스는 간절한 눈빛으로 잡은 손을 흔들었다.

샤이가 가만히 일어나 항상 집에 들어오면 하는 것처럼 아빠를 끌어안자, 양부는 샤이의 등을 두드리면서 나지막하게 말했다.

"네가 이제 다 커서 말해 주는데, 사실은 내가 어렸을 때 부모를 몹쓸 전쟁 중에 모두 잃어서 이 아빠도 너와 똑같은 고아였다."

처음 듣는 말에 놀란 샤이가 바라보니, 양부의 두 눈에 눈물이 그득 고이고 있어, 다시 품으로 파고들면서 함께 눈물을 쏟았다.

"그래서 아빠도 나처럼 가까운 가족이 없었군요?"

양부 루카스는 그저 고개를 끄덕일 뿐이었다.

샤이가 피꼴레에게 당한 상처의 트라우마를 견디고 살아남을 수 있었던 것은 양부의 지극한 사랑 덕분이었다.

그렇지만, 양부와 오데트는 샤이 곁에서 오래 있지 않았다.

양부 루카스는 샤이가 대학을 마치기 1년 전에 갑자기 급성 심근 경색이 와서 한 달 정도 병원에서 투병하다가 82세의 나이에 돌아오지 못할 곳으로 가셨고, 오데트는 졸업하자마자 미국 유학 길에 올랐다.

유학도 유학이지만, 어머니와 어린 남동생 하나가 전부인 가족이 오데트를 쫓아 몽땅 미국 뉴욕으로 떠나면서 샤이보고도 함께 가자고 끈질기게 졸랐다.

샤이는 3학년 말부터 학교 연구실 클로드 교수 밑에서 과제에 매달리는 재미에 한참 빠져 있었고, 졸업 후에는 CEA(원자력 연구소)에서 소립자 분석에 뛰어난 샤이의 천재적 능력을 인정해 중요한 미션을 맡기는 바람에 쉽게 빠져나올 생각을 못 하고 오데트를 떠나보내고 말았다.

오데트를 보내고 나서 샤이가 곰곰이 생각해 볼 때 절실하게 느낀 것은 남과 여의 사랑에서는 어느 단계를 건너야 계속 발전할 수 있는 것을 샤이는 자신이 겪고 있던 심리적인 트라우마 때문인지 그 단계를 뛰어넘지 못하고 한곳에 정체되어 있었던 것이 문제였던 건 아닌가 하는 생각이 들기도 했었다.

오데트는 하우스미팅에서 술 몇 잔을 마시면 으레 집에 들어가기 싫다고 떼를 쓰다시피 했지만 샤이는 받아주지 못하고 늘 집 앞까지 열심히 에스코트하는 것으로 만남을 마무리했었다.

샤이가 또 하나 오데트와의 올나이트를 피할 수밖에 없었던 것은 피꼴레에게 당한 외상 흔적이 수치스러워 남자건, 여자 건 노소 가리지 않고, 다른 사람들 앞에서 절대로 옷을 벗으면 안 된다는, 그때까지 지키고 있던 혼자만의 불문율 때문이었다.

모두 떠나가 버린 뒤 혼자 남은 샤이에게 찾아온 것은 당연히 외로움의 시련일 수밖에 없었다.

샤이는 연구소에서 퇴근해 휑하니 빈집에 돌아와 방바닥에 누워 천장만 올려다보고 있노라면 양부가 떠나 버린 빈 공백이 너무 커서 가슴을 조여 오는 애끓는 마음에 그만 울음을 터트리고 말았었다.

숨도 제대로 쉴 수 없이 차오르는 고독감과 생이별을 한 오데트를 향한 그리움에 몇 날 며칠을 혼자 가슴앓이했는지 모른다.

함께 떠나자는 오데트의 제안을 받아들이지 못한 것을 후회도 해 보지만 이미 흘러간 과거이고 보니, 양부 루카스의 마지막 유언에서 절대 어린애나 여자처럼 약해지지 말고 사나이답게 굳세게 살아가란 충고가 가슴에 와닿았다.

그래서 외로움을 견뎌 내기 위해 생각해 낸 것이 퇴근 후에 집에만 처박히지 말고 밖으로 나가겠다고 생각해서 센강 가에 나가 강을 따라 무작정 달리기 시작했었다.

체력이 허락하는 데까지 달리다가 헉헉거리며 돌아와 집 근처 카페에 들러 호프 한 잔을 마시고 밤늦게 집에 돌아오곤 했었다.

그 카페를 자주 들르게 되면서 엠마라는 여자를 알게 됐었다.

엠마는 샤이보다 여덟 살이나 많은 연상의 풍만한 체형에 맘씨 좋아 보이는 여인으로 근처 중학교 교사라고 자기를 소개했었다.

우연한 기회에 대화하게 되어 만나면 눈인사 정도 하던 것이 시간이 지나면서 깊은 속마음을 드러내는 관계까지 되었다.

엠마는 최근에 이혼해서 상처가 있다는 것과 집에 일곱 살짜리 아들이 있다는 것까지 알게 됐었다.

엠마가 샤이를 대하는 것은 오데트와는 전혀 다르게 접근했다.

오데트는 무조건 자신을 샤이에게 맡겨 배려해 주기를 기다리는 어쩌면 순종하는 여성상이라면 엠마는 정반대로 먼저 스스로 감정을 표현해서 여성과의 교제가 오데트 외에 그때까지 전혀 없는 샤이를 아기 다루듯이 하면서 적극적으로 리드하는 바람에 엠마 사랑을 경험 못 한 샤이를 혼란스럽게 했다.

얼마 동안의 시간이 지났을 때 엠마는 자기 아들 미카엘을 데리고 와 스스럼없이 샤이에게 인사를 시켰다.

엠마는 샤이가 호프를 다 마시고 일어설 때쯤 마시던 칵테일 잔을 놓고, 강가로 바람 쐬러 가자고 제안을 해서 날씨도 후덥지근해 아무 생각 없이 따라나섰다.

아주 귀여운 인상의 미카엘은 강변에 도착하자 여기저기 정신

없이 뛰어다니고, 엠마는 한적한 구석에 있는 벤치에 앉자마자, 스스럼없이 샤이의 손을 잡고 어깨에 기대면서 단도직입적으로 말했다.

"우리 미카엘이 아빠를 찾아오라고 매일 졸라대서 골치 아픈데, 오늘 주니어가 아빠 해 주면 안 될까?"

아무렇지 않게 말하는 엠마가 하도 어이가 없어 빤히 바라보는 샤이를 함박웃음을 지으며 바라보다가 이내 풍성한 등치로 아기를 보듬듯 안고 입을 맞추었다.

당황한 샤이가 '이 여자가 몇 잔 마시지도 않은 칵테일에 취한 건 아닌가!' 하고, 입술을 떼고 다시 놀랐다는 표정으로 바라보자, 조금은 무안한 듯 다시 끌어안고 어깨너머로 얼굴을 묻었다.

그때, 여기저기 쏘다니던 미카엘이 오자, 엠마는 샤이를 안고 있는 그 자세 그대로 말했다.

"미카엘! 주니어 씨가 네 아빠 해 주기로 했으니까, 와서 정식으로 인사해!"

엉뚱한 엠마의 말이 떨어지기 무섭게 미카엘은 달려와 샤이에게 매달려 뽀뽀 세례를 퍼붓고는 옆에 얌전히 앉아서 해맑은 눈으로 빤히 올려다보았다.

잠깐 바람 쐬러 가자고 해서 나왔다가 어이없는 상황에 빠진 샤이는 갑자기 생각하지도 않은 아빠 노릇까지 무슨 일인가 했었다.

웬일인지 미카엘도 샤이가 아빠 하기로 했다는 말을 들은 다음부터는 곁에서 떨어지지 않고 매달렸다.

돌아오는 길에 샤이가 손을 잡고 가다가 갈림길에서 손을 놓고 흔들자, 미카엘은 달려들어 눈물까지 보이는 것이었다.

내일 또 만나자고 달래도 막무가내로 샤이 품에 파고들면서 해

맑은 눈으로 애원을 해 난처하게 바라보는 샤이에게 엠마는 조용히 말했었다.

"미카엘이 아빠를 잃은 상처가 너무 큰지, 매일 아빠를 찾아오라고 졸라서 애를 먹었는데, 첫 만남에 미안하지만, 오늘 하루만이라도 애 아빠가 돼 주면 안 될까?"

마음 약한 샤이는 그저 고개를 끄덕이고 말았다.

엠마는 그렇게 샤이를 미카엘을 이용해서 자기 집으로 유인했다.

엠마와 미카엘이 사는 집은 샤이 집에서 얼마 떨어지지 않은 가까운 곳에 있었다.

미카엘은 자기 집에 가서도 샤이가 돌아갈까 봐 전전긍긍하면서 옆에 붙어서 떨어질 줄 모르고 있었다.

엠마가 샤워하라고 하자, 아빠하고 같이 하겠다고 매달릴 정도였으니, 아빠와 헤어진 미카엘의 상실감이 대단했구나 샤이 나름대로 짐작을 했었다.

샤이는 미카엘 같은 어린애 앞에서도 옷을 벗지 못해 궁여지책으로 샤워실 문을 열어 놓고 지켜보겠다고 했다.

그제야 미카엘은 물을 끼얹는 시늉만 하고 나왔다.

엠마가 주방으로 음료를 챙기러 간 사이 왜 아빠와 헤어졌느냐고 물었을 때 미카엘의 대답을 듣고 샤이는 아연실색하고 말았다.

미카엘의 아빠는 헤어진 게 아니고 작년에 군대에 갔다고 하니, 샤이로서는 이해할 수 없는 것이 한둘이 아니었다.

엠마는 왜 군에 간 걸 완전히 헤어진 것처럼 말했었고, 미카엘 아빠라는 사람이 군에 갈 정도라면 나이가 스물한두 살 정도일 텐데, 미카엘이 태어난 칠 년 전이면 열네다섯에 아빠가 됐다는 얘기가 아닌가!

너무 충격적인 말에 놀라 샤이는 주방에서 음료를 챙겨 오는 엠마에게 바로 물었다.

"미카엘 아빠는 헤어진 것이 아니고, 군에 갔다면서?"

샤이의 말에 엠마가 멀뚱히 서서 미카엘을 날카롭게 쏘아보았다.

미카엘이 샤이 품에 얼굴을 묻고 버둥거리자, 엠마는 드러난 엉덩이를 찰싹, 때리고는 한참을 뜸을 들이다가 미카엘 아빠 이름은 밝힐 수 없다는 전제하에 이야기를 시작했다.

"내가 대학을 마치자마자 교사 발령을 받아 파리 국제학교에 부임해 첫 수업에서 눈길이 마주친 열다섯 살짜리 조숙한 아이에게 얼떨결에 거의 강제로 당하는 바람에 미카엘을 낳았고, 그 애 집에서 나중에 알게 되어 잡아다 강제로 군에 집어넣을 때까지 칠 년 동안이나 그 애한테 잡혀 있었어."

"그렇다면 그 친구는 지금 어느 부대에 있는 거야?"

"미카엘 아빠는 프랑스 사람이 아니야! 지금 대서양 건너 콜롬비아에서 한창 땀을 흘리고 있을 거야."

샤이로서는 너무 이해할 수 없는 일이어서 말을 못 하고 있자 엠마는 계속 이야기를 이어 갔다.

"그 애 아버지는 콜롬비아의 막강한 범죄조직 보스여서 자기 자식만큼은 어두운 그늘에서 벗어나 밝게 자라라고 어려서부터 여기 프랑스로 보냈던 건데, 어린 아들이 나이 많은 나와 동거까지 한 것을 알고 너무 실망한 그 애 아버지는 내가 어린 자기 아들을 꾀어 낸 거로 오해해서 나까지 사람을 보내 해치려고 했던 말이야!"

"그런 위험한 상황을 어떻게 피한 거야?"

"처음 미카엘 아빠를 찾아온 사람들을 언뜻 봤을 때 아무래도 느낌이 안 좋아서 파리 경시청 간부로 있는 아버지에게 구원을 요청했더니, 그들의 정체를 파악해서 내가 미리 대비하게 했었지."

"집에서는 어린아이와 7년간이나 동거하는데도 몰랐던 거야?"

"아버지가 재혼한 뒤로 나는 집에서 나와서 가족과 철저하게 등을 돌리고 살았어. 새엄마가 아주 진상이어서 내가 일찍 포기했었지."

엠마가 얘기하는 사이 어느새 미카엘은 샤이 품에서 잠이 들었다.

미카엘을 그 애 방에 눕히기 위해 안고 가는 샤이를 인도하던 엠마가 미카엘의 방 문을 열었다가 기절할 듯 놀라면서 황급히 닫았지만, 샤이는 군복 차림에 침대에 누워 있던 젊은이의 얼굴을 보고 말았었다.

고등학교에서부터 PSCL 대학까지 줄곧 함께하다가 지난해 졸업하자마자 군에 입대한 친구 시몽의 얼굴을 보고 만 것이었다.

잠이 들었다가 문 여닫는 소리에 깬 시몽이 샤이를 보고 놀란 표정으로 황급히 튀어나왔다.

"외출 나온다는 말 없었잖아?"

엠마의 째질 듯한 음성이 울려 미카엘도 잠에서 깨 시몽을 보자마자 정신없이 매달렸다.

샤이는 잘 아는 친구 앞에서 마치 부정을 저지르다 들킨 것 같아 너무 당황스러워 아무런 말도 못 하고 곧바로 밖으로 튀어나오고 말았다.

엠마가 미카엘 아빠의 이름을 밝힐 수 없다고 한 이유가 있었구나! 그렇다면 엠마는 애초부터 샤이 자신이 시몽의 친구인 걸 알고 접근했다는 결론이 되고, 학교에서나 미팅에서 순진하기만 했던 시몽의 정체가 어려서부터 아기 아빠 노릇을 한 애늙은이였다는 게 믿기지 않아 그저 엄청난 충격으로 다가왔었다.

한참 머리를 흔들며 털레털레 집을 향해 걷고 있을 때, 뒤에서 급하게 달려오면서 자신을 부르는 소리에 뒤돌아보니, 시몽이 뛰어오고 있었다.

시몽은 아무 말도 하지 않고 무조건 끌다시피 샤이 손을 잡고 카페에 들어갔다.

샤이는 카페에 가자마자 똑바로 바라보며 물었다.

"시몽! 너 정말 콜롬비아에서 온 거야?"

"우리 아빠가 마약밀매조직 보스냐고?"

샤이의 물음에 시몽은 자지러지게 웃다가 웃음을 그치고, 심각한 표정이 되면서 나지막하게 말했다.

"엠마는 위험한 리플리 증후군 환자야!"

"네 말은 엠마가 구제 불능 거짓말쟁이고, 미카엘도 네 아이가 아니란 거야?"

"엠마가 너에게 했던 얘기는 모두 자기 혼자 만들어 낸 거짓말이야! 군에 입대하기 한 달 전쯤 바로 이 카페에서 나도 너처럼 엠마를 처음 만났었어."

"처음 만나자마자 미카엘 아빠가 돼서 엠마 집까지 갔었던 거고?"

샤이는 시몽이 아무도 없는 집에 혼자 들어가 미카엘 방에서 태연하게 자고 있었다는 게 아무래도 이해가 안 돼서 냉담한 반응을 보이자, 시몽은 짐짓 당황한 기색으로 술잔을 매만지다가 다시 변명조의 말을 했다.

"내가 군대에 가게 돼 당분간 볼 수 없다고 했을 때 미카엘이 엄청 울면서 매달려서 외출 나오면 꼭 찾아오겠다고 약속했던 것이 다야. 난 엠마는 아무 관심 없어!"

"그뿐이야? 엠마랑은 아무 일이 없었는데, 아무도 없는 집에 너 혼자 그렇게 들어가 있었던 거냐고?"

흥분한 샤이의 말에 시몽의 얼굴이 금세 붉어지면서 고개를 떨구고, 기어드는 목소리로 말했다.

"너도 그동안 나를 지켜봐서 대충 짐작하겠지만 엠마는 내 스타일이 될 수 없어서 창피한 얘긴데, 사실은 그날 거의 강제로 당했어!"

"그런데도 만남은 계속됐던 거였잖아. 안 그래?"

"불쌍한 미카엘 때문이었어! 지금까지 나에게 아빠라고 하면서 그렇게 간절하게 매달리는 사람은 어리긴 해도 미카엘이 처음이야!"

"너한테만 그랬던 게 아니잖아! 오늘 처음 만난 나를 잡고도 눈물을 보이면서 매달려서 나도 어쩔 수 없이 그 집까지 갔던 거야. 아무래도 미카엘의 행동이 이상하지 않아?"

샤이의 말에 시몽은 믿을 수 없다는 듯이 고개를 저었다.

"미카엘은 리플리 증후군 환자인 엠마의 낚싯밥 미끼였다는 얘기가 되는 거지."

"미카엘은 엠마의 아이가 맞긴 한 거야?"

샤이의 물음에 시몽은 고개를 갸웃했다.

"엠마는 너한테 한 것처럼 내게도 미카엘 아빠는 콜롬비아 마약밀매조직 보스의 아들이라고 했어. 그게 진짜라면 그 시나리오의 가장 중요한 출발점인 엠마가 국제학교 교사였다는 게 사실이어야 하는데, 엠마는 절대로 교사가 아니었다는 점이 모든 이야기가 거짓이라는 증거가 되는 거지."

"그렇다면 엠마의 확실한 정체는 뭐야?"

"엠마는 절대로 결혼한 적도 없는 데다가 7년 전, 아니 3년 전까지 근 10여 년간 정신 병동에 있었다고 하니, 미카엘을 임신한 사실도 낳은 적도 없는 게 당연한 추론이고, 그러니 미카엘은 엠마와 아무 관계 없는 고아가 아닐까 하는 것이 내 생각이야."

"만일 미카엘이 엠마와 혈연관계 없이 낚시 미끼로 이용만 당하는 고아라면 위험할 수도 있는 거 아냐?"

샤이의 말에 시몽은 진지한 눈빛이 되어 바라본다.

"이용하는 동안에는 문제가 없겠지만 어디로 튈지 모른다는 것이 정신이상자의 본 정체라는 걸 생각해 보면 어린 미카엘이 걱정되는 거지."

"미카엘에게 우리가 해 줄 수 있는 게 뭘까?"

샤이의 말에 시몽은 의미심장한 눈빛을 다시 보이면서 나직하게 말했다.

"내가 부대에서 휴가를 받아서 미카엘을 찾은 것은 나름대로 생각이 있어서였어."

"시몽! 혹시 미카엘을 엠마한테서 떼놓으려는 건 아니지?"

"미카엘이 어떤 인연으로 정상이 아닌 엠마와 엮어진 건지, 알아내는 것이 먼저라고 생각했어."

시몽은 술잔을 비우고 나서 샤이를 간절한 눈빛으로 바라보면서 나직하게 말했다.

"주니어! 너 나랑 다시 엠마와 미카엘을 만나러 갈 수 있어?"

샤이로서는 좀 난처한 상황이긴 하지만 그리 못 할 것도 없다는 생각에 머리를 끄덕이자, 시몽은 곧바로 일어났다.

엠마의 집에 도착했을 때 집 안의 불이 모두 꺼져 있고 모두 잠이 든 건지 인기척이 없었다.

시몽이 몇 번 문을 두드려도 안에서 아무 반응이 없어, 샤이가 미카엘 방 쪽으로 돌아가서 창문을 두드려 봤지만, 마찬가지였다.

그렇다면 늦은 시간에 엠마는 미카엘을 데리고 어딜 간 걸까! 두 사람 다 감이 잡히지 않았다.

한동안 생각에 빠져 있던 시몽이 갑자기 자기 머리를 치고는 무슨 생각이 난 듯 샤이의 집 쪽을 손으로 가리키고는 바로 내려간다.

샤이가 어이없는 표정을 지으며 쫓아가니, 과연 저 멀리서 미카엘이 먼저 알아보고 달려와 시몽에게 매달려 좋아서 어쩔 줄을 모르는데, 잠시 후에 다가온 엠마는 돌같이 굳어진 표정으로 지켜보다가 달려들어 미카엘의 뒷덜미를 낚아채 내팽개치듯 저만치 내던지고, 성난 코뿔소처럼 머리를 숙인 채 시몽의 얼굴을 사정없이 들이받아 넘겼다.

시몽이 외마디 비명을 지르면서 가슴을 움켜잡고 바닥에 구르는데 군복 상의가 흠뻑 피로 물들고 있었다.

처음엔 아무도 눈치채지 못한 예리한 흉기를 손에 움켜쥔 엠마가 이번에는 눈이 허여멀겋게 까뒤집힌 채 자기에게 다가오는 것이 눈에 들어와 마음 약한 샤이는 정신이 아득해 오면서 그 자리에서 기절해 쓰러지고 말았다.

샤이가 눈을 떴을 때, 환한 빛의 무리가 주위를 감싸고 있는 아늑한 넓은 공간 한가운데 자유스러운 모습으로 자신을 둘러싼 여러 사람의 모습이 보인다.

그중에 맨 먼저 한시도 잊지 못한 양부 루카스가 바로 옆에서 밝은 미소를 띤 인자한 얼굴이 보이고, 어린 시절 젖을 물려 주던 투박한 살룸 아줌마도 얼굴에 웃음기를 가득 머금으니 곱게 보인다.

한참을 여기저기 휘둘러보니, 힘든 시절에 보았던 피꼴레의 웃는 모습도 보이고, 시끄럽게 떠들던 동네 꼬마들이며 간절하게 보고 싶어 눈물짓게 하던 오데트는 은근한 미소를 지으며 다가왔다가는 왠지 저만치 멀어진다.

언젠가 한 번 만나 얘기를 나눠서 인상이 깊은 미셸 씨가 가까이 와서 의미 있는 눈빛으로 바라보며 한마디를 던진다.

"헤이, 진니! 누가 뭐래도 자넨 가봉인이란 걸 절대로 잊으면 안 되네!"

샤이가 지금까지 잊고 있었던 자신이 토박이 가봉인임을 일깨워 준 한마디에 정신이 들어 다시 바라보자, 이번에는 엉뚱한 말을 하는 것이었다.

"많이 부족한 내 조카 엠마를 진니가 조금만 사랑해 주면 안 되겠나?"

"아니! 엠마의 삼촌이셨습니까?"

"원래 우리 조카 엠마는 파리 음대에서 이름을 날리던 첼리스트였는데, 몹쓸 병이 와서 하루아침에 인생 밑바닥으로 떨어져 버린 불쌍한 아이란 말일세."

"그렇다면 미카엘은 엠마의 아들이 맞습니까?"

샤이의 물음에 미셸은 고개를 끄덕이며 대수롭지 않게 말을 했다.

"그 아이는 엠마가 정신 병원에서 낳은 바보라네!"

"바보라뇨?"

"마마보이가 아닌 파파보이라고나 할까! 누구라도 네 아빠라고 하면 죽자 살자 매달리는 정신병자란 말일세. 여자를 안아 보거나 맛을 보지도 못한 맹물인 자네한테도 '아빠! 아빠!' 하며 매달리니까 그렇게 좋던가?"

미셸의 야유하는 말에 주위에 있는 모든 사람이 동조하듯 하나같이 한바탕 웃음을 터트리는 가운데 제일 먼저 샤이의 눈에 오데트의 잔뜩 비웃는 얼굴이 떠올라 자신도 모르게 괘씸한 마음이 치밀어 있는 힘을 다해 기를 쓰고 일어서는 순간, 누군가 고함치듯 간호사를 부르는 소리에 샤이는 눈을 번쩍 뜨고 주위를 둘러보았다.

샤이는 중환자실에서 이틀째 의식을 찾지 못해 의료진들을 긴장시키고 있었다. 이는 CEA 연구소에서 원장까지 샤이의 사고에 관해 관심을 가지고 주목해서 여러 차례 연구소 사람들을 보내확인하고 있었기 때문이었다.

그 시기 벌써 연구소 내에서 누구와도 비교가 안 되는 천재성이 인정되어 샤이의 존재가 자리매김되고 있었다.

샤이가 깨어나서 제일 먼저 물어본 것은 시몽의 상태였다.

시몽은 샤이처럼 의식은 잃지 않았지만, 과도한 출혈로 위험할수 있었는데, 현장을 지나가던 차량의 운전자가 다행히 병원에 근무하는 사람이어서 빠른 대처로 응급조치를 취해 안전을 확인한 뒤 곧바로 군 병원으로 후송됐다고 안심시켰다.

한 가지 이해할 수 없는 것은 엠마는 사고 현장 주변 사람들의 신고로 출동한 경찰에 의해 제압당해 체포되었는데, 어린 미카엘의 행방은 묘연하다는 점이었다.

샤이는 큰 외상 없이 의식만 잃었던 상태여서 며칠간의 안정을 취한 뒤 퇴원하여 연구소로 복귀할 수 있었다.

또다시 외로움의 장막에 갇힐 수도 있는 환경이었지만 무의식 속에서 느꼈던 자기의 본래 모습을 회복해야 한다는 생각이 머릿속에 자리하면서 그렇게 약해지면 안 된다는 의식이 깊게 자리 잡기 시작했다.

그 시기 연구에 매달려 몰두하던 C쿼크 반입자의 이론 정립이 완성될 무렵 모교인 PSCL의 클로드 교수로부터 조교 요청을 받았다.

샤이는 어느 시기가 되면 가봉에 돌아가 대학에서 과학 인재 육성을 위해 힘을 보태겠다는 꿈을 가지고 있었기에 조교 요청을 순순히 받아들여 학교로 출근하기 시작했다.

연구소에서처럼 한 가지에 매달리지 않고 다양한 학생들과 수시로 어울리게 되면서 외로워질 틈이 없었다.

샤이가 자기의 본래 모습인 가봉인으로 정상을 회복해 돌아올 기회가 생긴 것은 그리 오래 걸리지 않았다.

꿈은 꿈꾸는 자에게 이루어진다는 것처럼 교환 교수 신청을 한 지 얼마 되지 않아서 그렇게 바라던 고국행이 이루어진 것이다.

가봉으로 가기 며칠 전 그동안 사, 오 년간 함께했던 동료 교수 몇 명과 같이 학교 근처 레스토랑에서 저녁 식사를 겸한 조촐한 파티 자리를 가졌었다.

특히, 재학 중에도 학교 연구실에 붙잡아 두고, 졸업 후엔 다니던 연구소에서 학교로 끌어들인 클로드 교수가 샤이를 각별하게 생각해서 마련한 자리였다.

클로드 교수와 함께 레스토랑에 들어섰을 때, 먼저 와 있던 일행 중에 샤이로서는 아주 특별한 사람이 끼어서 환하게 웃으며 반기는 것이 보였다.

비몽사몽 중에 나타나서 네 본래 정체는 가봉인이라고 짚어 주던 미셸 씨가 교수들과 떠들썩하게 얘기를 나누다가 클로드 교수가 나타나자 하던 얘기를 끊고 벌떡 일어나 인사를 한다.

"교수님이 불러 주셔서 만사 제치고 왔습니다."

"지난번 미셸 선생한테 신세 진 것도 있고, 내 아끼는 제자가 멀리 가봉에 교환 교수로 가게 돼서 겸사겸사 보자고 했죠."

클로드 교수의 설명에 미셸은 의외라는 표정으로 샤이를 바라보았다.

"아니! 한참 CERN에서도 주목하는 진니가 뭐 하려고 오지 가봉까지 간단 말입니까? 여기서도 할 일이 많고 많을 텐데."

딴 사람 같은 미셸의 말에 뭔가 많이 헷갈리는 표정을 짓는 샤이를 유심히 바라보는 클로드 교수는 한마디 한다.

"웬만하면 나도 붙잡고 싶지만, 주니어가 오래전에 떠나온 고향에 한번 가 보는 것도 괜찮다 싶어서 어렵게 허락했습니다."

클로드 교수의 말에 미셸은 돌아가면서 술잔을 채워 권하면서도 샤이가 안타깝다는 듯이 돌아보고 진지하게 한마디 더 한다.

"진니! 학문, 특히 과학은 국경이 없어! 대부분 연구 환경이 월등한 선진 세계에서 이룩한 성과가 가봉보다 더한 오지까지 혜택이 돌아간다는 걸 진니가 왜 모를까?"

미셸의 너무 다른 모습에 샤이가 어리둥절해 있다가 입을 열었다.

"첼리스트 조카는 지금 어떻게 지냅니까?"

샤이의 질문에 의외라는 듯 미셸은 눈을 크게 뜨고 바라본다.

"오지인 가봉에서 프랑스로 귀화해서 장래 귀중한 과학 인재가 될 천재가 어떻게 우리 조카 첼리스트 이사벨을 알고 있나? 우리 조카 이사벨은 얼마 전에 내가 억지로 엮어 준 베트남 천재 바이올리니스트 린 씨랑 빈에서 합동 연주회를 성공적으로 마치고 돌아왔는데, 천재 진니가 우리 조카를 언제 만났던 거야?"

무의식 속에 나타나서 엠마가 자기 조카라는 엉뚱한 소리를 하면서 네 본모습을 찾으라고 역설해 잊고 살았던 애초에 태어난 고국 땅 가봉을 은연중 생각하게 됐던 것인데, 그렇다면 그 사실을 짚어 줬던 환상 속의 미셸은 무엇이었단 말인가!

샤이에게 두고두고 해석하지 못한 난제가 된 미셸의 이중적인 이미지가 오랫동안 풀리지 않는 수수께끼였다.

가봉에 도착해 봉고 국립 대학에서 새로운 교수 생활이 시작됐다.

아픈 추억을 간직한 고향인 은졸레에서 너무 멀리 떨어진 가봉의 수도인 바닷가 리브르빌은 샤이에게는 생소한 곳이어서 정작 고향에 왔다는 느낌이 들지 않았다.

학교에서 교수를 대하는 학생들 자세도 PSCL과는 너무 동떨어지게 다르고, 학문하는 진지한 모습을 안타깝게도 찾아보기 힘들어 인재를 키우겠다는 샤이에게 우선 실망감을 안겨 주었다.

학장이 나서서 유럽에서 손꼽는 캠퍼스에서 온 저명한 교수님이라고 소개는 했지만, 너무 왜소해 보이는 샤이의 겉모습에 학생들은 고착된 고정관념대로 받아들이고 있어서 한동안 강의하는 데 애를 먹었다.

모든 힘든 조건을 묵묵히 받아들이고 흔들리지 않고 버텨 나가는 중에 조금씩 변화되고 있는 학생들의 반응을 샤이 스스로 느끼기 시작한 것은 한 학기가 훨씬 지나서부터였다.

아침 첫 시간 강의실에 들어섰을 때부터 그 변화는 감지되었다.

정신없이 수선스럽던 분위기에서 숨소리조차 들리지 않을 듯이 조용해졌다는 것부터 우선 그 변화를 읽을 수가 있었다.

또한 강의가 끝나면 하나둘씩 샤이 주변에 접근해 덜 이해가 된 문제들을 질의해서 스스로 해법을 찾고는 만족해하며 돌아서는 아이들이 늘어가기 시작했다.

그중에 샤이의 관심을 끄는 여학생이 있었다.

'로라'라는 프랑스식 이름을 가진 아인데, 수줍은 듯하면서 빤히 바라보는 첫 느낌이 마치 오데트를 대하는 듯해서 샤이에게 아주 특별하게 다가왔었다.

샤이의 숙소가 있는 학교 관사가 해변에 있어서 퇴근 후에 별일이 없으면 절경으로 유명한 바닷가를 산책하기를 즐겨 하던 중에 우연히 로라와 마주쳤었다.

로라의 집도 바닷가 근처라고 했었다.

그래서인지 그 뒤로도 가끔 마주쳐서 함께 조깅도 하고 로라가 음료수도 들고 와 마시면서 이야기를 나누기도 했었다.

그렇게 아무렇지 않게 생각한 만남이 샤이에게 재앙으로 다가올 줄은 몰랐었다.

로라와 해변에서 만난 지 몇 달쯤 지났을 무렵 해변에서 혼자 산책을 하는 샤이 앞에 삼십 대로 보이는 젊은 남성이 의도적으로 접근해 와 다짜고짜 길을 막아서더니, 멱살부터 잡고 흔들었다.

무슨 영문인지 몰라서 허둥대는 샤이에게 대학교수인지부터 묻고는 그렇다고 하자, 사정없이 얼굴에 주먹을 날리는 것이었다.

왜 그러느냐고 물어볼 여유도 없이 발길이 가슴팍을 가격해 와 샤이는 숨이 막혀 그 자리에 거꾸러지고 말았다.

그때 저 멀리서 폭행 현장을 목격한 주민의 신고를 받은 경찰이 호각을 불면서 뛰어오고 있었다.

경찰 초소에 끌려간 청년은 아주 당당했다.

자기는 석유회사 간부 봉그레라면서 샤이가 자기 연인이자 약혼자인 로라를 건드려서 약혼이 깨지게 됐다고 하소연을 했다.

말도 제대로 못 할 정도로 만신창이가 된 샤이는 엎드려 손만 내저을 뿐인데 어떻게 소식을 들었는지 로라가 초소 안으로 허겁지겁 뛰어 들어왔다.

경찰로부터 사건의 대강을 들은 로라는 봉그레에게 대차게 다가서더니 싸대기를 보기 좋게 날리면서 발을 동동 구른다.

로라가 기가 꺾인 봉그레를 보고 샤이에게 백배사죄하라고 하면서 경찰에게도 다치신 교수님을 왜 병원으로 모시지 않았느냐고 당차게 따지고 들자, 경찰도 굽신거렸다.

알고 보니, 로라는 봉그레가 간부로 있는 가봉에서 알아주는석유회사의 회장 딸이었다.

샤이는 경찰이 부른 구급차로 병원으로 옮겨져서 대충 응급조치를 하는 동안 로라가 매달려서 열심히 도와줬지만, 겉에 보이는 것보다 마음의 상처가 더 커서 한동안 우울하게 하루하루를 보냈다.

신의 말씀 -
동방으로 가라!

세월이 덧없이 흘러 5년으로 스스로 작정한 교환 교수 기간이 다 될 무렵에 샤이는 아주 특별한 자기만의 화두 속에 빠져 있었다.

과학 하는 사람으로서 어울리지 않아서 아무한테도 말하지 못하고 혼자만 가슴앓이하듯 간직한 비밀 같은 경험이 있었다.

학생들의 기대에 어긋나지 않게 실험 실습과 강의 준비에 소홀해지지 않으려고 부단히 노력하는 중에 자기 마음속에 언제부터인가 자신에게 계속해서 묻게 되는 화두가 있었다.

그것은 '너는 왜 사는가!' 하는 좀 답답한 질문이었다.

샤이 자기가 묻고 자기가 대답해야 하는 대화에서 마땅한 답을 찾지 못하고 있는 자신을 한심스럽게 생각하면서 질책해 보지만 역시 뾰족한 답이 없다고 한숨을 쉬는 순간 벼락 치듯 떠오른 것은 내게도 분명히 세상에 나온 이유가 있을 것이란 사실이었다.

그래서 '내가 전혀 모르는 어딘가에 나를 절실히 필요로 하는 곳이 있을지도 모른다.'라는 좀 과장된 듯한 모호한 생각이 머릿속에 뜬금없이 떠오르는 것이었다.

처음에는 그저 지금까지 살아온 길이 굴곡이 심해서 아픔도 많았고 그것에 반해 남들보다 수월하게 삶의 목표를 빨리 이룩한 점도 있다. 가봉의 오지 최하 밑바닥에서 대학의 교수라 하 면 이

곳에선 최상류층에 올랐다고 볼 수도 있으니, 샤이 자신이 그런 위치에 서게 된 것은 기적과도 같은 결과인 것은 사실이다. 그런 현재에 만족해 이대로 세월의 흐름에 맡긴다면 어떤 모습으로 변해서 어떻게 사라져 갈까 하는 조금은 안타까운 심정도 들어서 생각에 파고들게 되었던 것이었다.

예상하지 못했던 사고를 치르고 나서 자기 자신을 향한 화두에 더 깊숙이 빠져들면서 샤이는 학교 강의 외에는 누구도 만나지 않고 혼자만의 공간과 시간 속에 하루하루를 보내고 있는 어쩌면 폐쇄적인 상황에 자신을 스스로 가둬 놓기 시작했었다.

자신도 왜 그런 답답하고 막막한 선택을 해야 하는지 모르면서 계속 파고들게 되는 것을 그 당시는 모르고 있었다.

세상이 모두 잠든 것 같은 아무도 보이지 않는 한밤중, 캄캄한 해변을 샤이는 언젠가부터 시작된 일상이 되어 혼자 걷고 있었다.

혼자만의 사색을 고집하면서 찾게 된 바위 절벽 위를 그날도 아무 생각 없이 찾아가고 있었다.

절벽 위에 오르면 아주 넓고 평평한 바위가 자리하고 있어 마치 바다 위에 붕– 뛰어오른 듯한 착각에 빠질 정도여서 몇 시간이고 자기 스스로 화두에 빠져 있기에 안성맞춤이었다.

그날은 한참을 걸어서 산등성이 절벽으로 이어지는 높다란 바위 등걸을 기어오르다가 아차 하는 순간 그만 '아악!' 소리를 치면서 보기 좋게 굴러떨어져 서너 길 넘는 절벽 아래로 쑤셔 박히고 말았다.

우선 몸뚱이 어디가 잘못된 것인지 먹먹하게 저려 오는 팔다리를 추스르면서 수십 차례 오르내렸어도 한 번도 이런 실수가 없었는데, 오늘은 웬일인가 하고 차오르는 숨을 고르고 있었다.

한밤중에 넘어져 꼼짝 못 하는 자신을 챙겨 줄 사람 하나 없이 이 넓은 해변에 언제나 자기 혼자라는 어쩌면 중독된 의식이 머릿속에 채워지면서 한참을 눈을 감은 채 아무 생각 없이 누워 있었다.

주위에 그렇게 울어 대던 풀벌레 소리며 간간이 들리던 파도치는 소리마저 잠잠해져 아무 소리도 들리지 않는 공허한 상태가 한동안 이어지고 있었다.

일어서 보려는 생각도 없이 눈을 감은 채 그 자리에서 꼼짝도 하지 않고 무아지경에 빠져 있을 때, 무엇인가 나지막하게 자신의 머릿속 의식을 스치는 소리가 언뜻 들려왔다.

어쩌면 환청인가 하고 머리를 가만히 흔들지만, 여전히 간단없이 들려오는 소리는 분명히 자기 이름을 부르고 있었다.

몸을 힘들게 일으켜 여기저기를 둘러봐도 캄캄한 어둠뿐 인기척이라고는 없는데, 쉬지 않고 샤이를 부르는 소리는 점점 크게 들려와 섬찟한 공포가 마음속에 자리해 온몸에 소름이 돋았는데도 어쩌면 근엄하게 들리는 소리에 아무 생각 없이 '네.' 하고 입에서 대답이 나오고 말았다.

무심결에 대답하는 순간 그를 부르던 소리는 멈춰지면서 어떤 누군가가 그에게 하는 건지 아니면 자신 내부의 생각인지 모를 말이 귓전을 때리듯 커다란 소리가 되어 들려오기 시작했다.

(나는 나무라 해도 좋고, 돌이라 불러도, 아니면 한 점 먼지라 해도 상관은 없다! 다만 온 우주 만물 중에 나보다 높은 것도 그렇다고 낮은 것도 있을 수 없고 그 무엇도 나

보다 전능할 수 없다.)

샤이가 여전히 '누가 하는 소리인가!' 하는 의구심이 드는 순간, 그 소리는 다시 들려왔다.

(나를 무어라 부르건 상관이 없다고 한 만큼 나는 무엇과도 구별되길 원하지 않으며 분별될 수 없는 전부이기 때문에 이름 지어질 수가 없다. 그처럼 나는 크고, 또 작아서 온 우주 만물 중에서 나보다 큰 것도 나보다 작은 것도 있을 수가 없다.)

그렇다면 우주를 지배하는 신, 믿는 사람들이 말하는 하나님이라는 보통 사람이 범접할 수 없는 신의 소리를 듣고 있단 말인가! 샤이는 바짝 긴장되면서 온몸에 다시 소름이 돋았다.

(너희들이 별의별 재주를 부리고 모든 감각과 상상으로 알고 있어서 어린 것들에게 네가 지금 가르치는 우주는 내가 만든 실제 온 우주에서 한 점이라면 너는 믿겠느냐? 그걸 모르는 너희들의 오만한 발상이 언제부턴가 온 우주의 순환에 걸림돌이 될 수 있어서 그걸 경고하기 위해 부득이 너를 찾은 것이다.)

이런 엄청난 것을 하필 나한테 하는지 반문하고 싶다고 생각이 드는 찰나, 나직한 음성이 말하길, 네가 똑똑한 머리를 가져서도 아니고, 과학을 하는 인간이라 합당해서도 아니며 자기가 선택한 것이 바로 너라면서 자기는 너뿐만이 아니라 인간 세계 모든 족속에게 쉬지 않고 전하고 있지만 제대로 인지하는 사람이 드물다고 했다. 자기가 선택한 너 또한 오만과 허세가 있는 인간 족속의 한 부류로서 너를 비롯한 인간들이 만물의 영장이란 우쭐하고 오만한 발상이 하늘을 찌를 듯해 그 폐해가 근세기에 부쩍 두드러지고 있어 자기가 염려하는 지경에 이르렀다고 강조했다.

샤이 생각에 자신의 평가는 어느 정도 이해가 되지만 인간의 위상이 우주 생명체 중에서 탁월하다고 자부하는 만물의 영장이란 발상이 잘못됐다는 것은 동의할 수 없다는 생각이 드는 순간, 감히 자기를 의심하지 말라고 질책하는 소리가 크게 들려왔다.

우리 인간이 제일로 자랑하는 오감을 가졌다거나, 그것을 가져야 하는 것이 오히려 하류라면서 온 우주 만물을 느끼는 것은 오감을 쓰지 않는 것일수록 훨씬 빠르고 정확하다는 것을 알아야 한다고 했다. 인간은 종종 저지르는 실수가 있을 수 있다고 인정하고 자위하지만, 우주 만물 중에 중심을 잃고 지금 너처럼 실족해서 넘어져 있는 것이 어디 있느냐고 다그쳤다. 성한 것은 성한 대로, 상한 것은 상한 그대로 제자리를 똑바로 지키고 있지 않냐고 했다.

너희 인류의 뿌리를 찾아 올라가면 한 핏줄 한 조상인 것을 너희 인간처럼 한 족속끼리 망치고, 부수고, 죽이려고 애쓰는 족속이 어디 있는지 둘러보라고 했다. 더구나 어린 영혼들을 집단으로 모아 놓고 같은 인간을 살상하는 교육을 해서 살인을 부추기고, 꼴에 같잖은 살인 무기를 개발해서 자랑스럽게 분위기를 고무하는 족속이 만물 중에 어디 하나라도 있느냐고 비아냥거렸다.

또 감정을 표현하는 것을 자랑이라고 하지만 감정을 드러내야 의사가 전달되는 자체가 미생이라는 증거라고 했다.

인간의 삶이 불합리해서 슬픔을 드러내야 하고 그에 반하는 시답잖은 기쁨을 나타내는 거추장스러운 과정이 무슨 자랑이냐면서 또 유일하게 불을 쓸 줄 아는 것을 내세우지만 그 불장난으로 그 속에서 나온 몹쓸 것들이 생명을 가진 것들을 망칠 만큼 망치고 자기가 애초에 마련해 준 보호막까지 부수고 깨트려 기후 변화를 재촉하는 것은 둘째 치고 너희 인간의 원래 먹이는 싱싱한 생것을 먹어야 제대로 능력을 발휘하며 제대로 살 수 있는 것을 대부분이 불로 숨죽인 먹거리로 변하는 바람에 갖가지 못된 병들이 너희를 괴롭히고 있는 현세인 걸 너희는 알아야 한다고 했다. 그 못된 불로 인해 너희 꼭두각시 재주가 늘어나면서 너희 몸은 할랑하게 편해진 이면에 너희가 재주를 부리는 사이사이 만들어질 수밖에 없는 치명적인 미세한 벌레와 기후 변화로 인해 서로를 망치려고 준비한 위 단계 불로 만든 무기들을 자랑할 겨를도 없이 함께 괴멸될 것을 너희는 모르고 있다고 했다.

너희들 중에서도 육체보다 정신이 황폐한 하류가 폐해가 심하듯이 온 우주에 걸림돌이 되는 근본적인 것도 너희 땅을 지배하는 인간의 정신적 퇴락일 수밖에 없고, 원래 인간도 우주 만물의 생성 원칙에 따라서 만들어진 것인데, 전혀 다른 기형으로 변한 꼬락서니에 탄식한다면서 외형적인 것보다 본질적인 정신이 더욱 그렇다고 해서 샤이는 쉽게 수긍할 수도 없고, 듣고 싶지 않은 말들이어서 불쾌한 감정이 동했다.

샤이의 마음을 읽고 있는 듯이 그 목소리는 커졌다.

(너는 아직도 그냥 미욱한 인간이어서 내 말에 동의하지

못하는구나! 너희 몸이 물, 흙, 공기로 이루어진 것과 같이 너희들의 정신, 즉 영혼도 마찬가지라는 것을 알아야 한다. 너희가 서로를 죽이려고 앞다퉈 만든 가공할 불 에너지 무기를 인간을 포함한 너희 땅에서 숨 쉬는 모든 것을 두 번, 세 번 죽일 만큼 만들어 곳간에 쌓는 동안 그것들을 시험하는 사이에 쏟아져서 뿌려진 먼지가 층을 이루어 땅껍질 위를 수십 년 떠돌면서 쌓이고 스며들어 마실 물과 호흡, 또 대부분의 먹잇감에 보이지 않게 파고 들어가 너희 몸과 영혼을 망가트려 왔다. 이미 늦은 줄 알지만, 너희가 속한 온 우주의 규범에 대해서 말해 주마!

태우지 마라! 너희들이 태워진다.
넘보지 마라! 패륜은 용서가 없다.
죽이지 마라! 끝내 너희가 사망하리라.
갖지 마라! 무엇도 네 것이 아니다.
상상하지 마라! 나쁜 것은 반드시 이뤄진다.

특히 너라는 얄궂은 미물의 상상이 불을 만났을 때는 상상을 뛰어넘어 감당 못 할 재앙으로 너희 땅의 종말을 앞당길 것이니 명심하라! 이 오 계명은 서로 보이지 않는 끈으로 연결되어 있어 한길로 운행하고 부서짐도 같은 방향으로 이어져 있다. 너는 하늘을 가로지르는 별똥별이 왜 소멸해 우주에서 사라지고 마는지 생각해 본 적은 있는 거냐? 그중엔 맡겨진 사명을 다해서 없어지는 작은 것도 있지만, 너희 땅보다 몇 배 큰 행성이 가슴 깊이 뜨거운 마그마를 품고 더 큰 행성의 궤에 맞춰 돌다가 온 우주의 순환에 걸림돌이 되는 순간 도태되어 떠돌며 긁히고 닳아져 그 뜨겁던 열정도 새까맣게 식어 한 개의 작은 운석인 별똥별로 긴 꼬리를 그리며 떨어져 나가 우주 궤도에서 영원히 사라지는 수효가 일각에도 헤아릴 수 없다. 그러니 너희 땅도 예외일 수 없다는 사실을 너희는 알아야만 한다. 이 엄청난 재난의 비극을 너희는 왜 모르는 채 낭만이나 환상으로 별똥별을 바라보고만 있는 거냐?)

샤이는 아픈 것도 잊고 웬만큼 설득되어 가고 있었다.

(이제야 내 말이 들리기 시작했구나! 내 경고를 얌전히 들어준 상으로 네가 궁금한 것을 가르쳐 주마!)

샤이가 알고 싶은 것은 우선 지금 들려오는 소리의 존재였고, 왜 모습을 보이지 않고 말로만 전하는 건가 하는 것이었는데, 역시 그 목소리는 샤이의 마음을 읽고 있었다.

(나는 완전한 것이다.
조금도 빈틈이 없는 전부가 바로 나여서 내 속에 있는 너는 나를 볼 수 없다! 어미 배 속의 아기가 어미를 볼 수도 알 수도 없듯이 너는 내 속에 있으면서 지금도 전에도, 또 후에도 나를 보지도 듣지도 완전하게 알지도 못하고 살 수밖에 없다.)

샤이는 그제야 어렴풋이 뭔가 느낌이 전해져 오는 것 같아서 나직한 목소리로 말했다.
"그렇다면 인간을 창조한 신을 봤다는 말은 다 거짓인가요?"

(신〈神〉! 내 성정대로 온전하게 지어진 너희가 달리 나를 정해서 믿고 배우려 함은 극히 어리석은 짓이다. 지어진 대로란 순리대로 사는 것이 삶의 기본이요 내 뜻이다. 너희와 똑같이 내 속에 있는 거짓 선생들은 거꾸로 내가 그들 속에 있는 것처럼 어리석게 가르치지만 온 우주 어느 것도 내 속에 있지 않은 것이 없다는 걸 잊지 말아야 한다. 가장 중요한 것을 가르쳐 주마!
너희가 나와 완전히 하나가 되지 못해서 동떨어진 소유욕 때문에 내 땅 안에 빌려 살면서 울타리를 만들어 자기 안에 들면 내 것이니 옳고, 밖에 있으면 남이니 그르다는 이기적인 엉터리 논리로 옳고 그름을 멋대로 나누어 서로를 망치는 다툼으로 커진 것이 너희 삶은 물론 우주 순환에 걸림돌이 되는 근본적 원인이 바로 거기에 있다. 온 우주에는 원래 선도 악도 없고 그저 생존한다는 하나밖에 없는데, 그 하나 속에 처음 시작부터 마지막 끝까지 너희가 미처 깨치지 못한 높은 가치가 있다.)

그 말은 어느 정도 이해될 듯하면서도 선과 악이 없다는 말은 수긍할 수가 없어 머리를 갸웃하자, 이야기는 계속 이어졌다.

(너희가 파 놓은 선과 악이라는 함정의 근원은 너희 거짓

선생들이 그어 놓은 기준에 의한 것으로 온전한 우주 순리와 동떨어진 것들이 은연중 끼어 흠결이 있다. 아무리 좋은 것도 아주 미세한 흠결이 있는 것은 완전히 나빠서 금방 구분이 되어 한눈에 가려지는 아예 나쁜 것만 못하다. 그 대표적인 예로 너희가 그렇게 추앙하는 선생의 말씀에 흠결이 없다면 태초부터 시작돼 현세까지 이어진 기나긴 분쟁의 역사인 내 편이 아니면 잡아 죽이고, 자신들 역시 죽는 싸움판도 절대 없었을 것이고, 무소유와 인간의 예절을 중시하는 가르침 뒤에 같은 대부분 인간을 등급을 매겨 대를 이어 평생을 상놈이라 멸시하고 종으로 살게 하는 일은 결코 없었을 것이다. 순수한 한 인간으로 반듯하게 살게 하는 가르침이 그렇게도 어려웠단 말이냐? 하여튼 그런 연유로 얼룩이 있는 것은 아예 검은 것만 못하다는 것이다. 온 우주의 순리대로라면 너희 선생들 멋대로 갈라놓은 생각들은 이제 너희가 부숴야 할 벽이다. 너희 생각에서 그 벽을 허물지 못하면 어지러운 혼돈에 빠져서 영원한 고통에서 벗어나지 못할 것이다. 옳고 그르다는 분명한 구분은 존재하지만 올바른 기준 없이 욕심으로 덧칠된 자신을 벗지 못하고 서로를 악이라면서 치열한 다툼에 골몰하여 우주 순환에 걸림돌이 된 너희를 단죄하기 위한 도구 또한 반대 세력을 망치기 위해 너희가 만든 무참한 흉물인 고단위 불의 힘일 수도 있고, 너희 주위를 떠도는 행성과의 충돌과 너희가 감히 내 영역을 넘봐서 흉내 낸 가짜 너희가 너희 생각을 뛰어넘어 진짜 너희를 멸종시킬 수도 있겠다. 태양도 바스러뜨려 허공에 날릴 수 있는 마의 검은 구멍에 너희를 밀어 넣을 수도 있다. 그렇게 너희 땅이 망쳐졌을 때 네가 생각하는 선이 남겠느냐? 악이 남겠느냐? 이것을 명심하라! 망쳐진 뒤에는 아무것도 없느니라.)

샤이의 생각은 이미 수천 년에 걸친 인간을 살상하기 위한 전쟁에 중독된 선진국들이 앞장서서 전략 무기 개발에 온 힘을 다하고 있는 현 상황에서 한 개인이 나서서 위험에 처한 지구를 올바른 길로 이끈다는 것은 불가능에 가깝다는 생각이 들어 아무런 말도 못 하고 있자, 샤이의 심중을 읽고 있는 듯이 다시 심각하게 말하기 시작했다.

(명심하라! 이제부터 너의 시간이다.

이곳으로부터 아주 멀리 떨어진 정반대 편 너와 대칭인 세상, 동방에 이미 내 충고를 받아들인 몇 명의 인간이 위험을 감수하면서 예전부터 미미하게 움직이고 있었다. 그들은 너 같은 존재가 꼭 필요하고, 너 또한 그들의 도움이 절실하다. 아주 가공할 위 단계 불 개발을 막다가 자기 몸 한쪽을 잃으면서까지 너희 땅을 구하려는 대단한 신념을 가지고 있어 그 불 에너지의 힘을 뒤집어 보려고 있는 힘을 다하고 있지만, 그곳에 그들을 방해하는 구차한 세력 때문에 여의치가 않아서 네가 필요한 것이다. 또한, 그 인간은 네 아픈 영혼을 구해 준 구원자이다.

너는 우선 동방으로 가라!

그들이 가지고 있는 위 단계 불의 원천인 지금으로부터

수백 년 전에 아득히 먼 우주 끝에서 날아온 행성의 잔해 물과 함께 네 주인님을 이곳으로 인도해 와 그 방해 세력이 없는 곳에서 그 속에 간직한 비밀을 푸는 것이다. 만약 네 생각이 정해지면 내가 네 약한 몸을 도와줄 아주 특별한 능력을 네게 줄 것이다. 이것은 너와 나의 약속이면서 지켜야 할 비밀이다.)

샤이가 자신의 뇌리에 전해 오는 동방으로 가 네 주인을 만나라는 생생한 목소리를 듣고 있으면서도 나름대로 판단은 이 지구를 구해야 한다는 것 자체가 자신에게 너무 벅차고 부풀려진 것 같은 생각이 앞서서 망설이는 기색이 보이자, 온 우주 신의 목소리는 한동안 아무 기척이 없었다.

샤이 자신도 날로 심화해 가는 기후 변화와 국지적으로 쉬지 않고 벌어지는 지구촌 내의 분쟁을 보고 있는 과학 하는 사람으로서 인간의 편의만을 위한 산업화로 인해 발생할 수밖에 없는 극심한 폐해와 선진국들이 주도하는 환경을 망치는 파괴 에너지 시험으로 날로 오염되어 가는 이 땅의 현실이 심각하다는 생각은 들지만, 자신의 모든 계획을 정리하고 어딘지도 모르는 여기서 아주 멀다는 그곳까지 가는 것도 어려운 숙제인 데다가 자기 자신의 능력으로 완벽하게 수행할 수 있을지 모른다는 조금은 소극적인 생각이 앞서서 대답을 못 하고 머뭇거리고 있었다.

샤이의 마음을 읽고 있는 듯 한참 만에 작은 소리가 들려왔다.

(만에 하나, 억에 하나로 내 말에 반응한 네가 너무 기특하다! 하지만, 지금 네 몸으로는 아마 앞으로 사는 것이 쉽지

않을 것이다.)

샤이가 깜짝 놀라 누웠던 몸을 일으키려 하는 순간, 온몸에 통
증이 엄청나게 밀려와 다급하게 입을 열어 우선 애원부터 하려
하자, 목소리는 샤이의 마음을 이미 읽고 있었다.

(네가 내 부탁을 받아들이면 네게 특별한 능력을 준다고
하질 않았더냐! 곧바로 저 아래 물속에 들어가 몸을 담그
면 잘못 자리 잡은 것들이 제자리로 돌아가고, 바로 네 능
력의 일부가 보일 것이다.)

샤이는 절벽에서 굴러떨어지면서 어디가 부서진 것인지 엄청나
게 엄습하는 통증을 죽을힘을 다해 참아 가며 몸뚱이를 돌려 엎
드린 채 기어서 아래쪽 해변으로 내려가 천신만고 끝에 바닷물에
몸을 담글 수가 있었다.

깜깜한 한밤중 어딘지도 모르는 물웅덩이에 얼굴만 내놓고 한
참 있으니 몸뚱이 여기저기 상처 난 곳에 바닷물이 닿아 싸한 통
증 기운이 전해 와 눈을 감는 순간, 전혀 예상치 못했던 환한 영
상과 같은 모습이 꿈속처럼 눈앞에 전개되는 것이 아닌가!

샤이는 너무 놀라서 겨우 버티고 있던 자세에서 뒤로 넘어져
눈을 뜨고 버르적거리자 영상이 금세 사라져 버리는 것이었다.

샤이는 떠올랐던 영상을 생각해 보니 넓은 과학 실험실에서 어
떤 폭행 장면이 보였었고 그 뒤를 이어서 폭행당한 사람이 화학
약품을 엎어져 있는 두 사람에게 내팽개치자, 바로 누군가가 그
위에 물을 쏟아붓는 모습이 생생하게 보였었다.

샤이가 놀란 가슴을 쓸어안고 서 있자 그때까지 조용하던 목소리가 다시 들려왔다.

(놀랄 일이 아니다! 바로 네가 찾아갈 네 주인의 모습이다. 네가 본 것은 다름 아닌 네 반대편에 잇대어진 세상에서 힘들게 살아가고 있는 또 다른 네 모습과 같은 네 영혼의 주인이다. 그래서 남보다 뛰어난 현재의 너를 만들어준 네 머릿속에 담긴 지혜의 대부분은 또 다른 너인 네 주인님이 열심히 담아 준 결과니라!)

"제가 보기에 모두 동양인으로 나하고는 전혀 다르게 보였고, 그곳은 한창 대낮 같았는데, 거기는 어딘가요?"

(네가 사는 세상에 그까짓 꺼풀은 아무 소용이 없다. 네 안에 간직한 알맹이가 중요한 것이다. 그곳은 지금 네가 있는 곳에서 정반대 편에 있는 땅, 바로 동방이다. 그래서 네 있는 곳은 지금 한밤중이지만, 그곳은 한낮이다. 그리고 네 영혼의 전생에서 너를 끔찍하게 사랑했던 맹물인 빈 껍데기 종자가 사랑하는 방법을 뒤집어서 망가트린 네 꺼풀의 흠집을 모두 깨끗하게 원상태로 되돌려 놓았다. 다만 등가죽의 흔적만은 네 주인님을 만나서 서로 확인하라고 남겨 놨다. 그리고 이것은 명심해서 기억하라! 잇대어져서 원래는 한 몸인 두 인간이 만나면 둘 중 하나는 흔적 없이 사라져야 하는 것이 천륜의 원칙이지만 네가 사는 이 땅의 상태가 너무 위중해 그것까지 뛰어넘어 내 말을

똑같이 인지한 너희들을 돕는 것이다. 누구든 마음이 변하면 천륜대로 되돌아갈 것이다.)

샤이는 주인님과 자기가 한 영혼을 공유한다는 것은 아직 실감이 되지 않으면서도 기초적인 지적 능력이 전혀 없었던 상태에서 몇 년 사이에 '천재' 소리를 듣고, 현재 지식인의 최고단계에 오른 것은 자기 혼자만의 능력이라고 설명되지 않는 것은 사실이다.

피꼴레의 무지막지한 행동 중에서 아주 희미하게 알 듯 말 듯한 뭔가가 지독한 아픔 속에 자신의 뇌리에 은밀하게 전해 오던 것이 전생과 연관이 있는 삐뚤어진 사랑 방식이었다는 것이 어이없어 넋을 놓고 있다가 조그맣게 되뇌었다.

"나나 피꼴레는 같은 남자인걸요?"

(네 주인의 전생도 제국의 공주였었다. 그러니 네 전생도 당연히 똑같을 수밖에 없었다. 네 영혼의 주인님 짝이 되는 부인의 지극한 사랑이 전생의 꺼풀을 벗겨 올바르게 서게 된 덕분에 너도 한 남자로 당당히 설 수 있게 된 것이다.

이제 알았으면 그렇게 멍해 있지 말고 어서 집에 돌아가거라! 네 인생에 아주 중요한 또 다른 인간들이 기다리고 있다. 예전부터 네 주인과의 징검다리 역할을 위해 이미 왕래가 있어서 너의 궁금한 것도, 네 마음 가운데 자리한 근심도 모두 풀어 줄 사람들이다.)

너무 뜻밖의 말에 벌떡 일어나 물 밖으로 나오니 엄습하던 통증은 물론 온몸에 흉하던 상처 자국마저 말끔히 사라진 상태여서 주위를 휘둘러보면서 두 손을 합장하고 무작정 깊이 허리를 숙여 고마움을 표하고 흠씬 젖어서 부리나케 집을 향해 걷기 시작했다.

숙소가 있는 교수 관사 앞 정원 가 가로등 아래 벤치에서 뜻밖에 미셸과 처음 보는 화사한 복장의 젊은 여인이 샤이를 보고 활짝 웃으며 일어나서 다가온다.

"진니 기다리다 목이 빠질 뻔했네! 이 늦은 한밤중에 어딜 그렇게 쏘다니는 건가?"

"답답해서 바람 쐬러 잠시 해변에 나갔었는데 미셸 선생님은 여기 오지인 가봉까지 웬일로 오신 거죠?"

샤이의 말에 미셸은 우선 데리고 온 조카 이사벨을 소개한다.

"파리 식당에서 말한 내가 아끼는 하나뿐인 조카인데, 그때 우리 조카를 만난 적이 있다고 말하지 않았나?"

샤이는 환상 속의 미셸이 엉뚱하게 엠마가 자기 조카라고 해서 그렇게 물어봤던 것이라 고개를 가로젓자, 이사벨도 샤이를 본 적이 전혀 없다는 걸 분명히 했다.

모든 걸 확인한 미셸은 가봉에 온 이유를 말했다.

"전에도 말했던 베트남 린 씨랑 앙상블 연주회를 옆 나라 콩고에 이어서 여기 리브르빌에서도 하게 돼서 왔는데, 이사벨이 만난 적이 있다고 말한 진니 씨를 꼭 만나고 싶다고 졸라대지 뭔가?"

미셸의 말에 밝은 표정의 이사벨이 웃으면서 다가와서 손을 내밀어 샤이가 얼떨결에 잡고 어색하게 웃자, 이사벨이 자지러지게 웃으면서 말한다.

"삼촌! 진니 씨가 너무 귀여워서 내 맘에 꼭 드는데 어떻게 하죠?"

"너 교수님보고 버릇없이 귀엽다고 하면 안 되지!"

미셸의 말에 이사벨은 몸을 흔들면서 마냥 애교를 떠는 모습이 샤이 눈에 별로 거슬려 보이지 않고 상큼해 보였다.

근처에 마땅한 카페도 없고 우선 젖은 옷을 갈아입어야 해 아무한테도 공개하지 않은 자기 거실에서 서투른 솜씨로 커피와 와인을 대접하는 자리에서 몸이 단 아이처럼 이사벨의 눈빛은 계속 샤이에게 매달리고 있었다.

샤이는 우선 미셸에게 오래전에 동양에 자기와 느낌이 같은 사람이 있다고 했던 말이 생각나서 곧바로 묻자, 미셸은 대수롭지 않게 말했다.

"얼마 전에 린이 연주회 때문에 코리아에 들렀을 때 다시 만났었지! 원래 20년 전에 처음 만났을 때는 파리 진니 못지않게 반짝이던 친구였는데 호텔 화재 사고로 다리 한쪽을 잃어버리고 실명까지 한 상태였는데, 눈은 개안 수술로 다시 찾았다더군. 그래도 너무 가슴이 아팠어!"

"그분은 제가 꼭 만나야 할 제 은인입니다."

샤이의 얼떨결에 나온 말에 두 사람 다 화들짝 놀란 표정을 짓는다.

"주니어 교수가 언제 내 한국 친구, 수덕을 만났었다고 은인이라고 하는 거야! 파리에선 보지도 않은 우리 조카 이사벨도 봤다고 하질 않나? 진니가 뭔가 헷갈리고 있는 게 아닌가! 그리고 하필이면 장애인이 된 친구를 만나겠다고 하는 거지?"

"오지인 가봉에서 아무것도 배운 것 없이 파리에 가자마자 Genie(천재) 소리를 들었던 것이 모두 그 운명적 은인 덕분이었어요. 그분을 만날 수 있게 미셸 선생님이 제발 도와주세요!"

간절하게 매달리는 샤이를 지켜보는 이사벨이 안타까운 표정이 되어 미셸에게 말했다.

"세상에 못 하시는 일이 없는 팔방미인 삼촌! 금방 눈물방울이 떨어질 것 같은 귀여운 우리 진니 도와준다고 빨리 약속해요!"

"아주 먼 코리아에 가는 걸 도와주는 거야 별거 아니지만, 지금 이사벨 네가 들어도 진니가 도대체 알 수 없는 엉뚱한 소리를 계속하고 있잖니! 안 그래?"

미셸의 말에 샤이는 눈을 동그랗게 뜨고 밝힐 수 없는 사정이 있다고 한사코 매달려 코리아에 대한 사전 지식과 가는 방법을 대충 전해 듣고, 우선은 파리에 가서 다시 만나자는 약속을 받았다.

한동안 얘기가 길어지자, 샤이가 꺼내 논 와인을 마신 이사벨은 볼이 발그레해져 소파에 기대어 어느새 잠이 들어 버렸다.

잠든 모습도 샤이 눈에 너무 예뻐 보였다.

얘기를 마친 미셸이 호텔로 돌아가자고 깨우자, 이사벨은 일어나 앉아서 귀여운 진니를 어떻게 혼자 놔두고 가냐면서 몸을 흔든다.

샤이가 인사치레로 불편해도 여기서 자고 아침에 가라고 하자, 이사벨은 벌떡 일어나서 샤이를 안고 정신없이 흔든다.

미셸이 난색을 보이자, 이사벨은 뾰로통한 얼굴로 샤이의 침실로 들어가 문을 아예 잠가 버렸다.

샤이는 미셸과 코리아에 대해 궁금한 걸 얘기하면서 다시 와인을 마시고 있었다.

한동안 얘기를 나누다가 바닥에 미셸의 잠자리를 깔아 주고 소파에 기대어 충격적인 저녁 몇 시간 동안의 일을 곰곰이 돌아보았다.

미셸이 말해 주는 것으로 짐작만 해 봐도 한참 힘겹게 살아가고 있는 수덕이라는 주인님은 해변에서 본 환상과 같은 영상에서 다시 테러를 당한 형편이 아닌가! 그런 상황인 주인님을 온 우주신의 말대로 바로 코리아에 가서 곧바로 모셔 올 수는 없을 것 같다는 생각이 들었다.

　앞으로 어떻게 해야 할지 몰라 샤이의 생각 속에 주인님이라는 존재가 새겨져 이내 눈을 감는 순간, 다시 해변에서처럼 기억을 떠올리는 것 같은 영상이 눈앞에 확연하게 나타났다.

　병원의 넓은 병실 안에 두 사람이 똑같은 자세로 엎드려 있다.

　한 사람은 미셸이 말해 준 영특하게 보였다는 주인님의 좀 어려 보이는 조수 같고, 주인님으로 생각되는 사람은 의족을 떼어 낸 흉한 모습으로 안쓰럽게 고통에 움찟거리는 것이 감지된다.

　두 환자 사이를 사람들이 수도 없이 들락이는 모습을 고스란히 보고 있을 때, 어느 결에 미셸의 코 고는 소리가 크게 들려 눈을 뜨니, 침실 문이 살그머니 열리면서 손짓을 하는 이사벨이 보인다.

　샤이 본심은 바로 반응해 이사벨에게 가고 싶지만, 병실에서 엎드린 채로 고통스러워하는 주인님의 참상을 보고 난 후라 멍하니 바라보기만 하자, 이사벨이 살금살금 나와서 샤이의 손을 잡아 소리 안 나게 이끌었다.

　침실 안에 들어가자마자 이사벨은 다급하게 끌어안고 키스 공세를 퍼부으면서 웃옷을 벗기기 시작해 정신이 없는 중에 가슴이 먹먹한 샤이의 눈에 눈물이 가득 고여서 흘러내렸다.

　이사벨이 깜짝 놀라 입술을 떼고 바라보자, 샤이는 주저앉으면서 소리 없이 숨죽여 울음을 터트리고 말았다.

"코리아에서 우리 은인이 화학 약물 테러를 당해 지금 병원에서 많이 고통스러워하고 있어서 너무 미안해!"

샤이의 말에 이사벨은 말없이 다시 옷 단추를 채워 주고 침대에 걸터앉은 샤이의 어깨를 잡으면서 다시 입술을 맞추고 품에 안겨 귀에 대고 나직하게 속삭인다.

"나 이사벨의 소원은 진니랑 꼭 닮은 귀여운 아기를 갖는 거야!"

이사벨의 말을 듣는 순간, 자기의 근심을 덜어 줄 사람이 기다린다던 온 우주 신의 목소리가 새삼 떠오르면서 자기의 정체성이 항상 흔들려 소극적이었던 것이 자신의 고민이었다는 게 절감되어 안고 있는 이사벨의 허리를 힘 있게 잡자, 이번에는 이사벨이 울 듯한 눈망울로 샤이의 눈을 내려다보고는 이내 입술을 진하게 맞춘다.

한 번도 다른 사람 앞에서는 벗지 못한 샤이의 옷을 이사벨이 벗겨내 환한 방 안에서 완전히 알몸이 되어 드러나는데도 부끄러운 감정이 조금도 들지 않고 이사벨의 리드에 따라 몸이 느끼는 대로 순순히 복종해 갔다.

새롭게 매끄러워진 샤이의 가슴에 이사벨의 뜨거운 입술이 닿는 순간, 숨죽였던 세포들이 일시에 살아난 듯이 반듯하게 일어서서 곧바로 한 곳을 향해 뻗치면서 성난 파도처럼 밀려 나간다.

타고난 소심한 성정에 억눌렸던 경계를 사정없이 허물어 제치고 환희의 뜨거운 바다로 활개 치면서 한데 몰려들어 소용돌이친다.

"진니! 몸이 왜소해서 여자애들 앞에서 항상 기죽었었지? 아니야! 너무 훌륭한 몸을 가지고 있다고 누구한테나 자랑해도 돼!"

온몸을 빈틈없이 애무하고 나서 숨을 몰아쉬며 하는 말에 용광로처럼 뜨거워진 샤이의 몸이 다시 숨이 막힐 듯이 큰 동작으로 용트림을 하자, 이사벨은 이내 자지러지고 만다.

샤이는 두 번, 세 번 온몸의 신경이 한 곳을 향해 노도와 같이 자맥질을 하는 사이, 한데 뭉쳐서 금방 터져 나갈 것 같은 관능의 고비를 이사벨의 허리를 움켜잡고 넘기고 말았다.

거칠게 요동치던 파도가 일순간 잔잔해지고 이어지는 잔물결의 일렁임에 눈을 감자, 다시 떠오르는 영상에는 가족들이 주인님 주위에 몰려서 오열하는 모습이 보여 이사벨의 품에 안겨 울먹이자, 한동안 정신이 없던 이사벨은 만족한 표정을 지으면서 눈물 젖은 샤이의 얼굴을 힘들게 끌어당겨 키스 세례를 퍼붓는다.

그들이 둘 다 한껏 흥분되어 끓어올랐던 마음을 정리하고 얌전한 모습으로 거실에 나왔을 때, 미셸의 모습은 볼 수가 없었다.

하기는 그들이 묵고 있는 호텔은 한 블록 정도 떨어진 가까운 곳에 있었다.

최대한 바깥으로 소리가 빠져나가지 않도록 조심했지만, 삼촌인 미셸로서는 말할 수 없는 황당함을 넘어 말로 표현 못 할 민망함으로 자리를 피하고 만 것이었다.

사실 이사벨은 삼촌의 주선으로 린과 연주 여행을 하면서 린의 이모 로안이 밀어붙이는 강도 높은 트레이닝에 지쳐서 스트레스가 누적되고 있는 상황에서 탈출구를 찾던 중에 자기 정서에 딱 어울리는 샤이를 만나 정신없이 매달리고 있었다.

샤이는 샤이대로 누구한테도 밝힐 수 없는 온 우주 신이 지적한 전생과 연관된 자기만의 내면의 정체성에 대한 근심을 말끔히 털어 버릴 수 있는 좋은 계기를 찾은 관계이기도 해서 이사벨의 적극적인 접근을 내심 흔쾌하게 받아들이고 있었다.

이사벨의 가봉 일정이 마무리되어 파리로 돌아가야 하는 날은 샤이도 이번 학기만 마치면 완전히 정리해서 돌아갈 거라고 파리에서 다시 만나자고 달랬지만, 이사벨은 안절부절못하고 어차피 떠날 거면 차라리 지금 함께 갈 것을 강요하면서 어린애처럼 정신없이 보챘었다.

샤이가 가봉을 떠나 파리에 도착한 것은 다섯 달이 지난 후였다.

샤이가 클로드 교수에게 귀국 인사를 드리러 갔을 때 뜻밖에 학교에서 미셸을 만날 수 있었다.

이사벨은 마침 영국으로 연주 여행을 떠났다면서 미셸은 바쁜 일정이 있어서 이번엔 동행을 포기했다고 했다.

그러면서 이사벨의 임신 문제로 로안과 작은 마찰이 있었다고 솔직하게 털어놓았다.

우선 긴가민가했던 이사벨의 임신 소식에 샤이는 미셸 앞에서 얼굴이 붉어질 수밖에 없었다.

머뭇거리는 샤이를 바라보던 미셸이 심각한 얼굴로 입을 열었다.

"결혼 날짜는 주니어 교수가 정하면 우리 조카는 언제나 오케이라고 했는데, 신중하게 생각 좀 해 봤나?"

샤이는 너무 앞서가는 미셸의 말에 눈만 말똥히 뜨고 바라보자, 다시 미셸이 걱정스러운 표정을 지으면서 말했다.

"진니! 그 덩치로 우리 조카 이사벨을 어떻게 감당할지 걱정이 되긴 하네!"

미셸의 말에 샤이는 태연하게 말했다.

"우선은 코리아에 다녀오는 것이 급해서 그 얘기는 다음에 하겠습니다. 로안 여사하고 무슨 문제가 있었습니까?"

"로안이야 이사벨의 임신이 달갑지 않은 게 당연한데, 유산을 운운해서 그렇다면 이사벨보고, 연주 여행 포기하고 결혼 준비하라고 따끔하게 일렀는데, 모르겠군!"

"코리아에 다녀와서 이사벨과의 문제를 확실하게 결정해서 삼촌께 말씀드리겠습니다."

샤이의 각오를 다지는 말에 미셸은 고갤 끄덕였다.

다음 날 샤이는 코리아행 에어프랑스 비행기에 올랐다.

미셸은 공항까지 직접 나와 샤이를 배웅하면서 코리아의 수도 서울에 도착하면 우선은 전에 센강 가에서 인사를 나눈 적이 있는 임 교수를 만나라고 연락처를 챙겨 주었다.

임 교수는 샤이가 찾아가는 주인님과 둘도 없는 절친 사이라 연락만 해도 진 박사를 만난 거나 마찬가지라면서 많은 도움이 될 거라고 장담했었다.

미셸 말만 믿고 아무 걱정 없이 막상 김포공항에 도착해 가르쳐 준 대로 임 교수 학교 사무실에 연락하니, 방학 중이라 전화 받는 사람이 없다가 다급하게 여러 번 다이얼을 돌린 결과 어렵게 전화를 받은 사람은 학교 일직 업무를 보고 있는 경비 아저씨였다.

울려대는 전화벨 소리에 마지못해 받은 경비 아저씨는 샤이가 말하는 프랑스어를 알아들을 리 없으니 통화를 하나 마나였다.

샤이는 답답한 마음에 눈을 감자, 금방 주인님이 손에 잡힐 듯이 눈앞에 떠올랐다.

가봉에서 봤을 때 병원에서 아주 힘들어했었던 것과는 달리 지금은 많이 좋아져서 조수와 함께 실험 도구가 많이 비치된 연구실에서 뭔가 분석 작업에 열중인 모습을 볼 수 있었지만, 샤이는 그저 보는 것만으로 만족할 수밖에 없었다.

샤이는 모든 것을 포기하고 어렵게 택시를 잡아타고 우선 미셸이 한국에 오면 머문다면서 예약해 준 호텔을 찾아갔다.

룸에 들어가서 미셸에게 국제 전화를 하니, 벌써 임 교수의 사정을 확연히 꿰고 있었다.

미셸의 얘기로는 공교롭게 조금 전에 임 교수한테서 전화 연락이 왔다고 했다. 지금은 방학을 이용해서 가족과 함께 일본에 와 있다고 하면서 나선 김에 마음 아픈 일을 겪은 부모님 모시고 유럽 여행을 하고 싶다고 하더라고 했다.

미셸은 침통한 음성으로 지금 코리아는 저녁 시간일 것이니까 내일 아침에 힘들더라도 직접 HIST에 찾아가 코리아 천재를 직접 만나 보라고 했다.

지금까지 살아온 굴곡진 아주 긴 이야기를 끝내고 말끔히 바라보는 샤이의 눈에 눈물이 가득 고인다.

그런 샤이를 바라보는 은호는 물론 수덕도 먹먹한 얼굴로 다가가 손을 잡으면서 이제는 서로 완전한 곳에 안착했으니 아무 걱정 하지 말라고 어깨 두드려 준다.

인수가 내놓은 저녁 식사를 시작할 무렵, 출판사에서 퇴근한 윤경이 들어오자, 제일 먼저 샤이가 일어나서 바싹 다가가서는 바닥에 엎드려 머리를 조아린다.

윤경은 물론이고 모두가 어리둥절한 표정으로 바라본다.

수덕이 샤이의 마음을 알고 자리에서 일어나서 그를 일으키자, 샤이는 윤경의 손을 잡고 북받치는 울음을 터트린다.

"아니, 아주 귀엽긴 한데, 누구길래 나를 잡고 이러는 거야?"

윤경은 처음 보는 외국인 청년의 돌출 행동에 어이가 없으면서
도 샤이의 가냘픈 몸을 안고 무의식적으로 토닥이자, 샤이가 대
성통곡을 해 감정 이입이 된 듯 침울해져 눈을 끄먹인다.

샤이의 애틋한 심정을 아는 수덕도 안경을 벗고 눈물을 훔친다.

"샤이도 은호와 같은 과정을 거쳐서 저 멀리 아프리카 가봉에
서 여기까지 나를 찾아오기 전에 너무 고생을 많이 한 것 같으니
까 그렇게 이해해 줘!"

윤경이 수덕의 말에 어느 정도 이해가 된 듯 눈물범벅인 샤이
얼굴을 두 손으로 받치고 똑바로 바라보자, 샤이는 흐느끼면서
힘들게 말한다.

"Maman! merci de mavoir sauve la vie!(어머니! 구해 주셔
서 너무 고맙습니다!)"

샤이를 안고 있는 윤경이 무슨 말인지 몰라서 갸웃갸웃하자,
수덕이 대충 통역을 했다.

"샤이는 지금 당신이 도와줘서 고맙다고 하는 거야!"

"내가 언제 뭘 도와줬다는 거야?"

샤이는 윤경이 주인님을 진심으로 사랑해 하늘이 감복해 전생
의 업보를 벗어날 수 있어서 자신도 이사벨의 사랑을 받을 수 있
었던 거란 뜻으로 말한 것이니 윤경은 쉽게 이해될 리가 없다.

식사를 마치고 윤경이 나서서 새로 마련한 숙소로 돌아가면서
도 샤이는 계속 윤경에게 어린애처럼 매달린다.

"엄마라 불러도 되죠? 저는 태어나서부터 엄마가 없었어요. 이
제 진짜 엄마를 찾은 것 같아요."

윤경은 매달리는 샤이의 볼을 쓰다듬으며 자꾸 전해져 오는 야
릇한 감정에 휩싸여 말한다.

"우리 완이보다 나이는 훨씬 더 든 것 같은데도 왠지 아기처럼 귀여워!"

윤경이 볼을 쓰다듬자, 샤이가 수덕을 보며 물어본다.

"어머니가 자꾸 '귀여워.'라고 하는데, 혹시 치와와라고 하는 건 아니죠?"

"비슷하긴 한데, 'Coquet(귀여워).'라고 한 거야!"

수덕의 말이 떨어지자마자 샤이는 윤경에게 매달려 다시 옹알이를 하듯이 말한다.

"우리 이사벨도 나를 볼 때마다 '귀여워.'라고 했단 말이에요."

샤이의 울음 섞인 말에 윤경이 빤히 바라보면서 말한다.

"우리 한국 사람이 감성이 풍성해서 잘 울기도 하고 잘 웃는다고 하던데, 샤이 넌 혹시 눈물바다에서 건져온 건 아니지?"

수덕은 샤이가 무슨 말인지 몰라서 멍한 시선으로 바라보자, 윤경이 말한 내용을 자세히 설명을 해 주고 나서 말한다.

"우리 사부도 내가 어렸을 적에 툭하면 운다고, 나를 눈물바다에서 건져온 놈이라고 했었던 거란 말야!"

수덕이 말을 마치자마자 우는 시늉을 한다.

차 안에서 갑자기 폭소가 터지자 샤이도 이내 겸연쩍은 표정을 짓는다.

수덕이나 샤이는 서로의 관계를 온 우주 신의 목소리로 알고 있지만, 그런 경험이 없는 윤경의 생각에도 샤이의 과한 듯한 절실한 행동에서 알 수 없는 뭔가가 자신의 의식 중에 잡히는 것이 은연중에 느껴지면서 알 듯 말 듯 한 묘한 느낌이 있어 귀여운 인상의 샤이를 뚫어지게 바라보다 어이없는 표정으로 머리가 저절로 흔들어진다.

먹잇감 던져 주기

완이네가 명동 집에서 분가해서 홍릉 연구소까지 거리도 가깝고, 집 뒤 북한산 전망이 너무 좋아서 윤경이 주선해 이사한 성북동 집 넓은 발코니에 샤이가 이른 새벽에 나와 수려한 경관에 넋이 빠져 있는 것을 보고 수덕은 천천히 다가간다.

샤이도 수덕이 나오는 걸 보고 헤실헤실 웃고 고갤 숙인다.

수덕은 말없이 난간을 짚고 있는 샤이의 손등에 손을 얹으면서 나지막하게 말한다.

"며칠째 자면서 아직도 잠자리가 어설퍼서 일찍 일어난 거야?"

"그보다 주인님이 생각하고 있는 그것이 제 머릿속에서도 금방 안 잡혀서 잠을 설쳤어요."

"그것은 그렇게 하루아침에 풀릴 문제가 아니라서 어제 원장과 얘기가 잘돼서 네 연구실 출입을 허락받았으니, 같이 출근해서 계속 파고들어야 할 거야! 그건 그렇다 치고, 주니어를 만나서 내가 불편한 것이 너무 많다!"

주인님의 의외의 말에 그러잖아도 큰 샤이의 검은 눈이 똥그래지자, 수덕은 미소 진 얼굴로 바라보면서 말한다.

"네가 외로운 마음에 나온 발코니에 나도 모르게 따라 나온 것부터, 또 내 마음을 감출 곳이 없어진 것도 그렇고, 어른이 다 된 너를 볼 때마다 어린 아기 보듯이 자꾸 눈물이 날 것처럼 가슴이 북받치는 이유를 도무지 모르겠다."

수덕의 말에 샤이는 벌써 울먹인 얼굴이 되어 빤히 바라본다.

"지금까지 저랑 인연이 있는 사람은 언제나 멀리 떨어질 수밖에 없어서 외로움의 덩어리였던 제 영혼이 바라던 대로 주인님을 이제는 가까이 대하고 안심할 수 있게 됐으니, 제가 먼저 아픈 기억은 모두 털어 버릴래요."

샤이가 수덕의 팔에 의지한다.

"그래! 그동안 서로에게 있었던 힘든 일들은 앞으로 없을 거야."

"저도 주인님을 보고 그걸 믿게 됐어요."

"나를 그렇게 생각한다니, 너무 고맙다!"

"웬걸요! 저를 정확히 알아보신 것은 물론, 믿고 받아 주셔서 제가 너무 고맙죠!"

"내가 한 가지 더 바란다면 그렇게 너를 좋아한다는 미셸 강사 조카라는 여자 친구를 빨리 만나 봤으면 좋겠구나!"

수덕은 안긴 샤이의 등을 쓰다듬는다.

채 원장은 프랑스의 CEA와 PSCL 대학으로부터 전해 받은 루카스 주니어의 경력 서류를 검토하고 나서 고개를 좌우로 흔들면서 수덕을 바라본다.

"아무리 앞뒤로 재검토해 봐도 우리 천재 이상인 걸 어쩌나!"

채 원장의 말에 샤이 옆에서 말끔히 바라보던 은호가 의외라는 표정으로 자기도 모르게 한마디 한다.

"하인이 주인보다 낫다는 말씀이네요?"

은호의 말에 채 원장은 째려보듯 한참을 노려보다가 이내 함박웃음을 터트리고 말았다.

"저 맹랑한 껌딱지가 짚어도 언제나 아주 핵심만 꼭꼭 짚는단 말이야! 그런데, 루카스 주니어! 실력이 그렇게 대단한데 그 흔한 박사 학위는 왜 하나도 없는 거지?"

샤이가 무슨 말인지 몰라 머뭇거리자, 수덕이 나지막하게 말한다.

"Titre de docteur!(박사 학위!)"

수덕의 말을 들은 샤이는 싱긋이 웃으면서 말한다.

"저는 아이들 가르치는 거로 만족해서 제게 박사가 꼭 필요한 것인가 의심스러워서 아무 생각 없이 미뤘었죠! 코리아에 와서 알고 보니, 실제로 제가 가진 것이 모두 내 것이 아니어서 당연히 그렇게 될 수밖에 없었다는 걸 깨닫게 됐습니다."

샤이의 말을 수덕이 통역하자, 채 원장은 도대체 이해할 수 없다는 표정을 짓는다.

샤이는 수덕에게 조그맣게 말한다.

"주인님도 아직 박사님이 아닌걸요!"

"하긴, 나는 아직 새까만 재학생 신분이란다."

"주인님이 박사가 되면 저도 자연히 그렇게 될 거라 믿고 기다릴래요."

수덕과 샤이는 의미 있는 미소를 나눈다.

채 원장은 한동안 말이 없다가 미심쩍다는 투로 말한다.

"며칠 있으면 이 박사가 한국 병원으로 옮겨 온다고 하던데, 부득이 천재 씨가 불편한 몸으로 일본까지 가겠다는 거지?"

"이 박사는 의식을 찾았다는데도 아직 테러범은 잡지 못하고 있잖습니까! 우리가 그 숨겨진 정체를 밝힐 겁니다."

"그건 다 좋고, 나도 동의하는 바지만, 뭐 하러 세 사람이 한꺼번에 몰려서 간다는 거야?"

"세 사람 다 다른 무기를 가지고 있거든요. 원장님은 우선 HAERI의 토니 강 소장에게 우리가 일본으로 건너간다는 얘기를 귀띔해 주시고, 심판관으로 같이 가셔도 좋은데요."

채 원장은 뭔가 알 듯 말 듯 한 표정으로 수덕을 바라보다가 고개를 가로저으면서 나지막하게 말한다.

"그렇다면 대충은 뭔가 짐작 가는 것이 있다는 얘기가 아닌가?"

수덕은 아무 말도 하지 않고 만지고 있던 몰리브데넘과 지르코늄 광물 중에서 몰리브데넘을 첨가한 스테인리스강을 마지막 과제로 국방부에서 요청한 미사일 추진체로 추천한다는 표시를 하고 일어났다.

수덕이 일본으로 떠나기 전에 우선 출소할 날이 얼마 남지 않은 노승민이 정신과 치료 중인 감호 병동을 찾았다.

어느 정도 안정돼 보이는 밝은 표정으로 선선히 면회에 응한 승민은 자리에 앉자마자 큰 소리로 물었다.

"이 박사님이 깨났다면서요?"

"소식도 빠르네!"

"여기 갇혀 있어도 들을 것은 다 듣죠. 그런데 천재 씨께서 무슨 일로 이 구석에 처박힌 웬수 덩어리를 보러 오실 생각을 다 하셨을까!"

"노 실장한테 도움을 청하려고 큰맘 먹고 왔는데……."

수덕이 말꼬리를 흘리자, 승민은 의외라는 표정을 짓는다.

"이렇게 갇혀 있는 바보한테 그쪽에 무슨 도움 될 게 있을까요?"

"말 한마디만 해 주면 되는 거지만, 확실해야 한다는 전제가 붙는 거지."

"확실해야 한다!"

승민은 말을 되뇌면서 천장으로 시선을 박고 한동안 있다가 잔뜩 긴장한 얼굴로 수덕을 뚫어지게 바라보기만 한다.

"내 예측이 맞았나 보군!"

수덕의 말이 떨어지기 무섭게 승민이 침울한 표정이 된다.

"솔직히 이 박사님이 일본에서 당했다는 말을 듣고 지금까지 밤에 잠을 제대로 못 자고 있습니다."

"이 박사를 그 지경으로 만든 사람이 누군지 노 실장은 어느 정도는 알고 있다는 얘기가 되는군."

"이 박사가 일본에서 사고당하기 전에 내가 짐작되는 그 인간이 면회를 와서 HSTAR 총괄 본부장이 됐다면서 이 박사님이 나한테 했던 것처럼 나보고 여기서 나오게 되면 함께 일하자고 찾아왔었습니다."

"그뿐이었나?"

"내가 일본에 출장 갔던 것을 꼬치꼬치 묻더라고요."

"그때 그 사람에게 일본에 출장 가서 다카시 박사를 만난 얘기를 곧이곧대로 했다는 말이군!"

"나는 이 박사님까지 건드릴 줄은 꿈에도 몰랐습니다."

승민은 큰 덩치에 어울리지 않게 소리를 죽여 울음을 터트리고는 탁자에 이마를 박아 댄다.

승민을 가까스로 진정시켜 면회를 끝내고 나온 수덕은 만감이 교차했다.

승민의 얘기를 듣고 더 분명해진 것은 대전에 있을 때 수도 없이 마주 대하고 자질구레한 애들 과학 얘기에서부터 HSTAR에 부여되는 여러 가지 도전적 난제에 관한 무게 있는 이야기까지 터놓고 주고받았던 조병도 박사의 설계로 치밀하게 이뤄진 사건이란 걸 짐작할 수 있지만 어설프게 접근했다가는 도리어 악재에 깔려 아직 어린 은호나 샤이에게, 아니면 그들이 눈엣가시처럼 여기는 자신에게 닥칠 위험은 불 보듯이 뻔한 사실이 아닌가!

그렇다고 이미 일어난 사달이니 내 안위만을 생각하고 그냥 모른 척 넘기기에는 그 지독한 어려움을 겪은 이 소장을 생각할 때, 자신의 감성으로 절대로 용납될 수 없는 일이어서 승민을 만나고 나오는 수덕의 마음은 다시 한번 결연해지고 있었다.

밖으로 나오니 샤이와 은호가 수덕이 건네준 수십 년 전에 보았던 불어 학원 교재를 면회 대기실 테이블에 펴 놓고 장난처럼 서로 교습하느라 정신이 없다.

서로 배우고 가르치는 희한한 모습을 한동안 지켜보던 수덕은 껌딱지 은호를 잡고 지적한다.

"너처럼 너무 고압적으로 가르치면 배우는 사람이 쉽게 따라가기가 쉽지 않지!"

"샤이 형이 너무 답답해요!"

대학에서 강의까지 한 샤이인데도 슬금슬금 은호 눈치를 본다.

"잘못하면 주먹이 날아올 것 같아서 무서워요!"

수덕이 둘을 진정시키고 조용하게 말한다.

"늘 사용하는 우리는 모르는데, 한글은 원래 영어나 불어보다 배우기가 까다로워! 발음부터 영어나 불어는 입안에서 모두 끝나는데, 우리말은 호흡과 함께 발성이 입 밖으로 나오는 게 특징이어서 열변을 토하다 보면 호흡은 물론 침까지 튀어나오잖아! 우리 고유의 모음과 자음 발음기호부터 주니어에게 주입시키는 게 우선인 것 같다."

머리는 비상해도 누굴 가르치는 것은 처음인 은호는 고개를 끄덕이고 메모지에 아, 이, 우, 에, 오를 영어 발음기호와 함께 또박또박 적어서 샤이 형에게 건네준다.

돌아오는 열차 안에서도 둘이 붙어 앉아서 서로 배우면서 가르치는 외국어 학습에 열중이었다.

그들이 일본으로 떠나기 전날 저녁나절, 완이가 시무룩한 얼굴로 연구소에서 퇴근해 발코니에서 깊은 생각에 빠진 아버지한테로 와서 군대 영장이 나왔다고 하면서 어린애처럼 매달렸다.

"아들아! 한 번쯤 연기해도 되잖아!"

완이는 고개를 살래살래 흔들었다.

"언젠가는 끝내야 하는 숙젠데, 일찍 마치고, 현도 삼촌 말씀대로 프랑스 유학 준비를 할래요."

"그래, 잘 생각했다."

수덕이 완이를 안고 등을 두드릴 때 샤이가 들어오면서 순전한 한국말로 떠듬떠듬 말을 한다.

"어머님께서 아버님하고 동생 저녁 진지 드시랍니다!"

어렵게 말하고, 눈을 똥그랗게 뜨는 모습이 놀라워 수덕과 완이가 손뼉을 크게 치자, 이내 샤이는 함박웃음과 함께 자지러진다.

"형님! 이젠 한국 사람 다 됐네요."

완이가 샤이의 어깨를 잡고 흔든다.

수덕은 일본에 건너와 이틀째 되는 날, 묵고 있는 가와사키 동일본호텔에서 혼자 나와 이 박사가 입원해 있는 요코하마 시립병원에 가기 위해 택시를 기다리고 있었다.

기다린 지 얼마 안 돼 금세 도착한 늙수그레한 택시 기사는 수덕이 하는 영어를 어느 정도 이해하는 듯 고개를 끄덕이고 출발했다.

얼마 지나지 않아서 기사가 뒤를 돌아보면서 물었다.

"서울서 왔더래요?"

"그런데요! 아저씨는 이북에서 오셨습니까?"

아버지한테 들었던 확실한 이북 사투리에 수덕이 사뭇 놀라서 묻자, 택시 기사는 느긋하게 말한다.

"내래 이북 출신인 건 맞디만, 예 온 디 40년이니, 반평생이 홀쩍 넘었고, 댁이 지금 신경 쓰는 니북 아이들관 상종이래 안 하니, 그런 걱정일랑 마시라요!"

"우리 아버님도 해주에서 오래전에 남하하셔서 서울에서 사시다가 지금은 충청도 시골에 계십니다."

"기래요? 내래 고향도 해주디요!"

가와사키에서 출발해서 쓰루미구쯤 왔을 때, 택시 기사가 낮은 목소리로 말했다.

"호텔에서 얼마 디나디 않아서래 승용차 하나가 유별나게 뒤따르는데, 댁이래 요코하마 시립병원에 가는 거래 뉘가 또 압네까?"

수덕이 대답하기 전에 우선 뒤를 돌아보니, 과연 하얀 SUV승용차 한 대가 일정한 간격을 두고 따라오는 것이 보인다.

"저는 일본은 초행이라 만난 사람이 없어 누가 알 리가 없는데요."

"병원엔 누굴 만나러 갑네까?"

"일본 원자력 연구소 다카시 박사를 만나고 나서 지독한 테러를 당한 한국인 과학자를 만나러 갑니다."

"얼마 뎐 다카신가 하는 닐름난 닐본 박사래 살해됐다고 닐본 바닥이 난리 나딜 않았갔어! 닐본 폭력 조직이래, 청부 살인을 한 것으로 매스컴에서 한동안 떠들더만, 한국 박사 얘기래 별로 없었디요."

"그래서 그런지 한국 박사를 테러한 범인은 아직도 잡히지 않았습니다."

그들이 얘기를 나누면서 바닷가 절벽 위 도로에 당도했을 때 전혀 예측 못 했던 상황이 벌어졌다.

왠지 한동안 뒤따라오던 SUV 차량이 어느 순간 보이지 않아서 수덕은 '괜한 오해였나!' 했었다.

삼거리에 이르러 정지 신호에 한동안 서 있던 택시가 파란 신호에 출발하는 찰나, 어느 순간 사라졌던 SUV 차량이 건물을 급하게 돌아 나와서 대각선으로 대치해 있다가 택시 출발과 함께 신호를 무시하고 엄청난 속도로 달려드는 것이 수덕의 눈에 확연하게 들어와 몸뚱이를 최대한 움츠리고 머릴 숙인 채 눈을 질끈 감고 말았다.

잠시 후에 뭔가 부서지는, 벼락이 치는 듯한 엄청난 굉음과 함께 SUV 차량이 뒤집혀 바닥에 요란한 소리를 내며 긁히면서 전면으로 떼밀려 나가고, 택시는 가까스로 급제동을 해서 쓰러진 차량 귀퉁이에 부딪히며 힘들게 섰다.

수덕은 뒤죽박죽인 혼란 속에서 어떻게 된 것인가 가늠해 보니, 한동안 뒤따르던 차량이 SUV뿐이라고 생각했었는데, 고의로 택시를 벼랑 끝으로 밀어 버리려는 범행 차량을 역으로 그대로 밀쳐 낸 것은 그때까지 보지 못했던 대형 트레일러 화물차였다.

택시 기사는 기절한 듯 운전대에 머릴 박고 한참 동안 기력을 찾지 못하다가 일어나 수덕이 안전한 걸 확인하고 밖으로 나간다.

경찰들과 구급대원들은 벌써 출동해서 뒤집혀 증기를 내뿜는 차량 속에서 인사불성인 사람을 끄집어내고 있었다.

트레일러 운전기사도 한동안 웅크리고 있다가 경찰이 문을 두드려서야 힘들게 내려왔다.

수덕이 어렵게 밖으로 나갔을 때 SUV 차량 운전자는 벌써 구급차에 실려서 얼굴을 확인할 수 없었고, 트레일러 기사는 젊은 건장한 토종 일본인으로 보였다.

경찰이 트레일러 기사를 잡고 실랑이를 벌이는 것을 보고 택시 기사가 달려들어 SUV 차량이 뭔 이유인지 몰라도 택시를 목표물로 신호를 무시하고 달려든 고의적인 사고였다고 하면서 트레일러 기사는 아무런 과실이 없었다고 열심히 증언해 주었다.

경찰들이 사고 뒷수습을 하는 것을 수덕이 지켜보고 있을 때, 어떻게 알았는지 은호 아버지 대경 씨가 아들과 샤이를 일본 사무실 차에 태우고 나타났다.

차에서 내린 샤이는 수덕을 보자 글썽인 눈으로 달려와 매달렸다.

"조금 전에 주인님이 잘못하면 자동차와 함께 바다에 빠져 돌아가시는 줄 알았어!"

말을 마치고 발을 동동 구르면서 감격스레 바라보는 샤이 옆구리를 은호가 다가가서 주먹으로 치면서 일장 연설을 한다.

"말끝에 '요'! '요'를 빠트리면 박사님한테 욕이라고 그렇게 말하는데, 주니어 형! 오늘 밤에 이 은호한테 빳따 좀 맞아야겠어요!"

은호가 노려보자, 샤이는 머쓱한 눈으로 말한다.

"알았어! 어른보고 욕하면 안 되니, 앞으로 꼭 '욕!'을 넣겠습니다, 한글 선생님! 제발 때리지만 말아줘, 욕!"

"욕 아니고, 요!"

은호는 샤이를 붙들고 어쩔 줄을 모른다.

사실은 수덕이 호텔에서 은호와 샤이에게 아무 얘기도 하지 않고 움직였던 낚시 작전이었다.

샤이가 갑자기 사라진 수덕을 찾다가 급한 마음에 눈을 감아, 수덕이 택시를 타고 출발하자, 호텔 주차장에 대기하고 있던 SUV 차량이 따라붙는 것을 보고 주인님의 절체절명의 위급한 사정을 확인하고 대경 씨를 졸라 추적해 온 것이다.

대경 씨는 외모부터 왜소한 외국인의 말이 확실한 믿음성이 없는데도 간절하게 달라붙어 매달리는 바람에 반신반의하면서 샤이가 눈을 떴다, 감았다 하면서 어설프게 말하는 대로 따라왔다가 엄청난 현장을 접하고는 사뭇 놀라서 입을 다물지 못한다.

은호와 샤이는 붙어 서서 만일 주인님이 사고를 당했으면 어떻게 대비하려 했느냐는 걸 가지고 옥신각신하다가 나중에 자신의 수영 실력을 놓고 한창 떠들고 있었다.

전면이 왕창 부서진 택시를 레커 차량에 실려 보내고, 두 아이가 떠드는 걸 신기한 듯 지켜보던 택시 기사가 수덕의 곁으로 다가오면서 묻는다.

"거기 아버지래 해주 출신이라면 혹시, 존함이래 물어도 될디 모르갔어?"

"저희 아버님 성함은 진 태 자 보 자인데요."

수덕의 말에 잠시 생각하는 듯하더니, 금세 얼굴이 환해지면서 활짝 웃음을 띤다.

"수양산 밑자락 장승배기 마을에 살던 개구쟁이 소학교 동창 태보 아드님이래 이런 인연으로 만나다니, 기막힙네다!"

택시 기사는 새삼스레 감격한 표정으로 수덕의 손을 덥석 잡는다.

"우리 아버님과 소학교 동창이셨습니까?"

"태보 아바이레 일찍 작고하셔서 태보래 홀어머니 모시고 힘들게 살면서도 철없이 밝았었디! 태보 어머이래 북에서 사는 거이 힘들어 남으로 내려갈 그즈음에 니북내기들이래 너도나도 많이 들 남으로 내려가디 않았습네까! 그 시절 내래 삼춘이 큰 공장을 하는 닐본으로 도망 나왔시다. 옛날 그 깨백쟁이 시절이 눈에 삼삼하구만!"

"아버님도 이북에 두고 온 친구들을 못 잊는단 말씀을 술만 드시면 가끔 하셨습니다."

"나이래 먹을수록 생각이래 나는 거이 철없던 시절 함께 뒹굴었던 친구들이 아이겠나! 내래 성은 윤이라 하고, 이름이래 원호라 안 하나! 이렇게 만난 것도 인연인데 어디 가서 함께 차라도 하면서 서로 궁금한 거 푸는 거이 좋디 안카서?"

택시 기사 윤 씨의 제의에 수덕이 뭔가 짚이는 게 있어서 고개를 끄덕여 모두 따라나서자, 은호가 택시 기사를 유심히 살피고는 다가와 탁월한 선택이란 뜻으로 수덕이 앞에 엄지를 세웠다.

택시 기사 윤 씨가 운전하는 대경 씨를 안내해서 도착한 곳은 의외로 사고 난 곳에서 그리 멀지 않은 곳에 있는 가정집이었다.

일본의 가정집치고는 꽤 넓은 단독 주택 안으로 들어가자, 윤 씨는 호쾌하게 큰 소리로 말했다.

"우리 집에 일단들 오셨으니, '내 집이다!' 생각하고 편하게들 마음먹기요! 내래 오랜만에 고국 동포 여럿을 한꺼번에 모시게 돼서 마음이 너무 흐뭇합네다! 그런데, 여기 우리 동포 아닌 새까만 이 친구래 뉘지요?"

샤이를 유심히 봐서 수덕이 연구소에서 자기를 돕는 프랑스 출신 과학자라고 설명하자, 고개를 끄덕이면서 거실로 안내했다.

실내에 들어가니, 높은 천장이 인상적인 데다가 유럽풍의 화려한 내부 장식에 모두 어리둥절한 가운데 윤 씨가 안으로 들어가 부인인 듯한 나이 든 부인과 가정부로 보이는 아주머니를 대동하고 나와 먼저 소개를 했다.

윤 씨는 다시 안으로 들어가 무엇인지 자세하게 이르고 돌아와 자리에 앉아 수덕을 바라보면서 얘기를 시작했다.

"병원에 계신 분을 찾아뵈러 가는 것을 일단 내 딥으로 모신 것이래 혹시 결례됐는디 모르디만, 내나 태보 아드님이래 너무 황당한 사고를 치러서 우선은 마음이래 추스른다 생각하기요."

"원래 저 때문에 난 사고라 오히려 아저씨께 미안한 마음뿐이었는데 집에 초대까지 해 주셔서 너무 황송합니다."

수덕의 말에 윤 씨는 손사래를 쳤다.

"일단은 손님으로 내 차에 탄 이상 모든 책임이래 기사인 내게 몽땅 있는 것이디요! 무슨 연유로 그놈아래 그따우 짓을 저질렀는디는 아직은 알 수 없디만 나나 태보 아드님은 황천 가기 한발 앞서 그 츄레라 기사래 구해준 거이 아니겠소? 참 운이 좋았다 이 말인기라!"

윤 씨가 아주 기분이 좋아서 하는 말을 듣고 있던 은호가 한마디 거들었다.

"그 트레일러 기사는 아저씨께서 잘 아시는 분이 아닌가요?"

은호의 말에 윤 씨는 화들짝 놀라는 표정을 지으면서 얼굴이 붉어져 고개를 숙였다가 잠시 후에 나직하게 말을 한다.

"아주 어린 친구래 어이 알고 그리 말하는 기가?"

"불편한 저를 돕고 있는 친군데 아직 한참 어리지만, 올해 대학생이 된 아입니다."

수덕의 말에 윤 씨가 다시 한번 놀라 유심히 은호를 바라보자, 대경 씨가 나선다.

"철없는 우리 아들 녀석이 혹시 잘 모르고 결례를 했다면 어른께서 너그럽게 봐주십시오!"

대경 씨가 머리를 숙이자, 윤 씨는 손을 내저으면서 나지막하게 말을 한다.

"사실은 선생 아드님이래 아주 잘 봤더래요. 뒤따르는 차량 낌새가 아무래도 수상쩍어서 내래 카폰으로 츄레라 기사에게 연락했던 것이요. 때마침 그 아이도 요코하마에 일이래 있어서 오던 중이었더구먼."

수덕은 윤 씨의 말을 듣던 중 좀 이해되지 않는 이상한 것을 느낄 수 있어 말하려 할 때 안에서 다과상을 차려 놓고 부인이 나와 윤 씨에게 준비가 다 됐다는 손짓을 했다.

"어드레 준비가 된 모양이니 모두 들어가 보기요!"

안쪽 또 다른 넓은 방 안 식탁에 짧은 시간에 아주 거한 잔칫상이 차려져 있어 모두 놀란 눈으로 서로를 바라보았다.

"저희는 '차 한잔하자!'시는 바람에 가볍게 따라나섰는데 이건 완전히 잔칫상이네요. 이거 황송해서 어찌합니까!"

대경 씨의 말에 윤 씨는 활짝 웃으면서 말한다.

"내 불알친구 태보 아드님과 내래 죽다 살아난 판국이니 단출하게 축하 잔치 한번 해야 하지 않겠소?"

윤 씨가 마음이 흥건해져서 너스레를 떨 때 부인이 낮은 목소리로 일본말을 하자, 좌중을 돌아보면서 크게 말한다.

"우리 고명 손녀딸이래 합석하고 싶다는데 여러분은 괜찮겠소?"

모두 거절할 사람이 없어 또 다른 방문이 열리면서 귀여운 얼굴에 중학교 세라 교복 차림의 학생이 들어와 할아버지한테 매달려 볼에 뽀뽀 세례를 퍼붓고 좌중에 얌전하게 인사를 하고는 바로 할아버지 옆에 새초롬하게 자리를 잡아 앉고, 부인도 바로 옆에 앉자, 윤 씨는 다시 얘기를 시작했다.

"아까 태보 아드님이래 무슨 이바고인가 하려던 것 같았는데, 혹시 츄레라 기사하고 어떤 사이인가 궁금했던 것이 아니었으과?"

"아무래도 이상하지 않습니까? 카폰으로 연락하셨다지만 트레일러 기사가 그렇게 신속하고 정확하게 대응했다는 것이 잘 이해되지 않습니다."

수덕의 말에 윤 씨는 한동안 머리를 숙이고 말이 없다가 나지막하게 입을 열었다.

"지금 여러 사람이래 있는 자리여서 자세히 말하는 것은 곤란한 문제가 있디만 내래 오늘 사고를 미리 대충 알고 있었소."

뭔 말인지 제대로 이해 못 하는 샤이를 제외한 모두는 먹던 것을 멈추고 얼이 빠진 모습들이 되었다.

수덕은 너무 충격이 커서 윤 씨를 한참을 바라보다가 말한다.

"무슨 연유인지 모르지만, 아시게 된 계기를 조금은 말해 주실

수 있지 않습니까?"

윤 씨는 그윽한 눈빛으로 수덕을 건너보면서 입을 열었다.

"여기래 한국 땅마냥 쉽게 여기고 온 거라면 큰 오산이란 말입네다! 내래 해 주고픈 니바고래 되도록 서둘러서 병원에 있는 양반이래 모시고 서울로 빨리 돌아가라 일르고 싶단 말입네다."

"사장님은 그런 위험을 아시면서 어떻게 진 박사를 태우실 생각을 다 하신 겁니까?"

대경 씨의 말에 윤 씨는 갑자기 환한 웃음을 띠면서 입을 연다.

"내래 오랜만에 불러주는 사람이 없던 사장 칭호래 들으니 감개가 한량없쉐다! 니북에서 넘어와서 삼춘 공장에서 뼈 빠지게스리 일하다가 일본 땅에 피붙이가 나뿐이어서 어려운 공장 살림을 물려받아 경영이라고 하다 나이도 먹고 힘도 부쳐서 십여 년 전에 공장 일은 여기 손녀 아바이한테 넘겨주고 소일 삼아 실실 다쿠시레 하디요."

"어떤 공장을 하셨습니까?"

"단결정 실리콘 가공 공장이라면 아실디 모르갔구만!"

윤 씨의 말에 대경 씨가 화들짝 놀라서 바싹 다가앉는다.

"제가 한국에서 일본에 있는 여러 실리콘 공장에 한국산 규석을 공급하고 있습니다. 사장님 공장은 상호가 어떻게 됩니까?"

대경 씨의 말에 윤 씨도 놀라는 표정으로 말한다.

"나가사키에 있는 세련 그룹입네다."

윤 씨의 말이 끝나자마자, 대경 씨가 활짝 웃으면서 일어나 손을 내민다.

"세련 그룹 정훈 씨 아버님 되시는 분을 이런 인연으로 만나 뵙네요. 몇 년 전까지 한국에서 원석 그대로 공급해 드리다가 정부에서 수출 금지 품목이 되는 바람에 현재는 억지로 일차 가공해서 납품하고 있습니다."

"맞아! 내래 있을 적엔 한국에서 모래까지 퍼 왔었디. 그렇다면 댁이 대경 산업 사장이란 말입네까?"

"그렇습니다. 돌아가신 우리 선친께서 사업 시작하실 때 제 이름으로 상호를 정하셨거든요. 그래서 제 이름이 이대경입니다. 일찍 찾아뵀어야 하는데 아들 녀석이 위험한 일을 하러 온다고 해서 귀국을 미루고 기다린 덕분에 사장님을 만나 뵙는 인연이 됐네요."

대경 씨가 감격한 음성으로 말하자, 그때까지 조용히 얘기만 듣고 있던 부인이 미소를 지으면서 입을 열었다.

"이 양반이 공장에 있었던 십여 년 전에 아버님 되시는 순재 씨가 일본에 오면 이 양반하고 꼭 우리 집까지 들러 가시곤 했습니다."

"그러셨군요! 그렇게 큰 기업을 주무르시던 사장님이 어떻게 택시를 하실 생각을 다 하셨는지 놀라울 뿐입니다!"

대경 씨가 의아하다는 표정을 짓자, 윤 씨는 빙그레 미소를 지으면서 입을 연다.

"사람들이래 대부분 그렇게 말들을 쉽게 많이 하디요. 사람이 산다는 것은 별것이 아니란 말입네다! 소나 돼지처럼 방 안에 퍼질러 배 두드리고 있다고 편한 것이 아닌기라. 사람들과 부딪쳐 사람 냄새 맡아야 인간이구나 스스로 안심이 되디 안카서?"

"그냥 공장에 나가셔도 충분하실 것 같은데요?"

수덕의 말에 윤 씨는 팔을 내저으면서 말한다.

"내래 나가 참견하기 시작하면 정훈이 그 아이래 죽도 밥도 안 되는 허수아비가 되고 말 거란 말이디요. 기래서 일찍부터 그쪽엔 내래 눈도 두디 안 하디. 세상 살아가는 것을 살갗으로 느끼는 데는 다쿠시만 한 것도 없디 싶어 시작했더니, 그 덕분으로 어쩌다 생각 없이 지껄이는 그 소리를 듣는 바람에 오늘 큰 재난이래 피할 수 있었던 거이 아니겠소?"

"그렇다면 그 말 했다는 사람들은 물론 일본 사람들이겠군요?"

수덕의 물음에 윤 씨는 조금 생각하는 듯하다가 조용하게 말했다.

"그렇다고 할 수도 있디만, 내래 보기에 그놈들은 앞뒤 가리디 않는 조무래기라 청부한 놈이래 뉜지는 알 수 없는 기라요! 내래 우연한 기회에 듣게 된 그놈아들 하는 니바고 속에 조센징을 갈아 버리겠다는 싹수없는 썬듯한 말이 잠들었던 내 민족혼이래, 벌떡 깨워서 일어서게 된 것입네다!"

윤 씨의 비분에 찬 말에 대경 씨는 이 박사를 갈아 버리려 했던 섬뜩한 폐차장 테러가 떠올라서 입을 연다.

"지금 병원에 있는 이 박사를 무지막지하게 폐차장 빈 차 속에 버렸던 놈들도 그놈들이 아닐까요?"

"기거래 알 수 없디요! 헌데, 내래 궁금한 것이 그 니 박사나 태보 아드님한테 그놈아들이 무슨 이유로 그리 흉악스럽게 생사를 걸고 달려드는 겁네까?"

잔뜩 궁금한 표정을 짓는 윤 씨를 향해 수덕이 나직하게 말했다.

"이번에 그 폭력배들 뒤에서 청부한 사람들은 다카시 박사와 이 박사의 연구를 반대하는 박사 그룹이고, 그 범죄를 사주한 사람들을 밝혀내려는 저희를 추적한 자들도 당연히 그자들입니다. 저는 직접 범행하는 자들보다 뒤에 있는 주모자들에게 제 몸을 낚시 미끼로 던져 줘서 사장님이 말씀하시는 조무래기들이 움직인 겁니다."

수덕의 말에 윤 씨는 한편은 놀라면서도 도대체 납득할 수 없다는 표정이다.

"무신 연구길래 양쪽 다 아까운 목숨까지 거는 겐디 내래 조금도 이해가 안 된다는 말인기라! 그거이 대체 뭡네까?"

"망가져 가는 이 땅을 구해 보겠다는 일념에 시작한 연구가 자기들에게 걸림돌이 된다 하여 아예 그 연구자를 제거하려고 달려들고 있는 사정입니다."

"내래 무슨 연구인디 알 순 없디만 어떤 타협도 없이 기러는 걸 보면 심각한 건 확실한 것 같습네다! 하여튼 내래 처음에 말한 것처럼 날래 병원에 계신 양반이래 데리고 돌아가는 거래 옳은 방도라 생각이 듭네."

"이 박사님도 귀국을 준비하는 거로 알고 있는데 한 가지 따로 걱정되는 것이 그자들이 우리를 도와준 트레일러 기사를 가만두지는 않을 것 같은데요."

"요타로는 걱정할 게 없는 것이래 그 아이 주변에 믿을 만한 형들이 많이 있다고 해서리 그냥 놔둔 기라요!"

윤 씨의 말에 수덕이 그래도 걱정이 되어 말한다.

"그 친구는 사장님과 어떤 사이인데, 그리 잘 아십니까?"

수덕의 말에 윤 씨 대신 부인이 얼굴에 미소를 띠면서 입을 열었다.

"요타로는 우리 집 안살림을 도맡아 하는 아이코의 막내아들로 이 양반이 자식처럼 생각하는 아입니다."

부인의 말이 끝나자 윤 씨가 뒤를 이어 말했다.

"요타로래 제 몸 하나쯤은 건사할 줄 아니까 걱정이래 안 합니다."

윤 씨의 말이 끝났을 때 부인이 찔벅하면서 은호 쪽을 가리킨다.

은호는 얼굴이 홍당무처럼 벌게져서 고개를 숙이고 어쩔 줄 모르고 있었다.

"대학생이 됐다는 조그만 친구래 혹시 술을 먹은 거이 아니네?"

윤 씨의 말에 대경 씨도 아들을 돌아보고 알 수 없는 상황에 당황해서 입을 연다.

"은호! 너 도대체 왜 그렇게 얼굴이 빨개진 거야?"

아버지의 책망 섞인 말에 은호는 겨우 얼굴을 들고 모깃소리처럼 조그맣게 말한다.

"저 앞의 여자애가 나만 계속 뚫어지게 쳐다봐!"

은호의 말에 대경 씨와 수덕이 함박웃음이 터지자, 윤 씨와 부인은 어리둥절하고, 윤 씨 손녀 인숙이 할머니한테 귓속말을 속삭이자, 부인이 웃으면서 윤 씨에게 일본어로 몇 마디 한다.

부인의 말에 윤 씨가 이내 너털웃음을 터트리면서 은호에게 큰소리로 말했다.

"눈싸움에서 진 남조선 친구! 우리 손녀 인숙이래, 밖에 나가 니바고로 담판이래 짓고 싶다누만?"

윤 씨 손녀의 대찬 제의에 은호가 상 밑으로 들어갈 듯 자지러지자, 옆에 있던 샤이가 손으로 등을 찔벅이면서 서투른 한국말을 한다.

"한글 선생! 조그만 여자와 눈싸움에서 진 것도 작아서 정말로 남자 망신시킬 것입니까, 요?"

샤이의 말에 모두 박장대소를 하는 가운데, 인숙이는 한술 더 떠서 성큼 은호한테 다가와서 손을 내밀었다.

은호가 빨개진 얼굴로 올려다보며 뜸을 들이다 마지못해 손을 잡자, 인숙이 억지로 잡아끌고 밖으로 나갔다.

　당찬 인숙의 행동에 모두 어안이 벙벙해 입을 벌리고 있는 가운데, 나가는 두 사람을 향해 샤이가 또 큰 소리로 외친다.

　"손녀님! 제발 우리 한글 선생 조금만 때리세요!"

　또다시 방 안이 떠들썩하게 웃음꽃이 피고, 얼마 지나지 않은 잠시 후에 두 아이가 아무 일이 없었던 것처럼 들어오자, 모두 멍한 시선을 던지고 있다.

　"회담이래, 일사천리로 끝났다면 성사보다 결렬 쪽이래 가까운 것이 아니겠나!"

　윤 씨의 맥 빠진 듯한 말에 대경 씨가 평상을 되찾은 아들을 바라보자, 은호는 조심스럽게 말한다.

　"인숙이 내년에 중학교 졸업하면 서울에 와서 한국국제학교에 들어갈 거라면서 우리 집에 자기 방을 하나 달라고 해서 우리 집에 방이 많으니까 그건 어렵지 않다고 했죠."

　"그것으로 끝이야?"

　대경 씨는 아무런 반응이 없어 수덕이 대신 묻자, 은호는 심드렁하게 말했다.

　"그렇게 해 주는 대신에 여기서 우리가 하려는 일을 도와달라고 했죠."

　"무슨 일!"

　그제야 대경 씨가 묻는다.

　"경찰서에 가서 범행을 저지른 SUV 차량 운전자가 입원한 병원부터 알아봐 달라고 했어요."

　건너편 윤 씨 내외와 인숙이 은호가 얘기하는 모습을 웃음 띤 얼굴로 멀찍이서 바라보고 있었다.

이 박사 병실에 들어갔다 나온 수덕이 얼마 지나지 않은 사이에 너무 많이 변한 이 박사 모습에 가슴 아파하면서 힘들게 나와 휘청하자, 대경 씨와 함께 있던 샤이가 급히 다가와 부축하면서 서툴게 묻는다.

"친구 박사님 많이 아파해요?"

수덕은 눈가를 훔치면서 힘들게 말한다.

"서울서 본 것이 채 한 달도 안 됐는데 얼마나 고생이 심했는지 이 박사 몸이 절반으로 줄어든 것처럼 보인다."

수덕이 말하고 한숨을 쉴 때, 병실 안에서 부인이 나와서 탄식을 한다.

"진 박사님 말대로 빨리 서울로 돌아가야 하는데, 여기 수사기관에서 사건이 해결되지 않았다고 놓아주질 않으니 어쩌면 좋아?"

"오늘내일 중으로 모든 것이 해결될 것이니 걱정하지 마십시오."

"그래요? 섬뜩한 여길 어서 떠나고 싶어!"

이 박사 부인이 다시 한숨을 내쉴 때 멀찍이 있는 엘리베이터 문이 열리면서 은호가 인숙이와 함께 조그만 종이쪽지를 들고 흔든다.

SUV 차량 운전자는 바로 이 병원 5층에 입원해 있는 이치가와 겐타라는 이름을 가진 30대 일본 젊은이였다.

"어떻게 알아낸 거야?"

수덕이 묻자 은호는 인숙이를 가리킨다.

"약속한 대로 인숙이 학교 친구 여러 명과 함께 떼로 경찰서에 몰려가서 울며불며 사고 난 오빠를 찾는다고 매달려서 알아냈는데, 걱정이 또 하나 생겼어요."

"무슨 걱정?"

은호의 말에 대경 씨가 묻자, 인숙이 나서서 의외의 말을 하는 것이었다.

"경찰서에 가 보니까 요타로 오빠가 거기 잡혀 있어서 집에 연락해 할아버지께서 직접 오셔서 돕고 있는데, 수사관들과 말이 안 통해서 어떻게 될지 모르겠다고 하셨어요."

걱정스러워하는 인숙의 말에 자신의 불행을 막아 주다가 곤경에 처한 트레일러 차량 기사 요타로를 생각할 때 수덕이 난감해질 수밖에 없다.

"내가 가 봐야 할 것만 같군!"

수덕이 일어서자, 이 소장 부인이 근심스러운 눈빛으로 수덕에게 다가와서 귓속말을 한다.

"조심해요! 우리 집 양반이나 진 박사를 노리는 눈이 사방에 있어요. 이 병실에도 모르는 수상쩍은 사람이 가끔 기웃거리고 가는 것을 여럿을 봤어요."

은호는 심각한 분위기를 눈치채고 메고 있는 핸드폰을 인숙에게 내민다.

"아까 보니까 할아버지도 신형 핸드폰을 가지고 나오셨던데, 우리 진 박사님과 통화하시게 연결해 줘!"

인숙이 할아버지 전화번호를 누르자, 금방 걸걸한 윤 씨 목소리가 흘러나온다.

"혹시, 우리 손녀 딸래미하고서리 눈싸움에서 딘 바보 총각 핸드폰이 아니네?"

바로 수덕이 응답을 한다.

"그 녀석은 지금 할아버지께서 뭐라 하실까 봐 쥐구멍을 찾고 있습니다. 저는 진수덕입니다! 경찰서에 나오셨다면서 어떻게 잘 해결됐습니까?"

"해결이고 뭐고, 꽉 막힌 밑에 똘마니하고 백날 말해도 소용이 없어서 내래 잘 통하는 웃대가리 닦달해서 우리 집 막내 놈을 데리고 디금 막 나왔더래요."

"아주 잘됐네요! 안 되면 저라도 증언하려고 지금 막 가려던 참이었습니다."

"태보 아드님이래, 괜히 여기저기 나설 형편이 아니디라! 헌데, 경찰 웃대가리가 귀띔해 준 바로는 그 병원에 들어가 있는 조무래기를 잘 족치면 태보 아드님이 찾는 거래 거기서 나올 듯싶더구만!"

"그래요? 그 양반이 무슨 말을 했습니까?"

"사고를 낸 그놈을 조사한 걸 훑어보고 와서 하는 이바고래, 많은 돈이 요 며칠 사이에 그놈한테 들어가 있었다고 합디다. 그것만 파 보면 뭔가 나오디 안캇서?"

"저희한테 유익한 말씀 정말 고맙습니다!"

"한 동포끼리 돕는 거래 당연디산 기라! 서울에 돌아가면 아바이보고 닐본에 한번 놀러 오라카소. 그리고 우리 손녀딸래미보고 녀자한테 눈싸움이래 져서 딜딜 짜는 쫌사내한테 너무 목매디 말고 후딱 딥에 가라고 이르게나."

할아버지의 마지막 말에 인숙이는 어이없어하는 표정이다.

깜깜한 요코하마 경찰서 내 압류 차량 보관소 앞에 인숙이 불안한 기색으로 서성이면서 혼자 중얼거리고 있었다.

"아직도 뭐가 남아 있겠어!"

은호와 샤이가 어두컴컴한 구석에 처박힌 온통 난장판으로 널브러진 SUV 차량을 트렁크 밑바닥부터 앞 글러브박스는 물론 선바이저와 뜯어진 도어 트림 사이까지 세심하게 살피고 있지만 별다른 것을 발견하지 못하고 있었다.

은호가 그중에도 바닥에 흩어져 깔린 종잇조각들을 빈틈없이 챙기고 있을 때, 운전석과 조수석 사이 밑바닥 모서리와 구석을 손바닥으로 휘저어 더듬던 샤이의 손에 만년필 케이스 같은 얇은 상자가 걸려 나왔다.

샤이가 조심스럽게 상자를 열었다가, 의외로 만년필 대신 약물이 그대로 담긴 채로 짧은 바늘이 꽂힌 주사기를 보고 기겁을 하는 표정이 되자, 은호가 자세히 들여다보고 냄새를 맡는다.

"이거만 있으면 겐타가 꼼짝 못 할 것 같은데!"

"혹시 마약 주사가 아닐까?"

샤이의 물음에 은호는 고개를 도리질하면서 단언한다.

"형! 아니야, 심장을 멈추게 하는 염화칼륨이란 말야!"

그때 사람이 오면 보내라고 한 인숙의 손뼉 치는 소리에 둘은 부리나케 밖으로 나왔다.

대경 씨와 수덕이 대기하고 있는 차량에 다 함께 올라탄 은호는 챙겨 온 휴지 조각들을 하나하나 세밀하게 살펴보다가 한 장의 명함 쪽지 같은 종이를 아버지에게 들이밀었다.

"김태종! 이건 분명히 한국 사람 명함이 틀림없구나. 연구소나 어디서든 들어본 이름인가?"

대경 씨의 의미심장한 말에 수덕과 은호는 생소한 이름이어서 고개를 가로젓자, 인숙이 말한다.

"거기 있는 번호로 전화 한번 해 보시면 되겠네요."

대경 씨가 고갤 끄덕이고 나서 버튼을 눌러 신호가 계속 가다가 상대편에서 전화를 받는 즉시 신호가 끊겨 버린다.

"와! 김태종 씨가 제대로 걸려들었는데요."

뒤에서 운전석 의자에 매달려 아버지가 통화하는 것을 내려다보던 은호가 외쳤다.

자정을 훨씬 넘긴 어두운 밤, 윤 씨는 테러범 겐타가 입원 중인 병실에서 나오면서 그에게서 받아낸 자술서는 자기가 챙기고, 검은돈이 입금된 은행 계좌 번호가 적힌 서류를 수덕에게 건네주고 한숨을 길게 쉬면서 휠체어에 의지해서 겨우 거동한 이 박사를 안타까운 시선으로 바라본다.

"니 박사래 나서지 않았으면 저놈이래 계속 발뺌했을 거외다!"

"그래도 잘 해결돼서 정말 다행입니다."

이 박사는 '두 번 다시 볼까' 두려움에 몸서리쳤던 순간에 봤던 그 인간을 또 봤다는 사실이 너무 어이없어 고개를 내젓는다.

수덕은 이 박사의 휠체어를 밀고 엘리베이터에 들어서는 듬직한 요타로를 대견스럽게 바라보며 말한다.

"두 번씩이나 도와준 생명의 은인에게 무엇으로 고마움을 보상해야 할지 모르겠습니다."

수덕의 간절한 말을 윤 씨가 일본 말로 통역해서 말해 주자, 요타로는 얼굴에 하나 가득 미소를 지으면서 말한다.

"저는 우리 대장 아버지가 하라고 하면 뭐든지 하는 졸병입니다. 시간 있을 때 맛있는 술이나 한잔 사 주시면 됩니다."

수덕은 고개를 끄덕이면서 어이없는 표정으로 요타로를 바라본다.

"일본에도 저렇게 순진한 청년이 다 있네요!"

"사람 나름 아니겠소! 꼭 일본인이래 다 못된 건 아니라는 말인 기라. 살아온 환경 따라서 변하는 것이 인생사인 것은 얘네들 닐본이나 우리들 한국이나 매일반이라, 한꺼번에 묶어서 매도하는 거래 위험하다는 니바고인 기라."

윤 씨의 심각한 말에 수덕 자신이 경솔해서 실수했다는 생각에 얼굴이 붉어졌다.

"제가 너무 가볍게 생각해서 큰 실언을 했습니다."

수덕이 고개를 숙이자, 엘리베이터에서 내리는 윤 씨는 이내 밝게 웃으면서 손사래를 친다.

"우리가 그들 때문에 겪은 어두운 과거가 있어서 머리에 그런 생각이 박히게 한 것이래 닐본 때문이니 한편으로는 그런 말 들어도 싼기라!"

수덕은 윤 씨의 또 다른 말에 실소를 터트리면서 요타로가 이 박사를 침상에 눕히는 것을 거들었다.

수덕은 퀭한 눈으로 바라보는 이 박사에게 내일 서울에서 장인인 장 의원의 주선으로 수사관이 오면, 모든 것을 정리하고 함께 돌아가게 될 거라 안심시키고 윤 씨와 함께 밖으로 나왔다.

원래 수덕의 생각은 윤 씨의 도움 없이 일본 말이 잘 통하는 대경 씨를 주축으로 은호와 함께 테러범 겐타를 상대해서 필요한 정보를 알아내려고 했던 것을, 대경 씨가 무지막지한 범인을 상대하기는 벅차서 끝내는 또다시 인숙이 할아버지 윤 씨의 도움을 받기로 계획을 변경할 수밖에 없었다.

수덕은 요코하마 시내에 나가 저녁 식사를 마치고, 인숙이를 집에 데려다주면서 윤 씨를 만난 자리에서 담판하듯이 협조를 요청했었다.

한동안 심사숙고하던 윤 씨는 고개를 크게 끄덕이고, 경찰의 집요한 추궁에 시달리다 대장 아버지 덕분에 가까스로 돌아와서 어머니가 챙겨 주는 늦은 저녁 식사를 하는 요타로를 불러내 함께 따라나서게 해서 일사천리로 일을 해결할 수 있었던 것이다.

밤새 한숨도 잠을 이루지 못한 겐타는 일시적으로 자포자기한 채 모든 것을 고백한 자술서까지 쓸 수밖에 없었던 상황이 어이없어 절반은 코마 상태에 빠져서 아침을 맞고 있었다.

더욱이 어이없는 것은 한국인 과학자를 아예 보내라고 한국인 청부업자가 준비해 준 것을 잘 챙긴다고 챙겼던 치사 주사기를 그 당시 그렇게 찾아도 보이지 않았는데, 어젯밤에 그들이 어디서 찾아서 자기를 죽인다고 협박하게 된 것인지 도무지 이해할 수가 없다.

한마디로 자기가 만든 올가미에 자신이 걸리고 만 꼴이어서 큰 덩치가 헐떡이고 있을 때 병실 문이 스르르 열리면서 검은 정장 차림의 중년 남자가 들어선다.

"어인 일이요? 당신이 여기 오면 안 된다고 하질 않았습니까!"

겐타가 애걸하듯 말을 하자, 사나이는 잔뜩 화가 난 표정으로 말을 한다.

"내 전화번호를 누구한테 건네준 거요?"

"전화번호라니! 도대체 무슨 말을 하는 겁니까?"

"어제 저녁나절에 갑자기 모르는 전화가 와서 끊어 버리고 알아보니까 일본에 온 한국 사람 전화였단 말야! 내가 없애 달라고 했던 그 사람이 아니겠어? 이 상황을 어떻게 설명할 텐가."

사나이는 느물거리며 침상 한 바퀴를 돌다가 요타로가 협박하다가 놓고 간 탁자에 놓인 주사기 케이스를 보고는 어이없는 웃음을 짓는다.

"이게 뭔가! 지금 병원에 있는 이 박사를 없애 달라고 힘들게 구해 줬던 물건이 버젓이 여기 있네! 잃어버려서 써먹지 못했다고 했잖았나?"

사나이의 추궁에 겐타는 할 말을 잃고 허우적대자, 사나이는 주사기를 곧추 들고 다가서면서 나지막하게 말한다.

"내 심정은 깔끔하게 해결하겠다면서 금쪽같은 돈만 챙기고서 약속을 하나도 지키지 못한 당신을 이걸로 지금 당장 없애고 싶지만, 내가 건넨 돈을 찾으려면 그래선 안 된다는 걸 알기에 참는 거요."

사나이가 종이쪽지를 꺼내 겐타의 얼굴 앞에 디밀 때, 갑자기 병실 문이 활짝 열리면서 일본 경찰 서너 명과 한국에서 건너온 베테랑 형사가 권총을 들고 들어오면서 '김태종 씨, 꼼짝 마!'고 함을 치자, 사나이는 몸에 숨긴 흉기를 꺼낼 엄두도 못 내고 주사기를 내팽개치고 맥없이 주저앉는다.

수덕 일행이 다시 이 박사를 보러 왔다가 접수대에서 면회 신청을 하는 사이 화장실에 다녀오던 은호가 병원 엘리베이터 앞에서 수상쩍은 검은 정장의 사나이가 서 있는 것을 유심히 보다가 테러범 겐타가 있는 5층 버튼을 누른 것을 보고, 급히 아버지에게 와서 경찰서에 연락하라고 재촉했었다.

수덕이 먼저 장 의원이 손을 써서 파견된 형사가 전해 준 전화번호로 연락을 하자 공교롭게 근처 경찰서에 있다고 경찰들과 출동할 거라고 했다.

주차장 안 차량 속에서 경찰이 출동한 지 불과 몇 분도 안 돼서 일사천리로 포승에 묶여서 맥없이 끌려가는 김태종을 멀찍이서 볼 수 있었다.

수덕은 김태종, 그의 입에서 조 박사의 이름이 나올까 머리가 갸웃해진다.

三山日記

수덕이 일본에서 이 소장 부부와 동행해서 대경 씨와 함께 돌아오는 날은 공항에 마음 졸인 가족들이 나와 서성이고 있었다.

완이가 어머니 윤경과 함께 나와 있고, 은호 엄마 주 여사도 위험한 일을 한다는 아들이 걱정되어 노심초사하다가 밝은 얼굴로 돌아온 은호를 덥석 끌어안는다.

이 소장은 수덕이 일본에서 미리 오 간호 부장에게 부탁해 대학병원에서 특별히 보낸 구급차에 오르면서 글썽인 눈으로 어렵게 입을 뗐다.

"친구! 낯선 일본에서 계속 가슴 졸이다가 고국에 돌아오니 아주 맥이 다 풀리는 것 같아서 정신이 하나도 없네!"

"이젠 병원에서 보안을 최대한 철저히 해서 아무 일 없을 거니까, 마음 푹 놓고 빨리 쾌차해 일어날 생각만 해!"

"친구가 힘든 몸으로 위험을 마다하지 않고 돌아올 수 있게 애써 줘서 정말 고마워!"

"일단 큰 위험은 피했으니, 우선 몸부터 잘 추슬러서 다시 시작합시다."

수덕이 이 소장을 다독일 때, 어머니와 뜨거운 상봉을 하고 대경 씨와 함께 차에 올랐던 은호가 튀어나와 수덕에게로 달려와 전화기를 내밀면서 소리친다.

"부여 백제문화원장님이 박사님을 급하게 찾으시는데요."

"홍주가 웬일로 나를 찾을까!"

수덕이 전화를 받으니, 흥분된 홍주의 음성이 흘러나온다.

"진수덕! 일본에 갔다 오는 길이라면서? 여행은 잘하고 온 거야?"

"나는 겸사겸사해서 정신없이 갔다 왔지. 거기 정 원장은 무슨 일이라도 있는 거야?"

수덕의 말에 홍주는 아직도 흥분된 감정을 감추지 못한다.

"낙화암 아래 떨어진 암석에 대한 오래된 자료가 나왔어."

"어떤 자료인데 정 원장이 그렇게 숨소리까지 거칠어져서 안절부절못하는 거야?"

"가능하면 수덕이 네가 와서 한번 확인해야 할 것 같은데, 시간이 되겠어?"

"연구소에 며칠간 자리를 비웠더니, 과제가 쌓였다고 해서 좀 그렇긴 하지만 주말을 이용해서 시간을 내 볼게. 정 원장이 그렇게 흥분하니까 나도 아주 궁금해지네!"

수덕이 통화를 마치자 은호가 빤히 바라보면서 말한다.

"이번에는 부여에 가는 거예요?"

수덕은 고개를 끄덕이고는 윤경이 기다리는 차에 오른다.

수덕과 통화를 마친 홍주는 오래돼서 부서질까 조심스럽게 펴 놓은 누렇게 변질된 한지로 된 낡은 책자 뭉치를 가까스로 상자 안에 간추려 넣고 소파에 기대어 생각에 잠긴다.

책자라고 하지만 사실은 제대로 제본된 것도 아니고, 몇 장인지 헤아릴 수 없을 정도로 많은 낱장의 한지를 겹겹이 쟁인 것을 노끈으로 대충 두어 군데 꿰어 묶은 것을 반닫이 안에 오랫동안 보관했던 것이었다.

한지엔 빈틈이 없이 한문 문자가 빼곡하게 적혀 있었다.

바로 어제 퇴근 무렵 부여 읍내에서 한의원을 운영하시는 중학교 동창 현우 아버님, 신 원장이 한번 보자는 연락이 와서 퇴근 후에 들렀더니, 진맥하던 손님을 보낸 뒤에 보자기에 싼 반닫이에서 책자 보퉁이를 꺼내와 보이면서 입을 여셨다.

"우리 집사람이 무슨 바람이 든 건지 얼마 전부터 읍내에 민속박물관을 한번 차려 보겠다고 여기저기 다니면서 온갖 고물들을 끌어 모아들여서 아주 골치 아파!"

"취미 생활로 골동품 수집도 괜찮은 건데요."

"내 생각엔 얼마나 모아야 박물관 정도 될지도 모르겠고, 집 안이 온통 고물 천지인 데다가 그 나이에 무슨 극성으로 남의 집 다락까지 올라가 뒤지고 다니는 모양이야!"

"열정이 그렇게 대단하시면 얼마 지나지 않아서 박물관은 문제없겠습니다."

홍주가 한마디 거들자, 신 원장은 얼굴을 흔들면서 부른 연유를 설명하기 시작했다.

"어제는 이걸 들고 와서 자랑하길래 대충 봤는데, 내 보기에도 예사롭지 않아서 고증 좀 해 보라고 백제문화원장인 자넬 부른 거야!"

신 원장이 얘기하고 있을 때 내실 문이 열리면서 당사자인 현우 어머니가 삐죽 얼굴을 디밀었다.

"아이고! 우리 현우 어릴 적 단짝 친구 백제 문화원장님이 왔구면. 우리 현우도 홍주처럼 공무원 시험이라도 볼 것이지, 학교 마치고 판판이 놀다가 서울서 카펜지 뭔지 한다고, 어미가 힘들게 해 준 돈 다 말아먹고, 처가에 붙어서 여긴 내려오지도 못해! 내가 가만 안 둔다고 했거든."

부인의 말이 길어지자, 신 원장이 찔벅하고 그 책자 뭉치를 어떻게 구했는지 정 원장에게 설명하라고 했다.

"규암 지나서 은산 가기 전에 함양리 우리 친정집 옆 동네 합정리에 사시는 큰아버님은 대대로 서당 훈장을 하신, 한학자 집안인데, 뭔 일이 있었는지 얼마 전에 모두 서울로 떠나 버리고 그 큰집마저 헐어 버렸다고 해서 뭐라도 남아 있을까 봐 내가 달려갔었지."

"그래서 그 고리타분한 중고도 아닌 고물들을 주워 온 거야?"

"여보! 이 양반이 몰라도 한참 모른다니까. 여기 정 원장한테 한번 물어봐요! 고물이라고 우습게 볼 것이 아니라, 아주 귀중한 문화재가 될 수도 있단 말야! 안 그래, 정 원장?"

부인은 마뜩잖아하는 남편을 노려보고는 홍주의 응원을 부탁하는 눈빛을 보낸다.

"대대로 서당을 하셨다면 고서적도 꽤 있었을 텐데, 이것뿐입니까?"

"책들이 아주 많았지! 그것들은 나중에 찾아갈 거라고 가까운 사촌 집에 맡겨 놓고 갔다고 하더라고. 내가 언제 한번 찾아가서 어떤 것들이 있는지 봐야겠어. 내가 눈독 들이던 청자 화병도 있었거든."

부인은 잔뜩 호기심이 발동한 표정을 지으면서 책자 뭉치를 발견한 상황을 설명했다.

"내가 일찍 갔으면 모조리 훑어 왔을 텐데, 살림 도구 될 만한 것들은 주변에서 벌써 다들 집어가 버렸고, 서당에서 붓글씨 쓰는 붓, 벼루, 서예 도구하고 서생들이 개발새발 그린 신문지와 한지들을 챙겨 왔지."

"그건 아무 쓸모 없는 쓰레기야!"

신 원장이 한심하다는 투로 말하자, 부인은 짜증 난 얼굴로 이야기를 이어 갔다.

"이제 저 보물을 찾아낸 얘기를 할 거야! 집을 허물면서 망가져서 넘어간 돌담 뒤로 언뜻 흙 속에 파묻힌 오래 묵은 반닫이 같은 나무 상자가 희한하게 내 눈에 띄어 괭이로 힘들게 파내서 들어냈더니, 어쩌면 일부러 숨겼던 것 같기도 하고, 오랫동안 아무도 손대지 않은 것 같은 반듯한 상자 속에 이것하고 몇 가지 자질구레한 것들이 들어 있길래 조심스레 싸 가지고 오느라 힘들었어."

부인은 스스로 소중한 것을 챙겼다는 듯 대견한 표정이었다.

홍주는 건네받은 책자는 모두 한문으로 적혀 있어서 그 자리에서 그 물건의 진가는 밝히긴 어렵다 하고, 정확한 고증을 위해 사무실로 챙겨 왔었다.

겉장에 '三山 日記'라고 되어 있듯이 시골 선비의 일상사를 한문으로 적은 일기체 문장들이 빼곡하게 적혀 있어서 별스럽지 않은 일기려니 하다가 한문 글엔 자신이 없는 홍주는 바로 모든 내용을 확인할 수 없어서 젊어서 서당에서 한문 글을 읽었다는 나이 든 과장을 불러 해석을 부탁했다.

과장이 떠듬떠듬 읽어 주는 것을 볼 때, 역시 홍주 자신이 생각했었던 대로 사람 살아가는 자질구레한 이야기가 이어지다가 한참을 읽어 내려가던 과장이 고개를 갸웃하면서 말했다.

"한양에서 '摠'이란 종친 아저씨가 남 씨라는 동갑내기 절친한 친구분과 함께 말을 타고 내려와서 아버지와 함께 백마강에서 뱃놀이하며 즐겼다는 대목을 보면 상당히 오래전 얘기인 것 같은데, 이 글을 쓴 사람은 어린 사람 같습니다."

"어린 친구가 이런 어려운 한학 문장을 자연스럽게 쓸 수 있을까요?"

홍주의 말에 과장은 다음 대목을 읽었다.

"여기에 이런 구절이 있거든요. '아버지와 두 아저씨는 추운 겨울인데도 그 자리에서 시조를 지어 읊고 장단을 맞추면서 재미나게 노시는데, 나는 뱃멀미가 나서 摠 아저씨 무릎을 베고 잠이 들었다.' 이 대목을 보면 그렇게 나이가 많지 않다는 거잖아요."

"앞에 결혼 얘기가 있어서 나이 든 성년인 줄 알았는데, 하긴 옛날에는 열두어 살에도 시집 장가를 보내던 시절이긴 하지."

이어진 이야기 중에 좀 어이없고 우스운 것은 아버지와 摠 아저씨랑 백마강에서 뱃놀이하고 와서 서당에서 글 읽는 것을 게을리했다고 할아버지한테 회초리를 맞고 울었다면서 '왜 아버지는 안 때리시고 저만 때리시냐.'고 했다가 한 차례 더 맞았다는 내용이 있었다.

그다음 장에는 摠 아저씨가 자기가 공부한 것을 보시고는 칭찬해 주시면서 할아버지께서 손수 가르치는 서당에서 글공부를 열심히 해 열다섯 살이 되면 우선 생원 진사시에 나가 급제하라고 했다는 대목이 있었다.

그렇게만 되면 양반 자제의 등용문인 음서 대상이 되지만, 그보다 성균관에 들어갈 자격이 주어지니, 그곳에서 착실히 공부해 대과에 급제하면 한양의 좋은 관직에 천거해 줄 수 있다고 하면서 친구분과 함께 한양으로 떠나가셨다는 대목이 있었다. 그다음 이어지는 집안의 대소사와 글공부하면서 어려웠던 얘기를 솔직하게 적어 내려가고, 여름철이 되면 통과의례처럼 닥치는 홍수로 인한 물난리를 적고 있었다.

그리고 군데군데 한양에서 살던 어린 시절 총 아저씨의 서호에 있는 구로정에서 재미나게 놀았던 추억과 함께 아버지와 할아버지가 벼슬자리를 버리시고 한양을 떠나와서 시골 산골짜기에서 서생들의 한학 교육에만 매달리는 이유를 아직 성숙하지 않은 자신은 이해할 수 없다는 원망과 같은 글귀가 섞여 있는 것이 특이하게 느껴진다. 한참을 눈으로만 읽던 과장이 조금은 충격을 받은 듯이 읽던 것을 그치고 침통한 얼굴로 바라본다.

"이 소년이 살았던 시대가 연산군의 폭정이 있던 시절 같습니다."

홍주가 너무 오래전의 일기란 것이 믿기지 않아서 머리를 갸웃거리자 과장이 다음 대목을 읽어 내려간다.

총 아저씨의 뜻밖의 비보에 소년은 물론 온 집안이 울음바다가 됐다. 역대 왕의 평소 행적의 공과를 기록하는 실록에 전 임금의 옳지 않은 행실을 중국 사적에 있는 글에 빗대어 비방한 스승의 글을 사초에 올리려 한 총 아저씨와 뜻을 같이하던 친구가 임금 앞에 끌려가 진술을 하게 되었다.

임금이 친국하는 여러 질문 가운데 후전곡을 궁중에서 부르는 것이 좋지 않다고 사초에 올린 이유를 묻자, 일손이란 친구는 거문고의 달인인 총 아저씨가 후전곡은 그 소리가 너무 슬프고 촉박하며 음탕한 것에 가까워서 궁중에서 부를 만한 노래가 못 된다고 하는 말을 들었기 때문이라는 친구의 진술에 따라서 잘못된 사초와 전혀 관계없이 임금의 종친이라는 신분을 망각하고 일반 사류와 어울려 왕실과 조정을 비방했다는 난언죄로 몰려 사화에 연루돼 곤장 100대를 맞고 함경도 끝자락 온성에 유배되었다가 자신과는 관계없는 또 다른 벽서사건과 연루되어 한양으로 끌려와 문초를 받고 다시 남쪽 섬에서 억울한 귀양살이를 하던 중에 능지처참 형을 받아 돌아가셨다는 끔찍한 소식이 파발로 전해 온 것이다.

소년은 한양에서도 그랬고, 부여에 왔을 때도 귀여워해 주신 자신의 정신적 스승이었던 총 아저씨가 어쩌다 당하는 천재지변의 변고도 아니고, 한나라 임금의 명으로 참화를 당했다는 것이 도무지 이해할 수 없어 가슴이 아파 울면서 온 가족이 땅을 치며 통탄하는 와중에 소리쳤다.

"할아버지! 슬프고 음탕한 후전곡을 지엄한 궁궐에서 부르는 것이 마땅치 않다고 한 것이 어떻게 죽을죄가 된다는 거죠?"

"이 철딱서니 없는 녀석아! 후전곡이 문제가 아니라, 왕족이란 사람이 같은 왕족인 임금 편에 서지 않고, 조정을 비방하는 쪽과 어울렸다고 거친 임금한테 밉보인 걸 어쩌겠느냐!"

"그래도 그렇게 무참하게 죽이는 것은 말도 안 돼요!"

소년이 소리치고 밖으로 튀어나가자, 할아버지는 손자의 등 뒤에 대고 한숨 섞인 음성으로 말했다.

"생원 진사시에 장원급제 한 네놈을 이 두메산골에 붙잡아 두는 이유를 알아? 혼탁한 이 시국에 옳은 것만 찾는 순진한 네 녀석이 시류에 휩쓸리면 어떻게 될지 안 봐도 뻔해서야!"

소년의 새색시는 가족들 뒷자리에 앉아 지켜보다가 신랑이 할아버지 말씀을 듣는 둥 마는 둥 정신없이 뛰쳐나가자, 걱정되어 따라 나가다 말고 대문 가에 서서 불룩해진 배를 두 손으로 가리고 정신없이 뛰어가는 장차 아기 아빠가 될 신랑을 안타까운 시선으로 하염없이 바라보고 있었다.

소년은 정신없이 달려서 그 옛날 총 아저씨와 뱃놀이하던 백마강 가에 도착해 모래 백사장에 털썩 주저앉아 총 아저씨와 그 한없이 한가롭던 시절이 떠올라 다시 울음을 터트린다.

그 옛날 즐겁던 생각 속에 남 씨 아저씨가 억지로 시를 한 수지어 보라 해서 얼떨결에 생각나는 대로 아저씨들 흉내를 내서 대충 한가락을 읊었더니, 총 아저씨가 손바닥을 치며 환호성을 지르셔서 함께 기뻐한 것도 잠시, 뱃멀미에 머리가 어지러워 바닥에 그냥 드러눕자, 총 아저씨가 자기 무릎에 머리를 얹어 주었던 자상하신 모습이 떠올라 어린아이처럼 한없이 서럽게 울었다. 얼마를 그렇게 앉아 울었는지 해가 서산을 넘어가고 날이 어둑어둑해져 올 때까지 그 자리에 넋이 나간 듯 앉아 있을 때였다.

남쪽 하늘 구름 사이로 난데없이 밝은 한 덩어리 둥그런 광채가 낙화암 상공에 떠올라 날아드는가 싶더니, 엄청난 뇌성과 함께 하늘 한가운데에서 갑자기 푸른 섬광이 일면서 단번에 터지는 것이었다. 그러곤 이내 건너편 낙화암 바윗덩이 위로 불덩이가 쏟아져 구르는 것이 아닌가!

소년은 정신이 번쩍 들어 그 자리에서 벌떡 일어서고 말았다.

쏟아진 불덩이가 물속으로 곧장 들어가 하얀 안개구름이 피어

오르면서 주변 강물이 부글부글 끓는 모습이 소년의 눈에 확연하게 보였다.

아주 짧은 시간 동안에 벌어진 놀라운 상황에 혹시 꿈을 꾼 것은 아닌가! 머리를 흔들고 있을 때, 강가 여기저기에 사람들이 하나둘 모여들고 있었다.

소년의 집 쪽에서도 아버지와 소년의 새색시 모습이 저만큼에서 다가오는 것이 보인다.

그 당시 사람들은 입을 모아 말했었다.

하늘에서 아주 엄청난 큰 별이 떨어진 것처럼 이 세상에 아주 커다란 인물이 한순간에 떨어진 것을 하늘이 똑바로 보여 준 것이라고 수군거렸다.

소년은 생각했다.

그 별은 바로 자신의 마음속 스승인 총 아저씨라고 굳게 믿었다. 그리고, 바로 결심했다.

총 아저씨가 말씀해 주셨던 대로 생원 진사시에 당당히 장원급제했으니, 할아버지께서 아무리 반대하셔도 기필코 성균관에 들어가 공부해서 대과를 당당히 치르겠다고 다짐했다.

삼산 일기는 무슨 연유인지 몰라도 그 대목에서 끝이 났다.

홍주는 천재 친구, 수덕이 묘한 인연으로 발견해서 일생을 걸다시피 하고 연구하는 그 암석이 낙화암 아래로 떨어진 유성이었다는 실체가 밝혀지는 순간, 알 수 없는 흥분으로 자리에서 벌떡 일어나서 우선 전화기부터 찾았다.

홍주가 가까스로 추적해서 연구소에 전화했더니, 하필이면 지난번에 데리고 왔던 영악한 꼬마 조수와 프랑스에서 건너온 과학자와 함께 며칠 전에 현지에서 무참한 테러를 당한 동료 박사를 한국으로 데려오기 위해 일본에 갔다는 전언만 들을 수 있었다.

'꼬마 조수' 소리를 듣는 순간 어린 중3 출신으로 대학에 합격했다는 그 은호라고 했던 아이가 커다란 휴대 전화기를 갖고 있었던 생각이 나서 홍주는 열 일을 제쳐 놓고, 수덕이 아버지 마트로 달려가서 그 전화번호를 받아 왔었다.

그러나 수차례 통화를 시도했지만, 웬일인지 국제 전화 연결이 되지 않아서 포기했다가, 다음 날 긴가민가하면서 다이얼을 돌렸을 때, 은호가 김포 비행장에서 전화를 받은 것이다.

주말 일찍, 완이가 운전하는 차에 수덕과 윤경 내외와 샤이 그리고 은호가 타고 있었다.

수덕은 부여에 도착해 부모님께 인사하자마자 은호와 샤이를 데리고, 일요일인데도 일부러 사무실에 출근해 있는 홍주 사무실을 찾아갔다.

홍주는 은호의 인사를 받고 낯선 샤이와 눈인사를 하면서 대뜸 얼굴이 밝아지면서 말했다.

"와! 아프리카 가봉인이라면서 어쩌면 수덕이 네 이미지하고 너무 많이 닮았어! 혹시 전생에 무슨 인연이 있는 것 아냐?"

수덕은 속으로 찔끔하면서 '홍주 이 친구가 하산할 때가 다 된 거 아냐!' 생각이 들어 일면 웃음이 나는데도 아무 대꾸 없이 꺼내 논 '삼산 일기' 책자를 한장 한장 세심하게 읽어 내려가기 시작했다.

은호와 샤이는 테이블에 붙어 앉아서 여전히 불어와 한글 공부에 여념이 없다.

수덕이 어느 정도 읽어가다가 갑자기 샤이를 불러 조심스럽게 한지를 내밀면서 날카롭게 쏘아보며 말했다.

"주니어! 어서 와서 이것 한번 읽어 봐."

샤이도 그렇지만 홍주가 너무 어이없어할 때, 놀란 표정이던 샤이가 한참을 뚫어지게 종이쪽을 바라보더니, 빙긋이 웃으면서 읽었다.

"할아버지께서 사랑방으로 부르시고는 처음 보는 손님에게 인사드리라고 해서 절을 했더니, 할아버지는 뜬금없이 그 손님의 손녀에게 장가가라! 하셔서 방을 나와 소리 없이 훌쩍였다."

수덕과 샤이가 영적으로 소통하는 걸 알 리 없는 홍주는 너무 의외라는 듯 혼란스럽다는 표정이다.

"이 친구는 프랑스에서 왔다더니, 혹시 중국에서 온 거 아냐?"

모두 고개를 도리질하고 샤이는 은호에게 묻는다.

"장가가 뭔데 울어! 그냥 죽는 거 아니야?"

샤이의 말에 수덕과 홍주는 실소를 머금고, 은호가 손을 잡고 손바닥에 볼펜으로 Mariage(결혼)를 또박또박 써 주자, 샤이는 어이없는 표정으로 말한다.

"이 사람은 내가 보니까, 여자하고 눈싸움에 져서 얼굴 빨개진 사람과 비슷한 거 아닌가요?"

샤이의 말에 수덕만 웃고, 홍주는 뭔 말인지 몰라서 멍해 있자, 은호는 샤이를 잔뜩 노려보다가 말한다.

"형 여자 친구. 이사벨이 일부러 한국 공연을 계획했다면서? 그때 오면 내 유창한 불어 실력으로 뺏어 버릴 거야. 후회해도 소용없을걸!"

은호의 말에 샤이가 펄쩍 뛴다.

"한글 선생, 그러지 마! 우리 이사벨 아기 가진지 칠 개월째라 아주 조심해야 해."

샤이의 말에 수덕이 열심히 책자를 훑으면서 말한다.

"여기 올 때쯤이면 만삭일 텐데, 그런 몸으로 어떻게 공연하러 한국까지 온다는 거지?"

"우리 이사벨이 이 주니어가 보고 싶어서 병이 났대요. 그래서 미셸 아저씨가 일부러 공연을 주선했다는데 저 한글 선생이 나밖에 모르는 이사벨을 어떻게 뺏겠다는 거죠?"

샤이의 잔뜩 걱정스러운 표정에 홍주가 나섰다.

"임신까지 한 연인 사이를 잘못 건드리면 벌 받게 될 거야."

수덕도 은호를 흘끔 보면서 말한다.

"주니어는 걱정할 것이 하나도 없다! 지난번 완이한테서 은샘이를…!"

거기까지 말했을 때 은호가 황급히 달려들어 수덕 앞에 두 손을 싹싹 빌면서 사정을 하는 모습을 본 샤이가 느긋한 표정으로 말했다.

"이제 보니까, 한글 선생이 여기저기 많이 건드린 모양이네! 조금 있다가 완이한테 직접 물어보면 되겠어요. 은호! 그러지 말고 일본에서 온다고 한 눈싸움에서 져서 얼굴 빨개진 손녀님 잘 지킬 생각이나 하시지."

은호는 난처한 처지가 되자 이제는 샤이에게 매달린다.

"불어 선생, 주니어 형! 내가 잠깐 실수한 거야. 제발 완이 형한테만은 얘기 안 한다고 약속해 줘!"

시무룩한 은호의 얼굴을 빤히 바라보던 샤이는 한참 생각하더니 나직하게 말을 했다.

"그럼, '요' 자를 붙여야지!"

수덕과 홍주는 궁지에 몰린 은호를 보고 미소를 짓고, 샤이는 오래간만에 의기양양한 표정이다.

"알았어요. 완이 형이 알면 이 은호가 아주 많이 창피하니까 제발 얘기하지 말아 줘요. 주니어 형!"

은호는 샤이의 몸을 마구 흔든다.

수덕이 책자의 비극적인 끝부분을 읽어 내려가면서 얼굴이 굳어지는 것을 알 수 있었다.

"우리 한국에도 이런 참담한 역사가 있었어! 내가 윤회를 다룬 논문에 썼던 조선이 개국하면서 일어난 왕자의 난 이후 계유정난에 이어 벌어진 세 번째 비극적 실상의 한 장면을 당시 소년의 눈으로 생생히 보게 되는군."

수덕이 어두운 표정으로 말하고 얼마를 더 읽어 내려가다가 원문 그대로 소리 내어 읽기 시작했다.

"在南邊天空的 雲彩之間 突如其來也
(재남변천공적 운채지간 돌여기래야)
明亮之一塊兒圓圓之光彩
(명량지일괴아원원지광채)
升上落花巖上空 以爲它飛過來了
(승상낙화암상공 이위타비과래료)
伴隨着巨大的雷聲 在天空的 正中

(반수착거대적뇌성 재천공적 정중)

藍色的閃光隨之爆發了

(남색적섬광수지폭발료)

在對面的落花巖 巖石上嗎 火球噴涌而出

(재대면적낙화암 암석상마 화구분용이출)

傾瀉而下的火球 進到水裏嗎 白雲繚繞

(경사이하적화구 진도수과마 백운료요)

周圍河水 沸騰的樣子 在我眼裏着得很真切"

(주위하수 비등적양자 재아안과착득흔진절)

수덕이 읽기를 마치고 긴장한 표정으로 돌아보자, 먼저 샤이가 다가가서 원문을 내려다보면서 한 곳을 지적했다.

"여기가 문제인 것 같습니다."

샤이의 손가락이 짚은 곳은 '藍色的閃光隨之爆發了(남색적섬광수지폭발료)'였다.

수덕은 의미심장한 표정으로 바라보기만 하고 은호는 좀 심통이 난 표정으로 말했다.

"장가도 뭔지 모르는 형이 나도 모르는 어려운 한문을 어떻게 아는 거야?"

샤이는 은호 귀에 대고 프랑스어로 나지막하게 말했다.

"나는 알고 싶지 않아도 알 수밖에 없어!"

은호는 이해할 수 없다는 표정이었다가 뒤늦게 고개를 주억이면서 혼잣말처럼 말한다.

"주니어 형이 받은 건 바로 그것이었구먼."

수덕은 다시 한자를 풀어서 설명하기 시작했다.

수덕의 자세한 설명을 듣고 난 은호도 샤이와 마찬가지로 유성이 날아오다가 푸른 섬광을 내뿜으면서 폭발했다는 대목이 문제라는 데 동의한다고 했다.

홍주도 역시 같은 의견이라면서 말했다.

"보통 별똥별들은 빛을 내면서 날아와서 그냥 사라지는 것이 일반적인데, 무슨 이유인지 몰라도 땅에 떨어지기 직전에 폭발했다는 것은 다른 유성에서는 볼 수 없는 아주 놀랍고 특이한 현상이잖아?"

모두의 의견을 들은 후에 수덕이 입을 열었다.

"별똥별이 빛을 내면서 날아가는 것은 대기권에 들어오면서 공기의 마찰 때문에 뜨거워져서라면, 날아오다가 떨어지기 직전에 폭발했다는 것은 그 암석의 원소가 공기 중의 어떤 원소와 반응해서 핵분열을 일으켰다고 가정할 수 있는 거지. 그리고 특이한 점은 보통 유성에 비해서 엄청난 크기였던 걸 우리가 지금까지 찾아낸 부서진 암석 자체로 추정할 수 있고, 또 하나 주목할 점은 만약 낙화암에 쏟아지기 전에 폭발하지 않고 추락했다면 그 암석의 크기와 중량으로 짐작할 때 엄청난 속도였을 것으로 판단할 때 상상 못 할 파괴력을 예상할 수 있어서 내 추측으로는 낙화암의 절벽이 온전하지 못한 것은 물론, 백마강의 흐름 자체도 완전히 변했을 것 같은데, 다행인지 추락 전에 폭발한 덕분에 원래 모습을 온전히 지키게 된 걸 거야."

"그렇다면 그 암석은 다른 유성과는 다른 특이한 것이었고, 어쩌면 핵분열 때문에 암석 속의 어느 원소는 사라지고 분열 과정에서 또 다른 원소로 변했을 수도 있겠는데요."

은호가 펼치는 논리에 수덕은 고개를 끄덕이고 나서 조용하게 말했다.

"이 암석 속에 내재 된 원소는 지금까지 학계에서 밝힌 어느 원소보다 월등히 차이가 나는 질량이 최고의 관건이고, 그럼 에도 불구하고 방사능이 전혀 검출되지 않는 이 원소의 실체를 밝혀내는 것이 우리가 풀어야 할 어려운 숙제다."

그때까지 아무 말 없이 듣고만 있던 샤이가 조금은 혼란스러워 하는 투로 조심스럽게 입을 열었다.

"나는 그 암석을 아직 안 봤어요. 그래도 나를 한국에 보낸 분이 말해줘서 수백 년 전에 먼 우주에서 날아온 건 알고 있었어요. 그런데, 그 암석을 안 봐서 확실한 얘기를 하는 것은 조금 조심스러운데, 내가 비슷한 것을 딴 곳에서 본 것 같아요."

샤이의 말에 은호는 믿지 못하는 투로 바라보고, 수덕은 심각한 얼굴이 되어 이마에 손을 얹고 말을 못 한다.

"주니어 형이 어디서 본 것 같다는 거야?"

은호의 다그침에 샤이는 주인님의 조금은 상심한 모습에 말을 못 하고 눈치를 보자, 지켜보던 홍주가 입을 연다.

"그 암석은 특별히 외부로 유출된 적이 없는 거로 아는데, 지난번 사고 전에 연구소 아이들이 실험실에서 가져간 적이 있다고 안 했었나?"

"그것은 그 사람들이 완전히 폐기해 버렸고, 하나 미심쩍은 것이 지금까지 누구한테도 말하지 못한 나 혼자만의 비밀이 있어! 우리 고교 시절에 내가 학생 과학 발명품 전시회에 나간 적이 있잖아?"

"그때 네가 그랑프리 차지해서 학교는 물론 부여 바닥이 아주 난리가 났었지!"

"내가 출품하러 가면서 그 원석을 차돌과 함께 가지고 갔었어. 그런데 심사 담당 선생님들에게 보여 주면서 왔다 갔다 하는 사이에 들고 간 두 개 중 하나를 분실했단 말야."

수덕의 말에 홍주는 조금은 의아하다는 표정이다.

"그때 누가 그것을 보고 주웠다 해도 과학에 관심이 있는 사람이 아니라면 그냥 돌멩이로 보고 버리지 않았겠어?"

그때 샤이가 조그만 목소리로 말했다.

"파리 PSCL 클로드 교수님 실험실에서 검은색 조그만 돌이 있었어요. 내가 신기해서 만졌어요. 교수님이 뺏으면서 말했어요. 이 세상에서 Masse(마스)가 제일 큰 돌이라고 했어요."

샤이의 말에 홍주가 묻는다.

"마스가 뭔데?"

홍주의 물음에 은호가 말했다.

"아까 진 박사님이 말씀하신 질량을 불어로는 '마스'라고 하죠."

"그렇다면 그 연구실에도 같은 돌이 있다고 봐야지 않나?"

홍주의 말에 한참 생각에 빠져 있던 수덕이 샤이를 보면서 물었다.

"주니어! 지난번에 이사벨의 삼촌 미셸 선생과 가까운 사이라고 했던 교수가 클로드 박사가 맞지?"

"맞아요! 가끔 만나서 파티도 했던 생각이 나네요. 제가 가봉으로 교환 교수로 갈 때 클로드 교수님이 환송 파티를 해 주셨을 때도 특별 손님으로 참석했었어요."

샤이의 말에 수덕은 고개를 끄덕이면서 말했다.

"하긴 내 절친 현도 말로도 미셸은 파리 대학가에서 모르는 사람이 없는 유명한 마당발이라고 했으니까, 그 교수하고 친분이 있을 수도 있겠지!"

수덕의 말에 샤이는 갑자기 생각이 난 듯 말했다.

"교수님이 미셸 삼촌을 사람들한테 소개할 때 평소에 많은 도움을 주시는 분이라고 소개했었습니다."

샤이의 말을 듣고 있던 은호가 나선다.

"어떤 도움을 줬다는 거지?"

샤이는 그냥 머리를 갸웃거릴 뿐이고, 수덕은 다시 생각에 빠진 듯 고개를 숙이고 있자, 한참 동안 조용히 지켜보던 정 원장이 입을 열었다.

"수덕이 자네가 어디다 흘려 버린 것을 누가 봤다고 해도 그냥 돌인 것처럼 그 교수가 가지고 있는 것이 그 암석이라고 하더라도 마냥 지켜보고만 있다면 역시 돌멩이에 지나지 않는 것 아닐까?"

그때 은호가 나섰다.

"주니어 형 말대로라면 그 교수가 그 암석의 질량을 알고 있다는 거잖아요. 무슨 수를 써서라도 우리가 그 교수보다 먼저 암석의 원소를 분석해야 한다는 거네요. 그렇죠, 박사님?"

은호가 매달려 흔들자, 수덕은 고개를 크게 끄덕이고 일어난다.

은호의 말에 수덕이 고개를 끄덕이고 일어섰을 때, 문이 열리면서 신 원장 부부가 기운이 하나도 없는 모습으로 들어왔다.

"절 그냥 부르시지 않고, 손수 여기까지 웬일이십니까?"

정 원장이 황급히 일어나 자리를 권하고, 수덕도 부여 토박이 현우 네를 익히 알고 있는 터여서 다가가서 인사드리자, 평상시와는 달리 밝지 않은 안색이었던 부인이 수덕을 알아보고 반색을 한다.

"현우 동창, 이름난 천재 씨도 서울 대단한 연구소에 있다면서 낙화암에 떨어졌다는 그 돌 때문에 여기까지 먼 걸음을 했구먼!"

"현우 어머님도 그 돌 내용을 들으셨습니까?"

수덕의 물음엔 신 원장이 음료수를 마시면서 입을 연다.

"홍주가 일부러 찾아와 얘기해줘서 그 놀라운 사연을 다 들었다네."

신 원장의 말에 이어서 부인이 긴장된 얼굴이 되어 말한다.

"그냥 예사 글인 줄 알았다가 그런 기가 막힌 얘기를 듣고, 오늘 휴일이고 해서 현우 아버지랑 합정동 사촌댁에 가서 나이 드신 집안 어른께 인사드리고, 입에 담기도 끔찍한 얘기를 들어서 정 원장이 궁금해했던 걸 풀어줄 겸 집에 전화했더니, 사무실에 나갔다길래 곧바로 왔어. 그리고 사실은 불태워질 뻔한 그 귀중한 조상님 책자를 갖다가 소중히 보관하려고 찾으러 온 거야!"

"태워질 뻔하다니요! 집안 어른한테 무슨 말씀을 들으셨습니까?"

정 원장의 궁금해하는 물음에 부인은 심각한 표정으로 사촌 집에서 듣고 온 충격적인 얘기를 털어놓았다.

소년의 집안에 총 아저씨가 억울하게 돌아가셨다는 소식을 들은 충격이 잊힐 만한 몇 해가 지난 어느 날, 은밀히 장안 소식을 보내주는 한양에서 친밀하게 지낸 종친으로부터 촉음을 다투는 급한 파발을 받았다.

총 아저씨 주변을 조사하던 간신배들이 총 아저씨와 남 씨 아저씨의 부여 여행을 알고 추적하게 되면서 백마강에서 함께 어울린 종친이 또 있다는 것을 알아내서 연산 임금한테 참소하는 바람에 당장 부자를 잡아 올리라는 명을 받은 역졸이 한양에서 출발했다는 내용이었다.

집안이 금세 완전히 초상집이 되어 어찌할 바를 모르고 있었다.

할아버지는 일찍이 '삼산 일기'에 총과 남 추강의 부여 기행을 쓴 걸 알고 있는 터라, 손자를 불러 책자를 당장 태우도록 엄하게 이르고 나서 소년의 아버지를 사랑채로 불러 앉히고 결연한 심정으로 입을 열었다.

"이 아비는 네가 서호주인, 백원과 추강 거사 효온이랑 어울린 것을 탓할 생각은 추호도 없다. 다만, 너하고 나는 오늘 여기까지인 것 같다. 한양에 잡혀 올라가게 되면 갖은 고초를 겪고 총처럼 시장바닥에 효시 될 것이 뻔하니, 잘못된 세상에 태어난 죄밖에 없는 우리 부자는 이 길밖에 딴 방법이 없구나!"

소년의 아버지는 묵묵히 고개를 숙이고 있다가 두말할 것 없이 앞에 놓인 아버지가 준비해 항상 지니고 있던 비상을 탄 물사발을 들고 아버지를 향해 머리를 조아리고는 이내 단번에 마셔버린다.

너무나 초연한 아들을 바라보는 아비로서의 가슴이 찢어지는 아픔을 참고 자기 앞에 놓인 사발을 들었을 때, 할아버지 말씀대로 '삼산 일기' 책자를 차마 태우지는 못하고 허겁지겁 돌담 뒤에 묻고 온 소년이 들어와 피를 토하면서 널브러진 아버지를 보고 기겁을 해 고함을 지르면서 벼락 치듯 달려들어 할아버지께서 마시려는 사발을 뺏듯이 잡아채서 무릎을 꿇고 앉아 겁 없이 약물을 들이켜는 것이 아닌가!

소년의 외마디 고함에 놀란 아녀자들이 사랑채로 몰려왔을 때는 할아버지도 이미 은밀히 감추었던 단도를 가슴에 박은 채 쓰러져 있었다. 중종반정이 일어나 포악한 연산이 물러나기 불과 몇 달 전, 한 집안 3대가 한자리에서 자결한 참혹한 현장이었다.

얼마 지나지 않아서 도착한 역졸들은 어이없는 상황에 허공만 바라보다가 맥없이 돌아갔다고 한다.

눈에 하나 가득 눈물이 그렁그렁한 부인의 긴 얘기가 끝나자, 정 원장은 한숨 섞인 음성으로 말했다.

"산삼 일기가 갑자기 멈춰진 이면에 그런 참혹한 사연이 있었군요!"

부인은 고개를 끄덕이면서 덧붙여서 말을 했다.

"그 일기를 쓰신 어른이 우리 15대조 할아버지시고, 그 당시 그분의 새색시였던 할머니는 출산하러 친정인 중미에 가 있어서 그 기막힌 참상을 보진 못했는데, 그 할머니가 낳으신 아기가 장성해서 우리 집안의 기둥이 되어 끊어질 뻔한 핏줄을 이어간 것이니, 기가 막힐 수밖에 없어!"

눈물을 흘리면서 피를 토하는 심정으로 말하는 현우 모친의 긴 이야기를 들은 모두는 가슴이 먹먹해 있고, 수덕의 심중을 읽은 사이가 눈을 말똥히 뜨고 입을 연다.

"우리 인류가 살아온 역사 속엔 말도 안 되는 슬픈 일이 많았습니다. 그 일기 속 사람이 살았던 비슷한 시기인 5백 년 전, 혼란에 빠진 프랑스를 구한 여장부 잔 다르크를 여자가 남자 옷을 입고 다녔다고, 마귀에 걸렸다면서 산채로 불에 태워 죽였어요. 그런데 몇 년 후에 성인으로 명예회복이 됐죠."

"연산 조 때 화를 당하신 분들도 대부분 신원은 됐지만, 그분들이 가지고 있던 지성과 재능이 송두리째 사장되고 말았다는 것이 그 당사자뿐만이 아니고, 후대 사람들에게도 커다란 손실이란 것이 안타까운 거지."

수덕의 말에 정 원장이 고갤 끄덕이고, 정성스럽게 '삼산 일기'

책자를 담은 반닫이 상자를 부인에게 건네면서 말한다.

"여기 일기에 적힌 자료가 우리 친구, 천재 수덕이의 연구에도 적잖은 도움이 됐을 것이고, 이 책자의 가치는 물질로 표현할 수 없는 무한한 것이란 건 현우 부모님께서 더 잘 아실 줄로 믿습니다."

"귀한 자료, '三山 日記' 아주 잘 봤습니다."

정 원장의 말에 이어서 수덕이 머리를 숙여 예를 하자, 지켜보는 모두는 가슴이 뭉클해질 수밖에 없었다.

이사벨의 사랑

완이가 군에 입대하기 하루 전날에는 많은 사람이 명동 레스토랑에 모여서 술렁거렸다.

가족은 물론이고 현도 부부와 학교에서 동기들이 떼로 몰려와서 시끌벅적했다.

어제 입학식을 치른 은호는 샤이와 함께 수덕이 옆에 붙어 있고, 은샘이도 바로 오늘 낮에 완이가 지켜보는 가운데 입학식을 마치고 와서 윤경이 옆에 얌전히 앉아서 오늘의 주인공 오빠가 동기들과 어울리는 것을 멀찍이서 지켜보고 있었다.

현도가 수덕과 부모님을 모시고 파리에 갔던 얘기를 나누고 있을 때 위층에서 신 여사가 내려와 모두 일어나 인사하자, 시끌벅적한 홀을 둘러보며 작은 소리로 말했다.

"우리 이쁜 강아지가 벌써 다 커서 군대에 갈 나이가 됐으니, 세월이 이렇게 빠를 수가 없어!"

은샘이 음식 접시를 들고 일어나서 윤경이 옆에 할머니가 앉을 자리를 양보하고 떨어져 앉자, 윤경이 어머니가 내려오신 것을 보고 다가온 인수를 좋지 않은 눈빛으로 가리키면서 어머니에게 은근한 말투로 말한다.

"엄마 눈엔 우리 완이가 한 치 건너 두 치죠?"

윤경의 말이 어머니가 강직한 아버지를 반협박하다시피 해서 인수 병역을 가장 낮은 단계로 면제시켰던 것을 염두에 둔 말인 걸 아는 신 여사는 찔끔하면서도 태연하게 말한다.

"그때 인수 몸무게가 얼마였더라! 하여튼 면제 대상이었던 건 완이 어미 너도 알고 있지?"

"내가 모를 리 없죠."

"완이 어미 너는 그게 언제 적 얘긴데 지금 하고 있어? 그래서 인수가 쫓겨 다니는 완이 아비 뒷수발 잘 했잖아!"

인수가 어머니의 말을 듣고 다가와서 자기 얘기인 걸 알고 이내 한마디 한다.

"내가 알기로는 아버지를 움직인 것은 당시 엄마보다 누나였던 걸로 아는데, 아니야?"

"내가 언제?"

윤경이 생뚱하다는 표정으로 돌아앉자, 신 여사는 학을 떼는 모습으로 인수에게 말을 한다.

"네 누나는 완전히 닭 잡아먹고 오리발이 아니라, 황소 잡아먹고 오리발이다!"

신 여사가 머리를 흔들면서 말할 때 완이가 뒤늦게 보고 달려와 할머니에게 매달린다.

건너편 테이블에서 그 모습을 지켜보던 은호가 샤이에게 조용하게 말했다.

"샤이 형도 군대엔 안 갔지?"

"안 간 것이 아니라 못 간 거야!"

"뭐가 잘못돼서 창피하게 군대에도 못 가?"

"내 몸무게가 38kg이었단 말야! 그리고 우리 주인님도 안 갔으니 나도 못 간 것이 당연한데, 은호! 저기 완이 안 보여? 지금 계속 '안 갔지?', '못 가?' 형한테 그렇게 말하고 있어?"

샤이의 말에 은호는 질색인 표정이 되어 테이블에 이마를 대고, 숨죽여서 말한다.

"주니어 형! 알았어요. 여자도 아니면서 38kg인 것이 자랑은 아니지요!"

은호가 어색하게 말하고 완이를 돌아보다가 은샘이 눈과 마주치자, 바로 고개를 돌리고 스테이크를 입에 넣고 우물거린다.

은호의 엉뚱한 반응에 은샘은 이해할 수 없어 멍한 시선으로 바라본다.

그때 건너편 현도가 샤이를 보면서 걱정스럽게 말했다.

"미셸 선생이 조카를 데리고 다음 주에 한국에 온다고 하던데, 조카 몸이 아주 불편해 보였어!"

샤이도 안타까운 표정이 되어 말했다.

"저도 걱정입니다. 이사벨을 생각하면 제가 빨리 파리에 가야 하는데, 여기서 할 일이 아직 많이 남아 있어서 아주 미안하죠!"

"나하고 있는 자리에서도 미셸 선생이 '네 몸부터 챙기고 공연 계획을 미루자!'라고 하니까, 조카는 마구 짜증을 내다가 끝내 울음을 터트려서 나도 많이 민망했었어."

이사벨이 울었다는 말에 자기를 향한 마음은 이미 알고 있지만, 이사벨의 심정이 새삼 짠하게 전해져 와 샤이는 말을 못 하고 고개를 숙인 채 한참을 그대로 있었다.

개구쟁이 은호가 짓궂게 고개 숙여 빤히 얼굴을 들여다보자, 샤이는 이내 은호의 어깨에 기대어 얼굴을 묻고 만다.

수덕은 샤이 모습을 안타깝게 지켜보다가 내심 같은 심정이 느껴져서 어두운 표정으로 나직하게 말했다.

"내가 아직 주니어에게 말을 못 했는데, 이런 사정을 모르는 채 원장은 주니어가 대학에서 강의했다는 걸 알고, 대학에 초빙교수로 추천해서 이번 학기부터 시간 배정을 받았다고 자랑하던데, 어떻게 하지?"

수덕의 말에 은호가 먼저 반색을 했다.

"그럼 나는 주니어 형하고 함께 등교할 수 있게 됐네요."

"미셸 선생 조카가 오면 파리로 돌아가자고 엄청 졸라댈 텐데 마음 약한 주니어가 견뎌내겠어?"

수덕의 말에 샤이는 울컥했던 마음을 추스르지 못해 말이 없고, 은호가 대뜸 말한다.

"이사벨 사모님보고 여기서 당분간 대학교수 사모님으로 사시라고 내가 점잖게 간청하면서 매달리면 되겠네요."

은호의 자신에 찬 말에 모두 얼굴들이 환해지고 샤이는 은호를 빤히 보면서 말한다.

"며칠 전엔 우리 이사벨을 뺏어 버린다고 해 놓고서 은호 네가 그렇게 말해 줄 수 있겠어?"

샤이의 말에 모두 어안이 벙벙해 있고, 은샘이 도끼눈을 뜨고 은호에게 다가서자, 은호는 그 자리에서 또다시 얼굴을 묻고 자지러진다.

신 여사는 식사는 마다하고 받아 든 와인 잔을 들고 얼굴이 빨개진 은호를 건너보면서 입을 연다.

"0.1% 천재가 이제 보니까 아주 맹랑한 구석도 있었구먼!"

완이는 할머니의 말을 듣고 여전히 은호를 쏘아보면서 말한다.

"조금 심사가 꼬였다 하면 남의 여자 친구 뺏겠다고 하는 것이 은호 전문이에요! 나도 잘못하면 우리 은샘이 뺏길 뻔했거든요."

수덕은 코너에 몰린 은호를 바라보면서 나지막하게 말한다.

"은호! 너 언젠가 한 번은 당할 줄 알았어. 이제부터 말을 조심해서 해야 해! 일본에 계신 아버님 친구분 손녀가 네 못된 버릇을 알게 되면 어떻게 할 거야?"

은호는 붉어진 얼굴로 조금 생각하는 듯하더니, 힘없이 말했다.

"인숙인 누가 뭐라고 해도 믿지 못할걸요. 내가 걔랑 눈싸움해서 졌었잖아요?"

은호의 맥 빠진 말에 모두는 실없이 웃고 말았다.

이사벨이 한국행 비행기를 탔다는 미셸의 연락을 받고 도착 예정 시간에 맞춰 수덕과 함께 연구소에서 은호네 윤 기사 차에 오르는 샤이는 긴장감에서 오는 흥분으로 얼굴이 굳어 있었다.

그런 샤이의 모습을 바라보는 은호도 내심, 조금은 호기심 어린 표정으로 지켜보고 있다.

이사벨이 도착하는 김포공항 입국장에는 그들을 포함해 여러 사람이 영접객으로 나와 서성이고 있었다.

공연 관계자들도 여럿이 나와 있지만, 조금 늦게 파리에서 미셸과 사전 약속을 한 현도가 은영과 함께 근래 마련한 자가용을 직접 운전해서 도착했다.

입국장 게이트가 열리면서 긴 여로에 지쳐 보이는 여행객들이 줄지어 나오기 시작하고, 얼마 지나지 않아서 로안과 린의 모습이 먼저 보이는가 싶더니, 린이 뛰어와서 현도에게 안기고, 로안은 표정 없는 모습으로 잠깐 멈춰 린의 모습을 지켜보다가 안면이 있는 은영에게 가볍게 인사하고, 공연 관계자들이 들고 있는 팻말 앞으로 천천히 걸어갔다.

잠시 후에 미셸이 보이면서 샤이가 부리나케 튀어 나가고, 삼촌의 팔에 의지해 두리번거리며 불룩해진 모습으로 울먹이면서 걸어 나오던 이사벨의 입에서 외마디 고함과 함께 울음이 터지면서 샤이와 엉켜서 그 자리에 주저앉아 구르는 모습이 저 멀리 보인다.

인사불성인 사람처럼 허우적거리며 샤이의 얼굴을 움켜잡고, 어쩔 줄 몰라 허덕이고 있는 조카 이사벨을 어쩌지 못하고 미셸은 아주 난감한 표정으로 서 있다.

다가온 수덕과 현도 내외의 손을 차례로 잡고 넋이 빠진 듯 서서 눈물투성이 두 얼굴이 아주 완벽히 붙어서 널브러진 채 사람들의 호기심 어린 시선을 받는 그들에게 난처한 표정으로 다가가서 외치듯 고함친다.

"Ici, cest la Coree!(여기는 한국이야!)"

미셸은 조카에게 한국이란 나라의 사전지식을 가르치면서 무엇보다도 반듯한 예절을 중시하는 나라라고 귀에 못이 박히게 일러주면서 너무 솔직한 이사벨이 걱정되어 사랑 표시도 되도록 남의 시선을 피해서 하는 것을 미덕처럼 생각하는 민족이라고 말해 줬었다.

미셸은 그저 알았노라고 걱정하지 말라던 이사벨이 막상 오매불망 그리던 샤이 얼굴을 보자, 그렇게 가르쳤던 것이 공염불이 되어 임신한 몸으로 바닥에 구르는 철없는 모습을 보고 공항에 있는 한국인들이 어떻게 생각할까 얼굴이 화끈거려 소리 질렀지만 반응이 없자, 다가가서 이사벨의 등을 두드리면서 똑같은 말을 반복했다.

그제야 이사벨은 샤이를 부둥켜안은 채 소리친다.

"Je suis la France!(나는 프랑스인이야!)"

미셸이 도저히 감당할 수 없다는 표시를 하면서 두 팔을 내저으며 돌아서는 등 뒤로 이사벨의 절규가 쏟아진다.

"Junior, je meurs sans lur!(주니어 없으면 나는 죽어!)"

이사벨의 극단적인 고함에 불어를 아는 사람들은 모두 놀란 표정들이다.

그중에서도 은영은 같은 여자 입장으로 이사벨의 애절한 속마음이 가슴에 와닿는 것이 예사롭지 않아 울컥하면서 곧바로 다가가서 이사벨의 어깨를 도닥이면서 너무 흥분하지 말고, 지금 몸 안에 있는 태어날 아기를 생각해야 한다고 불어로 나직하게 말하고 있었다.

샤이도 웬만큼 정신을 차려 눈물, 콧물이 뒤범벅된 이사벨의 얼굴을 손수건으로 훔쳐 주다가 너무 간절한 이사벨의 눈동자와 마주하는 순간 다시 울음이 터지면서 입을 맞춘다.

미셸은 은영이 이사벨을 챙기는 것을 보고 그제야 수덕에게 다가가 몸은 괜찮은지 묻는 여유를 보이면서 고개를 설레설레 흔든다.

은호는 지켜보는 내내 충격이 대단한 듯 계속 눈을 똥그랗게 뜨고, 그들의 일거수일투족을 세심히 살피다가 수덕에게 말한다.

"나는 주니어 형만큼 사랑 못 할 것 같아요."

"그 손녀는 이사벨 못지않게 솔직한 면이 있어 보이던걸!"

"인숙이 저렇게 매달리면 나는 그냥 도망갈 것 같은데요."

"너도 당해 봐야 알아! 우리 완이 엄마는 이사벨 정도는 아니어도 집착이 아주 대단해서 처음 만나서는 너처럼 맹물이었던 나도 꼼짝 못 하고 잡혀서 끌려다녔었다.”

수덕은 대학 시절 항상 4인방이 함께 어울리다가 윤경의 독단적 결정으로 따로 떨어져 둘만의 시간을 가지면서 자연스럽게 완이가 태어났던 시절이 떠올라 실없이 나오는 웃음을 감추고, 아직도 제대로 중심을 잡지 못하고 이사벨에게 잡혀 있는 샤이를 먼발치서 안타깝게 바라본다.

이사벨은 웬만큼 감정의 폭풍이 지나간 후에 부실한 샤이의 몸에 달라붙듯 매달려 힘든 걸음으로 공항 밖으로 나올 수 있었다.

이사벨은 호텔 방 발코니에 샤이와 나란히 앉아서 난생처음 대하는 동양의 조금은 낯설고 새로운 바깥 풍경을 내다보며 깊은 생각에 빠져 있다.

너무 갑자기 마주했던, 그렇게도 간절하게 바랐던 상봉이 이루어진 자리에서 자신마저도 감당할 수 없었던 감정의 기복을 체험한 두 사람 다 넋을 놓고 아무 말이 없다가 이사벨이 샤이의 어깨에 얼굴을 묻으면서 힘없이 말을 했다.

“우리 이대로 죽어 버릴까?”

이사벨의 말에 샤이는 화들짝 놀란 얼굴이 된다.

“이사벨! 왜 그래? 나 주니어, 죽는 건 너무 무서워! 그리고 이사벨 배 속에 있는 아무것도 모르는 아기는 어떻게 하라고.”

샤이가 외치듯 말하고 내려다보니, 말이 없는 이사벨의 눈에 눈물이 흐르고 있어 샤이도 먹먹한 마음으로 다시 달래 본다.

“우리 이제 이렇게 같이 있잖아. 왜 그런 몹쓸 무서운 생각을 하는 거야?”

"귀여운 우리 주니어와 함께 있는 이 순간이 너무 좋아서, 행복한 순간을 놓치고 싶지 않은 마음에 그런 생각을 해 봤어!"

간절한 이사벨의 눈빛을 바라보는 커다란 샤이의 검은 눈에도 어느새 눈물이 가득 고이자, 이사벨은 두 손으로 얼굴을 감싸고 진하게 입을 맞춘다.

그때 커튼 뒤에서 미셸의 나직한 목소리가 들려온다.

"너희들 룸으로 그만 안 들어와! 누가 보면 둘 다 음란죄로 이 나라에서 강제 추방될 수도 있어."

샤이가 놀라서 눈물을 훔치면서 번쩍 일어서자, 이사벨의 짜증스러운 음성이 튀어나온다.

"삼촌은 지금까지 우리를 스토킹한 거네! 창피하지 않아요?"

이사벨의 말에 그제야 미셸이 밖으로 얼굴을 내민다.

"너희들이 너무 아슬아슬해서 이 삼촌이 안 그러나. 어제 너희들 모습이 한국 어떤 연예신문에 대문짝만하게 실렸다더라!"

"와―!"

이사벨이 환호성을 지르자, 샤이는 질겁을 한다.

"안 돼! 나는 벌써 여기 코리아에 아는 사람이 많이 생겼단 말야! 공항 바닥에 구른 걸 알면 나를 어떻게 보겠어?"

샤이가 걱정을 하자 미셸이 말한다.

"정면으로 네 얼굴이 안 나왔으니 적극적으로 잡아떼면 되고, 이사벨은 리허설 준비가 다 됐다고 밑에서 로안이 기다리고 있으니 서둘러 나가야 해!"

미셸이 서두르자, 샤이도 오늘은 학교에서 미리 해야 하는 출강 준비 때문에 같이 밖으로 나왔다.

이사벨은 불룩한 몸을 감추는 풍성한 드레스 차림으로 자기 대

신 커다란 첼로 가방을 든 미셸을 따라나섰다.

연주회가 있는 첫날은 수덕을 위시해서 많은 사람이 동원되다 시피 해서 광화문 세종문화회관에 모여들었다.

윤경의 부친 내외분과 HIST 채 원장도 부인을 대동했고, 특히 서울에 와서 몸 상태가 많이 호전된 이우연 박사는 수덕이 일부러 움직여 보라고 권유해서 부인과 모처럼 환자복을 벗고 산뜻하게 평상복 차림으로 갈아입고 외출했다.

클래식은 전혀 생소한 은호도 아버지 대경 씨 부부와 함께 입학식에서 입었던 정장 차림으로 대기실에서 샤이를 만나 싱글벙글하고 있었다.

지난번 린의 연주회가 음악인 사이에 아주 좋은 평판이 있어선지 빈자리 없이 객석을 꽉 채운 가운데, 막이 서서히 오르고, 린과 이사벨의 인사 후에 지휘자의 지휘에 따라 오케스트라의 배경음악이 흐르면서 두 사람의 주 레퍼토리인 브람스의 바이올린과 첼로를 위한 2중 협주곡 1악장 알레그로가 연주되기 시작했다.

미셸은 대기실의 한쪽 구석에 불편한 자세로 앉아서 깊은 생각에 빠진 듯 주억이고 있다가 일어나 부지런히 무대 뒤편으로 걸어가면서 혼잣말을 계속해서 중얼거리고 있다.

"Isabel, silte plait!(이사벨, 제발!)"

객석에서는 보이지 않는 무대 출입구 쪽에 서서 이사벨이 이를 악물고 연주하는 모습을 지켜보는 미셸의 입도 일그러진다.

이사벨은 아침까지만 해도 별 이상이 없었는데, 연주회 시간에 접어들면서 웬일인지 몸 상태가 극도로 나빠지기 시작해서 거의 죽을상을 하면서 무대에 나가는 것을 지켜봤으니, 미셸의 심정은 말로 표현할 수가 없었다.

2악장 안단테에 이어 마지막 악장 비바체 논 트로포 A단조에 들어서면서 이사벨은 최악의 상황에 빠진 모습이었다.

첼로 독주로 시작하는 3악장에서 아무런 감흥이 없음을 인지하는 몇몇 관객들의 반응을 느낀 지휘자가 이사벨을 주시할 정도가 되면서 극한의 상태로 이어지고 있었다.

더구나 스포트라이트가 주인공인 린과 얼굴에 땀이 범벅인 이사벨에게 집중되어 있으니 그 고역의 표정이 고스란히 드러나는 것을 감지한 지휘자가 다행히 조명 기사에게 눈빛으로 교감해서 빛의 초점을 외곽으로 분산시켰다.

이사벨에게는 몇 분간이 몇 년 같은 시간이 지나 1부 전곡이 끝나서 린과 손잡고 객석을 향해 나가 인사하는 타임에 이사벨은 린의 손을 잡지 못하고 첼로를 움켜잡은 채 안간힘을 다하고 있었다.

린이 뒤늦게 이사벨의 몸 상태를 알아채고 지휘자의 손만을 잡고 앞으로 나가 허리 굽혀 인사한다.

객석의 현도를 비롯한 모든 지인은 어이없는 표정들이고, 샤이는 이사벨에게 무슨 변고가 있는 것을 눈치채고, 벌떡 일어나 무대 뒤편을 찾아 나서자 은호도 그 뒤를 쫓는다.

샤이가 은호와 함께 한참을 헤매서 출연자 대기실에 찾아 들어섰을 때는 이사벨은 응급구조대원에 의해 침대 수레에 실려서 엘리베이터 앞에 얼굴이 창백한 미셸이 지켜보는 가운데, 대기하고 있었다.

샤이가 눈이 휘둥그레져서 다가가 묻는다.

"어떻게 된 거예요?"

미셸은 샤이에게 귓속말로 속삭였다.

"Ils Vont Avior un Bebe.(곧 아기를 낳을 거래.)"

뜻밖의 말에 샤이가 믿기지 않는다는 표정으로 미셸을 올려다보고 있을 때, 샤이의 목소리를 들은 이사벨이 급하게 손을 흔드는 걸 본 여성 구급대원이 샤이를 이끌어 온다.

샤이가 흔드는 이사벨의 손을 잡자, 이사벨은 또 울음을 터트리면서 샤이의 팔을 움켜잡는 순간 엘리베이터 문이 열려서 모두 급하게 올라타고 구급차가 서 있는 지하로 내려갔다.

은호만 멍하니 엘리베이터에 탄 샤이를 바라보다가 공연이 지연돼 어수선한 객석으로 돌아왔다.

"주니어 교수님은 어디 가고 너만 오는 거야?"

아들만 돌아온 것이 이상해 주 여사가 묻는다.

"이사벨 사모님이 구급차에 실려 가는 바람에 거기 따라가셨어. 지금 그래서 공연이 늦어지고 있을걸!"

"웬 구급차! 어디가 아파서 그렇게 연주가 맥이 없었던 거야?"

"사모님 삼촌이 주니어 교수하고 하는 말 중에 'bebe(아기)'라는 말이 어렴풋이 들렸던 걸 보면 혹시 아기를 낳으러 간 게 아닐까?"

"아기!"

주 여사와 함께 대경 씨도 입을 크게 벌리면서 놀라워한다.

뒷좌석의 수덕 내외와 나란히 앉은 현도도 은호의 아기라는 말에 민감하게 반응했다.

"출산일이 아직 2개월 정도 남았다고 해서 연주회를 그냥 진행하면서도 미셸 선생은 걱정을 많이 했었어."

"2개월이나 앞서 8개월 만에도 출산이 가능한 건가?"

"가능하긴 하지만 미숙아라서 한동안은 인큐베이터에 있어야 할걸!"

수덕의 물음에 윤경이 말할 때 다시 연주회 막이 오르기 시작했다.

이사벨이 입원해 있는 세종문화회관 뒷골목 당주동에 있는 산부인과병원 3층, 조금은 허름한 비상계단에 머리를 감싸고 있는 샤이 옆에 미셸도 똑같은 막막한 마음으로 앉아 있다.

병원에 들어오자마자 이사벨은 산통에 진저리를 치다가 갑자기 정신 줄을 놓아서 원장이 직접 나서서 최대한 다양한 방법으로 소생시키려고 했지만 무슨 연유인지 꼼짝을 하지 않고 있어 샤이가 병실에서 지켜보다가 안타까워 튀어나와 울고 있는 것을 미셸이 달래고 있었다.

그들을 더욱 충격에 빠트린 것은 원장 의사의 진단으로는 임신 8개월이 터무니없다면서 9개월을 넘어 거의 만삭이라고 했다.

샤이가 이사벨을 리브르빌에서 처음 만났던 기억을 더듬어 볼 때 10개월이 가깝다는 결론이어서 얼마나 자신이 보고 싶었으면 그런 엉뚱한 말로 한국 공연을 고집했을까! 생각하니 그런 이사벨 마음을 헤아리지 못한 자신이 한심한 생각이 들어 너무 가슴이 아프다.

한동안 그렇게 웅크리고 있을 때, 여기저기 찾아 헤매던 간호사가 그들을 발견하고 손짓으로 어서 와 보라는 시늉을 해서 부리나케 일어나 병실 안으로 들어갔다.

이사벨은 의식이 돌아왔지만 아무런 의사 표시를 못 한 채 눈만 말똥히 뜨고 있을 뿐이었다.

샤이가 손을 잡고 흔들어도 아무 반응을 보이지 않다가 눈가로 한줄기 눈물이 흘러내렸다.

잠시 후에 들어온 원장인 여의사는 이사벨이 정신적인 의지로 눈은 떴지만, 몸 기능은 현재 가사 상태라고 하면서 마지막 방법으로 태아를 제왕절개수술로 출산해서 환자에게 육체적인 부담을 덜어 주고 기다려 보자는 제안을 했다.

사실 이사벨은 온몸의 꺼풀을 벗어 버린 상태로 어딘지 전혀 알 수 없는 황량한 벌판을 희미한 의식만으로 무작정 걷고 있었다.

분간할 수 없는 아득한 저 멀리에서 등댓불처럼 느껴지는 불빛을 향해 가고 있는 자기 머릿속에는 무엇인가 느껴지거나 잡히는 것이 아무것도 없이 감각이라곤 한 가닥 어슴푸레한 의식 하나에 의지해서 무작정 걷고만 있는 것이다.

그렇게 많이 걸었는데도 그 불빛은 좀처럼 가까워질 기색이 없고, 빈 머리통 속에는 왜 걸어야 하는지조차도 떠오르지 않고, 자기가 언제부터 이렇게 걷기 시작했는지도 전혀 생각나지 않는다.

이 넓은 광활한 세상에 자기 하나뿐이라는, 어쩌면 자기 존재마저도 지워져 버린 무아지경인지 모른다.

이제는 모든 것을 포기하고 머릿속을 비워 생각이란 것을 말끔히 지워 버리고 아득히 먼 곳에서 불빛이 손짓하는 대로 가다 보니, 뭔가 알 듯 말 듯 한 아주 미미하게 머릿속에 잡히는 것이 하나 있다.

마음속에 겹겹이 뒤덮인 생각이라는 껍질을 벗기고 벗겨 드러
낸 것이 있다.

어릴 적 엄마였다.

왜 하필이면 엄마의 모습이 비집고 나온 걸까!

엄마는 아주 어린 꼬마였을 때 젊은 아저씨와 집에서 며칠간
재미있게 어울린 다음 이사벨을 삼촌 집 앞까지 데려다주면서 며
칠간 어딜 다녀와서 찾겠다는 빈말을 남기고 떠나갔었다.

그 뒤로 영원히 엄마를 보지 못했다

뒤따라 금세 나온 생각은 아빠다.

아빠는 어떤 모습이었는지 조금도 생각나지 않는다.

어느 전쟁터에 나가 다친 몸으로 돌아와서 부상당한 상처가 너
무 심해져 고치지 못하고 병원에서 저세상으로 떠났다고 했다.
거기까지 생각이란 것이 미치니 뒤이어 아버지가 나갔던 전쟁터
도 생각이 난다.

프랑스가 끝까지 지키려 했던 베트남이었다고, 웬만큼 컸을 때
누군가 말해 줘서 그렇게 알고 있었다.

엄마가 떠나간 뒤로 삼촌 집에서 지금까지 살았다.

삼촌은 항상 부지런히 바깥에 왔다 갔다 했고, 숙모는 언제나
집안일만 열심히 했다.

사촌 오빠 둘 다 이사벨을 아주 예뻐했었다.

그중에 작은오빠는 작은 키에 눈이 유난히 큰 귀여운 인상이어
서 은근히 좋아했는데, 군대에 갔다 오더니 아주 풍만한 여자 친
구를 데리고 왔었다.

그러고는 이사벨에게는 아무런 말도 없이 미국으로 훌쩍 떠나
가 버렸다.

귀여운 사촌 오빠가 생각이 나면서 깜깜한 머릿속에 그려지는 얼굴이 있어 이사벨은 걷던 걸음을 멈추고 만다.

이사벨 인생에 어느 보석보다 귀한 주니어였다.

제일 귀중한 존재가 왜 마지막에야 떠오른 걸까!

지금은 없어져 버린 몸뚱이로 받아들였던 신비롭고 황홀하게 마음속을 가득 채웠던 알싸한 느낌 그 자체가 전부였다.

매끈한 살과 살이 맞닿아 움직이던 미묘한 흔들림까지도 생각 속에 빈틈없이 새겨져 감정이란 도가니 속을 발갛게 달군다. 이사벨 자신은 싱그러운 새 풀잎 향기가 나는 주니어만 눈앞에 잡고 있으면 그 환희의 불꽃 속에서 영원히 살아갈 줄 알았다. 이사벨은 눈을 감은 채 주니어의 아기같이 귀여운 모습을 그려 놓고 마음을 휘저어 잡아 보려고 애를 써 본다.

두 번, 세 번 생각을 부여잡고 휘둘러보지만, 어디에도 주니어는 없고, 이제는 가슴속을 후비는 아픈 마음뿐 흐를 눈물 한 방울조차도 없다.

생각에 생각을 쫓아 왜 이렇게 마음에도 없는 이 길에 들어선 것인가 절절하게 파고들어 보니, 새삼스레 떠오르는 것이 또 있다.

내 빈 껍질 속에서 내 분신을 꺼내는 끔찍한 광경을 보지 않겠다고 기를 쓰고 맘에 내키지 않는 무의식이라는 이 길로 들어선 것이 아니던가!

아무런 책임감 없이 자기만을 위해 나를 버린 엄마처럼 나도 내 몸에서 싹이 터서 자라난 어린 것을 똑같이 버리고 떠나야 하는 것이 내 인생의 업보인가, 아니면 윤회인가! 완전한 절망의 늪속에 잠겨 버린다.

내 몸에 씨를 뿌려 준 주니어도 누구의 몸에서 태어났는지 모르고 지금까지 살아와서 엄마를 모른다고 했듯이 내 꺼풀에서 나온 아기도 낳아 준 엄마도 모른 채 품에 안겨 보지도 못하고 살아갈 수밖에 없구나! 깊은 한숨이 앞을 가린다.

마음이 깃들지 않은 꺼풀은 그저 빈껍데기인 것처럼 꺼풀을 떠난 마음도 그저 한낱 비어 있는 환상뿐 자신도 어딘지 모를 비워진 공간 허허벌판에서 비집고 나와 떠오른 생각이라는 모든 의식을 하나 남김없이 모조리 털어 허공에 날려 버리고 한 알갱이 타키온 원소가 되어 기류를 따라 무작정 흘러가기 시작했다.

커다란 눈으로 볼 때는 보이지 않던 것들이 모든 걸 없앤 어느 면에도 접하지 않은 한 점의 알갱이가 되니, 주위에 헤아릴 수 없는 수많은 점이 보인다.

눈에도 보이지 않는 극히 작은 껍질에 살아온 이력이 촘촘하게 적힌 알갱이들이 수도 없이 어딘지 모르는 곳으로 흘러가고 있었다.

샤이는 어린 핏덩이를 안고서 목 놓아 통곡한다.

어미를 잃은 아들이 가엽다는 것을 넘어 어쩌면 자기의 어렸을 적 불쌍했던 처지를 자신이 그대로 물려주게 됐다는 사실이 너무 어이없기도 하고 이사벨이 이 귀여운 모습을 보지 못하게 된 상황이 너무 절망적이어서 애달픈 마음을 가눌 길이 없다.

샤이의 애처로운 모습을 지켜보는 미셀도 감당하기 어려운 아픈 마음을 어쩌지 못하고 있다.

자기 부인의 인성을 일찍부터 알고 있던 타계한 형님의 유언을 받들어 고아나 다름없는 애틋한 조카를 올바르게 설 수 있도록 지금까지 물심양면 아끼지 않고 도와줬었다.

음악인으로 좀 더 큰놈이 되길 바랐던 삼촌으로서 그리도 목말라 하던 사랑의 짝꿍, 주니어를 어느 한순간에 만나 서로 거리낌 없는 사랑을 나누는 것을 보고 일면은 아슬아슬하면서도 풍족하게 서로 만족해하는 모습들이 보기 좋아서 속으로 대견하게 지켜보고 있었다.

너무 지나치게 치솟은 기쁨 뒤에는 끝없이 거꾸러지는 슬픔이 숨겨져 있다고 했던가! 기이한 사람의 인생사가 야속한 생각도 든다.

수덕이나 은호도 이사벨이 의식불명이라고 할 때부터 병원에서 안절부절못하는 샤이 곁을 떠나지 않고 지켰다.

이사벨이 임종하던 시간에는 수덕이 부부와 현도, 은영 내외가 병실 밖에서 기다리고 있었다.

대기 의자에 앉아서 윤경과 은영이 이 얘기 저 얘기 하고 있을 때 병실 문이 갑자기 열리면서 하얗다 못해 푸른빛으로 창백한 미셸의 얼굴 뒤로 잔뜩 울음을 머금은 샤이가 나와서 털썩 수덕 앞에 엎드린다.

"우리 이사벨이 주니어한테서 끝내 떠나가 버렸어요."

"아기를 출산하고 나면 좀 좋아질 거라고 하지 않았나?"

수덕이 어이없어 두 손을 잡고 흔들자, 샤이는 무릎을 꿇고 앉아서 울음을 터트리고 만다.

갑작스런 충격적인 샤이의 말에 정신이 없으면서도 윤경은 오열하는 샤이를 일으켜 안고 다독이면서 말한다.

"아들! 인명은 사람이 어떻게 못 한다고 했어! 우리도 다 하늘에 붙잡혀 매여 있는 거야."

"엄마! 이사벨 불쌍해서 어떻게 해요? 나 주니어는 이사벨 없으면 못 살 것 같아요."

"아들도 아기가 생겼으니, 이제는 어린 아들 생각하고 힘을 내야 해! 이 약한 몸으로 앞으로 어떻게 할 거야?"

윤경은 안쓰러움에 끝내 울먹이면서 안긴 샤이의 등을 쓸어 준다.

은호는 내내 같이 있다가 잠깐 바깥에 나갔다 들어와 이사벨의 어이없는 비보에 멘붕이 온 것처럼 멍하니 서 있다가 눈물투성이 샤이를 윤경과 함께 끌어안고 다독이다가 참았던 눈물을 쏟고 만다.

"엄마가 사모님 깨어나면 교수님과 함께 꼭 집으로 모시고 오라고 하셔서 그러겠다고 지금 약속하고 왔단 말야!"

은호의 절규에 샤이는 물론 지켜보는 모두 다시 한번 뜨거운 울음을 삼켰다.

이사벨을 영원히 보내는 조촐한 행사는 미셸이 주선해서 병원에 잠깐 나왔던 대사관 직원의 배려로 프랑스 대사관 앞마당에서 이루어졌다.

샤이를 아는 사람들이 어두운 표정으로 손에 국화 송이를 들고 참례했고, 너무 당황스러운 비보에 놀란 린과 로안도 출국을 미루고 어두운 얼굴로 나와 있었다.

세상에 나온 지 사흘밖에 안 된 아기가 샤이의 품에 안겨서 상주 자리에서 벌써 조그만 손으로, 그러잖아도 부실한 몸이 며칠간의 혹독한 마음고생으로 핼쑥해진 아빠 얼굴을 꼬물꼬물 더듬는다.

한국에 들어와 명동 성당에 있는 프랑스계 바티칸 신부의 기도로 시작된 추모 행사는 돌아가면서 헌화가 이어진 후에 대사관에서 준비한 간단한 다과를 들며 대화를 나누는 시간이 있었다.

모두의 관심은 태어나기도 전에 엄마를 잃은 아기에게 집중되어 아기 얼굴을 본 사람마다 하나같이 이구동성으로 아빠를 빼닮았다는 말들을 했다.

나중에 튀어나온 얘기의 주제는 아기의 이름이었다.

샤이는 루카스 목사가 지어 준 '루카스 주니어'로 불린 탓에 성은 알지 못하고 있었다.

여러 얘기가 나오는 중에 미셸이 나서서 성씨는 엄마 이사벨의 성인 프랑수아로 하고 이름은 신의 선물을 의미하는 마티유와 강한 의지를 뜻하는 기욤 중에서 샤이가 알아서 택하라고 하자, 모두 고개를 끄덕였다.

샤이는 한동안 심사숙고하는 표정이다가 입속으로 '프랑수아 마티유, 프랑수아 기욤'을 여러 번 되뇌다가 결정이 된 듯 말했다.

"제 생각엔 프랑수아 마티유보다는 프랑수아 기욤이 좋아요!"

그래서 이사벨이 저세상에 가면서 남긴 아기의 이름이 기욤이 되었다.

베이비 스타 교수님

일본에서 몹쓸 참변을 당해 갖은 고초를 겪고 기사회생해서 반
년 넘게 병원 생활을 마친 대전 HAERI 소장이었던 이우연 박사
가 먼저 찾은 곳은 홍릉 HIST였다.

이 박사는 다 나았다고는 하지만 아직 몸이 어둔해서 부인을
대동하고 방문한 채 원장실에서 차를 마시면서 생각하기도 싫은
테러 당시의 암담했던 상황을 얘기하고 있었다. 그때 수덕을 부
르러 갔던 미스 조의 뒤를 따라서 수덕이 밝은 미소를 지으며 들
어왔다.

"한창 바쁘다는 진 박사를 번거롭게 해서 미안하구먼!"

환하게 웃으면서 하는 이 박사의 말에 수덕은 자리에 앉으면서
손을 내젓는다.

"별말씀을 다 하시네! 그러잖아도 지금 하는 숙제가 거의 다 끝
나서 한번 찾아보려던 참이었어. 이제 완전하게 나은 거지?"

"보다시피 아직 몸이 부자유스러워도 의사나 오 간호사 말이
더 있어 봐야 그게 그거라면서 우선 돌아다니면서 움직여야 한다
고 조언해 주는 바람에 결단하고 어제 나왔어."

이 박사가 퇴원하게 된 사정을 말할 때 채 원장이 서랍에서 널
찍한 종이판을 하나 들고 왔다.

"전번에 감수 요청이 있었던 방위사업체 DG 그룹에서 진 박사한테 보내온 감사장이야! 그 막혔던 문제점이 확 뚫렸다고 희색이 만면해서 난리더라니까!"

채 원장의 말에 수덕은 조용한데 이 박사가 의아한 표정으로 나선다.

"나는 일찍부터 아직 증이 없는 친구를 나 나름대로 인정해서 박사 호칭을 하는데, HIST 채 원장님은 언제부터 학위 없는 내 친구를 박사로 부르기 시작한 겁니까?"

이 박사의 말에 수덕은 쑥스러운 표정이고 채 원장은 밝은 얼굴이 되어 설명한다.

"나도 솔직히 명색이 박사지만, 그 증이라는 것에 회의적이네! 아무리 학위가 열 개, 스무 개 있는 팀이 있으면 뭐 해! 문제 해결을 제때 못 하면 말짱 도루묵 아냐? 어려운 문제가 있으면 나도 모르게 진 박사를 찾게 돼 하도 미안해서 이 박사 따라 그렇게 부르기로 했다네."

채 원장의 긴 설명이 있자, 이 박사 부부가 밝은 표정으로 수덕을 바라보고, 수덕은 채 원장이 건네준 감사장을 보면서 조용하게 말했다.

"이번 미션은 나보다 주니어 교수가 거의 다 완성한 것이라서 그 친구가 받아야 하는 건데요."

수덕의 말에 이번엔 채 원장이 펄쩍 뛸 듯이 흥분해서 말한다.

"아니, 이 친구들이 나하고 장난하나? 주니어 그 녀석도 내가 칭찬이라도 한마디 할라치면 자기가 한 것은 뭐라더라! 자기 메인(Main)인 진 박사님이 한 거라고 둘러대더니, 자네도 그 조수를 닮아 가나?"

채 원장의 의아해하는 모습에 수덕은 주니어가 말한 의미를 대놓고 설명할 수 없어 뭐라 변명을 못 하자, 이 박사 부인이 지금까지 지켜보기만 하다가 입을 연다.

"옛 성현 말씀에 상대방을 높이고, 자기를 낮추는 것이 예절의 근본이라고 하지만 지나친 겸손은 지나친 자만이라고도 하지 않나요?"

"저는 겸손이 아니라, 이번에 의뢰받은 동력 장치에서 제일 난제였던 압력센서 속의 문제를 일으킨 금속제를 교체하는데 내가 미처 생각하지 못한 것을 주니어가 도맡아서 한 것이란 얘깁니다."

수덕의 항변에도 채 원장은 뭔가 수덕과 주니어 사이에 이해되지 않는 것이 있다는 생각을 떨치지 못하고, 아직도 의심스러운 구석이 남아 있다는 표정이고, 이 박사는 수덕이 오기 전에 채 원장이 잠깐 꺼냈던 HAIST 학부 이권재 총장을 만났던 얘기를 묻는다.

"권재, 그 친구가 뭐라고 했길래, 말도 못 하고 군소리를 들었다는 겁니까?"

이 박사의 묻는 말에 채 원장은 수덕을 다시 쏘아보면서 입을 열었다.

"바로 저 진 박사의 잘난 조수, 주니어 때문이지 뭔가! 나는 내 후배 철훈이가 자기네 학부에 교수 결원이 생겼다면서 추천할 사람 없느냐고 해서 주니어가 쟁쟁한 파리 PSCL 과학인문대학에서 교수를 했었다고 한 말이 떠올라 불러서 연결해 줬었지."

"내가 병원에서 그 친구 처음 인사할 때 가봉 출신이라고 했던 것 같은데요."

이 박사의 의아해하는 물음에 수덕이 나서서 설명했다.

"주니어는 원래 가봉 빈민촌 출신인 건 맞습니다. 운이 좋아서 프랑스 선교사를 양부로 만나게 되어 파리로 건너와서 PSCL에서 대학도 마치고, CEA 원자력 연구소에서 연구원으로 근무하다 모교에서 강의까지 했다고 합니다."

"하여튼 나는 대학에 소개만 해 준 것뿐이야!"

채 원장은 잔뜩 불만스러운 투로 말하고 수덕도 조금은 이해되지 않는다는 표정이다.

"주니어가 은호하고 저희끼리 잠깐 배워서 어눌한 한국말로 하는 강의가 학생들에게 어떻게 먹혀들었는지 저도 알다가도 모를 일이네요."

"하여튼, 몇 개월 안 돼서 아주 스타 교수가 된 모양이더라고. 학생들 사이에서 얼마나 난리가 났으면 권재 총장 귀에까지 들어가서 나를 불렀겠어?"

채 원장의 말에 이 박사 부인이 나선다.

"권재 총장 부인이 우리 학교 선배 언닌데, 딸이 서울대에 들어갔다고 자랑했었어요. 아마 딸한테서 들었겠네요."

"그 양반이 밥 먹자고 불러 놓고는 다짜고짜 하는 말이 '그런 뛰어난 인재가 있으면 같은 계열인 HAIST 학부에 먼저 소개해야 도리가 아닙니까?' 하면서 면박을 주더라니까!"

채 원장의 긴 설명에 이 박사는 머리를 갸우뚱한다.

"일본에서 한 번 언뜻 본 기억으로는 체격도 조그맣고 아주 어려 보였던 것 같은데 그런 인재인 줄은 몰랐군!"

"좀 어려 보여도 나이는 삼십을 조금 넘겼어."

수덕이 말하자, 채 원장이 창밖을 내다보다 싱긋 웃으며 말한다.

"그 스타 교수가 양반은 못 되는 모양입니다. 오늘 권재 총장과 면담을 하라고 했더니 벌써 밖에 와 있네요. 미스 조! 주니어 들어오라고 해!"

미스 조가 문을 열어 주어, 샤이가 빙그레 미소 지으면서 들어와 차례로 인사하고 앉자, 채 원장이 궁금해하는 얼굴로 묻는다.

"학교에서 주니어를 '베이비 스타 교수님'이라고 부른다는 소문이 있다면서? 혹시 주니어가 너무 어려 보인다고, 학생들이 그렇게 놀리는 건 아닌가?"

샤이는 수덕의 눈치를 보면서 말했다.

"진 박사님이 그러지 말라고 하셨는데, 제가 우리 기욤이를 가끔 학교에 데리고 갔더니, 학생들이 그렇게 불렀습니다."

"저는 아직 어린 아기라, 울기라도 하면 학생들의 면학 분위기를 깰까 봐 조심스러워서 당부했었죠."

수덕의 말에 이 박사 부인도 걱정스러운 표정이 된다.

"면학 분위기도 그렇지만 엄마도 아니고, 아기 건사하기가 쉽지 않았을 텐데!"

"우리 기욤이를 케어해 주시는 은호 어머님이 집에서 자주 운다고 하셔서 학교에 데리고 갔습니다. 이상하게 학교에서 아빠하고 있으면 울지 않았습니다."

"어린 아기가 벌써 아빠를 알아보고 정이 들었구면!"

샤이의 말을 들은 이 박사 부인이 혀를 끌끌 차자, 샤이는 눈을 똥그랗게 뜨고 이야기를 이어 간다.

"기욤이와 같이 있으면 좋은 점이 또 하나 있습니다. 나 혼자 출근할 때는 다른 과 여학생들이 나도 같은 학생인 줄 알고 윙크도 하고, 가까이 와서 만지기도 했습니다. 기욤이하고 출근하면서 그런 여학생이 없어졌어요."

샤이가 거기까지 말했을 때 모두 황당한 표정들을 짓자, 샤이는 웬일인가 놀란 표정이다가 금방 눈치를 채고 웃음을 터트렸다.

"여기가 아니고 여깁니다!"

아래쪽을 가리키던 손으로 어깨를 치자, 모두 고개를 끄덕이고 사무실이 떠나가게 박장대소를 했다.

"저렇게 우리를 착각으로 유도하는 어투가 어쩌면 젊은 학생들의 정서에 먹혀들었을 수도 있겠네!"

이 박사가 고개를 끄덕이자, 부인이 아기 기저귀는 어떻게 하느냐고 물었다.

"기저귀는 쉬는 시간에 여학생들이 우리 기욤이 귀엽다고 서로 갈아 준다고 야단입니다. 한국 학생들 대단히 친절합니다. 그래서 아기 젖 먹이는 담당 여학생도 있어요."

샤이의 말투에 모두 웃음을 머금고, 채 원장은 짓궂은 표정으로 가슴을 가리키다 손을 오므려서 흔들며 말했다.

"여기 아니고 이거지?"

또다시 함박웃음으로 사무실이 떠들썩해졌다가 잠잠해지자, 채 원장이 또 다른 궁금한 걸 물었다.

"주니어 교수 덕분에 오래간만에 시원하게 웃어 봤네. 또 다른 소문엔 베이비 스타 교수가 가끔 강의하면서 샹송을 부른다는 얘기가 돌던데, 진짜야?"

채 원장의 말에 모두 놀란 표정들이고, 샤이는 쑥스러운 얼굴을 한다.

"너무 말들이 빠르네요! 어느 날 강의 시간에 잠자는 학생이 있었습니다. 몇 번 놀래 주려고 귀에다 대고 불렀습니다. 다음부터 샹송 듣겠다고 거짓 잠을 자는 학생이 자꾸 늘어나서 이젠 절대로 안 합니다."

"몸도 조금은 부실한 주니어 교수가 낯선 타국 땅에 와서 적응을 잘하는 걸 보니, 아주 대견하구먼!"

이 박사가 진지한 표정으로 바라보자, 샤이가 눈을 반짝이면서 말한다.

"제가 아픈 마음을 잘 다스려서 똑바로 서게 된 것은 저의 메인(Main)인 진 박사님 덕분입니다."

샤이의 진심 어린 말이 끝나자, 채 원장은 어이없다는 표정이 되어 수덕과 샤이를 지목해서 팔을 내두른다.

"저 보라니까! 자기가 한 것은 자기 책임인 것처럼 자기가 잘한 것도 당연히 자기 몫인데, 왜 자꾸 서로 미루는 거야?"

채 원장의 채근에 두 사람은 꿀 먹은 벙어리처럼 아무런 말을 못 하고 이 박사가 은근한 표정으로 바라보며 조용하게 말했다.

"채 원장님이 너무 과민 반응을 보이는 것 같습니다! 한 팀끼리 서로 공을 가지고 아웅다웅하는 것보다 양보하는 것이 훨씬 보기 좋은데, 왜 그러세요?"

이 소장의 설득에도 채 원장은 이해되지 않는다는 얼굴이다.

이른 아침, 은호와 샤이가 학교 교정에 부지런히 들어서고 있었다.

샤이는 윤 기사 차에서 유모차를 꺼내 기욤이를 태우고, 은호는 자기 책가방을 메고 두 손에 샤이의 두꺼운 책과 서류 뭉치를 들고 낑낑거리며 교문을 들어서서 한참을 가다가 앞서가는 샤이를 부른다.

"주니어 형!"

앞서가던 샤이가 뒤돌아 노려보면서 소리친다.

"교문을 들어섰으니, 교수님!"

"아 알았어요, 주니어 교수님! 이 책이 너무 무거워요. 제가 유모차 밀게요."

샤이는 아무 말 없이 책 둥치를 받고 유모차를 넘겨준다.

은호가 무거운 짐을 넘기고 싱긋이 웃으면서 몇 걸음 옮겼을 때 잠잠하던 기욤이 칭얼거리기 시작해, 은호가 엎드려서 달래는 시늉을 하자, 기욤이 은호의 얼굴을 확인하고 으앙- 울음을 터트린다.

샤이가 이내 달려와서 책 둥치를 은호에게 안기고, 유모차를 도로 잡고 허리를 굽혀 내려다보자 기욤이 거짓말처럼 이내 울음을 그친다.

"아빠와 아들이 아주 완벽하게 나를 갖고 놀잖아!"

은호는 무거운 책 둥치를 들고 멍하니 서서 중얼거리고 있었다.

샤이가 책 둥치를 옆에 끼고, 유모차를 밀어 강의실 문을 열고 들어서는 순간, 수선스럽던 실내가 일시에 잠잠해지면서 반짝이는 눈동자들이 샤이와 기욤 부자에게 집중되었다.

샤이는 유모차를 출입문 옆에 세우고 교단에 올라선 후, 중간에 앉은 과 대표의 구령에 따라 인사를 나눈 다음, 서류 봉투에 든 과제물 채점표를 흔들어 보이며 말한다.

"대부분 100점입니다. 이상한 것은 0점도 몇 명 있어요. 그런데 나 주니어 교수가 이해 안 되는 것은 가끔 잠을 자는 용준이도 100점입니다. 혹시 꿈속에서 내 강의 따로 듣는 것 아닙니까?"

샤이가 말하고 멀찍이 있는 학생을 바라보자, 듬직한 학생이 겸연쩍은 미소를 지으면서 손을 내젓는다.

"이 채점표는 강의 끝나고 과 대표, 아니 100점 받은 용준이가 나눠 줄 겁니다. 그럼 지난 시간에 이어서 비편재 효과, 콘쥬게이션 화합물과 자외선 분광법에서 교차 결합부터 배워 볼까요."

그때 맨 앞에 앉은 까불이 은용이가 조그만 목소리로 말한다.

"지난 시간에 오늘 핵폭탄 한번 만들어 보자고 하셨잖아요?"

샤이는 눈을 똥그랗게 뜨고 기욤을 바라보면서 말한다.

"오늘은 기욤이가 있어서 안 됩니다. 잘못하다 원자폭탄이 터지면 나는 괜찮아요. 일곱 달밖에 살지 못한 주니어 아들 기욤이는 너무 억울합니다."

샤이의 공연한 엄살에 은용은 큰 소리로 말한다.

"그까짓 원폭! 내가 기욤이 것까지 다 맞겠습니다. 약속 지키십시오!"

"그렇다면 은용이 믿고 핵폭탄 한번 만들어 보겠습니다."

샤이는 교탁 앞에 서서 강의를 이어 간다.

"제일 먼저 우리 인간을 머리 아프게 하는 원자폭탄이 이 세상에 나오게 된 역사를 알아보고 넘어가지요.

미국이 제일 먼저 핵폭탄을 개발해서 진주만을 먼저 건드린 일본을 원자폭탄 두 방으로 무조건 항복시킨 것은 모두 알고 있지요? 일본 히로시마와 나가사키에 핵폭탄을 떨구기 5, 6년 전에 미국 정부에 핵 개발을 충동질한 사람은 헝가리에서 미국으로 망명한 지라드라는 과학계에서 일하는 사람이었습니다.

지라드가 핵분열의 성공을 알게 되면서 전쟁광인 독일의 히틀러가 핵분열을 이용한 원자폭탄 제조에 먼저 성공하게 되면 온 천지가 완전히 나치 세상이 될까 봐 두렵고 걱정이 돼서 미국 정부에 정보를 제공하려고 문을 두드렸습니다.

그런데 지라드가 나처럼 작았나 봐요! 그는 백악관 고위층의 문을 열지 못하고 같은 헝가리 사람 와그너와 함께 당시 인지도가 높은 아인슈타인을 찾아가서 설득해 고위층과 접촉하는 데 협조해 주겠다는 약속을 받았습니다.

아인슈타인이 나와서 나 지금 고백합니다. 나 주니어는 어렸을 때는 원자폭탄을 최초로 발명한 사람이 아인슈타인인 줄 바보처럼 잘못 알고 있었습니다.

아인슈타인 박사님, 미안합니다!

지라드와 와그너의 간절한 부탁을 받은 아인슈타인은 1939년에 편지를 써서 백악관에 자주 출입하는 경제학자 지인을 통해서 루스벨트 대통령에게 전달해서 우라늄 자문위원회가 처음 설치됐습니다.

하기는 아인슈타인 박사님이 미국이 세계 최초로 원자폭탄을 만들게 한 공로자가 되기는 하네요!

그런데 사업자금이 겨우 1천만 달러도 안 되고, 4톤의 흑연과 50톤의 산화우라늄을 구매할 600만 달러뿐이었습니다.

처음엔 U-235(우라늄) 농축액 또는 P-239(플루토늄)을 사용하면 원자폭탄을 만들 수 있을 거라 믿었지만 플루토늄을 붕괴시킬 수 있느냐와 자연 우라늄으로 연쇄 반응을 일으켜 대량의 플루토늄을 만들 수 있느냐는 숙제가 남아 있었습니다.

1942년 12월 시카고 대학 운동장 한구석에 '야금연구소'라는 가짜 간판을 단 작은 연구소(시카고 파일 원)에서 페르미 과학자가 최초로 지속성 핵분열 연쇄 반응을 일으키는 걸 성공했습니다."

여기까지 얘기했을 때, 기욤이 잠이 드는 듯 한동안 눈을 감고 잠잠하게 있다가 갑자기 눈을 뜨고, 두 팔을 흔들면서 아빠를 향해 칭얼거리자, 샤이가 기욤 쪽으로 허리를 구부리고 입에다 집게손가락을 대고 '쉬—잇', 소리를 내자, 기욤이도 흔들던 손을 자기 입에다 대고 이내 조용해졌다.

앞쪽에 있는 학생들의 웃음이 터지고, 은용이 한마디 했다.

"7개월에 저 정도면 돌 지나면 강단에 서겠는데요."

모두 한바탕 웃고 나서 샤이의 강의는 이어졌다.

"1942년 페르미 과학자가 핵분열에 성공하고 1년 뒤에 캘리포니아 대학의 오펜하이머가 1943년 3월에 소장으로 취임하면서 미국의 많은 대학에서 저명한 과학자들이 모여들기 시작했습니다.

오펜하이머는 핵폭탄 공장의 첫 소장으로 취임해서 그렇게 명예롭지 못한 원자폭탄의 발명자라는 나쁜 이름을 지금까지 가지고 있는 겁니다.

여러 공정을 거쳐서 1945년 여름에 U—235(우라늄) 농축에 성공하여 원자폭탄의 원료가 차질 없이 생산되기 시작했습니다.

원폭 제조 공장은 산타페에서 30마일 떨어진 뉴멕시코주 로스알라모스에 신축됐구요. 그곳은 나중에 '노벨상 수상자의 강제 수용소'라는 별명이 붙은 곳으로 천 명이 넘는 과학자와 가족들이 한동안 폐쇄적 생활을 하고 있었습니다."

샤이는 평소보다 진지한 표정이 되어 학생들의 표정을 살핀다.

"이제부터 우리가 우라늄 없이 핵폭탄을 만드는 시간입니다.

우선 핵분열 연쇄 반응을 일으킬 수 있는 최소량인 임계질량(critical mass)을 생각해 봅시다.

여기 동그란 공 모양의 우라늄이 있다고 생각합니다.

이것으로 연쇄 반응을 일으켜 폭탄을 만드는 과정을 알아보는 겁니다.

연쇄 반응을 일으키려면 처음 일어나는 핵분열에서 나오는 중성자가 다시 우라늄에 빨려 들어가야 합니다.

빨려 들어간다고 해서 얘네들이 전부 핵분열을 일으키지 않는다고 해도 우선은 빨려 들어가야 하는 것이 첫 번째 조건입니다.

중성자 중엔 빨려 들어가지도 않고 그냥 구 표면 밖으로 왔다 갔다 하는 바보들도 있게 마련입니다.

이때 빨려서 흡수되는 것은 우라늄 양에 비례하므로, 구의 반경의 3승에 비례하고, 한편 구 껍질로 달아난 놈은 표면적에 비례하니까 결과적으로 구의 반경의 2승에 비례하게 됩니다.

그러므로 구의 반경을 적당히 크게 늘려 가면 빨려드는 것이 달아나는 것보다 많아져서 연쇄 반응을 끝까지 계속 시킬 수 있게 되겠지요. 이 부피를 임계부피 또는 임계질량으로 나타냅니다. 이 질량을 프랑스어로 masse critique, 영어로는 critical mass로 표시합니다.

여기까지 말한 것 가운데 궁금한 것 있어요?"

샤이가 학생들을 둘러보자 아무도 손을 들지 않는다.

"너무 간단해서 모두 이해한 것으로 알고 다음으로 넘어갑니다. 만약 중성자가 도망쳐서 달라붙는 구의 껍질에 중성자를 튕겨내는 물질을 둘러싸 주면 어찌 될까요? 그렇게 되면 달아나는 중성자 수가 줄어들어서 임계질량이 감소하여 작은 우라늄으로도 폭탄을 만드는 것이 가능하다는 결론이 나오네요.

같은 임계질량의 우라늄일지라도 가령 이것을 반쪽으로 쪼개 놓으면 표면적이 커지기 때문에 연쇄 반응이 일어나지 못합니다.

또 하나, 우라늄이 임계질량을 넘어 버리면 연쇄 반응이 계속되어 멈추지 못합니다. 자연 핵분열, 알파 반응으로 생긴 중성자가 자연 점화하는 역할을 하기 때문입니다."

이때 은용이가 눈을 반짝이면서 손을 든다.

"임계질량이 같은 우라늄을 반쪽으로 쪼개 놓으면 연쇄 반응이 멈춰진다고 하셨는데, 연쇄 반응이 충분한 우라늄을 폭발할 때에 급격하게 충돌시키면 폭탄이 되는 것이 아닙니까?"

"맞습니다! 폭발할 가능성이 아주 많이 커지게 됩니다."

주니어 교수의 반색하는 말에 은용의 얼굴이 밝아진다.

"원자폭탄의 임계질량은 U-235에 대해서 40kg(반경 약8cm)로 계산하면 될 겁니다.

U-235 폭탄에서 분열 에너지의 1에서 5%의 에너지가 폭발할 때 터져 나오게 되어 1kg의 U-235(우라늄)이 폭발하면 TNT 약 2톤이 폭발한 에너지가 나오게 됩니다."

샤이는 앞쪽에서 유심히 집중하고 있는 재근이에게 묻는다.

"재근이는 폭발에 대해서 한마디로 설명할 수 있나요?"

재근이 자기에게 질문할 줄 몰랐는지 당황한 듯 망설이다가 조금 뜸을 들이고 나서 나직하게 말했다.

"폭발이란 좁은 공간에 대량의 에너지가 급속하고 격렬하게 흩어짐을 말합니다."

"아주 확실한 설명입니다!"

샤이는 아주 밝은 표정이 되어 강의를 이어 간다.

"원자폭탄도 핵분열로 나오게 될 것이 예상되는 전 에너지의 일부만을 내보내는 시점에서 팽창해 버리면 연쇄 반응이 중단되어 불발탄이 될 수 있어서 원자폭탄의 효율은 처음 핵분열에 의해서 생긴 중성자가 재분열되는 속도와 핵폭탄이 터져서 날아가는 속도에 따라서 결정됩니다."

샤이의 설명이 끝나자, 용준이 옆에 있는 미란이가 손을 든다.

"교수님! 핵폭탄이 터지는 속도는 어느 정도 되나요?"

"미란이 아주 좋은 질문 했어! 핵폭탄이 터지는 속도는 100만분의 1초가 됩니다. 100만분의 1초가 어느 정도 순간인지 상상이 됩니까?"

샤이는 눈을 똥그랗게 뜨고 다음을 설명한다.

"원폭 최초의 내부 온도는 1억 도가 됩니다. 압력도 수백만 기압, 이때부터 1,000분의 1초 사이에 증발해서 직경 30m, 온도가 30만 도 정도의 구를 만들 때 충격파는 이 화구에서 떨어져서 앞으로 나가게 되고, 화구에서 복사 에너지를 내보내게 되어 냉각되면서 30만 도에서 1,700도가량으로 식게 됩니다.

이 화구 주위의 공기는 폭풍의 충격 파편과 자외선으로 이온화되며, 겉으로 방출되는 열이 방해되고, 속으로부터 열이 흘러나와 다시 7,000도로 올라가 1초 후에는 직경이 무려 100m까지 커져서 올라가면서 화구의 빛은 꺼지게 됩니다. 그리고 빛이 꺼졌다고 해서 끝이 아닙니다. 충격 파편이 빠져나가면서 공기가 팽창하고 온도가 급격히 떨어지면 수증기로 된 고리가 보이면서 이것이 고속으로 밖으로 퍼져 나가게 됩니다.

공기가 급상승하면서 주위의 흙, 먼지 등이 혼합된 불투명한 구름이 형성되어 올라가 4분 후에는 대류권 꼭대기에 도달하고 7분이 지나면 1~2만m까지 올라가지요.

여기서 붉은 화구는 없어지고 지름이 약 3km인 백색 증기의 버섯구름으로 변합니다."

샤이는 학생들에게 궁금한 것이 있는지 확인했지만 아무런 반응이 없자 원자폭탄보다 더 강력한 폭탄들을 열거하기 시작했다.

"과학자들은 원자폭탄이 성공하면 폭발할 때 나오는 열을 이용해 중수소를 융합시켜서 수소폭탄이라는 강력한 폭탄을 만들 수 있을 거라고 생각했지만, 연구 결과 중수소 하나만으로는 안 되고, 3중수소라는 새로운 물질이 필요하다는 걸 알아냈습니다.

이 3중수소는 플루토늄 생산을 중지하고 그 원자로에서 만들어야 하므로 플루토늄을 재료로 하는 원자폭탄 제조는 중단되고 말았습니다. 원폭이 폭발하면서 생기는 1억 도의 고온에서 융합되어 만들어진 3중수소가 중수소와 결합해서 헬륨가스와 질소가 만들어지는 핵융합반응으로 17.58MeV의 에너지가 나옵니다."

설명이 끝나자, 미란이 질문했다.

"3중수소는 플루토늄을 만드는 원자로에서 그대로 나오나요?"

"아닙니다! 원자로에 리튬을 넣어서 만들어야 하고 연소제로 엄청난 양의 우라늄235가 필요합니다.

3중수소 1kg을 만들려면 우라늄235가 100kg이 필요하니, 수소폭탄 만드는 비용이 엄청납니다.

3중수소나 중수소는 둘 다 기체형이어서 영하 200도의 액체 상태로 보관해야 합니다."

샤이가 기욤이를 바라보자, 잠에서 깨어서 말끔히 쳐다보고 있어 미소를 주고받고 나서 강의를 계속한다.

"수소폭탄의 위력은 원자폭탄의 파괴력이 TNT 2톤이라면 수소폭탄은 TNT 300만 톤의 위력이니 3Mega톤 폭탄이라 이 수소폭탄의 폭발을 실험하면서 섬 하나를 완전히 지구상에서 없애 버렸습니다."

그때 과 대표 경호가 손을 들었다.

"3Mega톤 폭탄 몇 개면 지구가 멸망하는 거네요?"

"그런 계산이 나오니 지금 우리는 무서운 세상에 사는 것입니다. 기존에 '너 죽고 나 살아요!' 하는 것이 아니고, '너도 죽고 나도 죽어요!' 하니까 엄청난 비용으로 만들어 쌓아만 놓고 세상을 위협하고 있습니다.

또 다른 dirty(더러운) 폭탄이란 별명이 붙은 수소폭탄이 있습니다. 아예 폭탄 중심부에 원자폭탄을 집어넣고 그 주위에 중수소화 리튬을 싸 놓은 다음, 자연 우라늄을 다시 싸서 중심부 원폭이 폭발해 중성자가 나오면서 3중수소를 만들어 주위의 중수소와 충돌해 핵융합반응이 연속적으로 일어나는 수소폭탄입니다. 이은용! 왜 dirty bomb(더러운 폭탄)이란 별명이 붙었을까? 대충은 알 것 같은데, 한번 말해 봐!"

샤이의 요구에 은용은 곧바로 설명한다.

"처음엔 핵분열, 다음에 리튬에 의한 핵융합, 다시 방사성 물질을 엄청나게 내뿜는 핵분열로 끝나니까, 방사성 물질이 많이 나올 수밖에 없어서 그런 악명이 붙은 것 아니에요?"

"아주 정확한 대답입니다. 은용이 대단해요!

수소폭탄이면서도 세 단계로 폭발이 이루어져서 3F 폭탄이라고도 하고, 리튬을 사용한다 해서 리튬 폭탄이라고도 부릅니다.

폭발하는 힘이 대단해서 기존 수소폭탄보다 거의 다섯 배에 가까운 TNT 1,400만 톤의 위력입니다. 거기에 자연 우라늄을 사용하기 때문에 비용도 엄청나게 싸서 아주 머리 아픈 폭탄입니다."

그때 용준이가 머리를 숙이고 있는 것이 분명히 졸고 있다고 생각한 샤이가 교단에서 내려가 용준이 앞에 가서 큰 소리로 강의를 시작했다.

"원래는 3F 폭탄만 가지고는 방아쇠 역할을 하는 원자폭탄을 제외하고는 핵분열 물질이 생기지 않습니다.

그러나 핵융합 시에 방출하는 중성자 때문에 핵분열 물질이 만들어집니다."

거기까지 말했을 때 용준이 잠에서 깨어나서 머리를 긁적인다.

샤이는 짓궂은 표정으로 말한다.

"내일부터는 내가 여기까지 못 오니까 용준이가 잠이 오기 시작하면 저 교탁 앞까지 와 줘야겠어! 알았습니까?"

용준이 고갤 끄덕이고, 샤이는 도로 교탁에 돌아와서 강의를 이어 간다.

"약 500g의 중수소를 핵융합시키면 TNT 2만 톤 상당의 에너지가 나오고 중성자가 약 100g 정도 나옵니다.

이 중성자는 공기 중에 질소와 작용해서 14C라는 방사성 물질이 됩니다. 그런데 코발트금속을 수소폭탄 주위에 싸 놓으면 자연 코발트와 질소가 결합하여 감마선과 결합된 60CO가 반감기 5.3년이 되는 방사성 물질을 만들어 내게 되며. 이것이 땅에 떨어져서 쌓이면 긴 시간 동안 방사선이 나오게 됩니다.

만약 500톤의 중수소를 핵융합시켜 그 주위에 10만 톤의 코발트금속을 둘러놓으면 60CO가 약 7,000돈의 12Cl(염소가스)을 생산하여 이것이 지구 표면에 골고루 떨어져 쌓이면 하루에 10rem의 방사선을 사람들이 받게 되어 지구 온 인류가 수년 내에 완전히 사망하게 됩니다.

여기서 알아두어야 할 내용은 12Cl은 2차 세계대전 당시 최초로 화학 무기로 개발했던 독성 물질입니다.

이렇게 코발트탄이 무섭습니다.

사실 우리 지구인은 우주에서 사라질 준비가 다 돼 있다는 결론을 설명하려고 이 주니어가 긴 시간 여러분과 함께 각종 폭탄을 만들어 봤습니다.

우리 한글 선생님에게 배운 주니어의 한글 실력이 이젠 많이 나아졌습니까?"

샤이가 둘러보자 여러 학생이 엄지를 치켜세우고 있었다.

샤이는 강의 시간이 모두 끝나고 학생들을 돌아보면서 조용하게 마지막 멘트를 했다.

"오늘 핵폭탄 만드느라 하지 못한 콘쥬게이션 교차 결합은 내일 할 겁니다. 교재를 미리 한 번씩 읽어 보고 오십시오.

그리고 나 주니어는 여러분 덕분에 다음 달부터 HAIST에서도 강의를 하게 됐습니다."

샤이의 말이 끝나자, 주니어 교수가 완전히 HAIST로 옮겨 가는가 해서 몇몇 학생은 눈을 똥그랗게 뜨고 놀란 표정을 한다.

"HAIST에서 강의해도 여러분과 만나는 시간은 변함이 없습니다. 여러분에게 고맙다는 말을 하고 싶었습니다."

그제야 학생들은 안도하는 표정이고, 여학생 몇 명은 벌써 기쁨이 유모차에 매달려 있다.

샤이는 용준이 채점표를 나눠 주는 것을 무심히 바라보면서 자기가 강의 도중 마지막에 움찔했던 대목이 있었던 걸 다시 되새겨 본다.

코발트탄을 얘기하는 도중 중수소를 핵융합시켜 그 주위에 코발트금속을 둘러놓으면 코발트에서 방사선과 함께 화학 무기가 될 수도 있는 기체염소가 생산된다는 부분이었다.

주인님이 발견한 원소가 바로 이 염소와 반응해서 전자를 무기력화하는 빛을 방출했다고 하질 않았던가!

샤이가 또 다른 면으로 생각할 때 지금 인류가 존재하는 지구라는 개념을 떠나 우주 자체가 전자와 양자의 활동으로 생성됐다는 이론이 지배적인 걸 볼 때 전자를 없앤다든지 무기력화하는 것이 옳은 발상인지 새삼 다시 생각해 보게 되었다.

그렇다면 또 다른 방법이 타당하다는 결론이 아닌가!

거기까지 생각하다가 벼락불처럼 떠오른 기억이 있어 '아차!' 하면서 교단 위에서 자신도 모르게 주저앉고 말았다.

리브르빌 해변에서 온 우주 신이 주인님과 몇몇이 시도하는 원래 신물질의 파괴력을 뒤집는 연구를 아무 방해를 받지 않는 가봉으로 옮겨 오라던 말을 깜빡하고 엉뚱한 생각을 하는 실수를 한 것이다.

학생들은 높은 교탁에 가려져 샤이의 모습을 보지 못한 듯 잠잠해 다시 일어나 미란이가 우유병을 흔들고 있는 유모차 곁으로 와 기분이 좋아 있는 기윰을 들어 올렸다.

기윰이 누나들 덕분에 기저귀를 말끔하게 갈아 차고 기분이 좋은 듯 한껏 활짝 웃고 있다.

미란이 우유병을 물리자, 기윰이 두 손으로 받아 나팔을 불듯 우유를 먹는 귀여운 모습에 여학생들이 둘러서서 대견하게 바라보며 키득거린다.

기윰이가 품에 안겨서 우유를 열심히 먹는 동안 샤이는 주인님이 궁금해 가만히 눈을 감아 본다.

눈에 떠오르는 영상에 뜻밖에 수덕이 미대 교수실에서 임현도 교수와 심각하게 얘기를 나누고 있는 모습이 떠오른다.

학생들은 다음 교수의 강의를 준비하느라 수선스러운 가운데 샤이는 기욤이가 우유를 다 먹기를 기다려 부리나케 유모차를 밀고 나와 미술대 회화과 임 교수 사무실을 찾았다.

우선 유모차를 복도에 두고 사무실 문을 열고 들어가자, 샤이의 갑작스러운 출현에 두 분 다 놀라는 표정으로 바라본다.

"주니어 교수가 웬일인가? 바로 강의 시간인데!"

"오늘 제 강의는 다 끝났습니다."

샤이는 조금은 걱정스러운 투의 임 교수 질문에 대답하고 주인님 수덕을 바라본다.

"박사님은 웬일로 이렇게 일찍 연구소에서 나오셨습니까?"

"나도 과제가 일단 마무리돼서 임 교수가 파리 대학에 다시 돌아간다기에 호, 불호 반반이어서 이렇게 찾지 않았나!"

"저도 미셸 삼촌한테 조금 들었습니다. 에콜 데 보자르에서 교수님을 많이 기다리고 있다고 했습니다. 그런데 호, 불호 반반은 무슨 말입니까?"

샤이의 물음에 현도가 웃으면서 설명한다.

"호는 Bien!(좋아!), 불호는 mauvais(싫어!). 그게 반반이란 말이지!"

현도의 설명에 수덕이 덧붙인다.

"친구가 국제적으로 활동하는 것은 환영하지만 멀리 떠나면 자주 볼 수 없어 마음이 아쉽다는 거지."

수덕이 거기까지 말했을 때 복도에서 기욤의 짜증스러운 울음이 터져 샤이가 부리나케 나간다.

미치코의 개과천선

미셸은 파리 센강이 내려다보이는 카페에 미리 나와서 얼마 전에 파리 에콜 데 보자르 교수로 복귀한 현도를 기다리고 있었다.

사실 현도는 아버지 임 교감이 그렇게 애틋하게 생각하던 삼촌의 별세로 모든 것을 놓고 계셔서 가족 문제를 신경 써야 하는 상황에 겨우 자리를 잡은 국내 대학교수직까지 해외에서 적극적인 작품 활동을 위해서 정리해야 한다는 것이 힘들었다.

그럼에도 미셸이 짚어 주고 조언하는 폭넓게 작품 활동을 해서 국제 미술계에서의 자신의 입지를 다져야 한다는 것에 공감해서 힘든 결단을 한 것이다.

현도의 작품이 파리 미술계에서 나름대로 인정받은 인지도를 아는 미셸은 국내에서 가르치는 것보다 국내 인재들을 해외에 진출시키는 교두보 역할을 하는 것이 모국 미술계를 위해서도 더 많은 도움이 될 거라고 했었다.

미셸은 조금 늦어지고 있는 현도를 기다리면서 이사벨을 뒷바라지하면서 동분서주했던 옛날을 뒤돌아보다가 코리아에서의 청천벽력 같은, 생각조차 떠올리기 싫은 일을 치르고 파리 집에 돌아와 한동안 가슴앓이하던 당시의 암울한 기억이 다시 또 뇌리를 스친다.

고이 간직하고 간 이사벨의 유골함을 가족, 친지들이 지켜보는 가운데 형님의 묘지 바로 옆자리에 묻고 돌아와 거의 식음을 전폐하다시피 하고 슬픔에 잠겨 있어 부인 에밀리의 마음을 안타깝게 했었다.

당시 그는 기력조차 바닥까지 소진되어 며칠째 방 안에 틀어박혀 두문불출하고 있었다.

미국에서 급하게 왔었던 둘째 아들 니콜라스도 아내와 함께 쌍둥이 아이들을 데리고 워싱턴으로 돌아갔다.

그렇게 발랄하고 건강하던 이사벨이 저세상으로 떠나갔다는 사실이 그저 못된 꿈만 같고, 사랑하는 주니어를 보기 위해 만삭인 몸을 감추고 한국행을 고집할 수밖에 없었던 애절한 마음이 자신의 심정에 오래도록 남아 뒷바라지하던 삼촌으로서 아픈 마음을 어찌할 수가 없었다.

그런 미셸의 마음을 알고 가까운 친구 몇 사람이 밖으로 불러내려고 했지만, 몸이 불편하다는 핑계로 집 안에서만 웅크리고 있었다.

침실에 틀어박혀 떠오르는 생각은 처음엔 무엇이 잘못되어 이런 말도 안 되는 비극적인 결과를 낳았는지였다. 꼬리를 물고 이어지는 의문의 마무리에 이르는 결론은 주니어가 아무 연고도 없는 코리아에 뜬금없이 왜 갔느냐 하는 미궁 속 질문이 그의 머릿속에서 지워지지 않았다.

더구나 미셸 자신도 알 수 없는 묘한 인연으로 알게 됐던 코리아의 천재와 전혀 생면부지인 파리 천재 주니어가 수만 리 타향 객지에서 절실하게 매달려 나름대로 소통이 되어 이사벨의 안장

식도 마다하고 갓난아이 기욤과 함께 그들과 어울리고 있는 것이 어찌 보면 이해할 수 없는 아이러니가 아닌가!

미셸은 그런 샤이의 처신이 조금은 곱지 않은 생각이 들 수밖에 없었다.

미셸이 본래 성품에 어울리지 않게 골똘하고 있을 때 에밀리가 침실로 들어와 PSCL의 클로드 교수한테서 전화가 왔다고 퉁명스럽게 말하고는 휑하니 나가 버렸었다.

하루 이틀도 아니고 며칠을 혼자서 구시렁거리고 있는 것이 차분한 에밀리도 맘에 들지 않는 눈치였었다.

클로드 교수도 용건은 분명히 만나자고 나오라는 내용일 거라는 생각에 머뭇거리다가 전화를 받으니, 대뜸 왜 주니어가 귀국이 늦어지고 있느냐는 볼멘소리가 먼저 나왔었다.

"주니어가 가봉에서 돌아오면서 학교에 사직서를 제출했다고 하지 않았습니까?"

미셸의 말에 클로드 교수는 히죽이 웃었다.

"자기 맘대로 사직서만 낸다고 일사천리로 모든 것이 끝난답니까? 주니어 사직서는 몇 개월째 내 서랍 속에서 잠자고 있습니다."

"주니어는 모든 게 정리된 줄 알고 코리아 국책 과학연구소와 그 나라 최고학부에서 강의까지 하느라고 정신이 없던데요."

"그러면 주니어는 파리엔 발 끊고 거기서 영원히 산답니까?"

"그것은 내가 주니어 처지가 아녀서 잘 모르지요."

"주니어의 입장은 그 사람 소관이니, 미셸 선생이야 모르는 것이 당연한 일인데, 미셸 선생이 알아야 할 것이 지금 내게 있으니까 지금 당장 학교 앞 그전에 만났던 카페로 나오시오!"

"그게 뭔데요?"

"와서 보면 알 것이고, 미셸 선생이 보아서 손해 갈 일은 아니니까, 아무 생각 말고 나오라면 순순히 나와요!"

미셸은 누가 불러도 꼼짝하지 않고 집에만 있었는데, 클로드 교수의 강요에는 어쩌지 못하고 PSCL 대학교 앞 카페에 나갔었다.

클로드 교수는 예전과 달리 맥이 하나도 없이 카페에 들어서는 미셸을 보고 의아하다는 표정이었다.

미셸은 앉자마자 웨이터에게 식사부터 주문했었다.

"아니! 선생한테 무슨 안 좋은 일이 있었던 것은 아닙니까?"

"이번에 코리아에 가서 감당 못 할 아주 큰 일을 치렀습니다."

미셸은 클로드 교수에게 숨길 것이 없다 싶어 모든 얘기를 털어놓고 눈물이 그렁그렁해서 한숨을 땅이 꺼지게 내쉬었다.

클로드 교수는 얘기를 다 듣고 나서 충격이 심했던 듯 마시던 코냑 잔을 들어 단숨에 들이켜고 나서 한동안 말이 없다가 심각한 표정이 되어 먼저 입을 열었다.

"주니어는 그럼 혼자 신생아 아이와 함께 코리아에 그냥 주저앉아 있단 말입니까?"

미셸이 암담한 표정으로 그저 말없이 고개만 끄덕이자, 클로드 교수는 다그치듯 질문을 이어 갔다.

"유골이 된 사랑하던 사람을 따라오지 않은 것도 그렇지만 주니어 자기가 언제부터 코리아를 잘 알았다고! 타국에서 그 어린 것을 혼자 감당하고 있다는 것이 내 상식으로는 이해되지 않는다는 말입니다."

클로드 교수의 주니어 심중을 알 수 없다는 말에 미셸이 감정을 추스르고 나지막하게 말했다.

"전에 언뜻 얘기한 적이 있는 것 같은데, 주니어와 버금가는 코리아에 아주 명석한 천재가 있다고, 내 말 했었죠?"

"기억이 납니다! 미국의 저명한 핵물리학자 데이비드 샌더슨 박사가 참변을 당한 호텔 화재 사고에서 그 친구가 반신불수가 됐다고 하지 않았습니까?"

"맞습니다! 정확히 기억하고 계시는군요. 주니어가 그 친구와 무슨 인연이 있는지 일찍부터 교감이 있었던 것처럼 그 코리아 천재가 예전부터 근무하던 HIST 연구소에서 함께 어울리고 있었습니다."

"천재끼리는 뭔가 통하는 구석이 있는 건가!"

클로드 교수는 혼잣말처럼 뇌까리고는 심각한 표정으로 미셸의 얼굴을 유심히 노려보면서 이야기를 시작했었다.

"이 암석은 어떻게 미셸 선생 손에까지 들어온 겁니까?"

"그 돌의 분석 작업이 끝나신 겁니까?"

클로드 교수가 가방에서 꺼내는 암석을 보면서 미셸이 대답 대신 먼저 질문을 했었다.

"아직은 작업이 마무리된 것은 아니고, 우선 미셸 선생은 외국에서 가져온 것이라고만 했었는데, 이제는 정확한 출처가 중요해졌습니다."

"아니! 왜요?"

미셸이 눈을 똥그랗게 뜨고 바라보자, 클로드 교수는 나지막하게 말을 했었다.

"내가 분석하면서 내린 판단은 이 암석 속의 숨겨진 원소는 이 지구상에는 없는 우주의 암흑물질이란 결론이 나와서 이것만 가지고는 분석을 해 봐야 그냥 표본 정도밖에 안 돼서 쓸모가 없다는 것입니다."

미셸은 또 코리아의 천재와 연관이 있다고 말하기가 뭣해서 조금은 난처한 표정으로 머뭇거리다가 말했었다.

"내가 코리아에서 이걸 가져온 것이 벌써 20년이 지났습니다."

"또 코리압니까? 20년이라니요! 나한테 주면서 분석해 보라고 한 것은 몇 년 안 된 것 같은데요."

클로드 교수의 물음에 미셸은 더욱 난감해질 수밖에 없었다.

"나 자신도 알 수 없는 우연이 그 돌멩이가 내 손에 들어오게 될 무렵 코리아에서 사찰을 심하게 받고 프랑스에 어렵게 가지고 들어와 CERN이나 주니어가 있었던 원자력 연구소의 쟁쟁한 박사들한테 보여 줘도 농담 잘하는 내가 그냥 돌멩이로 장난치는 줄로 넘겨서 그냥 집에 처박아 놨습니다."

"그런 돌멩이를 어떻게 나한테 넘겨줄 생각을 했습니까?"

"20년이 지나 코리아에서 다시 천재를 만났더니, 저 돌을 내가 가져간 것은 모르고 자기가 그 돌을 분석한 자료를 내가 자기와 대화 중에 은연중 빼내서 CERN에서 신물질이라고 대대적으로 떠들다가 리튬 동위 원소라고 번복한 것을 개발한 게 아니냐고 다그치지 않겠습니까! 사실은 그 대목에서 이 돌의 원소가 그렇게 대단한 걸 알게 돼서 교수님에게 가지고 갔던 겁니다. 그러니 이 돌의 임자는 역시 주니어가 매달리고 있는 코리아 천재의 것입니다."

미셸의 입에서 결국 또 주니어와 코리아 천재의 이름이 나오자, 클로드 교수는 그저 멍한 표정이 되어 앞만 무심코 바라보다가 주위를 의식하는 듯 나직하게 말했었다.

"이 암석의 원소는 내가 분석한 결과 지구상의 어떤 원소와 비교할 수 없는 엄청난 질량을 갖고 있어서 분열이나 융합 시에 어떤 파워가 나올지는 상상할 수 없는 물건입니다."

"코리아 천재 말도 이 신물질이 자칫 이 땅을 망칠 수도 있는 엄청난 물질이란 걸 알게 돼 정부에서 재촉하는 연구를 게을리하자, 자기를 배제하고 미국 핵물리학자에게 조언을 청해서라도 신물질을 실용화하려고 서둘러 대는 바람에 그것을 막기 위해 부득이 호텔에서 자기 몸을 던지는 극단의 방법을 쓸 수밖에 없어서 자기 몸을 그렇게 망치고 말았다고 했습니다."

미셸의 말에 클로드 교수도 고개를 끄덕이면서 말했었다.

"내가 알고 싶은 것은 이 암석을 어떻게 해서 발견하게 된 것인가 하는 것과 지금 어느 정도 보유하고 있느냐 하는 겁니다."

"그것까지는 제가 정확하게 알 수는 없죠."

미셸의 대답에 클로드 교수는 한동안 생각 속에 빠진 듯 말없이 추가한 코냑을 마시고 있었다.

미셸도 나온 음식과 와인을 마시고 있을 때 클로드 교수가 예상치 못한 말을 했었다.

"미셸 선생이 코리아에 다시 한번 다녀오시지요!"

"저는 안 됩니다! 원래 코리아 천재에게서 신물질 정보를 빼돌렸다는 낙인이 찍혀 있어서 아무것도 순순히 알려 주려고 하지 않을 겁니다."

미셸의 말에 클로드 교수는 손을 흔들면서 뜻밖의 말을 했다.

"그게 아니고, 가서서 당장 주니어를 잡아 오라는 부탁을 하는 겁니다."

클로드 교수는 술기운에 붉어진 얼굴로 미셸을 쏘아봤었다.

"왜 하필 주니어를 강제로 데려오라는 겁니까? 그 친구도 클 만큼 커서 누가 억지 부릴 상대는 아니죠! 웬만하면 제가 가루가 된 조카 안고 돌아올 때 저 혼자 왔겠습니까?"

미셸의 말에 조금 생각하는 듯하던 클로드 교수는 자리에서 벌떡 일어나더니 고함치듯 말했었다.

"그럼, 내가 가는 수밖에 없겠군!"

클로드 교수는 술이 과한 듯 비척이면서 카운터로 가더니 계산을 하고 휑하니 밖으로 나가 버렸었다.

그 일 이후로 한 번도 클로드 교수를 만나지 못했었다.

골똘한 생각에서 벗어났을 때 환한 현도 얼굴이 미셸의 눈앞에서 천진한 웃음을 띠고 있다.

"무슨 생각을 그렇게 심오하게 하고 계십니까?"

"지나가 버린 반년 전 일을 좀 되돌려 봤죠."

"아직도 조카님을 못 잊고 계신 거군요? 안타깝긴 하지만 이제는 좀 잊어야 하는 것은 잊어 보도록 노력해 보세요."

미셸이 이사벨 생각만 한 것으로 오해한 현도의 말에 그저 고개만 끄덕이다가 궁금한 걸 묻는다.

"오랫동안 고국에 가 있다가 컴백한 소감이 어때요?"

"뭐 별다른 생각이 안 드는 것이 꼭 어디 긴 휴가를 다녀온 것 같은 기분이고, 우선 우리 집 애들이 그동안 저희들끼리만 생활하느라 불안했는지 너무 좋아합니다."

"그렇겠지! 그런데 임 교수 올 적에 천재 친구나 주니어가 무슨 말 하지 않던가요?"

"어쩌면 이른 시간 안에 여기 파리에 오고 싶다고 하면서 그전에 가봉에 먼저 갈 것 같다고 했습니다."

"가봉에 갈 거라면 여기 파리를 경유해서 가는 것이 훨씬 편할 걸."

미셸은 심드렁하게 말하고, 커피를 한 모금 마시고 나서 현도를 유심히 바라보며 입을 연다.

"천재 씨가 하는 신물질 연구가 어느 정도 마무리가 된 모양이 구면."

수덕과 미셸의 갈등을 지켜봤던 현도로서는 알고 있는 것을 세밀히 말해 줄 입장도 아니지만, 수덕의 연구 부분은 평소 그렇게 관심을 갖고 대화한 적이 없어 사실 아는 것이 별로 없었다.

"글쎄요. 세 천재가 매달리고 있으니 웬만큼 진척을 보고 있는 건지 과학에는 문외한인 제가 알 도리가 없죠."

현도의 말에 미셸은 고개를 끄덕이고 입을 연다.

"오고 싶다는 파리를 안 들르고 가봉에 간다는 것을 보면 뭔가 어느 정도 성공 단계라는 얘기가 되는 겁니다."

미셸의 말에 현도는 눈을 크게 뜨면서 묻는다.

"성공 단계라 하면 어느 정도를 말하는 겁니까?"

"임 교수는 천재 씨가 그 멀고 척박한 땅 아프리카 오지에 간다면 무슨 일로 갈 거라는 생각이 듭니까?"

현도는 까막까막 생각하는 듯하다가 얼굴이 밝아져서 말한다.

"그 주니어 교수 고향이 가봉이니까, 사제 간에 관광 겸 해서 가 보자고 혹시 조른 것은 아닐까요?"

현도의 말에 짜증스럽다는 듯 미셸은 대뜸 큰 소리로 반박한다.

"그것은 말도 안 되지요! 주니어가 그렇게 한가하게 관광을 노래한다면 가봉에 가더라도 어린 기욤이 엄마가 잠자는 묘역에 먼저 와 봐야 하는 게 아닙니까? 그걸 모를 주니어도 아니고!"

그제야 현도도 미셸의 추리가 옳다고 생각해서 고개를 끄덕인다.

"어떤 실험을 하려고 하길래 그 먼 가봉까지 가려는 걸까요?"

"내 예상으로는 핵실험에 맞먹는 위험한 거라고 생각됩니다."

"그런 위험한 실험을 가봉 정부 허가 없이 개인들이 마음대로 할 수 있을까요? 불가능한 거 아닌가!"

"가봉같이 독립한 지 얼마 안 되는 신생 국가는 재정이 넉넉지 못해 많지 않은 경제적 도움으로도 위험을 감수하고 땅을 내놓을 수 있지요."

현도는 미셸의 설명을 들으면서 고국에 있을 때 TV에서 가봉 대통령 방문이 있고 얼마 안 있어 한국에 새마을 교육을 받으러 온 가봉 학생들의 모습이 생각이 난다.

"수덕이가 추진해서 가봉에 여행하려는 것이 진짜 핵실험이 목표일까요?"

"정확한 것은 내가 단정할 수 없지만 다른 이유란 것이 내게는 전혀 상상이 안 된다는 거죠."

두 사람 다 선진국이 앞다퉈 벌이는 핵실험이나 미사일 발사 시험 외에 사실 수덕의 팀이 구상하는 인공태양에 대해서는 아직 생각하지 못하고 있었다.

수덕이 일행의 가봉 방문에 관한 얘기가 길어지고 있을 때 출입구 쪽에 평상복을 입은 린이 들어서서 두리번거리자 미셸이 손을 흔들었다.

"이사벨 때문에 충격받은 로안은 한국을 떠나면서 린을 빈에 데리고 가서 한동안 기력을 충전시켜 온다고 안 했었나요?"

"린이 어제 파리 가족 행사가 있어서 왔다고 연락해서 아빠도 파리에 복귀했다고 했더니, 반색하기에 여기로 나오라고 했지요."

린은 싱글벙글한 얼굴로 다가와 꾸벅 인사하고 현도 옆에 바싹 다가앉는다.

"이번에 로안은 같이 오지 못했다면서, 무슨 일이 있는 거 아냐?"

미셸의 물음에 린은 조금 얼굴이 어두워지면서 퉁명스럽게 말한다.

"저하고 조금 트러블이 있었습니다."

"아니! 왜?"

"빈에 아빠 골칫덩어리 미치코가 저를 찾아왔었습니다."

린의 말에 현도의 얼굴도 금세 굳어지면서 낮게 중얼거린다.

"그 애가 무슨 일이 있길래 빈에까지 찾아간 거야?"

"그냥 제가 보고 싶어 왔다고 해서 공연도 없이 쉬고 있어서 한 번 만났었죠."

"그냥 만나기만 한 거야?"

미셸이 짓궂은 표정으로 묻자, 린은 현도의 눈치를 보면서 이야기를 이어 갔다.

"고모는 쓸데없이 그런 아이를 만났다고 야단을 치길래 몇 마디 대들었더니, 집에서 나가라고 난리를 치는 겁니다."

"너희 고모, 로안도 한 성깔 하지!"

미셸이 고개를 끄덕이면서 바라보자, 린은 조금은 간절한 눈빛으로 말한다.

"이제부터는 이사벨 삼촌께서 제 공연을 이끌어 주십시오."

린의 말에 미셸이나 현도 역시 놀란 얼굴이 되어 바라본다.

"그렇다면, 로안이 비즈니스에서도 완전히 손을 뗀다고 한 거야?"

"고모님이 먼저 제가 이젠 지겹다고 네 맘대로 하라고 했어요."

린의 단호한 말에 미셸은 고개만 끄덕이고, 지켜보던 현도가 한마디 했다.

"너희 고모가 한참 화가 나서 한 말을 곧이곧대로 믿으면 안 되는 거지! 너희 어머님도 눈앞의 아들을 보고도 너무 허망하고 비탄한 마음에 아니라고 했다가 그런 비극을 만들고 말았었잖아!"

현도의 말에 미셸은 다시 고개를 주억이고 마음 여린 린은 다시 어머니 생각에 얼굴을 떨구어 현도가 어깨를 잡고 토닥이자, 이내 눈가가 붉어진다.

한동안 린의 감정이 가라앉기를 기다려 미셸이 입을 열었다.

"내가 내일이라도 빈에 가서 로안을 만나 보고 나서 결정하기로 하자! 그럼, 거기까지 찾아간 미치코는 빈에서 그냥 헤어졌어?"

미셸의 물음에 린은 아직도 슬픈 감정의 앙금이 남아서 떠듬떠듬 말했다.

"아뇨! 빈에서 여기 파리까지 같이 왔는데, 아빠를 만나러 간다니까 여기까지 따라와서도 막상 너무 죄송해서 임 교수님 얼굴은 보지 못하겠다고 밖에서 못 들어오고 있어요."

린의 말에 미셸은 어설피 웃고, 마음 약한 현도는 당시 미치코로 인해 얼마나 시달렸던지 아직도 돌이켜 보기도 싫은 암울했던 생각뿐이어서 얼굴이 굳어졌다.

"아무리 힘들어도 묵은 감정은 풀어 버려야지. 린! 나가서 미치코보고 걱정하지 말고 들어오라고 해!"

미셸의 호통치듯 하는 말에 린이 일어나서 조심스럽게 나가고 얼마 지나지 않아서 몇 년 사이에 성숙한 숙녀 티가 나는 미치코가 들어오다가 현도와 눈이 마주치자, 테이블에 도착하지도 않은 중간쯤에서 그 자리에 무릎을 꿇고 주저앉는다.

카페 안에 있는 사람들의 시선이 한데 쏠려 린도 당황한 표정으로 어쩔 줄을 몰라 한다.

현도가 굳은 표정으로 일어나 다가가서 고개를 숙이고 울먹이는 미치코를 일으킨다.

"미치코가 많이 컸구나! 네 마음 알았으니 그만 일어나 자리로 가서 얘기하자!"

린도 같이 잡아끌어서야 미치코는 미셸이 지켜보고 있는 자리에 와 서서 고개를 숙인다.

"미치코 상이 그동안 많은 생각을 했었구먼. 와서 자리에 앉아서 모든 것을 말로써 풀어 보도록 해! 임 교수도 꽉 막힌 사람이 아니라 미치코가 말하면 모두 이해할 거야."

미셸의 말에도 그 자리에 그대로 서서 당시 어린 나이에 갑자기 당한 이해되지 않는 상황에서 온 정신적 충격에 자기 본래 마음이 아닌 트라우마로 인한 경거망동을 한 거라 말하고 나서 다시 현도 앞에 엎드려 머리를 조아리면서 말했다.

"불량했던 저로 인해 너무 많은 마음고생을 하셨을 사모님께 백배사죄를 드리고 싶습니다."

"우리 집 현이 엄마가 힘들었던 걸 미치코가 어떻게 알았어?"

현도의 물음에 미치코는 그제야 고개를 들고 간절한 표정으로 입을 열었다.

"교수님이 파리에 가족을 모두 남겨 두고 혼자 서울로 완전히 돌아가셨다는 말을 듣고, 그때 내가 너무 못된 짓을 한 걸 비로소 깨달았고 제일 먼저 사모님께 너무 죄송한 마음이 들었습니다."

미치코가 다시 고개를 숙이자, 현도는 조금은 마음이 풀어져 얼굴이 밝아지면서 말한다.

"우리 현이 엄마는 내가 미치코의 진실된 마음을 전하면 충분히 이해할 사람이니까 염려하지 말고, 이리 와 앉아서 와인 한잔으로 쌓였던 묵은 감정은 모두 풀어 버리자!"

현도의 말에 린이 잡아끌어서야 미치코는 자리에 앉았지만 얼굴을 들지 못했다.

미셸은 지켜보고 있다가 모두 자리에 바르게 앉은 것을 보고 나직하게 말을 했다.

"그 정신적인 트라우마가 사람을 잡는 거란 말이지. 미치코는 그 트라우마를 어느 정도 해소한 것 같구먼!"

"파리에 있는 것이 너무 힘들어서 일본에 돌아가 부모님의 보살핌을 받으며 삼촌이 운영하는 정신과 병원에서 몇 년간 집중상담을 하면서 많이 좋아졌습니다."

미치코의 말을 듣는 모두는 고개를 끄덕이고 있었다.

현도는 헤어지면서 린과 미치코의 손을 꼭 잡고 마지막 당부를 하는 것을 잊지 않았다.

"두 사람이 예쁘게 사랑하는 것을 멀찍이서 지켜볼게!"

미치코는 그제야 마음의 안정을 찾은 듯 엷은 미소를 띠었다.

천기누설
(개똥이와 샤이)

주 여사는 새벽부터 혼자 구시렁거리면서 부산하게 왔다 갔다 하고 있다. 대경 씨가 초겨울 쌀쌀한 마당 가에서 맨손체조를 하다가 갑자기 몰려온 한파 추위가 감당이 안 되는지 후후— 입김을 불면서 부리나케 거실로 들어오자, 주 여사가 조바심이 난 것처럼 말한다.

"당신은 은호를 걱정하지만 나는 기욤이 아빠를 어떻게 해서든 짝을 지어서 내보내야 할 것 같아요."

"주니어는 아무 군소리 없이 연구소와 대학 강의에만 열심인데 왜 그래? 저 위의 놈들이 문제야! 요것들이 시도 때도 없이 붙어서 노닥거리잖아."

"인숙이 방을 밑으로 옮겨 줄 걸 그랬나!"

"어제도 어쩌다 2층에 올라가니까 은호 방에서 키득거리고 있더라니까! 저래서 둘 다 공부가 제대로 되겠어? 그리고 당신은 불안하지도 않아?"

대경 씨가 2층을 손가락질하면서 얼굴을 붉히자, 주 여사는 퉁명스럽게 말한다.

"아들은 연구소 일로 스트레스가 많다고 하더구먼. 봄이 되면 졸업하자마자 군대 영장도 나올 거고, 인숙이는 며칠 있으면 방학이라 일본 집에 간다고 하니까 걱정하지 말아요! 그나저나 아줌마까지 없는데, 요즘 나는 다섯 살 기욤이 시집살이에 머리가 아파요."

"기욤이 그 녀석은 한창 귀엽잖아!"

"귀여워요?"

식사 준비를 하면서 투덜거릴 때 건넌방 문이 열리면서 기욤이 뛰어나와서 무슨 말인가 하려고 우물거리자, 주 여사가 미리 알고 한마디 한다.

"기욤이 무슨 말 하려는지 알았어요. 기욤이 걱정하는 식사 준비 다 됐으니 주니어 교수님보고 빨리 세수하고 나오시라고 해!"

"할머니! 우리 아빠보고 이제 박사님이라고 하세요! 우리 아빠 오늘부터 박사님 한다고 그랬어요. 그리고 오늘 기욤이 밥은 조금만 주세요."

"너희 아빠는 오늘 박사 학위 수여식이 끝나야 박사가 되는 거야! 높은 사람 허락도 안 받고 벌써 박사는 무슨 박사야?"

기욤이 후다닥 방으로 뛰어들어가면서 외친다.

"아빠! 뻥 칠 거야? 할머니가 아빠는 아직 박사가 아니라는데."

밖에서 주 여사는 어이없는 표정이고, 대경 씨가 박장대소를 한다.

잠시 후 2층에서 은호와 인숙이가 내려와 모든 식구가 한자리에 모여 아침 식사가 시작됐다.

샤이가 기욤이 식사를 챙기면서 한마디 한다.

"어제 유아원 선생님이 그러던데, 기욤이 너, 친구들 앞에서 고추 보여 주고 그런다면서? 그런 거 하지 마! 많이 창피한 거야."

샤이의 말에 인숙이 눈이 똥그래지고 모두 호기심 어린 눈으로 바라본다.

"형아들이 나보고 얼굴이 까맣다고 고추도 까말 거라고 해서 아니라고 보여 줬어. 안 보여 주면 계속 까맣다고 할걸!"

그때 대경 씨가 한마디 했다.

"까만 것은 창피한 것이 아니에요! 기욤이 고추를 남들이 보는 것이 창피한 거란다."

대경 씨의 말이 끝나자, 주 여사는 눈을 말똥히 뜨고 바라보는 기욤이에게 말한다.

"아직은 괜찮다! 조금 크면 가리지 말래도 영악한 기욤이가 알아서 어련히 잘하려고, 그렇지?"

주 여사가 밝은 얼굴로 바라보며 말하자, 기욤이 말끔히 바라보면서 말한다.

"할머니! 그런데 오늘 기욤이 국이 너무 짜요!"

주 여사는 이내 자지러지면서 팔을 내젓고 만다.

성대하게 거행된 수덕이와 샤이의 박사 학위 수여식이 끝나고 뒤풀이 행사가 이뤄지고 있는 대학교 대강당에는 수여자 가족 중에서도 수덕이를 아는 사람들은 모두 집합한 것처럼 네 명의 수여자 중 가장 많은 친지가 모여서 웅성거리고 있었다.

정반대로 샤이는 아들 기욤이 달랑 하나뿐인 걸 은호네 가족과 인숙이가 채워 주고 있었다.

하지만, 꽃다발은 재학생들 덕분에 제일 많이 받았다.

샤이가 파리에 있을 때 학교 졸업식에 온 축하객은 항상 단 한 사람 양부 루카스 목사뿐이었다.

여기저기서 카메라 플래시가 터지고, 백제 문화원장 정홍주가 태보 씨 내외를 승용차로 모시고 올라와서 싱글벙글이고, 군대 제대하자마자 결혼식을 올린 완이는 임신한 태가 완연한 은샘이를 동반하고 샤이한테 와서 같이 기념 촬영을 한다.

은샘이는 자기만 보면 습관적으로 실실 피하는 은호 커플을 붙잡아 카메라 플래시를 받으면서 활짝 웃고 있다.

"공소시효가 이미 지났는데도 은호 넌 그렇게 주눅 든 것처럼 아직도 누나를 피하고 그래?"

은샘이의 지적하는 말에 인숙이가 대신 나서서 말한다.

"사람의 마음은 얄팍해서 우선 편한 곳을 두고 일부러 불편한 곳을 찾지는 않게 되는 것이 아닐까요?"

인숙이의 카랑카랑한 음성에 은샘이 헛웃음을 웃으면서 어이없다는 투로 말을 한다.

"우리 사이에 편한 곳 불편한 곳이 어디 있어?"

은샘의 음성이 조금 커져서 완이가 다가와서 제지하려 할 때, 주위가 갑자기 웅성거리는 듯하더니, 인숙이 옆의 은호가 화들짝 놀라 출입구 쪽으로 번개처럼 뛰어 나갔다.

이를 의아한 눈으로 바라보던 샤이가 웬일인지 눈을 크게 뜨고 기욤이 손을 잡은 채 늘 놀랐을 때 버릇처럼 주저앉아 버렸다.

대강당에 모인 많은 사람의 시선이 멈춰진 출입구 쪽에 커다란 괴목 지팡이를 치켜든 오대산 짐짝 영감에게 은호가 달려들어 매달리고 있었다.

오대산 짐짝 영감의 모습을 확인한 수덕이 내외를 따라 사돈끼리 환담하던 신 여사 부부와 태보 씨 내외도 함께 다가간다.

은호 엄마 주 여사도 아들한테 늘 말로만 들었던 오대산 인연 할아버지라는 걸 눈치채고 대경 씨 손을 잡고 급하게 다가가자, 은호가 자기 부모를 짐짝 영감님에게 소개했다.

연구소 쪽 팀인 채 원장이나 이권재 총장은 호기심 어린 시선으로 바라보고, 입대만 아니었으면 이번 박사 과정에 함께할 수 있었던 찬우도 은호를 처음 만났을 때 들었던 수수께끼 같던 영감님을 확인하면서 눈을 크게 뜬다.

짐짝 영감의 모습을 보는 순간 주저앉았던 샤이는 기욤이 손을 잡고 천천히 다가가서 가봉의 피꼴레와 너무 닮은 거칠어 보이는 전체 분위기에 아직도 가슴이 두근거린다.

"주니어 박사님은 왜 그렇게 소스라치게 놀라신 거예요?"

인숙의 물음에 샤이는 아직도 상기된 얼굴로 고개를 흔든다.

"내가 어릴 때 나를 키워 줬던 분하고 너무 똑같아서 잘못하면 기절할 뻔했어."

"그렇게 똑같아요?"

"얼굴색만 조금 다를 뿐, 얼굴 윤곽이나 머리를 뒤로 묶은 거하고 허름한 옷차림새도 너무 빼닮았어!"

그때 은호가 테이블이 준비돼 있는 뒤편 음료 부스로 짐짝 영감을 모시고 가서 자리를 잡아 앉자, 완이가 바로 앞에 쪼그리고 앉아서 하던 이야기에 이어서 묻는다.

"탄파 할아버지께서 어디가 불편하신 거예요?"

은호가 건네준 음료를 마시면서 많은 사람의 의아해하는 시선에서 벗어난 짐짝 영감은 그제야 한숨 돌리고 말한다.

"나도 걱정이 되어 지리산으로 가는 길에 어미 고라니한테 큰 경사가 있는 것이 보여서 잠깐 들른지라 형님이 어디가 탈이 났는지는 아직 알 수 없지! 어젯밤에 현몽한 형님 말로는 이제 갈 날이 며칠 남지 않은 것 같다고만 말했어."

"그렇다면 많이 아프시다는 거잖아요?"

완이의 걱정스러운 투의 말에 윤경이 실소를 터트리면서 말했다.

"꿈은 반대야! 아마 탄파 영감님이 외로우셔서 아우님이 많이 보고 싶으셨나 보다. 그렇죠?"

윤경의 물음에 짐짝 영감은 아무 말이 없고, 은호가 나섰다.

"할아버지 꿈은 반대가 아닐걸요. 그전에 진 박사님이랑 나 다쳤을 때도 꿈을 꾸시고 우리가 당한 것을 바로 알고 병원까지 찾아오셨었잖아요."

은호가 말할 때 음료수를 다 마신 짐짝 영감이 일어서려 하다가 삐쭉, 얼굴을 내민 샤이의 얼굴을 보고 털썩 주저앉으면서 말한다.

"아니! 울보, 자네가 여긴 웬일인가?"

짐짝 영감의 한마디에 샤이는 물론 주위의 모든 사람이 얼음 속에 빠진 듯 입을 벌린 채 굳어진다.

"할아버지께서 주니어 형을 어떻게 아시는 거죠?"

맨 먼저 은호의 째질 듯한 음성이 터졌다.

짐짝 영감이 멍한 시선으로 샤이를 바라보기만 하자, 은호가 다시 다그치듯 말한다.

"오대산에서만 사시는 할아버지께서 저 멀리 외국에서 온 주니어 형을 어떻게 아시는 거냐고요?"

은호의 물음에는 아무 대꾸가 없이 짐짝 영감은 자기도 모르게 또 한마디를 던진다.

"내 꿈에 나타나서 그렇게도 징징 짜던 울보가 어떻게 어미 고라니하고 같이 박사가 된 거야?"

이번에는 갑작스러운 상황으로 혼돈에 빠진 샤이가 곧바로 나선다.

"아저씨가 때려서 그렇게 울린 건 아닙니까?"

짐짝 영감은 대차게 나오는 샤이의 말에 대답을 못 하고 고개를 숙였다. 샤이가 이내 박사 가운을 벗어젖히고 웃옷을 훌훌 벗어 던지자, 모두 눈을 크게 뜨고 놀라워한다.

"이것이 아저씨가 때리신 흔적이 맞는 거죠?"

샤이가 곧바로 등판의 상처를 짐짝 영감의 눈앞에 들이대자, 이번에는 윤경과 아빠의 등판 흉터를 보아서 아는 완이와 은호가 소스라치게 놀란다. 윤경이 놀란 나머지 멀찍이서 채 원장과 나란히 사진을 찍고 담소를 나누고 있는 수덕을 끌고 와 어깨를 잡고 흔든다.

"당신이 화학약품을 맞았던 흉터 자국과 너무 똑같잖아!"

수덕은 윤경의 물음엔 아무 대꾸 없이 우선 혼돈에 빠진 샤이를 진정시키려고 나지막하게 입을 열었다.

"주니어 교수가 지금 감정을 너무 오버하고 있어! 자네를 괴롭힌 사람은 분명히 가봉에 있다고 했으면서 왜 오대산 할아버지가 그 사람이라고 엉뚱한 소리를 하는 거야?"

"이분이 피꼴레 아저씨는 아니지만, 제 눈에는 내가 고통받아서 울고 있었다는 것을 알고 있으면서 피꼴레와 똑같이 즐기는 것처럼 보인단 말입니다."

"주니어, 괜히 흥분하지 마! 너를 직접 괴롭힌 사람이 아니란 것은 확실하잖아! 이 할아버지는 꿈에서 봤던 것만 기억하시고, 그 이상은 아무것도 모르시고 있단 말야!"

수덕이 달래고 있는 아빠 샤이에게 매달려 있는 기욤은 내일 유아원에 가서 박사 아빠를 자랑할 생각과 함께 오늘 처음 보지만, 아빠를 때리고 울게 했다는 험상궂은 할아버지가 들고 있는 지팡이만 유심히 바라보고 있었다.

잠시 후에 대경 씨가 앞으로 나와서 짐짝 영감에게 고개 숙여 다시 인사하면서 새끼 고라니 아빠가 밖에 나가서 식사 접대를 하고 싶다고 간청을 하다시피 했다.

짐짝 영감은 그제야 얼굴을 들고 주위를 둘러보고 입을 연다.

"잘못하면 천기누설이라 조심스러워서 하고 싶은 말을 다 하지 못하는 내 마음을 헤아려 준다면 귀여운 새끼 고라니 어버이 청을 마다하지 않겠습니다."

짐짝 영감이 일어나서 은호와 함께 여러 사람이 한데 몰려서 가는 근처 식당으로 가고 있었다.

너무 오랫동안 서 있어서 수덕이 샤이의 부축을 받으면서 탈의실로 가면서 아주 낮은 목소리로 말한다.

"저 할아버지는 너와 나, 둘이서만 알고 있는 하늘의 비밀은 아직 자세히 모르고 있어. 너무 나서지 마!"

"그렇지만 꿈속이라고 해도 분명히 나를 인지했던 거잖아요."

"할아버지 말씀대로 너를 꿈속에서 본 것이 전부야! 너와 나의 비밀은 누가 알아서는 안 되는 우리 둘만의 하늘의 비밀인 건 알고 있지?"

자기의 다그침에 샤이가 그대로 고개를 끄덕이자, 수덕은 곧바로 샤이에게 말은 못 하지만 묘하게 얽힌 관계를 곰곰이 유추해 본다.

주니어를 괴롭힌 피꼴레와 정확한 관계까지는 알지 못하는 오대산 할아버지도 자기와 주니어의 관계와 마찬가지인데, 엇갈린 대칭의 마지막 끝에 주니어와 자신은 원래 마주 보고 있었고, 피꼴레와 오대산 할아버지는 서로 등지고 있어서 성격이 정반대인 것이 자기들 경우와 다르다는 생각이 든다.

수덕은 엄숙해진 얼굴로 샤이를 바라보면서 말했다.

"내가 말할 수 있는 것은 여기까지다. 너무 파고들려고 하지 마! 천기누설은 무서운 벌을 받을 수 있는 죄악이란 말야!"

샤이는 금방 울 듯한 표정이 되어 말했다.

"박사님은 내가 어려서 받았던 끔찍한 고통을 모르세요."

샤이가 가운을 정리해서 옷걸이에 걸면서 침통하게 말하자, 수덕도 샤이의 손목을 잡으면서 아직 그에게는 하지 못했던 말을 했다.

"네가 몸으로 받았던 상처 이상으로 나도 사부 때문에 가슴으로 울었던 마음의 고통을 아직 너는 몰라! 완이 엄마 만나기 전에 천재 소리를 수도 없이 들으면서도 몇 번이나 스스로 죽음을 선택할 정도로 마음의 상처가 심했다는 걸 지금까지 너한테는 말하지 못했었다."

자기 스스로 삶을 포기하려 했었던, 철없던 암울한 시절이 떠올라 목이 메는 수덕을 바라보는 샤이의 얼굴도 어두워진다.

탈의실에서 나오니, 완이가 기욤이와 함께 있다가 모두 몰려서 간 식당으로 안내했다.

계룡산 아래 신도안에서 한의원을 하는 이 원장이 약재료를 바리바리 싸 들고 탄파 도인의 산장으로 올라가고 있었다.

어제 주말이어서 산장에 올라갔을 때, 산장에 아무런 기척이 없어 여기저기 둘러보다가 도인의 방문을 열고 들여다보니, 컴컴한 방 안에서 혼자 앓아누워 있는 탄파 도인을 발견했다.

화들짝 놀라서 방에 들어가 불을 켜고 진맥해 보니, 도인의 기가 최악으로 떨어진 몸 상태를 확인하고 부엌을 둘러보자 언제 식사를 했는지도 짐작되지 않았다.

서둘러서 아궁이에 장작불을 지펴 따뜻한 물과 미음을 끓여서 먹이고, 준비해 간 약재가 없어 남은 미음 그릇을 머리맡에 놔 주고 기력을 차려 어떻게든 먹어 보라고 도인에게 이른 다음, 약재를 챙겨 오려고 하산했다가 하룻밤을 집에서 지내고 지금 올라가는 길이다.

산장 밑에 거의 당도하니 어제와 달리 수선스러운 인기척이 느껴져 부지런히 올라갔다.

웬일로 탄파 도인은 바깥 툇마루까지 나와 있고, 언제 온 건지 오대산에 있다는 동생의 모습이 보이는 것이 아닌가!

"어제는 누워서 꼼짝을 못 하시더니, 어떻게 거동하신 겁니까?"

"이 동생이 오면서 구해 온 산야초를 달여 먹었더니 기운이 좀 나는 것 같네그려."

"동생분은 형님이 앓아누우신 걸 어떻게 아신 겁니까?"

"우리끼리는 통하는 것이 있지요."

짐짝 영감의 아무 생각 없이 가볍게 하는 말에 탄파 도인은 찌푸린 얼굴로 동생을 잔뜩 노려본다.

이 원장이 웬만큼 연세도 있는 분들이 오대산에서 지리산까지 떨어져 지내는 것보다 한곳에서 함께 지내는 게 두 분에게 서로 좋을 듯싶어서 권하자, 짐짝 영감이 펄쩍 뛴다.

"나는 형님 구박에 하루 지내는 것도 힘듭니다. 십여 년을 모른 채 지내다가 어미 고라니를 만나는 바람에 다시 찾았지만 형님 비위 맞추기가 보통 어려운 게 아닙니다.”

짐짝 영감의 말에 탄파 도인도 질색인 표정을 짓는다.

“이 녀석이 푼수가 웬만해야지! 눈에 빤히 보이는 걸 말 안 할 수도 없는 거 아닌가?”

이 원장은 두 분의 생각을 듣고 있으면 또 그런대로 수긍이 되는 면도 있어서 그것은 두 분이 알아서 하라, 말하고 가지고 간 약재를 갈라서 탕약을 지어 놓으면서 산야초라고 한 산삼도 적당히 넣고 우려내어 마시라고 일러 주고 산장을 내려갔다.

이 원장이 내려가자마자 탄파 도인은 힘든 안색으로 짐짝 영감을 노려보면서 꾸짖는다.

“그놈의 잔망스러운 입을 어떻게 하면 좋을꼬!”

“우리끼리 통하는 것이 있다고 한 것 때문에 또 화나셨군! 그게 어때서요? 이 원장 정도면 우리 산사람들은 그러려니 할 텐데, 형님은 풍채에 안 어울리게 괜한 것에 노심초사하세요.”

“그렇게 입방정 떨어 봐라. 그렇게 쉬운 입 가진 너를 언제까지 하늘이 놔두고 지켜볼 것 같나! 내가 말 한마디 쉽게 놀린 죄로 네가 말하는 어미 고라니, 병 든 완이 아범을 10년이나 거둔 걸 모르나?”

짐짝 영감은 도인의 으름장에 두 손을 들어 굽신거려 모든 걸 인정한다는 표시를 하고 이 원장이 오기 전에 했던 얘기를 이어 간다.

“어미 고라니 그 친구도 대단하네요. 그 몸으로 여기까지 올라왔단 말입니까?”

"아들 완이한테 업히기도 하고, 걷기도 해서 왔다고 하더군! 완이 그놈은 군대 가기 전엔 불면 날아갈 것 같았는데, 제법 사내다워졌더라니까."

"나도 고라니 부자가 해코지당했을 때 병원에서 봤던 거랑은 많이 변해서 이번에 배가 불룩한 아내를 소개하는데, 몰라볼 뻔했습니다."

"얼마 전에 부여에서 한 결혼식에 옛날에 은샘이랑 약조한 것이 있어서 만사 제쳐 놓고 갔었다네."

탄파 도인이 고즈넉한 표정을 지을 때 짐짝 영감이 짓궂은 얼굴이 된다.

"형님도 그런 아들, 며느리가 있었으면 하는 생각인 거죠? 젊어서 뿌린 씨앗이 있어야 그런 걸 바라지! 그런데 그 깜둥이 울보도 여길 왔었다는 말입니까?"

"주니어라고 한 그 친구도 영악해서 이번에 천재와 똑같이 박사 논문이 통과됐다고 자랑하더구먼. 그 친구 꼬마 아들 녀석은 내 보기에 그 아비보다 몇 배 예사 물건이 아닌 거로 보였었네!"

"형님도 그렇게 보셨어요? 내 오대산에서 태백산 넘어오면서 그럴듯한 괴목을 하나 주워서 지팡이 삼아 가지고 왔더니, 식사하는 자리에서 그 조그만 것이 거의 반강제로 내놓으라고 떼를 써서 '이 늙은이가 그냥 주마!' 했는데도 결국 뺏기고 만 것이 아닙니까?"

사실 짐짝 영감도 미처 모르는 것은 기음이 어린 생각에 아빠를 아프게 때렸다는 험상궂은 할아버지가 매가 되는 괴목 지팡이를 들고 있는 것이 불안해서 제 나름대로 생각이 있어서 그걸 할아버지 손에서 없앤 것이었다.

탄파 도인은 무슨 생각을 하는지 눈을 감고 있어 짐짝 영감이 다시 물었다.

"그런데, 형님! 아프리카 오지에서 태어났다는 깜둥이가 왜 오대산 첩첩산중에서 꾸는 내 꿈에 나타나서 자꾸 울었던 거죠?"

탄파 도인은 깊은 생각을 하는 듯 말이 없다가 눈을 부라리면서 짐짝 영감을 노려본다.

"천기누설이 뭔지는 알고 있기는 한 거냐?"

"그야, 우리 같은 산사람이 가장 깊이 새겨야 할 덕목이라고 귀에 딱지가 앉게 형님이 가르치지 않았습니까?"

짐짝 영감의 말이 떨어지기 무섭게 탄파 도인은 들고 있던 지팡이로 후려칠 듯이 내두르다가 땅에 내리꽂으면서 고함치다 기력이 다해 오만상을 찌푸리면서 입을 뗀다.

"그런 네놈이 그 천재 깜둥이 앞에서 대뜸 줄줄이 네 주둥이로 아는 체를 했단 말 야?"

"저는 그냥 보였던 대로 기억이 나서 알아본 것뿐인데, 그 녀석이 내 꿈에 나타났던 것도 그렇고, 마치 나를 알아본 것처럼 대들었던 것이 어이없는 것이 아닙니까?"

탄파 도인은 한동안 말이 없이 생각하는 듯하더니, 짐짝 영감을 고즈넉이 바라보면서 말을 이어 갔다.

"네가 알아듣기 쉽게 말하면 이 세상 어딘가에는 자기와 운명이 같은 짝이 있게 마련이다. 가장 먼 반대편 세상에 엇갈려 있어서 만나기도 어렵지만, 만난다 해도 순간적으로 한쪽이 사라질 수밖에 없어서 알아볼 수 없단 말이다."

"그렇다면 나한테 얻어맞았다고 엉뚱한 소리를 한 박사 깜둥이는 뭐죠?"

"이런 꽉 막힌 친구야! 거기까지 말해도 뭐가 뭔지 모르겠어? 네 머리통엔 뭐가 들어찼는지 모르겠구나!"

"제가 모르니까 세상 비밀을 모르는 것이 하나 없는 형님에게 묻는 거 아닙니까?"

짐짝 영감이 통사정하면서 매달리자 못 이기는 척 탄파 도인은 나지막이 말했다.

"네 꿈에도 네 짝은 절대 나타나지 못한다. 왜냐? 네가 바로 그 자니까! 그자에게 얻어맞았다는 천재 깜둥이만 네 꿈에 엇갈려 보였고, 너를 보는 순간 네 짝과 너무 닮은 너를 보고 놀라고 있는 그 깜둥이에게 네가 천기누설인 줄 모르고 아는 체를 한 것이 푼수 없는 네 녀석의 실수란 말이다. 무슨 말인지 이제 알겠어?"

탄파 도인의 호통에 기가 죽어 그저 고개를 숙이고 있던 짐짝 영감이 천진한 눈빛으로 묻는다.

"그렇게 불면 날아갈 것 같은 빈약한 깜둥이를 뭣 때문에 그렇게 못살게 괴롭힌 걸까요?"

"인간 세상이 돌아가는 모든 이치나 인간 족속의 감성은 올바로 보이는 것과 금방 말한 것처럼 엇갈리고 뒤집힌 것들이 있게 마련이다. 한마디로 무조건 오냐오냐하는 것과 그것을 감추고 무섭게 다그치는 것 모두가 사랑하는 한 방법이라면 어느 정도 네 녀석 머리가 이해라는 것을 했을까!"

"그게 사랑이라고요? 그 등줄기가 쪼그라들도록 매질을 한 것은 아무리 삐뚤어진 사랑이라 해도 내 짝이지만 이해가 안 됩니다."

짐짝 영감은 거기까지 말하고, 무슨 말인가 하려다가 손바닥으로 자기 입을 틀어막으면서 놀라는 표정으로 도인을 바라본다.

"뭔 말을 하려다가 그렇게 호들갑을 떠는 거야?"

"안 됩니다! 이것은 진짜 천기누설에 해당하는 거라 안 된다고요."

짐짝 영감은 팔을 설레설레 흔들고 멀리 떨어져서 돌아앉는다.

"네 맘이 내키는 대로 하려무나! 그 대신 앞으로는 나한테 궁금한 거 있어도 절대 묻지 마라!"

탄파 도인의 말이 떨어지자, 짐짝 영감은 찔끔해서 생각하는 듯하더니, 이내 고개를 절레절레 흔들고 입을 다물었다. 그러자 도인은 실눈을 가늘게 뜨고 바라보면서 입을 연다.

"완이 아비 등짝에도 흉터 자국이 말이 아니더구먼!"

탄파 도인의 느긋한 첫 마디에 화들짝 놀라서 자기가 감추려던 것이 실없음을 알고 바싹 다가앉으면서 짐짝 영감이 입을 연다.

"역시 형님도 보셨군요! 어미 고라니와 같이 박사가 된 깜둥이 등짝 흉터 자국이 찍어 놓은 것처럼 똑같았습니다. 이상하지 않아요?"

"전에는 새끼 고라니와 어미 고라니가 어려움에 똑같이 처해서 동지섣달 추위에 물속에 너와 나랑 자맥질한 것이 같다고 하질 않았었나?"

"하기는 그것도 그렇네요. 내가 속으로 놀란 것은 그 깜씨가 웃통 벗고 흉터를 디밀면서 대드는데, 꼭 어미 고라니가 그러는 것 같은 착각이 들어서 한참 동안 말을 못 하고 있었더니, 어미 고라니가 와서 말리면서 데리고 가는데, 내 눈에는 똑같은 한 사람으로 보이더라니까요."

짐짝 영감의 말에 한동안 도인은 말이 없다가 미심쩍음이 있는 투이면서도 조용하게 말했다.

"어떤 인연으로 만났는지는 모르지만 특별한 관계인 것은 틀림이 없는 것 같긴 하다만 아까 말한 천기가 되는 그런 짝이라면 벌써 하나는 없어졌을걸!"

탄파 도인도 전혀 감이 잡히지 않는다는 듯 고개를 흔들자, 짐 짝 영감이 다시 묻는다.

"할 일이 태산 같은 사람들이 무슨 일로 여기까지 와서 뭔 얘기를 했습니까?"

심드렁한 짐짝 영감의 말에 탄파 도인은 다시 마땅찮게 노려보면서 아주 조심스럽게 비꼬듯이 운을 뗀다.

"입이 워낙 무거운 너에게 말해 주긴 뭣한데!"

"날이 새면 산에서 일어나 날 지면 산에서 고꾸라지는 이 몸이 누구랑 말할 상대라도 있으면 좋겠어요. 형님!"

탄파 도인은 고개를 끄덕이고 나서 얘기를 이어 갔다.

"천재가 하는 말은 그 친구들이 해야 할 연구는 다 마무리가 돼서 그 원석을 분석한 자료로 이번에 둘 다 필요도 없는 박사가 된 거라고 하던걸."

"그럼 그들이 그분에게서 지시받은 일들도 차질 없이 되는 겁니까?"

"그분이라니?"

탄파 도인의 지적에 깜짝 놀란 짐짝 영감이 그저 팔을 내저으면서 질색인 표정을 하자, 도인은 아주 나직하게 말했다.

"아프리칸지 어딘지에 가서 단추만 한 번 누르면 끝난다는 말을 듣고, 내 모든 것은 순리대로 살아야 도리인 것을 그렇게 하루아침에 세상을 뒤집어 놓는 것이 옳은 것인지는 잘 모르겠다고 말해 줬다."

짐짝 영감은 눈을 똥그랗게 뜨고 입을 연다.

"그렇게 되면 모든 것이 끝나겠네요."

"산 구렁텅이에서 사는 너나 나는 끝이 되든지 말든지 그게 그거지만, 세상 사는 사람들은 모든 것을 힘들게 새로 시작하게 되는 거란 말이다. 그사이 자질구레한 인간 세상에 어떤 일들이 또 벌어질지 안 봐도 훤하다!"

잔뜩 오만상을 찌푸린 도인의 말에 짐짝 영감은 그저 고개를 끄덕이면서 묻는다.

"너무 편하게만 살아온 인간이 겪어야 할 업보이고, 지지고 볶든지 우리와 상관없잖습니까? 그럼, 천재는 어렵게 올라와서 밥만 먹고 그냥 내려갔습니까?"

"이번에 아프리칸지, 미국인지로 나가면 언제 올지 몰라서 내게 인사 겸 해서 요 위에 있는 제 사부 연선의 묘소에 참배하러 왔다고 하더라!"

"그래요?"

짐짝 영감이 아는 것만으로도 수십 년 동안 온 우주 신이 일깨워 온 망가져 가는 이 세상을 구해 보라는 엄청난 과업이 이제는 이뤄지는 건가 하면서도 탄파 형님 말대로 뭔가 기우처럼 그저 밝지만은 않은 생각이 의식에서 지워지지 않고 남는 것이 있었다.

수덕늪

샌프란시스코 인근의 산호세 공항에 도착한 수덕 일행이 만난 이 박사는 고국에서 봤을 때와는 전혀 다르게 완전히 옛날로 돌아온 모습이었다.

서둘러 대는 이 박사의 안내로 공항 대기실에서 인사도 제대로 나누지 못하고 빠져나와 주차되어 있는 대형 밴에 올라서 수덕이 먼저 입을 열었다.

"이 박사! 왜 우리가 도착한 L.A로 나오지 않고, 일부러 복잡하게 여기 산호세행으로 바꿔 타고 오라고 한 거야?"

이 박사의 의도가 의심스러운 구석이 있어 묻는 수덕의 질문에 이 박사는 특유의 미소를 지으면서 말한다.

"자네들 특히, 주니어 부자의 모습을 감추기 위해서였네."

"우리 주니어 박사님이 여기 미국에 오면 안 되는 이유라도 있는 건가요?"

은호의 묻는 말에 이 박사는 대답 대신 은근한 미소를 띠면서 말했다.

"진 박사 껌딱지 은호가 이번에 제 몫을 제대로 했더군! 그리고 화물 운송 작업에 힘써 주신 자네 아버님, 대경 종친을 찾아보고 인사도 드려야 하는데, 워낙 일이 촉박해서 아직 못 했다. 내 대답은 주니어 씨는 주요 감시 명단에 들어 있는 유명 인사라 워낙 조심스러워서 이쪽으로 돌렸다."

"아니! 주니어 형이 어쨌길래요?"

당사자인 샤이는 가만히 있는데, 은호가 오히려 눈을 똥그랗게 뜨고 묻는다.

"사이언스지에 실린 주니어 논문 때문에 여기 과학계가 난리가 나서 주니어가 과학계 전문 기자 눈에 띄면 가만 놔두지 않을 거란 말이다. 그렇게 되면 우리 하는 일에 지장을 초래하게 될 것은 불을 보듯 빤하지!"

이 박사의 설명에 은호가 또 궁금했던 것을 질문했다.

"그런데 진 박사님의 논문은 이번에 왜 안 실린 거래요?"

"너무 파격적인 내용 때문에 심사 과정에서 갑론을박이 조금 있었나 본데 아마 다음 호에는 실릴 거라고 하더라!"

"국내 학계에서 아무런 반론이 없었던 거로 아는데, 무엇이 문제가 된 걸까?"

수덕의 심드렁한 말에 이 박사는 차에 시동을 걸고 출발하려다 돌아보고 밝은 얼굴로 대수롭지 않게 말했다.

"별건 아니고, 그 원소의 이름을 '수덕늄'이라고 붙인 거에 대해서 이의를 제기하는 보수적인 친구들이 좀 있었던 것 같은데, 다음 호에 내보내기로 한 걸 보면 그대로 원만하게 결정된 것 같애!"

이 박사가 시동을 걸어 차가 출발하자 수덕이 이 박사를 바라보면서 묻는다.

"지금 어디로 가는 거야?"

"어디 가서 식사부터 해야 하지 않겠어?"

이 박사의 물음에 수덕은 기내식을 먹은 것이 얼마 되지 않아서 밥 생각은 별로라 뒷좌석 아이들에게 묻는다.

"나는 아직 괜찮은데, 너희들 생각은 어때?"

"저도 밥 생각은 없는데요."

은호의 대답을 듣고, 수덕이 샤이를 바라보자, 그 역시 고개만 살랑살랑 흔든다.

이 박사는 그들의 반응을 보고 나서 미소를 지으면서 입을 연다.

"아무리 생각들이 없어도 이제부터 좀 긴 여행이 될 거니까 우선은 배를 채워 둬야 해! 그런데, 주니어 박사는 벌써 여행에 지치셨나! 왜 통 말씀이 없으실까?"

"우리 박사 아빠는 미국이 싫어서 말하기 싫대요."

기욤의 말에 수덕이 나직하게 말했다.

"주니어는 원래 가봉으로 가기를 원했었잖아?"

수덕의 말에 이어서 은호가 기욤이를 바라본다.

"기욤이, 네가 아빠 마음을 어떻게 잘 아는 거야?"

기욤은 큰 눈을 말똥히 뜨고 은호를 바라보면서 아빠 눈치를 보다가 아빠의 기분이 별로인 걸 알아차리고 입을 꼭 다문 채 품에 파고들고 만다.

기어드는 기욤을 안고 있는 샤이는 수덕이 진행하는 대로 순순히 복종하다시피 5년 넘게 여정을 계속 따라왔지만, 이번 미국 여행은 사실 달갑지 않았다.

우선은 온 우주 신이 샤이에게 요구했던 것은 빠른 시일 내에 모든 것을 챙겨서 주인님을 모시고 가봉으로 돌아오라고 이르지 않았던가!

이 빠른 시일이란 의미가 해석에 따라서 다를 수도 있지만 조급한 마음에는 한참 늦어진 것일 수도 있다.

원재료가 되는 신물질 암석의 분석이 늦어지는 바람에 오랜 시간이 지난 것도 문제지만 모든 재료를 미국으로 공수해서 제작에 들어갔는데, 샤이 생각으로는 너무 일사천리로 이뤄졌다는 것이 조금은 의심스러운 면이 자신의 의식 속에 자리 잡고 있다.

이 박사가 이끄는 대로 대형 마트 안의 레스토랑에 들어간 수덕은 그저 대충 메뉴판에 있는 대로 간단한 식사를 시키고 앉아서 샤이의 표정을 살핀다.

수덕이 샤이의 깊은 속을 모르는 것은 아니지만 확실한 원소의 분석 없이 경솔하게 움직일 수 없다는 신조여서 은호와 줄기차게 매달리다가 샤이의 동참이 있어서 수월했던 점도 있긴 했었다.

신물질의 외형은 평범한 돌의 모양으로 보이지만 구조 체계 자체가 기존 원소들과는 다른데, 굳어진 기존 관념 틀에 매달려서 헤매는 것을 파격적으로 깨고 나올 수 있도록 해 준 것은 모든 물질의 속을 들여다볼 수 있는 재주를 받은 은호였던 것이 사실이다.

그 한 가지 미묘한 생각 하나를 바꿔서 바라본 신물질의 구조는 그저 놀라울 수밖에 없었다.

당시 신물질 원소 구조가 밝혀져 그들 세 사람이 흥분 속에 빠져 있는 연구소에 때마침 휴가를 틈타서 왔노라며 찾아왔던 사람이 뒤늦게 NASA에 복귀한 이 박사였었다.

일부러 연구소에 수덕을 만나러 온 것은 옛날에 NASA에서 자기와 같이 근무하다가 이 박사처럼 고국 과학계에서 불러 들어갔다가 이 박사보다 조금 늦게 NASA에 복귀한 친구가 통신위성 부서에 있어서 일부러 접근했는데 반응이 호의적이라는 것이었다.

수덕은 이 박사가 처음 일본 다카시 박사와 접촉했을 때도 너무 긍정적이었던 것이 그런 악몽을 불러오지 않았던가 하면서 반신반의했는데, 이 박사의 설명은 다카시 박사에게 했던 것처럼 인공 MOON을 제안한 것이 아니라, 그 친구에게는 한국형 통신 위성을 띄우는 것을 도와달란 요청을 한 거라 말했었다.

수덕의 생각도 샤이가 말하는 대로 모든 것을 가봉으로 다 옮긴다면 무슨 수로 그 재정을 감당하고, 어떤 방법으로 위성을 제작해서 일을 수행할 것인지 막막할 뿐만 아니라, 세 사람의 힘으로 미션을 성공적으로 마무리한다는 것이 아무리 생각해도 불가능하다는 판단에 이 박사를 다시 믿어 보기로 하고 샤이를 설득했었다.

식당에서 식사를 마치고 나오면서 이 박사는 모두를 둘러보면서 조금은 심각한 어조로 말했다.

"우리의 목적지는 네바다사막하고 유타주 솔트레이크시티 접경지까지 꽤 먼 거리라 며칠 걸릴지 모르고, 중간에 사정에 따라 가끔 야영도 하게 될 거야."

"모텔 같은 것은 없습니까?"

은호의 질문에 이 박사는 웃음을 터트리면서 큰 소리로 말한다.

"도시 주변에는 숙박 시설이 얼마든지 있지만, 사막에 들어서면 모텔 같은 것은 없어서 야영 장비를 대충 챙기긴 했는데, 개인적으로 필요한 것은 지금 마트에 들어가 각자 구매하도록 하란 말이다."

이 박사의 말이 떨어지자 은호와 샤이는 기욤이를 앞장세우고 사람들이 북적이는 마트 안으로 들어가고, 이 박사와 함께 주차장으로 걸어가면서 수덕이 나지막하게 말한다.

"내가 설득한다고 하긴 했는데도 여기에 온 것에 대해서 주니어 박사가 아무래도 불만이 많은 것 같아!"

"자네 생각에도 현재로선 별 대안이 없잖아? 모두 좋은 머리만 있을 뿐 작업 환경이나 재정적인 뒷받침이 뚜렷하게 있는 것도 아니면서 그러는 것은 무모하다고 할 수밖에 없어! 안 그래?"

이 박사의 말에 수덕 역시 반박할 아무 명분이 없어 고개만 끄덕이자, 이 박사는 조금은 짓궂은 표정이 되어 수덕의 어깨를 치면서 다시 얘기를 계속한다.

"진 박사는 가만히 지켜보기나 하라고. 현장에 도착하면 저렇게 뚱해 있는 주니어 박사가 아마 자지러질 거야!"

"현장에 무얼 설치해 놨기에 주니어가 놀랄 거라고 하는 거야?"

"현장에 가면 그 위용에 모두 주눅이 들겠지만, 주니어 박사에게 아주 특별한 이벤트가 준비되어 있으니까, 자네 역시 기대해도 될 거야!"

둘이서 이야기를 나누고 있는 사이 마트에 들어갔던 친구들이 한 보따리씩 먹을 것들을 사 들고 나왔다.

차가 출발을 해서 복잡한 도심을 지나 고속도로에 들어서면서 연락부절 내닫는 차들의 홍수에 모두는 정신이 없었다.

샤이는 복잡한 파리 시내에서 살았었지만 이렇게 북새통을 이룬 차량의 행렬을 본 적이 없었다.

수덕도 은호와 같이 서울과 대전을 오갈 때 가끔 완이가 운전하는 승용차로 고속도로를 일찍부터 경험했지만 이렇게 번잡하지는 않았다.

한동안 창에 매달려 태어나서 처음 보는 신기하기만 한 바깥을 내다보던 기욤이 피곤해진 듯 샤이의 품에 안겨 잠이 든 것은 차에 올라서 두어 시간 지난 뒤였다.

샤이는 잠든 기욤이를 토닥이면서 이렇게 난리 치는 차량 행렬이 며칠 후면 올 스톱 될 거라는 생각이 불현듯 들면서 뭔가 황량한 기분이 가슴속에 스치는 걸 감지하고 눈을 크게 뜬다.

자기들이 지금 계획해서 실행에 옮기고 있는 것이 어쩌면 커다란 집단인 전 세계 온 인류에 대한 엄청난 테러가 되는 것일 수도 있다는 생각이 이상하게 머릿속에 순간적으로 드는 것이 아닌가!

온 우주 신이 경고했던 지구 자체가 우주 순환에 장애가 될 정도로 오염되어 마지막 대안을 찾으라는 말이 무색하게, 왠지 샤이 자신이 오히려 아무것도 인지 못 하는 인간들의 장래가 걱정되는지, 자신이 너무 나약해졌다고 자책하면서 다시 와글와글 차량들이 뒤엉킨 바깥으로 시선을 돌린다.

저녁 무렵이 되어 새크라멘토 시가지를 지나 타호 국유림 숲속 도로에 접어들면서 수많은 도시와 긴 터널을 지나치고 있었다. 이 박사는 조금은 지친 듯 뉴캐슬을 조금 지나서 휴게소에 들어가 차를 세웠다.

기욤과 함께 화장실을 다녀온 샤이는 가족들과 어울려 희희낙락인 가족 여행객들의 모습을 보면서 또다시 마음이 황량해짐을 느끼면서 침울한 표정이 된다.

이 박사는 웬만큼 휴식을 취한 다음 주유소에서 차에 기름을 채우고 나서 차에 올라 뒷좌석을 둘러보면서 입을 연다.

"원래 이 도로가 서부에서 동부로 이동하는 교통수단 중 하나여서 생각보다 정체 구간이 많아 웬만큼 가다가 시가지에서 숙소를 찾아야 할 것 같다."

"사막은 아직 멀었어요?"

"이틀은 더 가야 할 것 같다. 하필이면 주말까지 껴서 차가 굼벵이 걸음을 하는구나."

은호의 물음에 대답하고 시동을 걸어 출발했지만 정체된 도로에 끼어 들어가는 데도 한참이 걸렸다.

"이 고속도로 말고 딴 도로는 없는 건가?"

수덕의 질문에 이 박사는 이런 정체가 대수롭지 않다는 투로 말한다.

"여기 80번 도로 말고 새크라멘토에서 밑으로 돌아가는 50번 도로가 있긴 해도 거기도 여기나 매일반이야!"

"이렇게 가다가는 삼 일 후에도 도착하지 못하는 것 아니에요?"

"글쎄다! 이럴 줄 알았으면 산호세 말고, 솔트레이크 비행장으로 돌리라고 할 걸 그랬나!"

은호의 걱정에 느긋하게 말하는 이 박사의 말에 수덕이 걱정스러운 표정이 되어 말한다.

"이 박사가 처음 미국에 온 우리를 여기저기 구경하라고 일부러 배려한 것은 고맙지만, 장거리 운전이 보통 고역이 아니잖아!"

"이 넓은 미국에서 발붙이고 살려면 이 정도 운전은 필수야! 미국 땅을 얕잡아 보고 운전면허 처음 따고서 어설프게 집사람이랑 여행이라고 출발했다가 일주일 내내 운전대를 잡고 있을 때도 있었어."

이 박사의 말이 끝나자, 은호가 침통한 어조로 말했다.

"구경시키실 거면 NASA가 있는 워싱턴으로 부르시지 그러셨어요."

"내가 처음에 말했잖아! 우리 팀이 외부에 노출되면 절대 안 된다고! 특히 주니어는 조심해야 해서 좀 조용하다 싶은 산호세를 택했다고 하질 않았어?"

그때 은호의 모토로라 핸드폰에서 벨 소리가 요란하게 울렸다. 줄기차게 메고 다니던 벽돌 폰에서 손안에 들어오는 아주 앙증맞은 폴더폰으로 바꾼 것이다.

은호가 통화 버튼을 누르자 금방 '아들?' 하는 주 여사의 카랑카랑한 반가운 음성이 튀어나와, 옆에서 아빠한테 매달려 있던 기욤이가 먼저 반색했다.

"할머니다!"

(아들! 거기 지금 어디야? 기욤이 목소리도 들리네.)

"여기 지금 고속도로를 계속 달리고 있어서 어딘지 모르겠어!"

은호가 통화하는 사이 기욤이 줄기차게 핸드폰에 매달린다.

"기욤이는 할머니가 해 준 밥 먹고 싶어요."

(왜, 거기도 밥이 있을 텐데!)

"박사 아빠가 계속 빵만 줬어요."

(기욤이! 할머니가 알았어요. 형아하고 통화 좀 하자!)

그제야 기욤이 전화기에서 손을 뗀다.

은호는 스피커폰을 끄고 돌아앉아서 계속 통화를 한다.

날이 너무 저물어 콜 패스를 지나 케이프 호른에서 고속도로를 벗어나 시내 초입, 가까운 곳에 눈에 띈 허름해 보이는 게스트하우스에 방을 잡아 들어갔다.

게스트하우스 바로 앞에 일본인이 직접 운영하는 일식집이 있어서 모두 생선 초밥을 시켜서 저녁 식사를 하고 나오면서 신기한 요리에 반신반의하면서도 제법 잘 먹은 기욤이를 보면서 이 박사가 신기한 듯 물었다.

"밥은 밥인데, 위에 날생선이 붙어 있어서 좀 이상하지 않았어?"

"우리 박사 아빠가 불에 익히지 않은 음식이 몸에 좋은 거라고 해서 징그러워도 잘 먹었어요."

"너희 아빠는 박사라 모르는 것이 없구나!"

"그럼요! 이제부터 우리 박사 아빠 말은 무조건 잘 들을 거예요."

기욤이 말하며 매달려도 샤이는 아무 반응이 없자, 기욤이 이 박사에게 말한다.

"박사님! 몸에 좋은 걸 잘 아는 우리 아빠는 왜 은호 형보다 몸이 약하죠?"

기욤의 말에 모두 화들짝 웃음이 터지고, 샤이도 할 말을 잃어 멍하니 머리를 갸웃거리는 아들만 바라본다.

그때 은호가 다가와서 샤이를 응원했다.

"기욤이 너희 아빠는 어렸을 때 몸에 좋은 것을 하나도 먹지 못해서 저렇게 약해졌단다."

은호의 말에 기욤이 눈을 반짝이면서 말한다.

"형아 엄마가 우리 아빠한테 몸에 좋은 것을 하나도 안 준 거네?"

"아니야! 너희 아빠 어렸을 때는 다른 나라에서 살았어."

"거짓말!"

기욤의 기억은 은호네 집에서만 살아온 것밖에 없으니 은호 형의 말을 믿을 수가 없다.

샤이가 아빠는 기욤이 태어나기 전에는 아프리카 가봉과 프랑스에서 살았다고 설명해서야 조금 수긍하는 모습을 보였다.

"내가 형을 변명해 주려다가 자칫하면 우리 엄마를 몹시 나쁜 사람 만들 뻔했네."

은호가 기욤을 바라보면서 고개를 내두른다.

모두들 일식집 바깥 테이블에서 한동안 한담을 나누면서 생전 처음인 미국 하늘에 떠오른 보름달을 유심히 바라보고 있었다.

다음 날 새벽 이 박사가 서둘러 깨워서 모두 일어나 간단한 빵과 우유로 아침 요기를 하고 네바다사막을 향해서 출발했다.

어제와는 완연히 다르게 고속도로는 한가한 편이었다.

가끔 커다란 트레일러 화물차량이 커다란 소음을 내면서 지나갈 뿐 승용차들은 어제처럼 많이 볼 수가 없었다.

조수석에서 이 박사를 바라보는 수덕은 어제에 이어서 계속 운전대를 잡은 것이 안돼 보여 한마디 한다.

"나라도 운전을 배워 놓을걸. 지금 교대해 줄 사람도 없어서 안타깝구먼!"

"나 같은 경우는 남이 운전하는 차에 앉아 있으면 공연히 불안해서 지켜보는 것보다 내가 드라이브하는 것이 훨씬 맘이 편해!"

이 박사가 말하는 사이 수풀 사이로 끝없이 펼쳐진 파란 호수가 멀찍이 보이는가 하면 곧바로 컴컴한 터널로 들어가 버린다. 이틀째 쉬지 않고 내내 달렸지만, 여전히 울창한 산림과 간간이 작은 도시와 호수를 지나칠 뿐 그들이 기대하는 사막은 좀처럼 모습을 드러내지 않고 하루가 저물고 있었다.

도나 메모리얼 주립공원이 있는 암스트롱에서 내려가 다시 게스트하우스를 찾아 들어갔다.

다음 날 아침 바로 네바다사막 지대로 들어가는 리노에 도착할 수 있었지만, 사막이라고 해서 모래 언덕이 줄줄이 있는 것이 아닌 건조한 산악지대 중간, 중간에 메마른 나무나 건초가 보이는 광활한 벌판이 시작되고 있어서 은호는 사막에 들어섰다는 기분이 들지 않는 듯 머리를 갸웃거리며 창밖에서 눈을 떼지 못한다.

사진에서 보았던 그랜드 캐니언의 협곡 같은 언덕도 눈에 띈다. 종일 달린 차가 저녁 무렵 도착한 곳은 텅스텐 로드가 있는 밀시티였다. 고속도로에서 내려가 포장된 지도 오래된 듯 흙먼지가 잔뜩 쌓인 도로를 이 박사는 한 시간 이상 한참을 달려 정말 인적이 전혀 없어 보이는 곳에 차를 세우고 주위에 평평한 곳을 골라 야영 준비를 했다.

그들이 차 트렁크에서 천막을 꺼내서 펼쳐 놓고 설치를 시작했을 때 경찰차 같은 차량이 경적을 울리면서 다가와서 이 박사가 나서서 신분증을 내보이면서 뭔가를 열심히 설명하자, 경찰은 주위를 한번 둘러보고 떠났다.

은호가 궁금해서 묻는다.

"경찰이 뭐래요?"

이 박사는 싱긋이 웃으면서 말했다.

"그 사람들은 경찰이 아니고 공원 관리인들인데, 여기 주변에 사나운 야생조수들이 많이 있다고, 야간에 혼자서 함부로 바깥에 돌아다니지 말라고 하는구나!"

"사자나 호랑이가 있는 것은 아니죠?"

은호가 눈이 똥그래져서 묻자, 그때까지 말이 없던 샤이가 입을 열었다.

"이런 곳에는 그런 맹수보다는 삵이나 늑대 같은 것들이 있을 거야."

"주니어 형이 그런 걸 어떻게 잘 알아?"

은호의 물음에 샤이는 자기가 살았던 가봉에 여기 같은 지형이 있었는데, 그곳에 그런 동물이 살았다고 말했다.

이 박사가 준비한 커다란 대형 천막을 모두 힘을 합쳐서 어렵게 설치하고, 주위에 지천으로 쌓인 마른 나무들을 주워 모아 모닥불을 피우기 시작했다.

잘 타오르는 불을 보면서 저녁 식사로 빵을 들고 나온 일행을 보고 이 박사가 한마디 했다.

"저런 불에는 한우를 구워야 제격인데, 잘못하면 냄새를 맡고 못된 짐승들이 모여들게 돼서 안 되지!"

샤이가 챙겨 준 햄버거를 먹고 있는 기욤이는 투정처럼 말했다.

"아빠! 나는 생선으로 싼 밥을 먹고 싶어요."

"너는 날생선이 징그럽다고 했잖아?"

옆에 있는 은호가 말하자, 기욤이 대뜸 말한다.

"이 빵보다는 징그러워도 그 밥이 더 좋아요."

"우리 기욤이는 한국에서 태어나서 한국 음식에 길들어져서 완전히 한국 사람이 됐어요."

샤이는 밝은 얼굴로 말하면서도 어딘지 가슴 한구석에 싸한 안타까움이 있는 어감을 감추지 못했다.

대충 해결한 저녁 식사 후에 모닥불에 물을 부어서 완전히 꺼진 것을 확인하고 나서 천막 안에 환한 랜턴을 켜고서 일행을 한자리에 모은 다음, 이 박사가 무겁게 입을 열었다.

"내일이면 고대하던 현장에 도착할 거야. 진 박사가 말한 대로 처음 온 미국이란 나라를 여행한다는 마음으로 둘러보라고 일부러 긴 여로를 택해서 여기까지 왔는데, 잘한 건지 모르겠네!"

"걱정하지 마! 덕분에 진짜 미국을 본 것 같아서 좋았어!"

수덕의 말에 이 박사는 조금은 안심하는 표정으로 이야기를 이어 갔다.

"내일 우리가 도착하는 대로 위성이 발사될 건데, 한 가지 당부하고 싶은 것은 그쪽에서 질문하는 것 말고는 아무도 필요 없는 말을 하지 말라는 거야. 내가 많은 시간 동안 연구해서 조립한 인공 MOON 시스템을 완벽하게 장착했는데, 내 말은 그 친구들은 그 본체가 한국에서 개발한 신형 통신 시스템인 줄로만 알고 있단 말야!"

"거기에 충분한 '수덕늄'과 고농도 염소액이 발포 장비와 함께 착오 없이 들어간 걸 우리가 확인 안 해도 되는 거지?"

수덕의 물음에 이 박사는 고개를 끄덕이면서 덧붙여 얘기했다.

"그것은 물론이야! 진 박사가 염려했던 50년 이상 버틸 수 있는 충분한 수치를 장착했고, 내가 누구야! AI 전공이잖아. AI 인공지능 센서를 부착해서 여기서 발사한다고 해서 곧바로 시동이 작동하는 시스템이 아니고, 주니어 박사가 애초에 그분의 지시를 받았던 가봉에 진 박사를 모시고 가서 원래 계획했던 대로 둘이 그곳에서 내가 정해 주는 코드 넘버에 맞춰서 AI 인공지능 센서를 움직여 주는 거로 우리의 미션은 모두 끝나게 되는 거야."

"저는 그럼 가봉에는 가지 못하는 거예요?"

자기는 수덕의 팀에서 제외된 것을 알고 은호가 안타까운 시선으로 바라본다.

"너는 아직 여기 과학계에는 얼굴을 디밀지 않았으니, 네가 소원했던 대로 NASA에 데리고 가서 구경 실컷 시켜 주고, 시간에 맞춰 한국행 비행기를 태워 줄게!"

이 박사가 일사천리로 설명하자, 샤이가 조금은 어두운 표정으로 말을 했다.

"박사님 의도는 충분히 알아요. 여기서 모든 것을 다 이뤄 놓고 부득이 진 박사님과 먼 가봉까지 갈 필요가 있어요?"

샤이의 말에 이 박사는 아주 신중한 표정이 되었다.

"네가 불만이 좀 있는 것 같은데, 주니어가 원래 말했던 대로 한다면 어느 세월에 이루어질지 장담할 수 없어서 최후의 수단으로 여기 NASA 팀의 힘을 빌린 거야! 또 AI의 힘을 이용해서 누구도 어느 누가 인공 MOON으로 세상을 불편하게 바꿔 놨는지 모르게 하려고 부득이 그 먼 곳에서 시동을 켜도록 계획한 것이다. 만약 그 정체가 밝혀진다면 우리 네 사람 다 무사하지 못할 정도로 너무 위험해질 수 있는 프로젝트이기 때문이야! 무슨 얘긴지 알겠어?"

수덕을 비롯한 모두는 결연한 표정이면서 모든 것이 이 박사 설명대로 쉽게 이루어졌다는 것 자체가 믿기 어려울 정도로 좀처럼 실감되지 않는 표정들이다.

이 박사는 하던 말을 마치고 차량 트렁크에서 아이스박스에 보관한 와인 병과 글라스를 가지고 와 수덕이를 선두로 차례로 은호한테까지 따라 주고 나서 굳어진 결연한 표정이 되어 입을 연다.

"내가 진 박사한테도 내 입으로 이 얘기는 처음 하는데, 한국의 HAERI 소장으로 가기 한 5년 전에 여기 세 천재와 마찬가지로 진 박사가 말하는 '온 우주 신', 그분의 경고를 나도 받았었다."

이 박사의 의미심장한 말에 수덕이 바로 나섰다.

"이 박사 자네가 처음 만난 자리에서 모든 것을 뒤집어 볼 생각을 왜 못 했냐고 나를 다그치는 말을 듣고 나는 자네의 숨은 정체를 그때 알았었네!"

수덕의 회고를 듣고 이 박사는 고개를 끄덕이면서 이야기를 이어 갔다.

"처음 그분의 말을 듣고 나서는 충격이 보통이 아니었는데, 그 충격을 혼자 의지로만 삭이다 보니, 혹시 내가 헛꿈을 꾼 것은 아니었나 하는 생각에 잊고 긴 세월을 보내다가 천재, 진 박사를 만나면서 결코 헛된 꿈이 아니었다는 확신이 생겨서 진 박사 조언도 마다하고 남의 눈치 안 보는 내 성격에 밀고 나가다가 소장직도 잃고, 일본에서 그 흉한 꼴도 당했었던 게 아닌가!"

"일본에 가서 우리가 봤을 때, 자네는 거의 저세상에 가기 일보 직전이었어."

수덕은 그 당시와 너무 달라진 눈앞에 보이는 이 박사가 너무 신기할 따름이다.

"그런 목숨을 건 위험을 무릅쓰면서까지 귀국할 수 있도록 도와준 진 박사 은혜는 내 평생 못 잊지! 그런 어려운 일을 겪으면서 내 신념은 더욱 굳어져서 그분이 내려준 사명인 이 일은 반드시 우리 손으로 이루어야 한다는 결심이 서서 여기 막바지까지 왔는데, 우리가 이걸 이룰 수 있었던 기본적 힘은 나도, 진 박사도, 여기 누구도 아닌, 진 박사의 인생이 걸린 바로 '수덕늄'이었어. 이것이 우리 눈에 띄지 않았다면 누구도 꿈도 꾸지 못할 프로젝트였을 거고, 길거리에서 휴지나 폐품을 줍는 환경운동으로 끝났을 거야!"

이 박사의 긴 얘기를 들으면서 모두 감격한 모습인데, 어린 기
욤이만 눈을 말똥히 뜨고 이들을 지켜본다.
　모두 이 박사의 제의로 '수덕늪'으로 건배사를 한 다음 와인을
마시고 나서 각자 잠자리에 들었다.

인공 MOON 발사

야영지에서 나와 고속도로를 두어 시간 달린 다음 일반 도로로 내려온 지역은 은호가 생각했던 사막 그 자체로 나무나 풀이 전혀 없는 그야말로 사하라나 고비 사막 같은 모래 언덕만이 줄줄이 펼쳐지기 시작했다.

　얼마를 달렸을까! 도로 양쪽으로 높은 철조망이 쳐진 안쪽 모래사장에 부서진 차량과 군용 전차, 형체가 분간이 안 되는 경비행기 잔해들이 수두룩하게 널브러져 있는 지역을 지나치면서 폐로켓 몸체로 보이는 것들과 몸짓이 큰 여객기도 가끔 눈에 들어와 모두 눈들이 휘둥그레진다.

　한참을 달려서 민둥산 같은 언덕 앞 도로에 바리케이드로 막힌 곳에 도착해서 차를 세운 이 박사가 초소 건물 앞으로 가서 패스포트를 내보이고 한동안 얘기를 나눈 다음 초소 문이 열리면서 수염이 더부룩한 남자가 나와서 차 안을 휘둘러보고는 바리케이드를 올려 주었다.

　민둥산 쪽으로 차량이 진입하자, 터널과 같이 산 한가운데가 파여 있고 위로는 하늘이 뻥 뚫린 길을 한참을 곧바로 달리자, 민둥산이 가려서 보이지 않았던 끝없이 광활한 모래 평원이 펼쳐지기 시작해 모두 입을 크게 벌릴 수밖에 없었다.

높은 산 언덕 아래로 서너 채의 창고 형태의 웅장한 건물 속에서 한창 작업 중인 각종 기계 소음이 요란하게 들려온다.

맨 끝에 있는 건물 앞에 차를 세운 이 박사가 밝은 표정으로 내려서 높다란 철제문 앞에 가서 버튼을 누른다.

잠시 후에 육중한 자동문이 열리면서 이 박사가 모두 들어오라는 신호를 했다.

운동장 같은 넓은 공간 안에 단 두 사람이 천장을 찌를 듯이 치솟은 로켓 구조물에 매달려서 작업에 열중인 것이 눈에 들어왔다.

이 박사가 가까이 다가가서 유창한 영어로 큰 소리 쳐 외친다.

"여기 누가 왔는지 한번 확인해 보게나!"

이 박사의 외침에 먼저 젊은 친구가 보안경을 벗자마자 벙 쪄 있는 샤이에게 달려들어 안긴다.

"아! 시몽."

샤이가 숨이 넘어갈 듯한 외마디를 지르고는 안겨서 약한 몸이 이내 주저앉고 만다.

바로 뒤를 이어 샤이를 PSCL에서 묵묵히 챙겨 주던 클로드 교수도 보안경을 벗고 환한 미소를 지으면서 다가와 매달려 있는 두 제자 곁으로 가 어깨를 친다.

어느새 눈물범벅인 샤이가 클로드 교수를 알아보고 달려들어 안기자, 이내 큰 소리로 말하면서 등을 두드린다.

"나는 지금 루카스 주니어를 아주 많이 때려 주고 싶다네!"

"교수님이 시몽과 같이 여기 있을 줄은 꿈에도 몰랐습니다."

"미리 알았다면 여기 오지 않으려고 했었다는 얘긴가?"

클로드 교수는 약한 샤이의 두 어깨를 잡고 흔든다.

"아닙니다! 여기서 바로 파리로 건너가서 찾아뵈려고 했습니다."

모두 먹먹한 표정으로 바라보다가 감정들이 가라앉는 것을 기다려 이 박사가 한국에서 온 친구들을 소개했다.

"여기 한국이 낳은 천재 과학자 진수덕 박사를 소개합니다."

"아! Genie coreen!(한국의 천재!)"

클로드 교수가 환호성을 지르면서 수덕의 손을 잡고 흔들자, 이 박사가 의외라는 표정으로 묻는다.

"클로드 교수가 어떻게 진수덕 박사를 압니까?"

"프랑스 마당발 미셸 선생이 오래전부터 한국 천재를 소개해서 알게 됐고, 내 일찍이 한번 만나 보고 싶었습니다."

샤이의 어깨를 잡은 시몽도 수덕에게 손을 내밀면서 말한다.

"저는 원래 어려서부터 주니어와 절친한 친군데, 진수덕 박사님은 새로운 원소, '수덕늄'의 원조 발견자시죠? 만나 볼 수 있어서 영광입니다."

수덕이 조금은 쑥스러운 얼굴로 시몽의 손을 잡았다.

이 박사가 은호를 수덕의 조수라고 소개하고 나자, 샤이가 아빠에게 매달려 있는 기욤을 소개했다.

기욤을 바라보는 클로드 교수와 시몽의 눈에 안쓰러운 기색이 보이자 샤이가 나서서 말했다.

"우리 기욤이는 아직은 아주 씩씩합니다. 엄마라는 말을 전혀 모르고 아빠만 알아서 다행입니다."

모두 영어와 프랑스 말로 왔다 갔다 하니, 한국말만 아는 기욤이는 멍한 표정이다.

마지막으로 이 박사가 클로드 교수를 소개했다.

"클로드 교수는 내가 MIT에 입학한 20대부터 둘 다 낯선 외국에서 유학 생활을 하면서 어려운 부분에 공통분모가 많아서 절친

한 친구가 된 관계로 30여 년간 흉허물 없는 사이야! 이번 통신 위성 프로젝트를 전적으로 나서서 도와준 점에 대해서 여러분과 함께 친구를 떠나 다시 한번 감사하다는 인사를 드립니다."

이 박사의 소개에 일행이 모두 고개를 조아리자, 클로드 교수는 대경실색한 표정이 되어 함께 머리를 조아리고 손을 내젓는다.

"이번 프로젝트에 내가 한 것은 시몽과 함께 조립해 준 그것밖에 없습니다. 모든 자료는 연료에서부터 볼트 하나까지 이우연 박사가 다 구해다 줘서 완성된 겁니다. 한 가지 비밀을 말하자면!"

클로드 교수가 미소를 머금고 이 박사 눈치를 보자, 이 박사가 자기 성품대로 바로 이실직고한다.

"그건 내가 말하지! 로켓 몸통 부분은 오다가 본 폐기된 중고품을 재활용했다는 그 얘기 아닌가! 만에 하나 이상이 있다면 우주 항공 전문가인 저 친구가 용납하지 않았을 거라는 걸 나는 알기에 지금 내가 터놓고 고백하는 거네."

이 박사의 솔직한 말에 클로드 교수는 손을 절레절레 흔든다.

"나는 저런 이 박사의 성품이 좋아서 내가 앞으로 민간인 차원에서 개인적으로 계획하는 우주 항공 사업의 동반자로 택했단 말입니다. 여러분 중에서도 우주 항공 분야에 희망하시는 분이 있으면 한국인 이미지가 좋아서 적극적으로 영입할 준비가 되어 있습니다. 이건 여담이고, 현장에 가서 카운트다운하기 전에 여기까지 오느라 피곤들 할 테니 사무실에서 차 한 잔씩 합시다."

샤이와 시몽은 작업장 출입구 쪽 귀퉁이에 자리한 널찍한 사무실에 가는 동안 기욤의 손을 잡고 나란히 걸으면서 만감이 교차한다.

"시몽! 너는 언제 여기 미국에 오게 된 거야?"

"미국엔 삼 년 전에 클로드 교수하고 같이 왔어. 군대 제대 하자마자 교수님을 찾았더니, 네가 가봉으로 떠난 빈자리가 그때까지 결원이라고 나보고 무조건 채우라고 하는 거야!"

"내가 듣기론 너 군 생활 다 마치지 못했다고 들었어."

"군 병원에서 반년 넘게 있다가 자대에 들어가 얼마 안 돼서 전역 명령이 떨어지고 말았지. 그때 생각은 하기도 싫어!"

샤이도 당시 엠마 때문에 둘이 함께 겪었던 고초가 떠오른다.

"넌 학생들을 가르친 경험이 없었던 거로 아는데 강의는 수월했어?"

"전혀 생각지도 않은 상태에서 얼떨결에 강사가 되어 시행착오도 많았었지. 교수님 아니었으면 며칠도 못 버텼을 거야!"

시몽이 고개를 흔들 때 클로드 교수가 큰 소리로 말한다.

"몇 년 전까지 주니어를 잡으러 코리아에 가려고 몇 번이나 마음먹었는데, 오늘 제 발로 찾아왔으니, 일 끝내고 나서 맛있는 거 먹으러 갑시다."

클로드 교수는 아주 마음이 흥건하게 좋아 보였다.

발사장을 향해 출발하는 차량에 오르면서 침묵하고 있던 은호가 입을 열었다.

"발사장이 여기서 아주 먼가 봐요?"

"앞에 보이는 아득히 먼 저 산 너머에 있다."

이 박사의 말에 지평선 가에 어른거리는 산을 바라보면서 모두 머리를 주억인다.

흙먼지 바람을 일으키면서 두 대의 차량이 달리고 있을 때, 작업장 건물 쪽에서 경보 사이렌이 울리고 있어 실제로 로켓 발사 시스템이 작동하고 있다는 것이 실감되었다.

기욤이도 분위기가 느껴지는지 큰 눈을 굴리면서 침울한 표정이 되어 아빠에게 매달리고 있었다.

한참을 달렸을 때 어른거리던 산 언덕이 바로 앞에 펼쳐지기 시작하는가 싶더니 이내 암석으로만 이뤄진 터널로 들어서서 잠시 후에 터널 안 광장에서 차가 멈춰 섰다.

차에서 내려 구석에 있는 엘리베이터로 모두 우르르 몰려갔다.

엘리베이터에서 내려 암석 사이에 설치된 전망대에서 내려다본 발사장은 작업장 건물에서 온 거리만큼 가물가물하게 멀리 보였다.

하늘을 향해 똑바로 선 채로 발사 버튼을 기다리는 대견스러운 로켓 모습은 줄줄이 설치된 망원경 렌즈 안에서 또렷이 보인다.

이 박사와 클로드 교수가 상황실 안의 직원들과 뭔가 심각하게 이야기를 나누는 모습이 보이고 전망대 안에 주의 사항을 알리는 멘트가 있은 다음 잠시 후에 드디어 기다리던 카운트다운이 시작되었다.

수덕은 밀려오는 긴장감으로 은호와 샤이의 손을 잡아 흔들고 나서 망원렌즈 안으로 시력을 집중시키고 있었다.

기욤이도 샤이가 안아서 대 주는 망원경에 매달린다.

(3- 2- 1- Fire!)

클로드 교수의 직접 멘트가 끝남과 동시에 땅바닥으로 깔리는 은회색 구름 모양 연기를 박차고 황금빛 불꽃을 내뿜으면서 멀리 전망대까지 큰 진동을 일으키는 은빛 로켓 기둥이 하늘 높이 치솟아 오르자, 클로드 교수가 선도해서 모두 우렁찬 박수로 성공적인 발사를 확인했다.

수덕은 은호와 샤이를 끌어안고 지나온 시간 동안 마음으로 갈등했던 것을 일시에 해결했다는 안도감에 다시 이 박사의 손을 잡으면서 감격해 울컥한다.

클로드 교수도 실수 없이 진행된 발사 작업에 안도해서 상황실 직원들과 일일이 손을 잡아 격려하고, 전망대로 나와서 홀가분해진 마음으로 수덕 일행에게도 악수를 청했다.

통신위성을 완벽하게 발사한 클로드 교수와 시몽, 그리고 인공 MOON을 성공적으로 띄워 올린 이 박사와 수덕 일행이 잠시 후에 솔트레이크시티 국제공항 근처 고급 레스토랑에 둘러앉아 식사하고 있었다.

그들이 그렇게 일찍이 먼 거리를 바로 이동할 수 있었던 것은 클로드 교수의 자가용 경비행기를 이용했기 때문이었다.

발사 작업이 끝나고 식사하러 가자는 클로드 교수의 제의에 다시 차에 오르는 그들을 내리게 하고는 작업장 옆 격납고로 안내해 쫓아 가보니, 격납고 안에 멋들어진 경비행기가 기다리고 있었다.

"워싱턴에서 여기까지 일 있을 때마다 삼사 일, 왔다 갔다 하면 일주일을 도로에서 시간을 허비하는 것이 아까워서 비용은 조금 들지만, 눈 딱 감고 임대를 했지!"

클로드 교수의 말에 이 박사도 어리둥절한 표정이었다.

"지난번 내가 왔을 때는 없었잖아?"

"몇 달 전에 빌리긴 했어도 비행 연습만 하고 라이선스가 안 나와서 못 끌고 왔었어."

"다른 박사들은 항공편을 대부분 이용하더구먼."

"항공 요금도 장난이 아니고, 솔트레이크에서 작업장까지도 무시 못 할 거리야! 그리고 사실은 부담을 줄이려고 옆 작업장 제럴드 박사랑 공동 임대한 거야."

모두 어리둥절한 채 서두르는 클로드 교수를 따라서 처음 타 보는 날렵한 경비행기에 올랐었다.

샤이는 시원찮은 식사를 하다가 쌀밥이 나오는 스테이크를 맛있게 먹는 기욤이를 챙기면서 옆자리의 시몽과 그동안 하지 못한 얘기를 나누느라 바쁘다.

"혹시 엠마를 만난 적은 없었어?"

"소문으로 들은 것은 감방에서 정신 병동으로 옮겼다는 말을 들었지! 너는 미카엘이 궁금하지 않아?"

"그때 사고 현장에서 사라졌다고 안 했나? 그 뒤로 몇 년 동안 파리에 살았어도 한 번도 눈에 띄지 않아서 잊고 있었지."

"그 녀석도 좀 희한한 녀석이야! 내가 군 병원에 있을 때, 어린 녀석이 대담하게 면회를 오고, 자대에도 몇 번 찾아왔었어."

"지금은 어떻게 됐어?"

"그 애는 고아가 아니라 부모에게 버려진 아이여서 정에 목말라 있던 아인데, 멀쩡한 애를 엄마가 정신 병원에 버린 것을 엠마가 세뇌해 이용한 것일 뿐이었어! 지금은 괜찮은 양부모를 만나서 학교 다니면서 잘 지내고 있어. 얼마 전에 파리에서 만났는데, 몰라보게 훌쩍 큰 녀석이 '형님! 어디 가서 와인 한잔 어때요?' 하더라니까!"

"하기는 어린아이가 사람을 좋아하는 것이 이상한 것은 아니었지! 시몽, 너는 아직 결혼 안 했어?"

이어지던 대화가 끊어지면서 한동안 생각하는 듯하던 시몽이 긴장한 얼굴로 바라보자, 샤이가 나지막하게 말했다.

"너 나한테 뭔가 죄지은 것 있지?"

"사실 나 워싱턴에서 작년에 오데트와 결혼했어."

말이 떨어지자마자, 샤이는 멍한 시선으로 시몽을 바라보기만 하다가 고개를 떨구면서 말했다.

"나도 이사벨과 결혼한 거나 마찬가지였는걸, 뭐!"

"그래도 친구 사이에 죄를 짓는 것 같아서 미리 말 못 했다. 미안해!"

"오데트와 지내던 시절엔 내가 아주 멍청이여서 스킨십하는 것도 두려워했었어. 아마 오데트와는 맺어질 인연이 아니었던 것 같다."

"오데트도 뉴욕 출장 중에 우연히 마주쳐서 처음 만난 자리에서 네 얘기를 먼저 하면서 너하고 똑같은 그런 얘기를 하더라고."

"아기는 아직 없어?"

"지금 임신 8개월이라 조심스러워!"

시몽은 감추려던 걸 털어놓고 조금은 안심이 된 듯 표정이 밝아져서 샤이의 손을 잡는다.

식사를 모두 마치고 다시 작업장으로 돌아가는 경비행기에 몸을 실었다.

곧바로 비행장에서 각자 정해진 목적지로 옮길 수도 있었지만, 이번 헤어짐이 어쩌면 너무 긴 시간 동안 떨어져 있게 될 수도 있어 핑계 대기 좋은 솔트레이크, 소금 호수를 함께 관광하고 가겠다고 클로드 교수에게 말했다.

작업장 앞에서 샤이와 뜨거운 포옹을 하고, 시몽이 기욤의 머리를 쓸어 주고 손을 흔들자, 기욤이 큰 소리로 물었다.

"아저씨가 우리 아빠 걸 하나 가져갔죠?"

기욤의 말을 샤이가 그대로 통역해 주자, 시몽이 기절하는 표정을 하면서 클로드 교수를 따라서 작업장으로 뛰어 들어갔다.

작업장에서 출발해 파이롯트 길까지 나오면서 아무도 입을 열지 않고 바깥에 펼쳐진 사막 풍경에만 시선이 매달려 있었다. 이 박사도 자기를 철석같이 믿고 우주 항공 사업을 계획하면서 전력을 다해 도와준 클로드 교수에게 애초부터 배신을 예약처럼 간직하고 접근했던 자신의 장래가 예측 불가인 데다, 모든 것이 멈춰진 이후 NASA에서의 자기 다음 행보가 가늠되지 않아서 마음이 무겁다.

가봉을 최종 목적지로 정한 수덕이 입장도 모든 것이 모호하다는 것은 이 박사나 매일반이다.

가봉에 가서 인공 MOON을 작동시킨 이후 샤이 같은 경우야 자기 고향 땅이니, 그냥 주저앉아도 된다 치더라도 수덕이 자신의 거취는 아직 아무것도 결정된 것이 없이 진행하는 프로젝트에만 매달려 온 것이 아닌가!

천재의 머리로도 결코 바람직한 긍정적인 해답은 나오지 않아 우선은 1차 프로젝트는 성공이란 결론에 긴장이 풀려선지 사막 풍경을 내다보는 것도 지쳐서 깜빡 잠이 들고 말았다.

햇볕이 내리쬐는 한낮, 방 안에서 책들과 씨름하면서 뭔가 어려운 문제를 풀어 보겠다고 매달리고 있을 때, 바깥에서 기윰이 칭얼대는 소리가 들려 창을 열고 내다보니, 샛노란 뙤약볕 아래 땅바닥을 두드리면서 처량하게 울고 있는 기윰이 모습이 보인다.

울지 말고 방으로 들어오라고 하자, 천만뜻밖의 말을 기윰이 소리치는 것이 아닌가!

박사 아빠가 기윰이 두드리는 땅속으로 들어갔다는 것이었다.

무슨 말도 안 되는 그런 말을 하느냐고 버럭 소리치고 나가 기윰이 두드리는 땅 가까이 다가가자, 이번에는 자신의 몸이 수렁에 빠지듯 땅속으로 빨려 들어가는 것이 아닌가!

"아악!"

비명과 함께 몸부림을 치면서 잠에서 깨고 말았다.

"무슨 잠꼬대를 그렇게 요란하게 하는 거야!"

이 박사의 두런거리는 소리를 들으면서 비명을 지르는 마지막에 기윰의 자지러지는 웃음소리가 자기 의식의 잔영에 남아 있어 고개를 돌려 뒷좌석을 돌아보니, 은호는 잠이 든 건지 눈을 감고 있고 기윰이 역시 눈을 감고 있는 자기 아빠 무릎에 앉아서 손으로 샤이 얼굴을 요리조리 더듬으며 장난질을 하고 있었다.

수덕은 너무 현실 같은 섬뜩한 꿈에 전신의 오싹한 느낌이 오랫동안 가라앉지 않았다.

그 꿈이 무엇을 의미하는 예지몽인지 한동안 모르고 있었다.

이 박사가 전에도 몇 번 들렀었다면서 운전해서 잠시 후에 도착한 곳은 소금 호수에 가깝게 붙어 있는 방갈로 숙소였다.

이 박사 말대로 과연 전망도 좋고 식당과 카페도 주위에 많이 있었다.

우선 여장을 풀고, 돌아가면서 몸부터 씻고 나서 모두 한가로운 기분에 호수 전경이 시원하게 바라다보이는 발코니에 나와 한동안 앉아 있었다.

수덕은 은호의 핸드폰으로 현도와 통화하고 있었다.

내일 파리 드골 공항에 오후 5시 도착 예정 비행기를 예약했다는 것과 주니어도 아들과 함께 갈 거라고 미셸 선생에게 연락해 달라는 부탁도 했다.

수덕의 전화 통화가 끝나고 조용히 지켜보던 이 박사가 나가서 맥주 한 잔씩 하자고 제의해서 모두 밖으로 나가 카페로 자리를 옮겼다.

기욤이만 음료수 잔을 들고, 열아홉 살 은호까지 생맥주잔을 앞에 놓고 앉아 있었다.

그렇게 쉽게 이루어질 줄 몰랐던 프로젝트가 성공적으로 완성되어 인공 MOON이 현재 하늘에 떠돌고 있다는 사실에 모두의 감정은 한없이 고조되고 있었지만, 그 이면에 말할 수 없는 고민들이 있는 것도 숨길 수 없는 상황이었다.

주위에 관광객들 여러 팀이 자리를 차지하고 있어 혹시 어디 한국어를 아는 사람이 있을지 몰라 터놓고 얘기하는 것은 자제하면서 나름의 불명확한 미래를 걱정하는 대화가 이어지고 있었다.

"주니어는 일을 마치면 기욤이 데리고 어디로 갈 생각인가?"

이 박사의 물음에 샤이는 한참 동안 입을 열지 못하다가 빙긋이 웃으면서 기욤이에게 물었다.

"기욤이 지금 어디에 가고 싶어요?"

기욤은 콜라를 오물오물 마시다가 말했다.

"나는 할머니가 주는 밥이 먹고 싶어서 할머니한테 갈래요."

기욤이 말을 들은 샤이는 곧바로 말을 했다.

"우리 기욤이 소원도 그렇지만, 저는 지금 서울에 있는 학생들이 저를 기다리고 있어서 그곳으로 갈 수밖에 없습니다."

샤이의 말이 끝나자 이 박사가 활짝 웃으면서 말했다.

"주니어 박사의 결정으로 모든 것이 정해졌습니다. 모든 것이 끝나면 무조건 홍릉 연구소에서 만나는 겁니다."

마음의 통일을 보았다는 의미로 이 박사의 제의로 네 사람 모두 두 손을 내밀어 잡고 흔들었다.

그때까지 조용히 맥주만 마시던 수덕이 이 박사를 바라보면서 물었다.

"장비는 언제 넘겨줄 건가?"

"내일 공항에서 주려고 했었는데 지금 줘야겠군."

이 박사는 아무렇지 않게 말하고 안주머니에서 은호 것과 똑같은 모토로라 핸드폰을 꺼내 놓았다.

"이거 핸드폰이잖아?"

수덕의 놀라는 표정에 이 박사는 아주 나직하게 말했다.

"맞아! 통화도 할 수 있지. 다만 그 안에 들어간 액정에 자네가 심혈을 기울여 만든 고농축 '수덕늄'이 들어 있다는 것이 다를 뿐이고, 또 하나, 두 개의 홍, 청 빛깔 버튼이 있다는 것이 은호 핸드폰과 외관에 차이가 난다는 것뿐야."

"이것으로 끝인가?"

긴장한 듯한 수덕의 물음에 이 박사는 다시 강조해서 말했다.

"시간이 정해졌을 때 내가 코드 번호와 시간을 그 핸드폰으로 전송할 거야! 특히 명심할 것은 두 사람의 마음이 통일됐다는 의미로 불러 준 코드 번호를 진 박사 자네가 입력해서 빨간 버튼을 하늘을 향해 누른 다음에 반드시 주니어 박사가 넘겨받아서 5초 안에 하늘을 곧바로 향해 파란 버튼을 누르면 온 우주 신이 우리 모두에게 맡겼던 임무는 완전히 완성되는 거야."

이 박사의 설명을 들은 은호가 묻는다.

"빨간 버튼과 파란 버튼은 각각 어떤 기능을 하는 거죠?"

"AI에게 명령을 내리는 과정을 간단하게 설명하면 빨간 버튼은 보이는 하늘 전체를 커버해서 위성을 찾아 AI에게 예비 신호 겸 해서 깨우는 기능을 한 다음, 파란 버튼으로 AI에게 입력되어 있는 시스템을 작동시키라는 명령을 주는 거야!"

수덕을 비롯한 모두는 고개를 끄덕였다.

파리 찍고 가봉행

수덕과 샤이가 도착한 파리 드골 공항에는 미셸 부부와 현도가 은영과 딸, 현이를 데리고 나와 반갑게 맞았다.

　먼 유럽에서 만나는 것은 서로가 처음인지라 너무 각별한 느낌이어서 뜨겁게 손을 잡았다.

　샤이는 침통한 표정으로 굳은 듯 서 있는 미셸 부부에게 기욤을 데리고 가면서 할아버지와 할머니한테 인사하라고 일러 주고 가까이 다가가 앞에 선 채 아무런 말도 못 하고 고개를 숙이고 있었다. 한동안 침묵하던 미셸이 아주 힘없이 말했다.

　"이사벨한테는 기욤이만 데리고 가고 싶다."

　샤이가 고개를 숙인 채 끄덕이고, 불어를 모르는 기욤이 아빠에게 매달려 통역해 주자 기욤이 질색을 한다.

　"아빠를 미워하는 이런 할아버지랑 아무 데도 안 갈 거야! 나는 그냥 아빠랑 있을래."

　미셸은 자기감정 표현이 너무 또렷한 기욤을 보면서 고개를 끄덕이고 다가온다.

　"주니어가 아들 하나는 똑바르게 가르쳤군! 나도 어린 손자에게 따돌림당하기 싫어서 내 생각을 바꾸는 수밖에 없겠다."

　모두 공항에서 택시를 타고 이사벨이 잠들어 있는 공원묘지로 향했다.

샤이는 차에서 내려 아무 생각 없이 기욤의 손을 잡고, 앞서가는 미셸 부부를 따라서 비탈진 언덕길을 올라가고 있었다.

은영과 현이가 묘지 입구 화원에서 장미 화분과 백합을 한 아름 사 들고 나왔다.

조그만 표지석만 보이는 이사벨의 묘지 앞에 장미 화분을 놓고, 그 앞에 모두 서서 고개를 숙이고 있었다.

샤이는 한량없이 사랑이 넘치고, 너무 순수하게 밝기만 했던 이사벨의 모습을 눈앞에 그리면서 너무 늦게 찾아올 수밖에 없었던 자신이 미안하고 한스러워 그 자리에 맥없이 주저앉아 오열을 터트리고 만다.

"기욤이 엄마! 너무 늦게 찾아와서 정말 볼 면목이 없다."

울부짖는 아빠가 기욤은 처음엔 조금은 황당하다는 표정이었다가 슬퍼하는 아빠 앞으로 가 끌어안으면서 안타깝게 소리친다.

"여기 아무도 없잖아! 그런데 아빠는 왜 울어?"

"기욤이 엄마는 분명히 여기 있는데, 보이지 않아서 아빠는 너무 슬퍼!"

"보이지 않는 엄마는 싫어! 기욤이는 박사 아빠만 있으면 된단 말야. 아빠, 울지 마!"

기욤은 아빠의 얼굴을 잡고 흐르는 눈물을 훔쳐 주다가 눈과 눈이 마주치자, 은연중 아빠의 절절하게 아픈 마음이 전해진 듯 그만 큰 소리로 울음을 터트리고 아빠에게 매달리고 만다.

멀찍이서 지켜보는 현도 부부나 수덕도 샤이의 마음에 공감이 되어 마음이 무겁고, 미셸은 다시 한번 조카의 죽음이 마음에 사

무쳐 고개를 힘없이 떨구고 만다.

　현이도 린 삼촌과 함께하는 연주 여행에서 기욤이 엄마 이사벨이 그것도 한국에서 사망했다는 슬픈 소식을 들어서 알고 있던 터라, 어린 기욤의 오열하는 모습이 안타까워 눈가를 훔치고 다가가서 기욤이를 샤이에게서 떼어 안아 올리면서 달랜다.

　"기욤이 그렇게 울면 아빠가 더 슬퍼지니까, 이제, 그만 그쳐!"

　현이가 기욤을 달래고 있을 때 샤이는 마음을 진정하고, 눈물을 닦고 있는 에밀리와 굳은 표정의 미셸 앞에 다가가 진심으로 사죄드린다는 말을 하고 고개를 숙이며 다시 오열하자, 미셸이 다가와서 가만히 품에 안고 함께 눈물을 뿌리고 만다.

　기욤이는 흐느끼면서 현이에게 묻는다.

　"우리 엄마는 여기 있는데, 기욤이 눈에는 왜 안 보이죠?"

　현이는 난감한 질문에 조금 생각하다가 대답한다.

　"엄마는 하늘나라에 가서 볼 수가 없어."

　"왜 엄마는 기욤이랑 아빠를 두고 혼자만 하늘나라에 간 거야?"

　기욤이는 다시 울음을 터트려 난감한 현이가 다시 다독인다.

　"기욤이 엄마는 너무 몸이 아파서 하느님이 하늘나라로 부르신 거야. 기욤이 너무 울면 하늘나라 엄마도 슬퍼지니까 그만 뚝!"

　현이가 기욤이를 토닥이며, 샤이가 있는 곳으로 데리고 가 내려놓자, 에밀리는 기욤 앞에 앉아 끌어안으면서 조용히 말한다.

　"엄마도 없는데, 기특하게 아주 잘 커 줬구나!"

　옆에서 지켜보던 미셸도 주저앉으면서 말한다.

　"나도 우리 손자 좀 안아 보자!"

　미셸이 기욤을 덥석 안고 볼에 입을 맞추자, 기욤이 질색을 했다.

　"내 고향, 코리아에선 남들 앞에서 이런 거 안 해요! 그런데, 할

아버지는 기욤이 보러 코리아에 왜 한 번도 안 오셨어요?"

미셸은 물론이고 모든 사람이 기절초풍한 표정을 짓자, 샤이가 기욤의 두 손을 잡고 흔든다.

"기욤! 너 무슨 말을 버릇없이 한 거야?"

기욤은 얼굴을 잔뜩 찡그리면서 아빠한테 말했다.

"기욤이는 오고 싶어도 여기까지는 못 오지만 할아버지는 코리아에 오실 수 있잖아?"

미셸은 다시 한번 머리를 흔들면서 기욤이를 안아 올린다.

"그래. 우리 손자 말이 백번 옳은 말이지. 게으름뱅이 할아버지가 미안하게 됐다!"

이번에는 기욤이 활짝 웃으면서 할아버지 볼에 입을 맞추자, 미셸이 어이없는 표정이다.

"너는 이런 거 싫다면서?"

"할아버지 얼굴을 보니까 그냥 하고 싶어졌어요."

미셸이 흐뭇한 얼굴이 되어 엉덩이를 두드리자, 기욤이 할아버지 귀에 입을 바싹 대고 말한다.

"할아버지! 기욤이가 사랑하는 우리 박사 아빠 미워하지 마세요!"

미셸이 고개를 끄덕이자, 기욤이 다시 궁금한 걸 묻는다.

"할아버지도 코리아에서 살았어요?"

"네가 그걸 어떻게 알아? 너희 아빠가 가르쳐 줬구나?"

"할머니는 내 말 몰라요. 할아버지는 한국말 하고 있잖아요."

"그래, 나도 코리아에서 한 5년간 학원에서 선생님을 했었다."

미셸은 설명하면서 너무 영특한 기욤이를 다시 한번 보게 된다.

수덕은 기욤이와 같이 샤이의 처가인 미셸 선생 집에서 아침 식사를 마치고 나와 현도와 약속한 에콜 데 보자르 교정에 들어서고 있었다.

미셸은 린의 연주회 일정 때문에 어제 샤이를 만나고 나서 저녁 비행기 편으로 바로 빈으로 날아갔다.

그렇지 않았으면 미셸이 먼저 나서서 앞장섰을 것이다.

멀리서 현도가 알아보고 사무실 밖에까지 나와서 그들을 맞았다.

"내가 나가야 하는데, 복잡한 여기서 보자고 해서 미안하구먼!"

현도가 직접 커피를 타서 건네면서 어려서부터 함께했던 수덕의 눈치를 보며 하는 말에 수덕이 오히려 미안한 표정을 짓는다.

"일과 중인 바쁜 샘님을 공연히 일찍 찾아온 거 아닌가?"

"아냐! 오전 시간은 벌써 끝났고, 오후에 한 시간만 하면 돼. 내일 가봉에 갈 계획이라고?"

"할 일 없이 빈둥거리는 것이 처음이라 그런지 영 적성에 안 맞아서 불편해! 주니어 박사도 그렇지?"

음료수를 마시는 기욤을 챙기는 샤이는 어설프게 웃기만 한다.

"참! 주니어 교수는 HAIST 특강까지 맡았다면서 제대로 대체하고 온 거지?"

현도의 물음에 샤이는 싱긋이 웃으면서 고개를 끄덕인다.

"파리의 쟁쟁한 천재 교수가 어떻게 한국까지 가서 아이들을 가르칠 생각을 했을까! 미셸 선생도 알다가도 모를 미스터리라고 하더구먼."

현도가 의아한 눈으로 바라볼 때 음료수를 다 마신 기욤이 입을 연다.

"아빠! 서울에 언제 가요? 기욤이는 빨리 가서 할머니 밥을 먹고 싶어요!"

기욤이 말하고 나서 아빠의 팔을 흔들자, 샤이는 굳은 얼굴이 되어 무슨 말인가 하려다가 수덕의 눈치를 보고 이내 고개를 떨구고 만다.

수덕도 샤이의 표정을 보면서 뭔가 만감이 교차하는 듯 경직되자, 현도는 이들에게 무슨 일이 있다는 것을 직감하는 눈치였다.

"무슨 일로 가봉에 가려는 거야?"

"그냥 주니어 교수 고향이라, 나선 김에 거기까지 가 보기로 했어."

현도의 물음에 수덕은 대수롭지 않은 투로 말했다.

"혹시 무슨 실험을 하러 가는 것은 아니지?"

현도는 지난번에 미셸이 했던 핵실험이란 말이 생각나서 해 본 말이었다.

"현도 네가 아는 신물질은 이미 분석이 끝나서 주니어 박사 논문이 사이언스지에 게재됐고, 내가 발표한 '수덕늄'도 다음 호에 실린다는데 새삼스럽게 실험은 무슨 실험이야!"

수덕이 길게 설명을 해도 현도 느낌엔 뭔가 이들에게 알 수 없는 일이 진행되고 있다는 것을 인지하고 있었다.

"내가 여기로 오면서 완이보고 내년에 졸업하면 유학 준비하라고 일렀는데, 별 반응이 없었어!"

현도의 좀 걱정된다는 투의 말에 수덕도 시큰둥하게 말한다.

"그 녀석은 군대 갔다 오더니, 성격이 변한 건지 말수도 줄어들고 제 속내를 드러내지 않아서 무슨 생각을 하고 있는지 모르겠어!"

"완이 제 말로는 학교에서 붙잡는다는 말을 언뜻 하던데, 학교에 있더라도 유학은 필수라고 고국에 돌아가는 대로 네가 알아듣게 말해 줘!"

현도가 안타까운 표정으로 말해도 수덕은 그리 심각하게 받아들이지 않는 듯이 고개만 끄덕거릴 뿐이다.

한동안 한가로이 담소를 나누다가 현도가 강의 시간이 되어 실습실로 들어가면서 수업이 끝나는 대로 바로 파리 시내에 함께 나가자면서 그동안 교내를 한 바퀴 돌아보라고 해서 샤이와 함께 사무실을 나와서 언뜻 교문 쪽을 바라보니, 교문 앞에서 택시에서 내리는 미셸 선생의 뒷모습이 눈에 들어와 무의식적으로 기윰이와 함께 근처 건물에 몸을 숨겼다.

교정에 들어선 미셸은 그들을 보지 못한 듯 현도 사무실로 곧장 올라갔다.

수덕의 생각에는 미셸은 분명히 빈에 갔던 일이 뭔가 어긋나서 온 듯싶은데, 내일 그들이 가봉에 간다고 하면 미셸 성격에 따라나설 것 같은 불길한 예감에 불현듯 피한 것인데, 피하는 것이 마냥 좋은 대응만은 아니라는 감이 들어 망설이는 기색이 보이자, 샤이도 같은 생각인 듯 입을 연다.

"피하는 것이 전부가 아니죠! 미셸 삼촌은 가봉을 너무 잘 알아서 우리가 떠난 뒤에도 얼마든지 우리를 찾아낼 거예요."

샤이의 말을 들으면서 묵묵히 생각에 빠진 수덕은 만약 미셸과 같이 간다면 가봉에 가서 하려고 하는 작업에 걸림돌이 되는 것은 물론 세상 누구에게도 자기들이 하는 미션이 알려지지 않아야 자신들이 안전하다는 것이 기본인 걸, 만에 하나 미셸이 알게 된다면 그것을 보장받을 수 없는 것이 아닌가 하는 생각이 들었다.

미셸이 따라나섰을 때 대처 방법이 쉽게 떠오르지 않아서 어두운 표정인 수덕을 바라보면서 샤이도 난감한 것은 마찬가지였다.

수덕은 골똘히 생각하다가 언뜻 껌딱지, 은호가 언젠가 했던 말이 의식 속에서 튀어나왔다.

골치 아픈 빚쟁이는 피하면 피할수록 더 달라붙으니까, 피하기보다는 붙어서 해결점을 찾으라고 하질 않았던가!

수덕이 샤이와 함께 몸을 숨겼던 건물에서 나와서 현도 사무실로 올라가니, 미셸이 바로 내려오고 있었다.

"임 교수는 지금 수업 중인데, 주니어 삼촌께서는 빈에 가신 줄 알았는데 여긴 웬일이세요?"

수덕의 물음에 미셸은 낭패한 표정을 지으면서 계단에 그냥 주저앉아 버린다.

"얼마 전에 빈의 중앙 TV 방송국에 린의 방송 출연을 성사시켜 놨더니, 로안이 린을 데리고 베트남으로 날아가 버렸다."

"연락은 해 보셨어요?"

"베트남 반닝에 집안 행사가 있어서 간다는 메모에 연락 번호가 있어서 했더니 불통이던데, 로안이 고의로 애먹이는 것 같아!"

미셸은 아주 죽을상을 한다.

"그럼 바로 베트남으로 가시든지 해야지 여기로 오시면 어떻게 합니까?"

수덕의 좀 마땅치 않아 하는 말에 미셸은 힘없이 말한다.

"어차피 베트남 노선은 파리를 거쳐야 하는데, 임 교수가 베트남 지리는 꿰고 있어서 로안이 갔다는 반닝이라는 그곳을 사전에 알아보려고 공항에 내려서 일부러 찾아왔지."

사무실로 올라가 이 얘기 저 얘기 하는 사이에 현도가 들어오자, 미셸이 곧바로 사정 얘기를 했다.

미셸의 얘기를 들은 현도는 의외의 말을 했다.

"린도 신형 노키아 핸드폰을 가지고 있을걸요. 여기 번호로 한 번 해 보시죠?"

현도는 아예 자기 메모 수첩을 건네준다.

미셸이 곧바로 사무실 전화를 돌리다가 잘 안되는지 다시 다이얼을 돌리다가 수화기를 놓는다.

"이상하게 국제 전화라 그런지 바로 끊기는걸!"

"이걸로 한번 해 보시죠?"

그때 수덕이 주머니에서 핸드폰을 꺼내서 건네주자, 미셸의 눈이 휘둥그레진다.

"진 박사도 핸드폰을 준비했구면!"

미셸은 폴더를 열고는 다시 한번 놀라는 표정을 짓는다.

"이건 최신형인가? 다른 것하고 좀 다르잖아!"

미셸의 한마디에 수덕과 샤이의 표정이 이상하게 경직되는 것을 현도는 느끼고 있었다.

미셸이 버튼을 누르자, 바로 통화 신호가 가면서 린의 목소리가 새어 나온다.

(누구신데요?)

"나 이사벨 삼촌인데 옆에 혹시 이모님이 계신가?"

(아뇨! 저는 잠깐 밖에 나와 있는데요.)

"빈의 ORF 국영 방송 PD와 방송 출연 스케줄이 확정됐는데, 거기 가 있으면 어떻게 해?"

(저는 전혀 몰랐어요! 지금이라도 제가 파리로 가겠습니다. 언제까지 가면 됩니까?)

"지금이라도 출발하라고, 만약 방송 펑크 나면 내가 감당 못 해!"

(출발하면서 이 번호로 연락하겠습니다.)

바로 통화가 끝나고, 미셸은 다시 한번 핸드폰을 살펴보면서 린과의 연락이 잘 되어 기분이 좋아진 듯 말했다.

"혹시 이 신형 핸드폰 나한테 넘겨줄 의향은 없나?"

수덕은 미셸의 한마디에 정신이 번쩍 나서 후다닥 달려들어 핸드폰을 잡아챈다.

미셸은 수덕의 날카로운 반응에 놀란 듯 입이 벌어진다.

"이건 안 됩니다! 우리도 긴요하게 연락받을 일이 있어서 특별히 마련한 겁니다."

"하긴 나도 린을 챙기려면 꼭 핸드폰 정도는 마련했어야 했던 걸 못 했어. 내가 괜히 진 박사 심기를 건드린 것 같군. 린한테 연락이 올 때까지만 부탁할게!"

수덕의 예민한 반응에 미셸뿐만이 아니고, 현도나 샤이도 예상 못 했던 듯 얼굴들이 굳어진다.

현도의 제의로 센강 가 카페로 옮겨서도 수덕의 얼굴은 굳은 채이고, 미셸도 말이 없이 와인 잔만 매만지고 있었다.

카페에서 나와 센강 가를 천천히 거닐고 있을 때, 린에게서 전화가 걸려와 수덕은 미셸에게 핸드폰을 건넸다.

핸드폰을 넘겨받은 미셸은 통화를 몇 마디 하다가 얼굴이 하얗게 변한다.

린이 파리로 간다는 말을 들은 로안이 극구 반대를 해서 대충 챙겨서 공항에 나왔는데, 카드에 돈이 모자라서 이스탄불까지만 항공권을 끊었다고 미셸보고 그리로 나와 달라는 요청을 하면서 울먹이고 있는 것이 아닌가!

미셸은 린과 통화를 마치고 핸드폰을 유심히 만지면서 붉고 파란 버튼을 내려다보다가 슬그머니 주머니에 넣으면서 말했다.

"내가 이스탄불에 갔다 올 때까지만 빌려주게!"

수덕의 얼굴이 납빛으로 변하고, 바로 옆에 기욤이와 같이 있던 샤이가 말했다.

"삼촌! 여기서 그냥 린의 통장으로 돈을 보내면 될 것을 뭐 하러 이스탄불까지 간다고 그러세요?"

"아냐! 내가 직접 가 봐야 할 것 같아!"

미셸이 막무가내로 큰 도로 쪽으로 나가자, 샤이가 앞을 막았다.

"가시더라도 제발 그 핸드폰은 주고 가세요."

안타깝게 매달리는 샤이를 미셸이 기존에 잠재하고 있던 서운함까지 더해진 듯 우악스럽게 한 손으로 잡아서 이리저리 흔들다가 내동댕이치듯 던져 버리자, 약하디약한 샤이는 시멘트 바닥에 구르고, 기욤이의 울음이 터짐과 동시에 순간적으로 수덕의 몸이 360도 회전을 하면서 뛰어올라 미셸의 얼굴과 가슴에 두 발이 강타해 구르는 미셸 몸 위에 떨어진 수덕이 깔고 앉아 숨을 헐떡이면서 말했다.

"당신은 내가 어릴 적에 내게서 아주 중요한 것을 슬쩍했을 때도 나는 당신을 믿고 봐줬는데, 또 내 것을 넘보고, 거기다가 내 것을 건드려? 임 교수에게 물어봐! 나는 다 참아도 내 것을 건드리는 것은 죽어도 못 참아!"

수덕은 한여름 소나기처럼 고함치듯 퍼붓고는 미셸의 주머니에서 핸드폰을 꺼내고, 기욤이와 웅크리고 있는 샤이를 이끌고 큰 도로 쪽으로 나가면서 당황해 어쩔 줄 모르고 있다가 따라오는 현도에게 다가가 손을 잡으면서 말했다.

"네겐 말을 못 했는데, 내 생명 같은 것을 미셸 저자가 감히 가지고 놀려고 하면서 약한 주니어를 건드리는 바람에 화가 많이 났었어! 가봉에 갔다 와서 나중에 네가 궁금한 거 다 말해 줄 테니 번거롭더라도 저 친구는 네가 챙겨라!"

"너희들한테 그렇게 중요한 것을 미셸 선생이 미처 모른 것 같다!"

워낙 순간적으로 일어나고 끝나서인지 주위에 모여든 사람은 다행히 없었다.

수덕은 그길로 샤이와 함께 급하게 공항에 나가 가봉행 비행기에 올랐다.

수덕은 눈을 감은 채 불과 몇 시간 전에 일어났던 변고와 같은 일을 떠올리면서 그동안 미셸과의 인연을 더듬어 보게 된다.

고2 겨울 방학에 현도와 함께 지리산을 거쳐 서울에 올라와 불어 학원을 찾아 나섰다가 눈길 빙판에서 처음 마주친 인연이 줄기차게 이어진 것이 조금 전의 마지막 악연으로 마무리되는 것인가!

어쩌면 가슴 아픈 천재 수덕이 나름대로 알고 있는 것은 거기까지지만, 미셸이 알고 있는 수덕과의 인연은 그보다 몇 개월 전인 늦여름이었다.

원래 모든 것에 마당발 기질을 타고나서 한국에 와 있는 동안에도 웬만한 이벤트 행사에 빠지는 일이 없었다.

학원 강사를 하기 위해 속성으로 배운 한국어가 아주 유용하게 사용되어 불편함이 없었다.

수덕은 인지 못 하는 미셸이 기억하는 인연은 전국 학생 과학 발명품 전시회 현장이었다.

전시장에는 미셸 말고도 과학 분야에 관심이 있는 외국인들도 많이 들락이고 있었다.

한쪽 구석에 심사위원으로 보이는 선생님들 틈바구니에서 고교생 중에서도 유난히 작아 보이는 수덕이 열심히 자신의 전시 작품에 관해서 설명하는 중간에 특이하게 생긴 까만 암석과 실험 자료를 내보이면서 엄청난 질량에 관해 설명하고 있었다.

수덕의 설명에 심사위원들도 그 암석을 유심히 관찰도 하고 손으로 들어 보통 돌들과 다른 무게에 머리를 흔들고 있는 모습을 미셸이 주위에서 지켜보고 있었다.

미셸 자신도 그 돌을 들어서 흔들어 보고 예사 돌과는 생김새 자체가 전혀 다른 모양과 상상할 수 없는 중력 질량 차이가 느껴져서 놀라 입을 벌리고 수덕에게 관성 질량에 대해서도 물어보려고 할 때, 심사위원 중 누군가 수덕을 부르는 바람에 그쪽으로 급하게 가는 것을 보고 미셸은 호기심이 발동해 그 암석을 들고 아예 전시장을 빠져나왔었다.

이 인연은 아직도 수덕은 모르고, 은연중 자신의 머릿속에 들어 있는 뭔가를 미셸이 가져갔다는 것만 인지하는 것이었다.

처음에는 눈에 보이지 않는 암석의 신물질을 분석한 자료를 자기와 대화 중에 빼내어 유럽 CERN에 제공한 거로 오해했었다. 그 오해는 많은 시간이 지난 뒤에 풀렸어도 여전히 자기 것을 무언가 가져갔다는 생각은 마음속 밑바닥에 항상 남아 있었다.

기욤이 잠이 들자, 수덕의 심중을 읽은 샤이가 가만히 손을 잡았다.

"제가 분명히 PSCL 클로드 교수 연구실에서 그 암석을 봤었다고 했었잖아요."

"그렇다면 미셸, 너희 이사벨 삼촌이 내 것을 가져다 클로드 교수에게 줬다는 결론이 나올 수밖에 없는 거네!"

"그것까지는 모르고요. 제가 보기에도 삼촌이 클로드 교수님과 아주 친밀한 관계였어요."

수덕은 한참 동안 생각하다가 고심 끝에 입을 열었다.

"그 교수 연구실에 있던 것이 '수덕늄' 암석이었다면 현재 클로드 교수가 어쩌면 질량과 파괴력을 알고 있다고 봐야 하잖아?"

"그런 셈이죠."

"그렇다면 클로드 교수가 쏘아 올린 그 위성을 손봤을 수도 있다는 가정이 성립되는 거 아닌가!"

수덕의 말에 샤이는 극도로 침울한 표정이 되어 눈을 끄먹거린다. 그런 샤이가 안쓰러워 수덕은 팔을 뻗어 어깨를 다독이면서 말한다.

"우선은 긍정적으로 생각하자! 곧 이 박사한테 연락이 오면 다시 한번 위성 자체를 추적해 보라고 해서 바로 해결 방법을 찾을 수 있을 거야! 너무 걱정하지 마!"

"만약 클로드 교수가 무엇 하나라도 건드렸다면 모든 계획은 수포가 되는 것이 아닌가요?"

"사실 나도 이 박사가 항상 너무 긍정적인 것이 마음이 놓이지 않긴 했지만 이제 우리가 택할 다른 길은 없어."

수덕의 조금은 막다른 골목이라는 표현에 샤이도 같은 생각이어서 표정이 어두워진다.

"제 생각도 너무 거침없이 이 박사님이 밀고 나가시는 것이 한편으로 걱정되기도 했어요."

샤이가 마음이 놓이지 않는다는 걱정을 말할 때 수덕의 주머니에 든 핸드폰에서 진동이 울린다.

핸드폰 폴더를 여니, 역시 이 박사한테서 온 전화였다.

"이 박사도 양반은 못 되는구먼! 귀가 간지러웠나?"

수덕이 통화 버튼을 누르면서 중얼거리자, 이 박사의 음성이
바로 튀어나온다.

(거기 지금 비행기 안인가?)

"어떻게 알았어? 지금 우리는 가봉으로 가고 있어."

(파리에서 좀 더 시간을 보낼 줄 알았더니, 뭘 그리 서둘렀어?)

"파리에 있어 봤자, 모두 자기 일에 바쁜 사람들 피해만 줄 일
밖에 없어서 일찍 나섰는데, 통신위성은 아무 이상 없는 거지?"

*(진 박사가 그걸 왜 안 물어보나 했다. 걱정하지 마! 모든 시스템
을 내 새끼들 AI가 보초 잘 서고 있으니까. 자네들 미션이나 숙지
잘하고 밝은 얼굴로 홍릉에서 보자고. 가봉에 도착해서 준비되면
연락하는 것 잊지 말고!)*

바로 이 박사의 전화는 끊어졌다.

수덕과 샤이 모두 어이없는 얼굴로 바라보고 있을 때, 둘 사이
좌석에서 자고 있던 기욤이 잠이 깨어 일어서서 자기 아빠가 아
닌 수덕의 얼굴을 버둥거려 잡더니, 뽀뽀 세례를 정신없이 퍼부
었다.

"기욤이가 잠에서 깨어나자마자 갑자기 왜 이래! 번지수를 잘
못 찾은 것 아닌가?"

수덕이 달라붙는 기욤을 안고 얼떨떨해하자, 기욤이 아직도 덜
깬 눈으로 빙긋이 웃으면서 말한다.

"그 할아버지 나빠요!"

"기욤이 할아버지 좋다고 뽀뽀했었잖아?"

샤이의 말에 기욤은 금방 화난 표정을 짓는다.

"우리 박사 아빠 미워하지 마세요! 기욤이 뽀뽀하고 말했어요. 할아버지 마구 아빠 던졌어. 기욤이 많이 슬펐단 말야!"

기욤이 금방 눈물이 쏟아질 것 같은 눈으로 식식거린다.

"그래서 할아버지 때려준 박사님이 이제 기욤이는 좋아?"

아빠의 말에 고개를 끄덕이면서 눈물을 훔친다.

기욤을 바라보는 두 사람 모두 할 말을 잊고 멍해 있을 뿐이다.

옛날로 돌아가자!

가봉 수도 리브르빌 공항에 도착한 수덕은 가까운 호텔에 여장을 풀고, 하룻밤을 지내고 나서 다음 날, 샤이가 안내하는 대로 버스를 타고 옛날에 샤이가 어렵게 살았던 은졸레 시내에 들어섰다.

시가지를 둘러본 샤이는 자기가 떠났던 20여 년 전보다는 많이 좋아졌다고 했다.

샤이가 태어난 지 얼마 안 되어 동냥젖을 얻어먹고 살았던 루카스 목사의 집이었던 교회당은 헐리고, 다시 신축해서 읍사무소가 들어서 있었다.

샤이는 기욤이 손을 잡고 옛날 피꼴레와 함께 살았던 빈민촌 골목을 찾아 올라갔다.

그곳은 아직 개발이 늦어지고 있는 듯 아프리카 전통 오지 마을 그대로의 모습을 보여 주고 있었다.

작은 집들이 다닥다닥 붙어 있고, 초라한 모습의 헐벗은 아이들이 군데군데 모여 있었다.

샤이는 한참을 더 올라가 허름한 어느 집 앞에서 발걸음을 멈추고 한참을 굳은 듯 서 있었다.

수덕이 가까이 다가가니, 집 문 앞에 휠체어에 의지한 채 기대어 졸고 있는 머리를 산발한 시커먼 남자 노인의 모습이 보였다.

길거리를 배회하는 불쌍한 샤이를 거두어 키워 주기도 하고, 자란 뒤엔 갖은 학대도 서슴지 않았던 피꼴레의 처참한 몰골이었다.

한동안 바라보고만 있던 샤이가 피꼴레 바로 앞에 앉더니, 험악하게 거칠어진 손등을 잡고 흔들었다.

처음엔 아무런 반응이 없다가 어슴푸레 눈을 뜨더니, 갑자기 화들짝 놀라서 버둥거릴 뿐 말은 없었다.

샤이가 매달려 자기를 모르겠냐고 다그치자, 핏발 선 눈을 부라려 보고 나서 휑하니 휠체어를 돌려서 집 안으로 들어가 버렸다.

샤이가 집 안으로 따라 들어가려 하자, 할아버지의 험악한 모습에 질린 기윰이 붙잡고 매달려 그 자리에 주저앉고 말았다.

옆집에서 기웃거리던 아주머니가 나와서 피꼴레는 얼마 전까지 시내에 구걸하러 다녔는데, 이제는 완전히 치매 증세가 심해 아무것도 알아보지 못하는 상태여서 며칠 있으면 시내 요양시설에서 강제로 데려갈 거라고 했다.

이상한 것은 요양시설에서 찾아오면 정신이 없는 중에도 누군가가 자기를 찾아올 거라면서 집에서 떠나지 않으려고 한사코 버티고 있다는 것이었다.

"찾아오다니, 누가 이런 노인을 찾아온다는 거지?"

수덕의 뇌까림에 샤이가 울먹이는 목소리로 말했다.

"내가 이렇게 여기까지 왔잖아요."

수덕은 고개를 끄덕이면서 자기 일이 아니어서 무심했다는 생각이 들어서 미안한 마음을 갖고 샤이를 바라본다.

"후회하지 않으려면 안으로 들어가서 다시 만나 보도록 해!"

수덕의 말이 떨어진 뒤, 샤이가 다시 집 안에 들어가려 하자, 기윰이 또 매달려 수덕이 잡아서 안았다.

샤이가 집 안에 들어가고, 옆집 아주머니 곁으로 옛날부터 이 동네에 살았던 나이 든 아주머니 몇 분이 더 나와서 지금 집 안에 들어간 샤이는 피꼴레가 어렸을 때 키운 사람이 맞다고 수군거리고 있었다.

샤이가 들어가고 얼마 되지 않아서 안에서 뭐가 깨지는 소리가 나면서 문이 활짝 열리고, 샤이가 얼굴에 뭔 국물을 뒤집어쓰고 황급히 뛰어나오고, 뒤따라 피꼴레가 휠체어를 탄 채 몽둥이를 흔들며 나오다가 이내 샤이를 향해 던져 버린다.

"나는 우리 아이가 올 때까지 아무 데도 안 간단 말야!"

피꼴레의 헉헉대는 말에 한 아주머니가 나서서 바깥 수돗가에서 얼굴을 씻고 있는 샤이를 손가락으로 가리키며 말했다.

"이 못된 멍청한 영감아! 저 사람이 바로 네가 기다리는 샤란 말이야!"

"아무리 네년들이 뭐라고 떠들어도 나는 안 속아!"

아주머니의 말에 소리쳐 대꾸하고는 피꼴레는 험악하게 눈살을 찌푸리고 씩씩거리면서 도로 집 안으로 들어가 버렸다.

"치매 영감이 마지막 의심만 남았구먼!"

아주머니들도 모두 혀를 차면서 자리를 떴다.

샤이가 이틀 연이어서 찾았지만, 피꼴레의 하얗게 바래진 마음을 다시 되돌려 놓을 수는 없었다.

수덕은 숙소에 틀어박혀서 무슨 생각인지 골똘히 하면서 시간을 보내고 있었다.

모든 것이 멈춰졌을 때 움직일 방법이 중요한 시점인데, 이 문제는 이상하게 이 박사나 어떤 누구도 거론하지 않았었다.

사실은 이 문제를 외부 누구와 진지하게 터놓고 얘기할 상황이 아닌지라 혼자서 갖가지 길을 모색해 보지만 바보처럼 뾰족한 해답은 결코 끌어낼 수 없는 것이 아닌가!

육로, 수로, 하늘길까지 길은 세 길인데, 하늘길은 아예 생각할 수 없고, 수로도 샤이와 둘이서는 불가능에 가깝다는 것이다.

방법은 육지로 이동할 수밖에 없다는 결론인데, 육지 도로를 도보로 이동하는 것은 자기 체력으로는 어림없는 일이고, 우마차나 자전거가 가장 유력한 이동 수단이란 판단이 서지만, 두 사람의 체력으로는 자전거로 상하의 적도를 벗어나기가 그리 쉽지 않을 거라는 생각이 든다.

마지막 수단은 우마차를 구하는 것이라는 최종 판단에 바깥에 있는 샤이를 불렀다.

샤이는 이번이 마지막이라고 수덕에게 말하고, 아침 일찍 피꼴레를 찾아갔다가 헛걸음하고 돌아와 죽을상을 하고 들어왔다.

"이 근방 어디서 소나 말이 끄는 수레를 구할 수 있을까?"

수덕의 말에 샤이는 눈만 말똥히 뜨고 까막까막 생각에 빠져 있다가 말한다.

"여기 재래시장에 가면 짐을 나르는 우마차가 있긴 할 텐데, 그 사람들의 생활 수단이라 통째로 수레를 팔지는 않을걸요."

"하기는 그것을 구한다 해도 우리 능력으로 그것을 부리기도 쉽지는 않을 거야!"

수덕이 어두운 표정으로 말하자, 샤이도 벌써 이미 생각을 했던 것처럼 침울한 얼굴이 된다.

"우리는 특별한 방법이 없는 한 한동안 여기 갇혀 있게 될 것 같아요."

"너무 절망은 하지 마! 모든 것이 멈춰 서게 되면 여기서도 새로운 이동 수단이 생길 수밖에 없을 거다."

아빠와 진 박사님의 얘기를 듣고 있던 기윰이 눈을 크게 뜨고 묻는다.

"박사님! 기윰이는 언제 할머니한테 갈 수 있어요?"

"여기 식당 아줌마가 해 주는 밥이 기윰이 입에 안 맞아서 그래?"

"맛도 없고, 사람들이 손으로 집어 먹어서 지저분해요. 기윰이는 그냥 할머니한테 가고 싶어요."

기윰이의 말을 듣고 있던 샤이가 수덕의 눈치를 보면서 어렵게 입을 연다.

"제가 아주 많이 생각해 봤는데, 혹시 화가 나셔도 용서해 주세요! 우리 힘들게 생각하지 말고 차라리 한국으로 가 그곳에서……"

샤이가 거기까지 말했을 때 수덕이 손을 내둘러 말을 끊고, 낯빛이 변하면서 단호하게 말했다.

"안 된다! 어떤 어려움이 있어도 그분이 말씀하신 것에서 벗어나는 일은 결코 생각해서도 안 된단 말이다. 더구나 너랑 나랑 이곳으로 오라는 그 말씀은 주니어 너 자신이 직접 들었다고 하질 않았어?"

수덕의 지금까지 보지 못했던 강력한 어투에 질린 샤이는 더는 말을 못 하고 고개를 끄덕이고 만다.

그때 탁자 위에 있는 핸드폰에서 벨이 울린다.

수덕이 폴더를 열자, 역시 이 박사한테서 온 전화였다.

(둘 다 탈 없이 잘 지내는 거지?)

"물론인데, 둘이 아니고 셋이지! 지금 문제는 모든 미션이 끝난 후에 이동 수단 때문에 주니어하고 고민하고 있었어."

(아! 기욤이가 있었지. 그 문제는 금방 바로 해결되지는 않겠지만 재래식 이동 수단이 바로 가동될 거야!)

"우리도 그 생각은 했지만, 여긴 워낙 오지라서 아무래도 시간이 더 걸릴 것 같다! 껌딱지는 한국행 비행기 탔나?"

(어제 대경 씨가 워싱턴까지 와서 오늘 데리고 갔어. 아들 사랑이 극진한 것 같아! 그럼 코드 번호 넣어도 되겠지?)

"그래 줘! 시간만 보낸다고 뾰족한 수도 없잖아?"

(코드 번호는 간단해! 파이값에서 소수점 이하 열 자리야.)

"일사일오구이육오삼오?"

(O.K! 홍릉에서 보자고. 나도 이동 수단 고민해야 해!)

수덕은 전화를 끊고, 심각한 표정으로 역시 얼굴이 굳어 있는 샤이를 바라보다가 가까이 다가가서 간절한 마음이 되어 기욤과 함께 안아 품는다.

리브르빌 바닷가 바위 언덕 위에 휘영청 달빛이 온통 주위를 환하게 밝히고 있었다.

옛날에 샤이가 평상시 잘 오르내리던 비탈길에서 구르면서 온 우주 신의 목소리를 들었던 바로 그 암벽 위에 셋이서 앉아 있다.

샤이가 넘어졌던 곳에서 한참 뒤편으로 돌아서 올라가는 길은 수덕과 기욤도 수월하게 오를 수가 있었다.

방바닥처럼 널찍한 바위에 자리 잡아 앉은 수덕과 샤이 주위를 기욤이 열심히 맴돌다가 두 사람 앞에 주저앉으면서 아예 편안하게 누워 버린다. 달빛도 유난히 밝지만, 바다 쪽에서 부는 시원한 바람이 그렇게 좋을 수가 없다.

그러나 두 사람의 마음은 천 길 낭떠러지 위에 걸린 것처럼 위태롭게 갈등하고 있었다.

수덕이 샤이의 등에 손을 얹으면서 나지막이 말한다.

"위험해. 돌아와! 지금 네 생각은 쓸데없이 너무 멀리 나가고 있어."

수덕의 말에 샤이도 기욤이 앞에 그대로 엎드려 버린다.

수덕이 꺼내 놓았던 핸드폰을 도로 주머니에 넣고 일어나면서 말한다.

"아무래도 오늘은 안 되겠다. 내일 다시 오자!"

수덕이 저만큼 멀어지자, 샤이도 일어나서 기욤이 손을 잡고 천천히 뒤따라간다.

다음 날도 남들의 시선을 받지 않는 한밤중 똑같은 자리에 기욤과 함께 둘은 나란히 앉아 있다.

"주니어! 너는 지금 서울까지 가는 이동 수단 말고 무엇이 문제여서 그렇게 생각이 많고 복잡한 거야? 너무 엉켜 있어서 나도 가늠이 안 되는구나!"

수덕의 물음에 샤이는 눈을 말똥히 뜨고 바라보면서 조심스럽게 입을 연다.

"솔직한 제 마음은 모든 것이 멈춰진 세상이 그냥 무서울 뿐입니다."

"이 시점까지 따라온 네가 하는 그 말은 너무 무책임하다고, 나는 말할 수밖에 없다. 나 역시 애초에 많이 고민했던 똑같은 화두

지만, 우주 순환을 고려하지 않고 너무 쉽게, 편한 것만 추구하고 살아온 우리 인류가 언젠가는 감당해야 할 인과응보란 걸 깨달아서 여기까지 온 건데, 주니어 네가 그렇게 약해지면 안 되는 거지! 안 그래?"

수덕의 말에 샤이는 이내 자신의 연약함을 인정하고 바로 고개를 숙인다.

"제 생각이 너무 짧았어요, 죄송합니다! 모든 잡다한 제 생각은 모두 거두겠습니다."

"이 사명을 감당하게 된 것은 그분의 경고를 우리 모두 똑같이 듣고 거부하지 않고 받아들였기 때문이란 걸 잊지 말고, 앞으로 닥칠 어려움은 우리 둘이 힘을 합해 헤쳐 나가야 한다. 할 수 있겠지?"

수덕이 샤이의 어깨를 잡고 힘 있게 흔들고 나서 핸드폰을 꺼내 우선 이 박사에게 통화를 시도한다.

(어떻게 두 사람 마음의 준비가 끝난 건가?)

신호가 가자마자, 이 박사의 음성이 또렷하게 흘러나온다.

"우리는 이미 준비가 되어 있는데, 혹시 위성의 위치가 정확한지 확인이 필요하네."

(그랬었군! 위성은 처음부터 줄곧 그곳에 고정되어 있었네. 최종적으로 하루에 두 바퀴 지구를 돌게 되는 인공 MOON의 공전은 주니어 박사가 누르게 되는 마지막 파란 신호 후에 AI가 자동으로 작동시킬 걸세. 그러면 미션을 완벽하게 수행하길 바라네!)

수덕이 응답하기도 전에 언제나처럼 마지막 통화는 끝났다. 수덕이 폴더를 닫았다가 다시 열면서 샤이가 보는 앞에서 코드 번호를 입력하기 시작했다.

수덕이 파이의 소수점 이하 1415926535를 차례로 누른 다음 하늘을 향해 곧바로 핸드폰을 세우고 빨간 버튼을 힘차게 누른다. 희미한 비단 폭 같은 녹색 불빛이 핸드폰 머리 부분 안테나에서 뻗쳐 나와 하늘 전체를 커버하자, 저 멀리 바다 한가운데 상공의 하늘 끝에 떠 있는 유난히 밝은 위성이 눈에 들어온다.

수덕이 곧바로 샤이에게 핸드폰을 건네주면서 카운트를 시작한다.

샤이는 핸드폰을 건네받자마자 슬로비디오의 동작처럼 일어서면서 핸드폰을 두 손 모아 가슴에 품은 채 발이 바위 위에 떠 있는 듯 어쩌면 누구한테 끌려가는 듯한 형상이 되어 바다를 향해 앞으로 달려 나가 까마득히 솟아 있는 바위 위에서 바닷물 속으로 거리낌 없이 뛰어내리는 것이 아닌가!

아무도 예측하지 못한 마치 꿈결과도 같은 눈 깜짝할 순간의 일이어서 수덕의 머릿속은 하얗게 빈 백지상태가 이어졌다.

조금 시간이 흐른 후에 기욤의 기절할 듯한 '악!' 소리와 함께 수덕의 외마디 고함이 천지를 진동하면서 일어서려는 순간 바닷속에서 온 공간을 밝히는 한 덩어리 연녹색 불기둥이 솟구쳐 하늘의 위성을 향해 뻗어 나가고, 동시에 시커먼 물체가 튀어 올라 수덕의 앞에 나뒹굴었다.

바로 바닷물 속에 빠졌던 흠뻑 젖은 샤이의 몸뚱이었다.

기욤이 소리쳐 아빠를 부르면서 매달리는 찰나 샤이의 몸뚱이가 곧바로 하얀 투명한 그림자로 변해 수덕에게 달라붙어 몸속으로 빨려들듯 파고드는 것을 감지하면서 수덕은 그만 정신을 잃고 말았다.

그사이 하늘에서는 아무도 예측하지 못했던 엄청난 광경이 펼

처지고 있었다.

바닷물 속에서 솟구친 빛줄기가 하늘 끝을 향해 엄청난 속도로 올라가는 것도 한순간, 인공 MOON에 닿자마자 이내 새파란 불꽃을 튀기면서 위성은 급전 낙하하기 시작했다.

그 속도는 불기둥이 오르는 것에는 감히 비교할 수 없는 빛의 속도에 가깝게 낙하해 물에 닿는 순간, 엄청난 섬광과 함께 굉음을 울리면서 폭발을 시작해 온 천지, 바다뿐만이 아니라 아프리카 대륙 전체를 밝힐 듯한 섬광이 넓게 퍼져 나갔다.

바다 밑바닥으로 내리꽂히면서 강력한 대형 폭발이 쉬지 않고 심해를 향해 연쇄적으로 이어져 엄청난 위력이 휘몰아쳐서 바닷물 전체를 한꺼번에 잘라내듯 어마어마한 덩어리로 뭉쳐져 몇만 피트 상공으로 뛰어오르고, 몰아치는 폭풍 바람에 일부는 먼바다 쪽으로 밀려 나가 심해 바닥이 고스란히 드러나고 있었다.

그런 가운데 계속되는 폭발은 끊이지 않고 바다 밑바닥을 파고 들어 물줄기가 바닥으로 채 떨어지기 전에 희뿌연 검붉은 연막이 하늘 전면을 가리고 아비규환의 폭발음은 계속해서 천지를 진동시키고 있었다.

첫 번째 폭발로 붕괴한 수덕늄 원소 입자가 공기 속 중수소 입자와 다시 융합하면서 폭발을 유도하고 다시 붕괴한 입자가 다양한 중수소와 삼중수소가 다시 융합과 동시에 붕괴하는 연쇄 폭발 과정이 끝없이 심해 바닥에서 이뤄지고 있었다.

그 연쇄 폭발로 인해 일어난 사람의 상상으로는 가늠할 수 없는 강력한 자기장을 띤 폭풍 바람이 사방으로 모든 것을 치받아 날려 바닷물조차도 공중의 일정 거리에 뜬 채 한동안 제자리를 찾지 못하고 있을 만큼 그 폭발은 강력한 것이었다.

50년간 전자파를 무기력화하기 위해 인공 MOON에 장착된 '수덕늄'의 농축된 양은 대륙에서 폭발했다면 지구 반쪽을 날려 버릴 수도 있는 가공할 파괴력을 가진 것으로 그나마 바다에 떨어져 그 파괴력이 상당 부분 감소한 것이었지만, 직격탄을 맞은 두 섬 프린시페와 상트메는 흔적 없이 사라지고 패어 나간 바닷속 수억 에이커의 땅바닥이 먼지가 되어 천지의 공간에 흩뿌려지고 있었다.

폭발이 장시간에 걸쳐 줄기차게 이어지다가 어느 순간 약해지는 사이 하늘 높이 치솟았던 바닷물 덩어리가 떨어져 내리면서 일기 시작한 산더미 같은 엄청난 해일이 먼바다를 향해 무서운 속도로 밀려 나가고 있었다.

뛰어올랐던 온전한 바다 전체가 떨어져 내려 거대한 쓰나미로 변해 대서양 전체로 밀려 나가는데도 하늘을 가린 짙은 흙먼지가 수만 피트까지 피어올라 천지가 암흑 세상이 되어 가고 있었다.

공교롭게 커다란 해일의 쓰나미가 큰 태풍과 함께 먼바다로 밀려가서인지 수덕이 쓰러져 있는 바위는 예상외로 잠잠했다.

정신을 잃고 쓰러진 수덕과 어마어마한 폭발로 인한 온 천지의 야단법석과 요동치는 진동에 놀라서 수덕의 몸뚱이 위에 엎드린 기욤은 내려치는 바닷물 세례에 흠씬 젖은 채 죽은 듯이 꼼짝하지 못하고 있었다.

수덕은 환한 넓은 공간을 가득 채운 사람들의 무리 한가운데 아주 편안한 자세로 앉아 있었다.

어떤 강당 같기도 하고, 화려한 예식을 치르는 행사장 같은 곳에 모인 사람들의 모습이 그렇게 티 없이 편안해 보일 수가 없다.

지금까지 수덕이 자신을 스쳐 갔던 모든 사람이 다 하나같이 밝은 얼굴로 서로를 바라보고 있다.

수덕이 자신의 팀이라고 할 수 있는 이 박사를 비롯해 샤이와 기욤이 그리고 껌딱지 은호와 짐짝 영감이 바로 옆에 자리하고, 자기 가족인 부모님은 물론 윤경과 완이 부부, 인수와 장 의원 내외까지 환한 미소를 띠고 있다.

어린 시절 만나서 생사를 같이했다고 할 수 있는 서울 샌님, 현도 가족의 모습과 홍주와 달운이도 보이고, 오 간호사와 태주, 그리고 아들 민수의 모습도 보인다.

십여 년간 힘든 자신을 돌봐 줬던 탄파 도인의 호걸스러운 모습과 처음 들어간 연구소에서 자상하게 이끌어 주신 노춘배 박사 부부와 승민이, 어려운 시기에 HIST 출입을 허락한 채 원장도 미소 진 얼굴로 바라본다. 대전 연구소에서 껌딱지와 함께 마주쳤던 박사 무리도 빠짐없이 보인다.

일본에서 만났던 아버지 어릴 적 친구 윤 영감님 가족도 빠지지 않았다. 우연히 만난 인연이 최근에 악연으로 끝난 미셸 선생과 인공 MOON 발사를 도운 두 사람 클로드 박사와 조수 시몽이 한데 어울려 있다.

한동안 둘러보고 있는 사이 배다리 백사장에서 은호와 함께 만났던 온조 상회 아저씨와 아저씨의 어린 손자와 메리까지 함께 보여서 돌아보는 사이, 그의 시선이 멈춰진 곳에 홍산 사찰에서 만났던 인자한 모습으로 밝게 웃고 계신 주지 스님 할머니와 비구니 스님들 사이에 한 사람만이 가슴 아픈 슬픈 얼굴로 수덕을 바라보고 있었다.

바로 어린 마음에 옆에 없으면 죽을 것처럼 철없이 매달렸던 연선 사부가 아닌가!

수덕은 왜인지 모르지만, 순간적으로 눈을 감아 버렸다.

수덕이 다시 눈을 떴을 때, 모든 것이 한꺼번에 흔적 없이 사라져 버리고 어릴 때 온 우주 신의 목소리를 처음 들었던 배다리 백사장을 헤매고 있는 자신이 바로 인식되고 있는 것이 아닌가! 모든 것이 멈춰 버린 듯 고요 속에 잠겨 있는 가운데 그 목소리는 변함없이 들려왔다.

어쩌면 지금까지 쉬지 않고 자신에게 말을 던지고 있었던 것 같은 착각이 들 정도로 그 목소리는 자연스럽게 자신의 뇌리와 귓전에 울려오고 있었다.

(나는 한 번도 너희에게 내가 마련해 준 것을 없애면서까지 모든 것을 멈추라고는 하지 않았다.)

첫 마디에 수덕은 어이가 없을 수밖에 없어 혼자 속으로 생각한다. '자신이 발견한 수덕늄의 엄청난 파괴력을 뒤집어 보라고 했던 의미는 그렇다면 무엇이었나?' 하는 것이었다.

목소리는 금방 수덕의 의중을 꿰고 있었다.

(너희가 뒤집은 결과와 해답이 그것 한 가지뿐이라고 생각했단 말인가? 나는 분명히 네 분신에게 이르기를 너와 함께 모든 것을 챙겨서 지금 네가 누워 있는 곳으로 빠른 시일 안에 돌아오라고 당부했었다. 그 이유를 너희는 별

스럽지 않게 넘기고 말았다. 이미 지나가 버린 과거가 됐
지만, 네가 깨달아 대처할 기회가 아직 남아 있어 늦지 않
았다는 것을 알게 될 것이다.)

샤이에게 그 말을 여러 차례 듣고도 '수덕늪' 분석 작업에만 몰
입했고, 이 박사가 서두르는 인공 MOON에만 모든 걸 집중했던
수덕으로선 할 말을 잃어 아무 대꾸를 못 하자, 목소리는 계속 다
그쳤다.

(너희가 생각한 대로 모든 것을 멈춘다면 너희 세상이 어
떻게 변했을 것 같은가? 이기적인 인간들이 며칠이 안 돼
서 아마 생지옥을 만들고 말았을 거다.)

수덕은 이 박사가 서둘러 일본을 기웃거렸다가 같은 박사 그룹
의 반발로 처참하게 당했던 것이 떠올라 여전히 말을 못 하고 웅
크리고 있었다.

(내가 이번 난리 중에 너희 땅을 완전히 한 줌 먼지로 만들
려던 것을 다시 기회를 주는 의미로 네 분신을 통해서 너
희 세상에 지금 마지막 경고를 크게 울리고 있다.)

수덕은 여전히 '수덕늪'의 파괴력을 뒤집어 보라는 말에 매달려
있었다.

(너희 세상이 네가 생각했던 옛날로 돌아가지 않고도 너

희 땅에 고약한 냄새를 풍기지 않고, 깨끗한 세상을 만드는 손쉬운 방법은 이미 너희들이 어렵게 추진하고 있는 서로 다른 두 물 소립자의 합에서 나오는 청정에너지가 너희가 찾는 문제의 해답이라면 믿겠는가? 서로 싫어서 달아나는 차원이 다른 두 입자를 무기력하게 하여 합을 이루는 뜨거운 기운을 만드는 가장 손쉬운 방법은 오직 네가 가진 그것밖에 없어서 그것을 가지고 오란 내 뜻을 너는 어기고, 그 귀한 것을 하늘에 띄워 버렸단 말이다.)

수덕은 그제야 온 우주 신의 의도가 이해된다. 정작 인공태양 사업에 집중하고 있는 HSTAR 팀에 있으면서도 오로지 '수덕늄'의 분석에만 매달려 시간을 보내고, 저돌적으로 앞서 나가는 이 박사의 추진력에 휩쓸려 샤이의 반복하는 하소연을 접어 두었던 자신의 미욱함이 새삼 인식되면서 다시 한번 몸을 웅크린다.

수덕의 마음을 읽은 온 우주 신의 목소리는 여전히 창창하게 귓전을 울려온다.

(이번의 환란이 너의 실수로 인한 실패라고 낙심할까 봐서 이르는 내 말은 네가 너희 땅에 숨 쉬고 있는 전 인류에게 자신들의 장래를 뒤집어 내다볼 수 있도록 기회와 새로운 희망을 줬다는 것을 스스로 깨우치기 바란다. 그저 제 살기 바빠서 쉽고 편한 것을 지향하던 마음이 이 기회에 조금이라도 변화한다면 결코 실패가 아니고, 결과적으로 성공이란 말이다.)

수덕은 온 우주 신의 희망적인 메시지에 감복하여 먹먹한 마음이 되어 머리를 조아리면서 온 우주 신이 제시하고 있는 융합 반응에 필수적으로 필요한 '수덕늄'의 양이 이번 인공 MOON 발사로 전부 소진되어 부족한 것은 아닌가 하는 의문이 머릿속에 남는다.

역시 온 우주 신은 수덕의 마음을 들여다보고 있었다.

(너도 아는 곳에 한 덩어리 남아 있다.)

"프랑스 과학자가 가지고 있는 것은 너무 작은 소량인걸요."

(너는 너희 땅을 가루로 만들려고 그것을 찾는 것은 아니지? 그 정도 양으로도 너희가 사용할 만큼은 풍족하지만, 지구 모든 인간을 위해 더 필요하다면 원래 유성이 떨어졌던 자리 부근에 지구 전체를 감당할 수 있는 충분한 양을 가진 덩어리가 남아 있다.)

수덕의 고정된 의식에는 모든 물질이 연소 되어 에너지가 생산되면 물질 자체가 소모되어 자연적으로 사라지는 것이 공통된 인식이자 법칙이어서 많지 않은 양의 수덕늄으로 전 인류에게 풍족하게 공급할 만큼 에너지를 영구히 생산하는 재료로써는 턱없이 부족한 것이 아닌가 하는 걱정이 앞서 머뭇거리자, 목소리는 바로 해답을 들려준다.

(네 머리 위에 떠 있는 태양이 기체들의 합으로 가스와 빛

을 내고 있으면서도 언제 수명을 다해서 빛이 꺼질지 알 수 없을 정도로 영원한 것과 마찬가지로 그 요망한 돌멩이도 한번 달구어지면 지금까지 네가 보아온 모든 물질과는 다르게 너희 땅에 공기가 남아 있는 한 그 열은 계속 재생산될 것이다. 그 열을 이용해 무한정으로 만들어진 동력을 쓸데없는 곳에 허비하지 말고, 전 세계에 골고루 나눠 주는 일에 너는 네 몸과 같이하는 분신과 너를 돕는 인간과 함께 열중하여야 한다. 그 길만이 너희 인간들의 터전을 존속시키는 길임을 명심하라!)

수덕이 그제야 온 우주 신의 말이 이해가 되어 잠잠해지자, 목소리는 더욱 근엄하게 귓전을 울린다.

(육적인 반대편 세상에 잇대어져서 영혼을 나누어 가졌던 너희가 마주하기 전에 당연히 하나는 소멸하는 것이 천륜이지만, 너희 땅의 상태가 염려되는 지경인지라, 둘 다 똑같이 나의 말을 인지한 너희만은 예외였었다. 그러나 부득이 너의 분신은 내 의도로 인류에 경종을 울리는 데 그 몸이 던져질 수밖에 없었다. 육은 버려진 대신에 영혼만은 아주 소멸시키지 않고 네 속에서 너와 함께 너를 도와 명을 다할 수 있도록 했고, 만에 하나, 둘의 마음이 삐뚤어지면 언제라도 변한 쪽이 소멸을 겪을 것이다. 내 말을 따르다가 상한 네 몸은 네 뜻이 갸륵해서 이번 기회에 완전하게 되돌려 놓았다.

또 하나, 네 분신이 남긴 씨앗은 아비보다도 영특해 네가 맡아서 키워야 할 세상의 큰 재목이니, 특별히 명심하라!)

수덕이 샤이의 그림자 영혼이 몸속에 파고드는 것에 충격을 받고 쓰러졌던 기억이 다시 인지되면서 웅크리던 몸을 바로 하는 순간, 매달렸던 기욤이 깨어 일어나 수덕의 몸을 흔들며 고함지르는 소리에 의식이 돌아오면서 온 우주 신의 목소리는 다시는 들리지 않았다.

"박사님! 우리 아빠 빨리 내놔요!"

수덕이 벌떡 일어나 앉아서 기욤이 말보다 우선 의족을 했던 다리를 짚어 보니, 대연각호텔 화재 사고 이전, 옛날 모습으로 온전하게 돌아온 것이 아닌가!

어린 기욤이도 이상한 듯 눈을 크게 뜨고 놀란 표정이면서도 매달려서 수덕의 몸을 주먹으로 친다.

"이거 우리 아빠 다리 아니에요? 아빠가 박사님한테 들어가는 걸 내가 똑똑히 봤단 말야!"

"기욤! 내가 네 아빠야."

수덕 자신도 모르게 얼떨결에 튀어나온 말에 놀라서 기욤을 바라보니, 자기가 내고 자신이 듣는 목소리가 왠지 자기 음성이 아니라, 샤이의 목소리 색깔인 걸 금방 알 수 있었다.

기욤이 갑자기 웃음을 터트리다가 바로 울 듯한 표정으로 바뀌어 매달린다.

"그렇게 엉터리로 아빠 흉내 내도 소용없어. 빨리 우리 아빠 내놓으란 말야!"

구르면서 매달리는 성화에 또다시 수덕이 기욤의 두 팔을 잡고 눈을 똑바로 마주 보면서 말했다.

"아빠 눈을 똑바로 봐!"

기욤이 수덕의 눈과 마주치는 순간, 갑자기 표정이 바뀌면서 달려들어 와락 안긴다.

"아빠가 맞지? 기욤이 유아원에서 형아들 앞에서 고추 보여 준 거 아빠가 알고, 그러지 말라고 했잖아!"

수덕이 하는 말에 기욤이 정말 아빠 얼굴인가 해서 쓰다듬으면서 묻는다.

"기욤이 만지는 얼굴이 아빠면 그럼 박사님은 어디 있어?"

"그것은 걱정하지 마! 기욤이랑 있을 때는 언제나 기욤이 아빠야."

수덕이 기욤이를 번쩍 안고 일어섰다.

하룻밤을 지새우고 먼동이 터오는 바다는 너무나 잔잔하다.

저 멀리 바다 한가운데에서 일어났던 세상을 삼켜 버릴 듯한 폭발의 흔적을 모두 지우고 상상을 초월한 거센 풍랑과 함께 산더미 같은 쓰나미가 몰려가고 난 뒤의 바다 풍경은 언제 그런 일이 있었냐는 듯 아무런 표시도 남기지 않고 있었다.

그러나 바깥세상은 천지개벽이 되어 가고 있었다.

누군가의 표현대로 물 봉지 안에 지구를 집어넣은 상태에서 마구 흔들어 버린 지경이란 말이 현재 상황을 적절히 비유했다고 할 수 있었다.

대서양 쪽으로 밀려간 쓰나미 직격탄을 맞은 중남미는 물론 북대서양 미 본토와 서유럽까지 워낙 엄청난 파문을 몰고 온 해일의 피해는 어느 한 지역에 국한됨이 없이 바닷물이 닿는 곳은 어느 곳 가리지 않고 그 위세는 상상을 초월해 가봉 반대편 동부아프리카나 인도양, 그리고 태평양도 그 피해 범위가 별반 다르지 않았다는 것이다.

유사 이래 그 강도를 미처 경험 못 한 쓰나미의 타격으로 북대서양 유럽 국가 가운데 가장 지표면이 낮은 네덜란드는 나라 전체가 수몰됐다는 비극적인 뉴스가 세상 사람들 마음을 안타깝게 하고, 다른 나라 모든 제방 둑도 하나같이 무너져서 홍수로 이어진 것은 물론 어설픈 건축물들을 여지없이 주저앉히고, 항구마다 정박된 선박의 피해는 말로 표현되지 않을 정도였다.

바다에 떠서 미처 피하지 못한 선박은 차치하고, 항구에 있던 크고 작은 배가 쓰나미가 닥친 순간 하늘 높이 솟구쳐 올랐다가 쑤셔 박혔으니 이후의 상황은 말로 표현할 수 없는 지경이었다. 이런 상황에서 세상 민심은 예상 못 한 방향으로 흐르고 있었다.

수덕과 기욤이 도착한 워싱턴 공항에 많은 시위 군중이 집결되어 있었다.

공항은 물론 시내로 들어오는 곳곳에 "Let's go back to the Old days!(옛날로 돌아가자!)"라고 쓴 플래카드와 피켓을 든 군중들이 구호를 외치고 있었다.

수덕이 만난 이 박사가 털어놓은 또 하나 특이한 현상은 이번 재난 기간에 NASA에 있는 박사 대부분이 온 우주 신의 목소리를 경험하고 있다는 말을 하면서 그 과학자들 입에서 지구 환경에 대해서 목소리를 높이는 발언이 여기저기서 터져 나오기 시작했고, 일반 대중들 가운데 환경을 입에 올리는 사람들 대부분은 외부로 밝히지 않는 온 우주 신을 접한 사람들이란 얘기였다. 그 사람들의 숫자가 기하급수적으로 늘어나고 있다는 것이다.

목소리를 접한 과학자 중에 특히 클로드 박사는 미셸 강사한테 받은 '수덕늄' 원석을 원주인에게 돌려주라는 온 우주 신의 계시가 있었다면서 수덕이 워싱턴에 오면 주라고 맡겨 놨다는 예상 밖의 말을 하는 것이었다.

30년 후

기욤이 큰딸 화인이와 쌍둥이 아들 문환이와 재환이를 데리고 매일 열심히 싸우고 있는 부인 정미와 함께 수덕이 10년째 살고 있는 지리산 산장에 올라가고 있다.

국제 에너지 본부에서 은퇴하여 원로 화백 현도 부부와 함께 옛날에 탄파 도인의 도움을 받으면서 십여 년을 살았던 산장에서 부인과 함께 전원생활 재미에 푹 빠져 지내시는 진 박사님과 아버지를 찾아뵈러 온 것이다.

올 때마다 중간에 쉬는 바위에 기욤이 주저앉자, 앞서가던 막내 재환이가 내려와 아빠에게 매달린다.

"아빠! 나 막내 하기 싫어요."

"그것이 네 맘대로 되는 게 아니지! 20분이나 네가 지각해서 세상에 나왔으니 싫어도 할 수 없다."

"내가 문환이보다 키도 1cm 더 크고, 이번 산수 시험에서도 15점 더 받았단 말야!"

뭔가 심사가 꼬인 듯 검은 선글라스를 쓰고 앉지도 않은 채 먼 산만 바라보는 엄마에게 매달려 있는 문환이 동생의 억지에 느물거리는 표정으로 말한다.

"막내! 네 말대로 한다면, 내가 누나보다 키가 2cm나 더 크고,

거기다 시험 점수도 더 받았으니, 오빠 해도 되겠네?"

핸드폰으로 자기만의 세상을 뒤지던 화인이 동생의 말에 펄쩍 뛸 듯이 째려본다.

"너 감히 누나의 프라이버시를 건드려?"

문환이 화인과 재환이에게 혀를 날름거리며 엄마를 따라 올라가자, 기욤이 풀이 죽은 막내 등을 두드리면서 달랜다.

"너를 늦게 낳은 책임이 있는 엄마한테 네 동생을 낳아달라고 하고 싶지만, 친구들이랑 수영장 간다는 걸 여기로 끌고 와 지금 잔뜩 부어 있어서 그 책임을 물을 수가 없구나! 왜, 막내라고 할아버지께서 너를 문환이보다 더 귀여워해 주시잖아?"

"아빠! 그래도 내가 형 하고 싶단 말 야."

"아들! 그건 온 우주 신도 맘대로 못 해!"

기욤이 툴툴거리는 아들을 억지로 잡아끌고 산장으로 올라간다.

산장에 올라가니, 전날 약속한 대로 올 초 미대 총장으로 취임한 완이 부부도 어린 손자를 데리고 올라와 있다가 반갑게 맞아 주었다.

화인이와 문환이는 벌써 할아버지, 할머니한테 매달려서 정신이 없다.

"화인이 아빠는 아직 젊은 나이에 노벨상 후보에 오른 것만으로도 대단한데, 뉴스를 보니까 수상이 유력하다고 난리더구먼."

윤경의 말에 완이도 눈을 크게 뜨고 놀라워하면서 입을 연다.

"핵물질의 모체인 우라늄에서 방사성 물질을 없애는 원소를 찾으려고 한 발상 자체가 놀라운 것 아닙니까?"

모두 하나같이 어리둥절한 표정들이다.

"내 어렸을 적 아버지 쫓아다닐 때 박사님들에게 뒤집는다는 말을 너무 많이 들어서 내 머릿속에 고정관념처럼 박혀 있었습니다."

기욤의 말에 수덕이 고개를 끄덕이면서 입을 뗀다.

"나는 그 뒤집는다는 것에 집착해서 바보처럼 인공 MOON으로 자칫 이 세상을 망칠 뻔했었는데, 화인이 아범은 제대로 뒤집었더구먼."

수덕의 조금은 자책하는 말에 현도가 나선다.

"자네들의 그 실패가 전 인류에게 환경에 대해서 눈을 뜨게 하는 기폭제가 돼 아주 옛날로 돌아간 건 아니더라도 몰라보게 하늘과 세상이 맑아진 것이 자네들 덕분이니, 내가 언젠가 자네 아들 진 총장에게 말했던 것처럼 자네가 진정한 노벨 평화상 감이라니까!"

현도의 말에 윤경이 기욤을 바라보면서 묻는다.

"노벨상 상금이 꽤 될 텐데, 상 타면 화인이 아범이 여기다 조그만 케이블카 하나 놔 주면 안 될까? 나이 먹으니까 오르내리는 것이 여간 힘든 게 아니야!"

윤경의 말에 수덕이 질색을 하는 표정으로 말한다.

"안 돼! 그걸 공사하면서 부서지는 환경도 문제지만, 그게 들어서면 지금 같은 이 맑은 공기는 생각도 못 해! 그렇게 쉽게 살고 싶으면 그 복작거리는 도시에 나가서 사는 게 나을 거야."

수덕의 말에 은영도 고개를 끄덕이면서 말한다.

"완이 엄마! 그보다 요즘 왜 하늘을 날아다니는 드론 택시 있잖아! 그걸 하나 장만하면 어떨까?"

"어머니! 플라잉 카를 하나 장만해 드릴까요?"

기욤의 제의에 윤경은 심드렁한 표정이다.

"비행기도 멀미하는 나는 영 자신 없어! 솔이 할아버지 당신은 어때요?"

"나야 자신 있지만, 이 지역에 수목이 너무 울창해서 할머니들이나 운동신경 시원찮은 서울 샌님은 바람직하지 못해!"

수덕의 말에 현도는 싱긋이 웃기만 하고 은영이 말한다.

"작년에 현이 네 파리 갤러리에 갔다가 스위스 들러 오면서 드론 카를 난생처음 타 봤는데, 헬리콥터 타는 거나 별로 다른 게 없어! 당신도 재밌다고 또 타고 싶다고 했었죠?"

은영이 현도를 보면서 말할 때 아이들은 모두 인터넷에 빠져 정신이 없는 것을 보고 수덕이 쓴 입맛을 다신다.

"이 할아비가 죄인이다! 인공 MOON 사업만 실패 안 했으면 저 꼬락서니 안 봐도 되는 것이었는데, 이럴 땐 그 양반도 야속하다!"

수덕이 투덜거릴 때 기욤이네 막내 재환이가 할아버지한테 P.C 핸드폰을 들고 오면서 말한다.

"할아버지! 케이블카와 드론 카를 연결하면 할머니도 안전하게 여기까지 올라올 수 있겠어요!"

재환이가 제시한 화면을 둘러보면서 모두 놀라워할 때 화인이가 또 할머니한테 소리친다.

"한림원에서 노벨 화학상 부문 표결에 들어갔다는데요."

모두 놀라면서 바라볼 때, 완이도 아이들 틈에 끼어 있다가 수덕이 곁으로 온다.

"국제 에너지 본부장이 여기에 온다는 메시지가 떴어요."

"바쁜 껌딱지가 왔다 간 지도 얼마 안 된 것 같은데 쓸데없이 또 온다는 거야?"

수덕이 의외라는 투로 말할 때 이번에는 문환이가 할아버지한테 와서 핸드폰 화면을 디민다.

"기정이 형이 지금 아빠랑 마트에 들렀다고, 할아버지 드시고 싶은 와인에 직접 터치하시라는데요."

아무 말 없이 지켜보기만 하던 현도가 입을 연다.

"만약 당신들이 한 미션이 성공했다면 세상이 우리 곁에서 천리만리로 멀어졌을 거야! 인터넷 질색인 자넨 지금 무슨 얘긴지 모르지?"

정미가 은샘이를 도와서 점심상을 차려 내왔다.

마당 한가운데 놓인 평상 위에 두 밥상으로 나누어 식사하면서 수덕이 기욤에게 묻는다.

"지난번 왔을 때 마산 국제 에너지 본부에 가서 껌딱지 본부장 만난다고 했었잖나! 새로 들어간 시스템 점검은 차질 없이 잘하고 온 거지?"

"물론 아무 하자가 없었는데, 은호 형은 무얼 그렇게 뺏는 걸 좋아하는지 모르겠어요. 이번에 노벨상 놓치면 내 것 무얼 뺏어 버리겠다고 했는데 그 무엇은 지금 잔뜩 토라져 있어서 내 입으로 말 못 해요."

기욤의 말이 끝나자, 완이는 먹던 숟가락을 던지듯 내려놓고 어이없는 표정으로 은샘이를 바라보면서 큰소리를 친다.

"아니, 그 친구가 어렸을 적 몹쓸 병이 재발했나! 그래서 자네는 아무런 말도 못 하고, 점검만 해주고 그냥 온 거야?"

"옛날 어렸을 적에 그 형네 사직동 집에서 아주머니에게 할머니, 할머니 하면서 내가 응석도 많이 부리면서 컸고, 형하고는 흉허물 없는 사이라 웃고 말았죠."

"그래도 그렇지, 할 말 있고 못 할 말 있지 국제적으로 명망 있는 자리에 있으면서 그렇게 말을 함부로 하면 보기 안 좋지!"

완이가 흥분해서 말하자, 임 화백 부부도 머리를 갸웃거리고, 윤경도 궁금해서 묻는다.

"이 본부장이 무얼 뺏겠다고 했는데, 점잖은 미대 총장인 솔이 아범이 그렇게 흥분해서 난리야?"

그때까지 얘기를 듣기만 하던 수덕이 조용하게 입을 연다.

"껌딱지가 그렇게 엉뚱하면서도 과학적 사고의 발상 자체가 특출한 면이 그 녀석 장점이어서 MIT에서 최연소 교수이자 박사까지 됐었잖아!"

"아버님 말씀 들으니까 그렇긴 한데, 아버님 후계 자리가 그렇게 가벼운 자리가 아니잖아요."

완이의 걱정된다는 말에 은호의 순수한 성격을 잘 아는 수덕이 다시 입을 연다.

"말은 그렇게 해도 껌딱지에 뭐 뺏겼다는 사람 봤어? 녀석만큼 진솔한 인재 찾기 어려워서 내 자리 물려준 거야! 걱정하지 마!"

수덕이 말하고 있을 때 산장 아래쪽에서 누군가 올라오는 기척이 있어서 그쪽으로 모두의 시선이 쏠리고, 올해 서울대에 수석으로 입학한 은호의 장남 기정이가 와인과 갖갖이 음료를 담은 쇼핑백을 들고 뛰어 올라와 어른들에게 인사하고 나서 숨을 헐떡이면서 말한다.

"공휴일이라 왕시루봉 등산객이 많아서 그런지 주차장이 꽉 차서 아버지는 저 아래 도로에 주차하시느라 늦으세요."

"이쪽으로 올라가는 등산객은 보지 못했는걸!"

완이가 대수롭지 않게 말할 때 한참 뒤처져 늦둥이 기한의 손을 잡은 은호와 인숙이 활짝 웃는 얼굴이 보인다.

"껌딱지가 역시 양반은 못 되는구먼!"

수덕의 말을 들은 은호가 일일이 돌아가면서 인사하고 나서 말한다.

"박사님이 제 얘기를 하고 계셨던 걸 보면 기욤 박사가 제 비리를 벌써 폭로한 거 아닌가요!"

은호의 투정 섞인 말에 수덕이 조용히 묻는다.

"적성 국가 송전 문제로 바쁘다면서 예까지 번거롭게 왔어?"

"그 문제는 국제 협약대로 대통령이 결단을 내리면 되는데, 이의를 제기한 국회 노장파들이 아직 확답을 내놓지 못하고 있습니다."

"그것이 인류 평화의 초석이 될 수 있는 사업이야! 본부장이 나서서 손을 좀 써봐! 할 일이 산더미 같은 사람이 뭐 하러 여기까지!"

걱정스러운 수덕의 말에 은호는 고개를 끄덕이면서 말했다.

"박사님이 숨통을 열어 주신 초 급속 무선 송전 덕분에 한가해진 면도 있고, 며칠 전 찾아온 기욤 박사가 오늘 아버지 뵈러 간다길래 우리도 일부러 시간을 냈습니다."

은호의 말이 끝나자, 윤경이 궁금한 표정으로 묻는다.

"자네는 조그만 사람이 욕심도 많지! 아직도 뭐가 모자라서 뭘 또 화인이 아빠 걸 뺏겠다고 했어?"

윤경의 말에 완이와 임 화백 부부의 예사롭지 않은 시선이 쏠리자, 은호는 얼굴이 붉어져 기욤이를 향해 손을 내젓는다.

"옛날 꼬마 때부터 지금까지 저 친구 머리를 내가 감당 못 한다니까요. 사실 우리는 기정이 하나로 만족하고 있었는데, 옛날에 만날 때마다 자기네는 원 플러스 더블이라고 줄기차게 약 올려서 나도 모르게 세뇌돼 집사람 졸라서 어렵게 기한이를 얻었잖아요."

"기정이 엄마가 고령 임신이어서 혼났다고 들었지만 금쪽같은 아들 하나를 더 얻었으니 결과는 크게 도움받은 게 아닌가?"

윤경의 말에 멀찍이서 미소를 짓고 있는 기욤을 바라보며 은호의 얘기는 이어진다.

"그렇긴 한데, 이번에도 업무 때문에 내려와서는 시스템 점검하는 것은 뒷전이고, 내가 엮어 준 HIST 후배 정미 자랑만 줄기차게 하는 겁니다. 요리 실력이 장인 수준급이라고 난리를 치길래, 내 옛날 못된 버릇이 나와서 한마디 했던 거죠!"

그렇게 말하고 나서 은호는 기욤이를 손짓해 부른다.

"기욤 박사! 내가 농담한 걸 가지고 박사님 앞에서, 더구나 옛날부터 약점 잡힌 진 총장님 앞에서 떠벌린 거야?"

은호가 불러대자, 기욤이 쭈뼛쭈뼛 와서는 아무 생각 없이 주절주절 말한다.

"형, 아냐! 우리 재환이 엄마 뺏겠다고 한 말은 안 했어."

기욤의 말에 어른들은 물론 인터넷에 몰두하던 아이들까지 어안이 벙벙해서 따가운 시선이 집중되는 가운데, 은호는 그 자리에서 자지러진다.

주방에서 은호네 식사를 챙겨 오던 정미가 도끼눈을 뜨고 상을 들고 주방으로 도로 돌아가는 시늉을 하다가 함박웃음을 웃으면서 돌아온다.

지켜보는 수덕과 완이는 언젠가 있었던 기욤이 아빠 샤이가 말했던 똑같은 상황에 얼이 빠진 모습들이었다가 이내 숙연해진다. 여린 듯하면서 항상 밝고 다정다감했던 샤이 생각에 모두 마음이 아플 수밖에 없지 않은가!

모두 침울한 분위기가 되는 것을 지켜본 기욤이 수덕 앞에 나서서 조용히 입을 열었다.

"저는 어려서부터 박사님과 아버님은 한 분이라고 생각해서 지금까지 아버지가 이 세상에 안 계신다는 생각을 단 한 번도 한 적이 없습니다."

기욤의 말에 모두 경이로운 표정을 짓고, 완이는 의구심을 띤 얼굴로 묻는다.

"기욤이 무슨 의미로 말하는지 몰라도 그때는 바다에 빠지신 걸 찾지 못해 아버님 따라 너 혼자 귀국했다고 하구선 지금 어떤 상상에서 그런 말을 하는 거야?"

완이의 말에 기욤은 심각한 표정으로 고개를 가로젓는다.

"아닙니다! 이제 말할 때가 된 것 같아서 밝히는데, 가봉에서 그 난리를 치를 때, 아버지의 그림자 영혼이 박사님 몸으로 흡수되는 것을 어린 제 눈으로 직접 똑똑히 봤었습니다."

현도를 비롯한 모두가 놀라움에 입을 벌리면서 자기에게 시선이 집중되자, 수덕이 눈을 지긋이 내리깔면서 입을 연다.

"지금까지 누구한테도 하지 못한 얘기였다. 기욤이가 한 말은 모두 숨길 수 없는 사실이다. 인공 MOON 실패 현장에서 주니어와 내가 영혼을 같이하게 되면서 두 힘이 합을 이뤄 그 어려운 국제 에너지 단지를 건설해 가동할 수가 있었고, IEC를 세계 일류 기업으로 반듯하게 꾸려 나가 한국의 위상이 국제 사회에서 우뚝 설 수 있게 된 거야! 나 혼자 힘으로는 어림없는 사업이었어. 그리고 기욤이 네 아버지 혼이 나와 함께 하는 것을 알고 너 스스로 프랑소아를 버리고 우리 진씨 성을 따른 만큼 내 자랑스러운 아들이 틀림없다."

수덕의 말에 기욤은 눈물이 글썽이는 얼굴로 무릎을 꿇고 앉아서 이야기를 계속한다.

"저는 가봉인 아버지와 프랑스인 어머니 사이에서 태어났지만, 한국 땅에서 세상의 빛을 보아 자라면서 지금까지 한국어를 모국어로 삼아 모든 걸 배웠고, 한국인을 아내로 맞아 아이들도 모두 이 땅에서 태어났으니, 누가 뭐라 해도 저는 영원한 한국인으로 자랑스러운 아버지 아들입니다."

기욤의 말에 가슴이 먹먹해진 수덕이 일어나서 일으켜 세워 끌어안자, 기욤이 끝내 울음을 터트려 지켜보는 윤경이 목이 메어서 어렵게 입을 연다.

"재환이 아비, 자네는 어찌 보면 이 땅에 혈혈단신이면서도 그런 내색 없이 씩씩하게 잘 커 주고, 전후좌우 거칠 것이 없이 앞서나가서 지켜보는 마음이 얼마나 대견하고 든든했는지 몰라!"

"어머니! 지금까지 가르치고 키워 주시고 더구나 앞장서서 결혼까지 주선해 주셔서 정말 고마웠습니다! 만에 하나 제가 과학하는 사람의 최고 영예인 노벨상을 타게 된다면 이는 모두 아버지인 박사님과 어머님 덕분이라고 생각합니다."

기욤이 머리 숙여 고마움을 표하자, 윤경이 일어나 등을 두드린다.

멀찍이서 식사하면서 지켜보던 은호가 한마디 한다.

"기욤 박사 하고 화인이 엄마 엮어 준 건 나야!"

은호의 말에 은샘이 도끼눈을 뜨고 바라보며 버럭 소리 지른다.

"그렇게 중매한 것도 모자라서 뺏겠다고 했어?"

은샘의 말에 은호는 다시 말을 못 하고, 완이가 P.C폰을 보면서 무슨 말인가 하려다가 입만 벌리고 있고, 구석에서 핸드폰에 열중이던 화인이 벌떡 일어나 기욤에게 뛰어오면서 소리친다.

"아빠! 만장일치로 아빠가 노벨상 확정이래!"

외마디 고함과 함께 인터넷을 보던 다른 아이들의 똑같은 환호성이 터짐과 동시에 그제야 완이는 벌떡 일어나 아이처럼 함성을 지른다.

지금까지 아무런 기척이 없던 산장 주위 이쪽저쪽 숲속 사방에서 난데없는 플래시 세례와 함께 엄청난 함성이 골짜기를 울리고, 셀 수도 없는 국내외 남녀 기자들과 많은 취재진이 한꺼번에 몰려서 튀어나오고 있었다.

한꺼번에 지르는 외마디 환호성에 수덕과 기욤을 비롯한 모두는 하나같이 얼어붙은 듯 입을 벌린 채 굳어지고 있었다.

취재 기자 누군가의 입에서 큰 고함이 터졌다.

"한국의 자랑스런 노벨 화학상 수상자 진기욤 박사를 키우신 위대한 IEC 국제 에너지 공단의 전후임 대장님들도 계신다!"

한 여기자는 현도를 보고 기겁을 한다.

"와! 세계적인 대가이신 임현도 화백님은 파리에 계신 줄 알았는데, 미대 진완 총장님하고 여기엔 웬일이세요?"

국내외 각종 언론사의 수를 헤아릴 수 없는 취재진이 산장 좁은 마당을 가득 메워서 터져 나갈 듯 아우성치고 있었다.

지리산 천왕봉 아래 왕시루봉 골짜기에 한동안 화끈하게 뜨거운 기운이 솟구쳐 올랐다.

- 제3권 끝

부록

〈醉中 旅行〉

자정은 훨씬 지났을 것 같다.

늦가을 짧은 해가 지자마자 떠오른 초승달이 어느덧 서쪽으로 많이 기울어지고 말았다.

조금 전까지 부리나케 내닫던 자동차의 행렬도, 통금 시간에 쫓겨서 허둥대던 사람들의 다급한 발걸음 소리가 귓전에서 멀어진 것도 한참 됐다.

그는 머리에서 발끝까지 아주 흠뻑 취해 있다. 오늘따라 초저녁부터 마신 술기운에 평소 분칠하듯 감추었던 본성이 껍질을 벗어감에 따라 그 속에 도사리고 있던 진짜 자신이 고개를 쳐들기 시작했고, 스스로 짓눌렀던 숨통을 풀어 젖혀 하늘을 나는 듯한 해방감에 도취되어 일차 이차, 이집 저집, 옮겨 다니다가 어떻게 된 노릇인지 그는 통금이 될 무렵부터 청계천 고가 옆 전신주에 대롱대롱, 힘겹게 매달려 있다.

술자리를 처음 시작한 것은 종로 익선동 골목에 있는 한적한 요정 집이었는데, 어찌 돼서 이 청계천 고가도로 밑바닥까지 오게 됐는지 생각이 전혀 나질 않는다. 조금 전까지 꽁무니에 불이 붙은 듯이 달리는 택시를 잡으려고 두 손을 벌려 허우적거려 보았지만, 고주망태가 된 취객에게 멈춰 주는 차가 있을 리 없어 인적이 끊겨 가는 휑하니 넓은 거리에 그 혼자 파란 수은등 불빛을 맞으며 허우적대고 있다. 나뒹굴고 있는 너저분한 휴지 조각들만이 많은 사람이 거기 있었다는 표시인 양 널려 있을 뿐 북적이던 거리가 이처럼 쥐 죽은 듯 조용할 수가 없다. 섬뜩한 밤공기가 볼을 스치면서 조금씩 한기를 느끼기 시작하면서 몽롱한 의식 속에선 뒤죽박죽 정리되지 않은 생각들이 흙탕물처럼 피어오르고 있다.

아침에 마누라와 대수롭지 않은 일로 언쟁을 하고 출근해서 경쟁 업체와의 갈등이 매듭지어지지 않아 아직도 착공하지 못하고 있는 사운이 걸렸다고도 할 수 있는 대단위 주택 건설 공사 건으로 회사 간부들과 언성을 높이고 나서 초저녁부터 실무진들과 시작한 술자리였다. 처음부터 개운치 않은 기분으로 시작했던 게 폭음을 하게 된 발단인 게 아닌가! 괜한 허세로 사모님한테서 연락이 왔다고, 거슬리게 들락거리는 박 기사마저 차와 함께 쫓아 버리고, 집에 전화만 해도 될 것을 괜히 마누라 목소리 듣기 싫다고 고집스럽게 택시만 잡으려고 했다. 이놈의 꼴통 고집이 마누라 말대로 '이놈의 늙어 가는 징조일까!'하는 생각이 떠올라서 머릴 주억이는 그의 입가에 피시시 쓴웃음이 새어 나온다.

그때, 저 멀리 어린 소년들이 떠들어 대는 목소리가 차도 옆에서 들려와 자세히 보니, 컴컴한 고가도로 교각 밑 철 칸막이 가로 서너 명의 꼬마들이 뭐라고 시끄럽게 지껄이면서 다가오는 기다란 그림자가 바닥으로 떨군 그의 시선에 흐릿하게 들어오는 순간, 그의 몸이 휘청하면서 뭔가에 감전된 사람처럼 그 자리에 주저앉고 말았다.

그의 영혼 밑바닥을 예리하게 긁는 듯한 날카로운 금속음!

쨍그랑– 쨍그랑–.

바로 가까이, 그리고 어렴풋이 먼 희미한 의식 속에 다가오는 그 소리에 휘말려 들고 있다.

쨍그랑– 쨍그랑–.

들고 있는 깡통이 찬 바람에 윙윙 우는 동짓달 겨울밤이었다. 열서너 살 어린 시절, 한 손엔 깡통이 또 한쪽 손에는 여동생 영이의 찬 손이 들려 있었다. 한겨울 매서운 찬 바람이 드세게 불어 대는 골목길에 빈 깡통의 쨍그랑거리는 소리를 끌고 하염없이 서성이고 있는 초저녁 밤, 어느 집 대문을 두드릴 엄두도 못 내고, 이 골목, 저 거리를 무작정 걷기만 하고 있었다. 배고픔보다 더 매서웠던 추위, 몰아치는 바람에 시린 눈으로 집집마다 창문에서 흘러나오는 여름날 참외 빛깔처럼 노란 불빛을 바라보고 있노라면 눈자위가 아파 왔었다. 설움이 치밀었던 모양이다. 얼마를 그렇게 헤매다 빈 깡통을 든 그의 발걸음이 동동거리며 청계천 개천가 움막집에 도착한 것을 보고 스스로 놀랐었다. 꽁꽁 얼어붙은 개천 기슭에 아무렇게나 얽어 놓은 움막이지만 엄마와 동생 영이, 그렇게 세 식구가 비집고 누우면 포근하던 보금자리였다. 영이를 먼저 움막 속으로 밀어 넣고 다리목 위 하늘에 뿌려진 듯 깔린 수없이 많은 영롱한 별들을 우러러보고 서서 길게 한숨을 내쉬었다.

살을 에는 추운 밤이긴 해도 밤하늘 별들만은 유난히 고왔었다. 어느 순간 울컥하고 눈물이 솟자, 별들이 물을 먹은 듯이 어릿어릿해져서 그만 얼굴을 떨구고 말았다. 움막 안에는 송장처럼 파리한 어머니가 명태 껍질 같은 거친 손바닥으로 영이의 언 손을 녹이고 있었다.

가난을 하늘로부터 내려받은 것처럼 불평 없이 딴전 피우지 못하고 언제나 서럽기만 했던 어머니는 몹쓸 병마한테 잡혀서 시달릴 대로 시달리다 겨울 막바지, 어느 을씨년스런 오후 그 파리한 얼굴을 다시 피워 보지 못하고 영원히 눈을 감고 말았다.

참혹한 어머니의 운명을 대하는 순간, 그의 눈망울에 벼락불처럼 화끈한 불꽃이 일면서 가슴속 한복판으로부터 거대한 암석 같은 것이 무너져 내려, 굴러 나올 것처럼 꿈틀대기 시작했었다. 그것은 감히 상상할 수 없는 크고 엄청난 불가사의한 힘이었다.

여리고 어린 가슴속을 꽉 움켜잡고 알 수 없는 곳으로부터 솟구쳐 오른 힘은 감당할 수 없는 굉장한 것이어서 가만히 웅크리고 있기에는 너무 격렬한 치받음에 자신도 모르게 벌떡 일어서서 펄쩍펄쩍- 뛰는가 싶더니 불을 삼킨 짐승처럼 무작정 내닫기 시작했었다.

한순간의 일이었다. 먼지를 뒤집어쓴 거리를 헤집고 나가 꽁꽁 언 빙판길을 건너 얼마를 달렸는지 모른다. 달리면 달릴수록 가속되는 그 힘은 작고 조그만 육신을 불덩이처럼 빨갛게 달구어 끝내 성난 황소같이 입가에 뿌연 거품을 뿜어 대면서 무서운 힘의 이끌림대로 알 수 없는 곳을 향해 널따란 벌판을 지나서 강, 그리고 산마루를 넘었었다. 뜨거운 태양이 솟아오르고, 차갑게 얼어붙었던 대지가 서서히 녹기 시작해 기름진 흙덩이를 쳐들고 새움이 터 오르는 계절에 더는 달릴 수 없는 황량한 바닷가 개펄에 멈춰 서고 말았다. 태양의 붉은빛이 동쪽 하늘에 솟아오르는 이른 새벽이었다.

　그날부터 낯선 갯가에서의 전혀 새로운 생활이 시작된 것이다. 생전 처음 보는 갯가에는 커다란 배들이 우글거리고, 사람들 또한 우악스럽게 웅성대고 있었다. 무진장으로 흘러넘치는 힘을 재산으로 많은 어려움은 이겨 나가고, 공연히 육신에 흘러드는 외로움쯤은 싸늘한 가늘고 긴 억센 손가락으로 씻어 내렸다. 비가 억수같이 쏟아지는 길바닥에 천대와 멸시로 나동그라져 있는 가없은 몸뚱이를 스스로 일으켜 세우고, 바닷물 속에 풍덩- 뛰어들고픈 절망에 온몸을 떨고 있는 자신을 끌어안고 다독이고 달랬던 것도 여러 번이었지만, 대부분 넘쳐 나는 힘의 처리에 오히려 고심하며 몸이 쇠잔하여 꼼짝달싹하지 못할 정도로 지칠 때까지 우둔하게 일, 일에만 열중이었다. 세상에서 제일 더럽고 지저분한 일부터 시작해서 거친 일, 추잡한 일 가리지 않고 당시는 몰랐지만, 세월이 지나고 난 후 철이 들면서 부당한 일도 여러 번 했다는 걸 깨달았다. 멋모르고 주변의 충동으로 시작했던 밀수에서 손을 떼게 된 동기는 지금의 아내를 알기 시작할 무렵 큰 덩어리가 사회에 말썽이 생기면서였는데, 다행히 조건만 좋다면 대신 처벌까지 책임지겠다는 잘 따르던 친구가 있어 몇 푼 돈을 주어 수월하게 해결할 수 있었다. 커다란 힘의 근원으로 점점 커 가는 자신의 성장으로 달라져 가는 주위의 환경과 사람들의 시선을 느끼기 시작한 것은 한참 지난 뒤였다. 갯가 쪽 일은 그렇게 깨끗이 정리하고, 어릴 적 막노동 경험을 살려서 소규모 건축업을 시작한 것이 그와 뜻이 맞는 따르는 사람이 많아 금방 넘어져 가는 허술한 건설사를 적은 비용에 인수한 것이 호재가 되어 한참 아파트 건설 붐을 타고 하루가 다르게 회사의 몸집이 커져서 지방 시장에서 감당할 수 있는 한계를 넘어 수도권까지 진출하게 됐다.

어느 날 우연히 십여 년 만에 서울에 올라와서 움막이 있던 청계천 다리목을 찾았었다. 울며 뒹굴던 어린 영이는 물론 어머니 시신이 누워 있던 자리는 흔적조차 찾을 수 없고, 무심한 개천 만이 옛날과 다름없이 흘러내리고 있었다. 다리목 위쪽에서는 개천을 덮는 청계천 복개 공사가 한창 시작하고 있어, 얼마 후에 궁금해서 일부러 다시 찾았을 때는 복개 공사가 다리목까지 벌어져서 야단법석이었다. 차에서 내려서 개천을 내려다보니, 시커먼 개천물 위에 누워 있는 어머니의 형상이 엇비쳐 보여 깜짝 놀라 그 자리에서 눈을 감고 서 있는데, 갑자기 꽝– 꽝– 굵고 기다란 철 빔을 박는 해머 드릴 소리에 눈을 크게 뜨고 다시 내려다보니, 우직한 쇠뭉치가 어머니의 형상 위 가슴에 박히고, 철근의 얼개 사이로 시멘트가 부어져 다져지고 있는 것을 보고 발길을 돌렸다.

서울에서 시작한 사업도 승승장구해서 전자산업과 유통업까지 진출해 자타가 인정하는 재벌 반열에 그가 올라서게 된 것은 돈 외에는 아무것도 보이지 않는 시각장애인, 돈을 부르는 소리밖에 할 줄 모르는 언어장애인인 그를 그때그때 세상의 흐름과 냄새 그리고 들리는 소리에 잘 어울리는 사람으로 만들어 준 그의 아내 부잣집 딸 주현자 여사 덕분이었다. 고학력에 지나칠 정도로 알뜰하고 현명한 아내 현자와의 사이에서 준이와 숙희도 생겼다. 그녀의 조언으로 요즘은 사업 동력을 빌려서 학교 신축 교사들을 건설해 육영 사업을 시작했고, 인색하지 않게 자선단체에 기부하는 것도 잊지 않는다. '바람이 불면 부는 대로'나 '물결치면 치는 대로'가 옛날 풍류 건달의 될 대로 되라는 식으로 살아가는 방식이 아닌 알차게 살아가는 사람의 시대 변화에 요령 있게 적응하는 현명한 처세술임을 그는 요즘 절감하고 있다.

옛날의 아픈 기억들이 빨리 스쳐 갔다. 차도에는 아이들의 그림자도 멀리 사라지고 다시 텅 빈 채 그대로 있다. 머리를 잔뜩 싸안고 땅바닥에 벌렁 고꾸라져 오열을 참고 허우적거리는 그의 코와 입으로 흙먼지가 기어들어 온다. 한참 동안을 부스럭거리더니, 그의 몸이 굳은 듯이 꼼짝도 하지 않는다. 쑤셔 박은 차디찬 아스팔트 바닥으로부터 뺨에 적셔 드는 싸늘한 냉기를 타고 귓가에 가늘고 희미하게 들려오는 소리가 있다. 복장을 쥐어짜는 고통스러운 가엾은 여인의 앓는 소리는 분명히 복개된 청계천 밑바닥 검은 어둠 속에서 들려오는 어머니의 신음이었다. 복개되고 아스팔트가 덮여 가리어진 개천 바닥으로부터 아들을 찾는 어머니의 음성이 점점 또렷하게 들려온다. 그는 실성한 사람처럼 비실비실 일어나 뭔가 결정해야 한다는 듯이 구부정하게 한동안 서 있더니, 소리 나는 곳을 향해 긴 그림자를 끌고 무작정 달리기 시작한다. 휙─ 휙─ 귓바퀴를 스치는 찬 밤공기 속을 뚫고 쓰러질 듯, 넘어질 듯이 달려서 옛날에 다릿목 위 움막에 아픈 어머니가 누워 있던 곳에 다다랐을 땐, 그곳은 오래전부터 변해 있었다. 청계천 둑방 길을 따라 길게 이어졌던 움막촌은 자취가 없고 그 위로 복개된 넓은 대로 위에는 억센 짐승의 발목 같은 우람한 고가도로 교각들이 이어져 있다. 아픈 가슴을 움켜 안은 채 어린 아들이 밥을 얻어 오길 기다리던, 빈 깡통을 든 채 풀이 죽어 돌아온 아들을 맞이하던 어머니의 흔적을 묻은 자리 위쪽으로 높이 치솟아 오른 빌딩의 무리가 제각각의 다른 자태로 숲을 이루어 그를 내려다보고 있다. 빌딩 숲을 넘어서 멀리 건너다보이는 그의 전신이나 마찬가지인 [대국 물산] 사옥이 제일 높고 넓게 웅장한 모습을 드러내고 있다.

"어머니를 만나면 꼭 해야 할 말이 너무 많아⋯⋯!"

통곡처럼 내뱉고는 팔을 휘저으며 옛 흔적을 찾아갈 수 있는 복개천이 마무리된 곳을 향해 다시 또 뛰기 시작하자, 불빛들이 망막을 스쳐 흐르고, 빌딩의 무리도 흐른다.

모든 삼라만상이 잠이 든 도회의 넓은 공간에 비틀거리는 미세한 한 점의 움직임.

그의 귓속을 가득 채우는 자기 발소리와 몰아쉬는 숨소리 사이에 묘하게 새어 들어오는 어머니의 애끓는 음성, 막히는 숨을 내뱉으며 미친 사람처럼 달려서 시커먼 개천물이 푸른 수은등 불빛 아래 칙칙하게 가로누워 흘러내리는 복개천 마무리 지점에 도착하자, 주위를 분간할 겨를도 없이 악마의 어구리같이 시커멓게 입을 벌린 굴속으로 뛰어들어갔다.

그저 눈앞의 모든 공간은 온통 까만빛.

그 위에 흐르는 냄새는 온 세상이 한꺼번에 풀려 나오는 지독한 구린내.

들려오는 소리는 찌걱찌걱, 종아리까지 차오른 수채 물에 파묻힌 발가락 사이에서 나오는 둔한 마찰음이 조용한 정적을 깨운다. 온갖 찌꺼기들이 내몰리듯 밀려 나온 뒤편 웅덩이를 힘들게 거슬러 올라가니, 썩은 생선의 배 속처럼 얼기설기한 철망들이 불규칙하게 발길을 막고 옷자락을 부여잡는다. 어머니의 음성이 더욱 또렷이 들려온다. 더듬거리며 걷는 그의 앞을 가로막는 육중한 시멘트 기둥과 철근 가닥에 부딪힐 때마다 중심을 가누지 못하고 검은 공간을 휘어잡고 나동그라져 전신에 진흙탕 물을 뒤집어쓴다. 목덜미에서 시작해서 그 밑 가슴으로 똥물이 흘러 내려서 사타구니를 휘돌아 감싸 돈다.

휘청거리며 걷는 그의 뇌리에 스치는 생각들. 그 옛날 개천가를 따라서 즐비하게 들어섰던 움막들 주위에 땟국이 오른 구차한 몰골들과 바람에 휘날리던 오물 조각들, 그리고 그렇게도 울어 쌌던 아이들의 기다림으로 지친 충혈된 눈망울들은 지금은 어찌 됐을까!

그 주위 난전의 술집들은 몹시 소란스러웠다. 벌건 대낮에 술취한 주정꾼과 요란하게 화장한 작부들이며 얼마나 소릴 질러 댔는지 목이 쉰 주모들의 아귀다툼. 옛날 그곳에 불던 바람 냄새를 맡으려는 듯 코를 벌름대는 그의 생각에 아련하게 그 시절이 그리워짐은 웬일일까!

"어머니!"

힘을 다해서 불러 본다. 왕왕거리는 반향과 함께 여전히 어린 시절 귀에 박혀 있던 어머니의 나직한 앓는 소리만이 끊임없이 들려오고 있다.

한참 동안 정신없이 걸어 차츰 눈이 어둠에 익어 가고 번하게 주위가 분간되어 가니, 수채 물이 마른 자리에 생쥐들이 보이고, 천장에는 어디서 새어 들어오는지 수많은 빛무리가 영롱하게 내리쏟는다. 때아닌 불청객에 놀란 생쥐들의 한바탕 광란이 있고 나서 검은 수채 물 위에 흰 먼지가 떨어져 날리고, 다시 한번 그의 영혼에 싸늘한 바람이 불어와 몸을 바싹 웅크린 채 소리 나는 곳을 향해서 부지런히 걸어 걸쭉 걸쭉한 오르막을 올라가니 뜻밖에 넓은 공간이 나온다. 여기저기 여러 갈래로 흘러들어 온 개천 물이 한곳으로 모여 쉼 없이 쏟아지고 있는 것을 보고 있을 때, 갑자기 섬뜩해서 취기가 확 가시는 게 느껴져 발을 멈추고 주위를 살펴보니, 검푸른 어둠 속에 희끄무레하게 윤곽을 드러낸 여인의 꿰뚫을 듯한 강한 시선을 직감했다.

분명 어머니는 아니다. 가까이 다가가 보니, 아직 앳된 여인의 모습인데, 퇴색된 초상화처럼 푸석한 얼굴에 유난히 눈빛만이 강렬하다. 몸매를 비스듬히 시멘트 기둥에 기댄 채 무슨 말을 건네고 싶은 표정이더니.

"바람이 조금만 좀 잤으면 좋겠네! 입술이 이렇게 바싹 마르잖아!"

혼잣말처럼 중얼거리고는 얼굴을 들어 정면을 쏘아보다가 다시 애처로운 눈망울로 뭔가 갈구하듯 바라보며 두 팔을 벌려 저돌적인 자세를 취해 오자, 그는 갑자기 화가 치밀어 올랐다.

"아직 새파랗게 어린 것이 뭐 하는 짓이야?"

그의 말이 채 끝나기도 전에 여인은 자지러지게 한바탕 웃고 나서 바로 정색을 하고, 잔뜩 비웃는 듯한 시선으로 쏘아보자, 그는 더욱 화가 나서 주먹을 불끈 쥐었다.

"인제 보니, 아주 불량한 못된 아이로군!"

그가 돌아서려는 순간 야릇한 조소가 담긴 여인의 음성이 튀어나온다.

"그래요. 난 원래 못된 갈보예요! 사랑도 모르면서 마구 몸을 주었거든요. 하지만 몸만 주었을 뿐 마음은 주지 않았다고요! 무슨 말인지 아시겠어요? 그 잘난 아저씨는 뭐예요? 괜히 여기저기 사랑이라는 사슬에 묶고, 묶여서 여기까지 헤매고 있는 것 아닌가요? 정작 풀어야 하는 인연들은 애당초 내팽개쳐 놓고서 말야!"

측은하다는 듯 혀를 차며 입을 삐쭉거린다.

그는 아픈 곳을 한 대 얻어맞은 기분이라 한마디 해야만 했다.

"아가씨! 그게 사람 사는 거라네. 사슬을 매고, 끊고, 다시 매고, 그래서 후회하고! 그런데 내가 버렸다는 인연이란 것이 도대체 뭐야?"

"그렇게 잘난 사람이 그걸 몰라요?"

"내가 뭘!?"

"그때 곧바로 풀어야 할 인연은 나 몰라라 달아난 주제에 무슨 염치로 똥물 뒤집어쓰고 허겁지겁 찾아 헤매고 있는 꼬락서니라니, 도대체 네가 누구래도 난 못 봐 주겠다니까!"

"요것이, 무슨 헛소리를 하는 거야!?"

버럭 터져 나온 그의 물음에 여인은 대꾸 없이 뒤돌아서서 어두운 구석으로 멀어지는가 싶더니, 아주 흔적 없이 사라져 버렸다. 그는 곰곰이 여인의 말을 생각하며 다시 터덜터덜 걷는데 아직도 술이 덜 깬 탓인지 목구멍이 얼얼하고 가슴이 답답해지면서 많은 생각이 다시 비누 거품처럼 피어올랐다가 힘없이 스러진다.

길은 미끈거리고 불규칙하게 움푹움푹 파인 바닥 저편 기둥 뒤에 잔뜩 웅크리고 앉아 있는 또 한 사람을 발견한 것은 잠시 후였다. 조금씩 꿈틀거리더니, 그를 향해 엉거주춤 일어서려다 말고, 도로 주저앉으며 텁수룩한 수염 사이로 누런 이빨을 드러내고 실없이 웃는 게 섬뜩해서 사람을 해칠지도 모른다는 생각에 돌아서려는 순간에 나직한 힘없는 음성이 들려왔다.

"사장님, 나 모르시겠소?"

사내가 그를 불러 세우는 바람에 다시 돌아봐도 얼굴이 형편없이 일그러져 있어 생각나는 얼굴이 아니다.

"참, 사장님 서운합니다! '똥 누러 갈 때하고 나올 때가 다르다.'라는 말이 맞는구면. 야 이 병신아! 너 대신 감방까지 갔던 응수를 까맣게 잊었단 말야?"

"변응수라고!?"

그는 화들짝 놀라 다시 찬찬히 보아도 몰골이 너무 변해서 가늠하기가 어렵고, 그도 일찍부터 생각하길, 응수가 이미 옛날에 출옥했을 것이고, 벌써 한 번쯤은 회사로 찾아올 줄 알았었는데 전혀 소식조차 없다가 이십여 년도 훨씬 지나서 왜 이런 데서 마주쳤을까, 정말 알 수 없는 일도 있구나 하며 의아해할 뿐이다.

"나는 거기서 나오면 자네가 찾아올 줄 알고 기다렸는데, 왜 여기서 그러고 있는 건가?"

그의 말에 응수라는 사내는 너무 기가 막힌다는 듯 숨을 못 쉬다가 와락 고함을 친다.

"어휴! 사장, 아니 못된 회장 놈아!"

자기 자신을 못 이겨서 버둥거리다 숨을 몰아쉬면서 겨우 내뱉는 말인즉슨 정말 의외의 말을 하는 것이 아닌가!

"당신 마누라가 지금까지 아무 말도 안 했단 말이야?"

대들 듯 또 소리를 쳐댄다. 그는 너무 뜻밖의 말에 대답을 못 하고 고개만 흔들었다.

"아무 일자리라도 좀 하나 없나 하고 수십 번을 찾아갈 때마다 중간에 그 잘난 네 마누라가 끼어서 널 못 만나게 하고 건네주는 몇 푼 돈으로 나를 이렇게 망치고 말았단 말이다!"

또, 다시 대들 듯한 자세였다가 금방 사그라지는 불꽃처럼 풀이 죽어 고개를 떨군다.

"하기야 바보짓은 내가 다 해 놓고 누구를 탓하겠소! 배운 도둑질이라고 못된 짓만 하는 바람에 끝내 쫓기는 신세가 돼서 이곳저곳 못 볼 곳 전전하다 끝내 여기 수챗구멍에 얼굴을 박고 말았지. 죽어 마땅한 놈이었어! 또 잡혀서 당신 대신 멋모르고 갔던 감옥에서 그 곤욕을 치르느니 차라리 나은 길이라 생각했었다니까!"

땅이 꺼질 듯 한숨을 쉬고 컴컴한 구석으로 구르듯이 멀어지며 짐승의 포효처럼 던지는 외마디 같은 절규가 돌멩이가 되어, 너무 어이가 없어서 아무 대꾸를 못 하고 돌아선 그의 머리통을 후려친다.

"야! 오늘의 당신 밑바닥에 깔려간 나 같은 놈들이 많다는 걸 너는 알기나 하는 거냐?

너희 마누라랑 그렇게 지랄 떨어서 이뤄 놓은 게 그 헛껍데기 말고 뭐가 있어. 이 병신아!"

그는 돌아볼 수 없어 단말마의 고함을 뒤로하고 계속 앞만 보고 걷는다.

응수가 출옥하면 꼭 한 번은 찾아올 것으로 생각했었고, 한 번쯤은 만나 봐야 사람 된 도리라고 믿었기에 기다렸던 건 사실인데, 잘난 아내 주 여사가 자기도 모르게 그런 조처를 했다는 것이 정말 놀라울 따름이다.

항상 현명한 내조로 회사가 거칠 것 없이 승승장구한 것은 물론 어릴 적 헤어진 영이 생각에 가슴앓이 하는 자신을 대신해 발 벗고 나서서 전국 고아원을 다 수소문해 해외에 입양된 것을 알아내 이역만리까지 달려가서 찾아오는 적극성을 보여서 대견해

했던 이면에는 자기도 모르는 사이 불합리하게 결정해서 이뤄낸 결과들도 있다는 사실을 이제야 알게 된 것이 너무 어이없고 기가 막힐 뿐이다.

날아오는 돌멩이들을 뒤로하고 내려가는 길은 더욱 거칠어지고 어디서 흘러들어 왔는지 검붉은 핏물이 흘러나온다. 핏물이 모여든 넓은 광장에 들어서니 누구를 향한 돌멩이인지 피 묻은 자갈들이 널려 있는 광장 모퉁이에 이르러 발길을 멈췄다. 광풍과 같은 공기의 일렁임 뒤에 아득한 곳으로부터 시작된 노도처럼 커다란 함성이 들려와서 어머니의 앓는 소리를 놓치지 않으려고 고갤 숙인 채 서 있는 그를 어디선가 급히 달려와서 끌어안듯 매달리는 여린 손길이 있어 소스라치게 놀라 그 자리에 쓰러지고 말았다.

"아저씨도 어디서 돌멩이에 맞으셨네요. 여기 있는 자갈들은 모두 세상 아저씨들한테 던진 돌멩이들인데……!"

쓰러진 그를 힘겹게 부축해서 일으켜 앉히고는 신기한 듯 바라보는 까만 교복 차림의 소년 표정이 해맑다.

"아직 어린 것 같은데, 여기서 뭐 하고 있는 거니?"

"사실은 나도 아저씨처럼 엄마를 찾고 있었죠. 엄마 말 안 듣고 으쌰, 으쌰 하는 큰 형들이 좋아서 쫓아다니다 이 꼴이 되어 엄마도 잃어버리고 말았어요. 엄마를 만나 엄마 말이 맞았다고 얘기해 줘야 하는데 찾을 수가 없네요. 아저씨도 우리 엄마 못 보셨어요?"

교모 속으로 피 묻은 붉은 붕대를 칭칭 둘러맨 나이는 열네댓은 됐을까! 아직 여린 얼굴이 안타깝게 그의 시선을 쫓는다.

"너는 그렇게 힘들게 돌아다니며 뭘 보았는데, 나를 보고 네 엄마를 찾는 거니?"

소년은 겁에 잔뜩 질린 얼굴이 되어, 더 깊숙한 곳을 가리킨다.

"나는 너무 많은 것을 보았죠! 아저씨는 절대로 저쪽 길로 올라가려고 하지 마세요. 총탄을 맞은 괴뢰군이나 국군 아저씨는 물론이고, 화살에 거꾸러지고 날카로운 창검에 목이 베어져 나간 징그러운 시체가 겹겹이 쌓여 있어서 눈을 뜨고 볼 수가 없다니까요."

파릇한 목 언저리의 솜털이며 아직 때 묻지 않은 얼굴에 눈물 자국이 얼룩져 있지만 총명한 눈빛을 바라보며 말문을 열지 못하고 멍해 있는 그에게 매달렸던 여린 손끝이 파르르- 떨리면서 크게 실망한 듯이 고개를 푹 숙였다가 미끄러지듯이 어둠 속으로 사라져 버렸다.

다시 울퉁불퉁한 길을 따라서 여전히 들려오는 어머니의 앓는 소리를 쫓아 걸어 내려가노라니, 가슴은 괜히 두근거리면서 전혀 새로운 광경을 맞이하기 직전인 듯 스멀거리는 예감과 기대가 함께 뒤엉켜 머릿속에 복잡한 복선을 수없이 긋고 있다. 한 무리의 쥐 떼가 뒤엉킨 쓰레기 더미에서 튀어나와 뭐에 쫓기기나 하는 것처럼 벼락 치듯 떼를 지어 달아난다. 어머니의 앓는 소리가 들리지 않은 것도, 불규칙한 철망에 걸려서 찢긴 자국에 감기던 수채의 감촉이 느껴지지 않은 것도 같은 즈음이었다. 다만, 어린아이 같은 호기심에 영혼의 의식만은 새파란 불꽃을 튀기며 생생히 살아 있다.

어둠 속에 얼기설기 거미줄처럼 늘어진 사선의 그림자를 안고 있는 네모진 공간이 부풀어 올랐다 꺼졌다 하며 시야를 어지럽히고, 꿈틀거리는 의식의 움직임에 따라 흔들리는 허연 아지랑이 같은 빛깔은 실은 한 점의 빛 방울이 점점 확대되어 온 누리를 밝혀 오는 과정이었고, 더 커져 쏟아지는 빛줄기가 너무 눈이 부시어 잠시 감았다 떴을 때, 새로이 맞이한 황홀한 광경에 자신을 얽매고 있던 모든 의식적인 제재를 풀어 젖히고 넓은 빛의 공간에 뛰어들었다.

사방팔방으로 횅하니 넓은 광장의 한가운데 우뚝 서서 덫에 걸린 짐승처럼 두리번거리며 침착하게 마음을 진정시키고 조심성 있게 주위를 둘러보다 저만큼 유독 빛의 광채가 절정을 이룬 곳에 시선이 멈춰진 그 순간, 온몸이 그대로 정지되어 굳어 버리면서 그렇게 꿈에도 그리던 어머니의 그윽한 미소를 알아차린 것은 바로 뒤였다.

백회를 뿌린 것처럼 깨끗한 바닥에 찬란한 빛을 받은 어머니의 모습은 개천이 복개되던 현장에서 본 어머니의 형상 그대로 마치 조각상같이 반듯하게 또렷한 윤곽을 드러내고 누워서 두 팔은 수직으로 세워 하늘을 받쳐 들고 있고, 몸은 다소곳이 바닥에 밀착되어 있다.

"어머니!"

화끈하게 데워진 머릿속이 윙ㅡ 윙ㅡ 소리를 내며 울부짖고, 눈앞이 절벽처럼 캄캄해지며, 뜨거운 응어리가 얼굴 전면부로부터 분출될 듯이 팽팽하게 치받아 얼마를 오열했는지 모른다.

"어머니! 제가 돌고 돌아서 이제야 왔습니다."

땅바닥에 넙죽 엎드리면서 나직이 부르자, 그의 어머니는 벌써 알고 있었던 것처럼 주름진 얼굴로 끄덕일 뿐 석고상같이 창백한 얼굴에 엷은 미소가 거친 뒤에는 다시 별 표정이 없다.

머릿속 깊숙이 못 박히듯 굳어 버린 어린 시절의 가난에 찌들었던 어머니 모습이 떠올라 다시 한번 몸을 떨며 큰 덩치에 어울리지 않게 흐느꼈다.

"어머니! 저를 무척 원망하셨죠? 이 못된 불효자는 어머니 주검 앞에서 눈물도 흘리지 못했고, 거두어 드리지도 못했었는데, 무슨 염치로 몸부림치며 뵙기를 바랐는지 모르겠네요!"

목이 메어 더는 말을 할 수가 없다. 그러나 어머니는 다시금 미소 지은 얼굴로 아들을 대견스레 바라보고 있는데, 하늘을 향해 뻗어 올린 두 팔에 핏줄이 팽팽하게 튀어나올 정도로 힘을 다하고 있는 것이 안돼 보였다.

"어머니! 이제 어렵고 힘든 시절은 끝났으니 그만 팔을 내리시고 편히 쉬세요!"

그는 어머니의 대답도 듣기도 전에 매우 놀라 입을 다물지 못한다. 자세히 올려다보니, 어머니의 두 팔은 허공을 향한 것이 아니라, 사실은 우람하게 치솟은 빌딩의 맨 밑바닥을 받쳐 들고 있고, 더 세심히 살펴보니 놀랍게도 어머니가 온 힘을 다해서 받치고 있는 것은 그의 전신인 [대국 물산] 빌딩의 주춧돌이 아닌가! 그는 충격이 너무 커 어떻게 받아들여야 할지 몰라 정신을 차리지 못하고 어리벙벙해 있는 사이, 여린 듯하면서도 날카로운 시선이 느껴진 것은 잠시 후였다. 어머니는 그의 벌어진 입을 막으려는 듯이 천천히 입을 열었다.

"아들아? 반갑고, 고맙다! 네가 이렇게 찾아올 줄은 꿈에도 생각 못 했단다!"

"아니에요, 너무 늦었죠! 멍텅구리처럼 일밖에 몰라서 모두 잊고 살았어요."

어머니를 잡고 애원이라도 해야 할 것 같아 다가가면 그만큼 멀어진 어머니는 밝게 미소 지으며 말을 이어 갔다.

"이 어미의 원래 소원은 이렇게 훌륭하게 잘 커 준 너를 바라보는 거였어! 너희를 죽도록 고생만 시킨 죄 많은 어미가 무엇을 더 바랄 수 있겠니?"

"저는 그 지긋지긋한 가난을 벗어나려고 뒤를 돌아보지 못했어요."

어머니는 아들의 말에 긴 한숨을 쉬고 나서 길게 말을 이어 갔다.

"우리가 그렇게 힘들게 살았던 것은 네 아버지를 저세상으로 보내고 나서 내가 네 새아버지 백정 놈한테 넘어갔던 날부터 시작된 고초였었다. 그런 간교하고 패악스러운 놈의 손아귀에서 견뎌 보려고 무진 애를 썼지만, 너희가 다칠 것 같아서 하는 수 없이 없는 살림마저 모두 빼앗긴 채 빈손으로 이 거리에 나왔었던 거였다."

안타까운 어머니의 말에 참담했던 옛 기억이 떠오른다.

"술만 마시면 나한테 하는 주먹질은 견딜 수 있었지만, 어머니까지 때리는 건 참을 수 없어 크면 가만두지 않겠다고 다짐했었어요."

그 어린 시절을 떠올려 온몸을 부르르— 떨고 있는 아들의 모습을 보는 어머니도 그때의 비참했던 상황을 되돌려 보며 머리를 흔든다.

"길거리에 나오긴 했지만, 동란으로 모든 게 부서져 버린 폐허에서 할 일도, 먹을거리도 찾을 길이 없었고, 엎친 데 덮친다고 내 몸마저 가슴이 상해 주저앉는 바람에 결국 어린 너를 깡통을 든 거지로 만들고 말았던 거였다!"

한스러운 어머니의 말에 그는 흐르는 눈물을 훔쳤다.

"먹는다는 것을 그렇게 중히 여겨서 한술 밥을 위해서 울며 애태우던 그때가 밑거름되어 지금의 제가 되긴 했어요."

그의 애끓는 말에 어머니도 진정된 표정으로 변해서 차분하게 말했다.

"마음은 항상 몸보다 위에 있는 것이라서 가난에 찌든 몰골의 어미의 가슴속 깊은 곳에서는 앞을 가로막고 있는 암흑에서 우리 아들 너만은 밝은 광명으로 나갈 수 있도록 해야 한다는 간절한 일념으로 애태웠었지! 내 병든 몸이 자꾸 자지러져 갈 때마다 썩어질 육신을 밑거름으로 한 포기 멋진 포도나무를 가꾸리라고 결심을 했었단다. 내 입김으로 싹을 틔워서 크게 자라난 튼튼한 줄기를 따라 포도송이가 주렁주렁 실하게 열려 따뜻한 햇볕을 받아 먹음직스럽게 잘 익으면 내 핏줄인 네 어린 것들이 달고 맛있는 통통한 열매를 따 먹으면서 기뻐하는 모습을 보리라고 굳게 다짐했단다. 어린 것들이 비록 이 할미의 가엾은 소망이 담긴 열매인 건 몰라도 핏줄을 타고 흐른 내 마음만은 오랫동안 전해질 것이라고 이 어미는 믿었는데, 내 생각이 틀리지 않았지?"

어머니의 간절한 물음에 너무 감격해진 마음을 추스르지 못한 채, 아픈 순간을 떠올린다.

"어머니 가슴에 그 굵은 철 빔이 박히는 걸 제 눈으로 보고 말았어요."

그가 엎드려 몸을 떨며 통곡하자, 어머니는 눈을 감고서 낮은 목소리로 시를 읊조리듯이 말을 이어 갔다.

"검은 수채 물이 흐르는 개천가 언덕에 내 육신이 썩어 거름이 되고, 한바탕 기계들이 헤집어 썩은 흙을 뒤집어 갈아엎은 자리에 포도나무 줄기 같은 굵고 단단한 쇠 심들이 촘촘히 박히고 나서 살이 붙듯이 돌과 모래가 시멘트와 한데 엉켜 오르고 난 그 위로 포도송이 같은 창문들이 주절주절 달려 환한 밝은 빛과 좋은 향기가 흘러나오는 것을 꿈속같이 고대했단다! 이제 가난한 어미의 꿈처럼 그 속에 내 아들이 어엿한 주인이 되어 즐거운 노랫소리와 웃음소리가 쉬지 않고 흘러나오는 걸 바라보는 이 어미에게 더 무슨 바람이 있겠니?"

"부족하고 못난 이 아들은 그걸 모르고 그저 제가 잘난 줄만 알고 있었지요."

엎드려 회한의 눈물을 흘리는 그에게 어머니는 흥건하게 평안한 표정으로 고개를 흔든다.

"애야! 사실은 건강하고 굳은 의지를 가진 우리 아들, 네가 아니었으면 이렇게 쉽게 그리고 훌륭하게 이루어질 수 없었지! 안 그러니?"

하얀 입술에 어린 극히 엷은 미소는 이 세상 어느 곳에서도 볼 수 없는 밝은 기쁨의 표시였고, 그의 가슴도 뿌듯하게 작은 희열에 묻혀 가고 있는 순간, 어머니의 미소가 서서히 걷히면서 중대한 말을 할 듯이 다문 입 언저리로 작은 경련이 스치고 지나가더니 거칠고 차가운 음성이 쏟아져 그의 온몸에 퍼붓기 시작했다.

"그런데, 오늘은 무슨 술을 그 모양으로 정신없이 마신 건지 한심하구나! 지금 네게서 썩은 냄새가 진동해서 참을 수가 없다! 요즘 한창 부딪친 골칫거리 때문에 정신들이 없는 줄 알지만, 대장이란 사람이 이 모양, 이 꼴로 주정뱅이가 돼서 어쩌겠다는 건지 모르겠구나!"

"아! [종산 물산] 김 사장 문제도 아십니까?"

회사 초창기부터 생사고락을 함께했던 절친한 친구가 몇 년 전에 스스로 독립했는데, 최근에는 사업상 부딪치는 경우가 있어 어머니 말처럼 골치를 썩이고 있던 차에 이제는 결판을 내야 하는 큰 문제가 발생한 것을 어머니가 세세히 알고 있다니 놀라운 일이다!

"어머니! 성일이는 바다 갯가에서부터 생사고락을 함께했었고, 외롭고 힘든 시절에 살도 비비며 같이 산 막역한 사이인데 언제부터인지 이상하게 엇갈리기 시작해서 아주 완벽히 풀지 못할 상태가 되고 말았습니다."

그가 난감해하자, 어머니는 의미심장한 얼굴로 입을 열었다.

"너희들이 어떻게 만났는지 모르지만 기막힌 인연이구나! 너희 할아버지가 실수로 떨어트린 씨앗이 돌고 돌아서 너와 엉켜졌으니, 성일이는 따지고 보면 네 아우가 된단다."

전혀 몰랐던 뜻밖의 어머니 말에 그는 입을 다물지 못하고 다시 주저앉고 말았다.

"너는 지금까지 아무것도 몰랐지만, 성일이는 너를 속속들이 다 알고 있었다. 이 정도 알았으니 이제는 너도 해결책이 나올 거다. 그렇지 않니?"

그러나, 그는 대답을 못 하고 엉거주춤 일어선다.

"성일이는 내 근본을 뿌리부터 알면서 왜 감추고 접근했는지 너무 괘씸해요."

그의 말에는 어머니는 머릴 흔든다.

"그 아이도 처음에는 모르고 있다가 너와 갈라질 무렵에 알았을 거야. 대물림인지 몰라도 그보다 못된 것은 성일이 아비 김대문 사장이지! 나쁜 놈들한테 빌붙어서 따지고 보면 한 핏줄인 죽은 네 아버지를 못살게 굴어서 우리 집안을 쑥대밭으로 만든 그 인간이 하필이면 움막집 근방에서 큰 식당을 하는 것을 알아도 모른 척하다가 너무 힘들어서 체면 불고하고 한 번 찾아갔더니, 두말할 것 없이 문전박대해서 죽을 때까지 네게 말 못 하고 눈을 감았었다."

그는 분개하는 마음으로 의아해하자, 어머니는 다시 이야기를 이어 갔다.

"성일이 아비도 오래 살지 못했다. 그 잘되던 식당에 큰불이 나서 김 사장도 마누라와 함께 불타 죽었는데, 성일이가 그런 말도 안 했단 말이냐?"

"그 녀석은 이상하게 한 번도 가족에 관한 얘기를 한 적이 없었어요."

그의 말에 어머니는 짓궂은 표정으로 되물었다.

"그것도 유전인지 모르겠구나! 너도 움막집 얘기 누구한테 한 적이 없잖니? 자기들 속은 꽁꽁 감추고 있으면서 막힌 것이 풀릴 것을 바란다면 순리에 옳지 않아! 우선 너부터 마음을 열면 그 애도 숙이고 들어올 거다. 네가 형이고, 또 힘들어서 매달리는 놈 봐주는 것도 방법이긴 하지만, 한편으로 네 힘을 분명하게 보여 줄 필요도 있다는 건 너도 생각하고 있지?"

어머니는 미소를 지으며 밝은 얼굴로 그를 바라보다가 진지한 표정이 되면서 나직이 속삭이며 다그치듯이 말한다.

"네가 나보다 현명한 판단을 하겠지! 성일이와 너는 근본적인 뿌리는 한 가닥이지만 생각은 두 줄기로 확실히 갈라져서 골치 아프게 꼬였는데 어찌하면 좋을꼬?"

그는 여전히 대답을 못 하고 멍청히 서 고개만 주억이고 있다.

"실없는 그놈의 생각이란 것은 시간의 흐름에 바래고 닳아 버리지만, 진실은 수천수만 년이 지나도 변하지 않기 때문에 어느 무엇도 상대가 될 수 없다는 게 진리의 법칙이야. 진실을 꼭 잡고 매달린다면 지금 바로는 아니더라도 마지막은 반드시 웃을 수 있을 거다. 문제는 네가 그렇게 매일 술에 절어 있으면 눈에 진실이 보이지 않는다는 말이다. 어서 돌아가 많은 여러 생각을 한데 모아 그 속에서 진실을 찾도록 해라!"

그는 아직도 술기운이 남은 건지 어머니의 말에 대답도 못 하고 그저 [종산 물산] 성일이와의 갈등을 풀 수 있을까 하는 생각에만 골똘하고 있다. 그런 그의 마음을 모를 리 없는 어머니의 표정이 갑자기 돌변하면서 목소리도 뇌성처럼 변해 그의 귓전을 때린다.

"지금 넌 어찌 그렇게 넋을 놓고 있단 말이냐?"

어머니의 고함에 놀라서 흐트러진 마음을 가다듬고 똑바로 서서 바라본다.

"이 답답한 사람아! 내가 해 줄 수 있는 말은 다 했어. 너만 바라보고 기다리는 사람들이 많다는 것은 아직 살아볼 만한 세상이지만, 앞으로 어떻게 살 것인지가 커다란 문제인데 이렇게 꾸물거리고 있을 여유가 어디 있어? 꾸물대지 말고 어서 돌아가란 말이다, 어서!"

어머니의 우레 같은 커다란 음성이 멍한 그의 귀청을 때리고 있지만, 어머니의 눈동자는 그를 꽉 붙잡은 채 놓지 않고 있다. 안개처럼 부연 어둠이 흰 벽과 벽 사이를 자꾸 덮어 오고, 그 어둠이 어머니의 하얀 얼굴에 먼지처럼 푸석푸석 서리고 있다.

떠밀리듯이 서서히 멀어져 가는 어머니의 안타까운 눈매는 조용히 그가 나갈 수 있는 방향을 가리키며 밝았던 미소가 흐릿하게 번져 온다. 어찌하면 좋을지 몰라서 흐느적거리는 그의 몸뚱이가 자꾸 빛을 거두어 버리는 차가운 어둠에 쫓겨 갈팡질팡하는 사이에 주위는 온통 깜깜한 암흑으로 변해 버렸다.

그러나, 어머니의 소심한 마음인 양 조그만 빛 방울 하나가 그를 인도하듯이 사뿐히 깔리고 있어, 그는 한줄기 그 노란 빛 방울을 따라서 검은 어둠 속을 밀물에 떠밀리듯 어딘지 모르는 곳으로 흘러가고 있다.

끝